唐诗八百解

陈湛元　编著

東北林業大學出版社
·哈尔滨·

图书在版编目（CIP）数据

唐诗八百解/ 陈湛元编著. --2 版. --哈尔滨：东北林业大学出版社，2016.7（2025.6重印）
ISBN 978-7-5674-0798-5

Ⅰ.①唐… Ⅱ.①陈… Ⅲ.①唐诗-诗歌研究 Ⅳ.①I207.22

中国版本图书馆 CIP 数据核字（2016）第 150538 号

责任编辑：戴　千
封面设计：刘长友
出版发行：东北林业大学出版社（哈尔滨市香坊区哈平六道街 6 号　邮编：150040）
印　　装：三河市佳星印装有限公司
开　　本：787mm×1092mm　1/16
印　　张：24.75
字　　数：580 千字
版　　次：2016 年 8 月第 2 版
印　　次：2025 年6 月第 3 次印刷
定　　价：112.00 元

前　言

唐朝（公元618—907年）是我国古典诗歌发展的鼎盛时期。唐诗是国学的重要组成部分，是国粹中的国粹。唐代诗人下至平民少年，上至帝王谪臣，均为文学大家，他们倾一生的知识、经历、感悟于一首诗、一句话甚至一个字上，将儒、释、道等诸子百家的精髓进行提炼、升华，字斟句酌，最后凝结成珍品，可谓字字如珠。正如李频所说的“因将五字句，用破一生心”。

学习唐诗不但可以直接取其精华，丰富多方面的知识，深刻体悟人生，还可陶冶情操，提升素养和改变气质，正所谓“腹有诗书气自华”；还可随着诗人的笔触遍游名山大川，天上人间，精骛八级，心游万仞，不出户庭而妙道自得；与古代先贤结为知心朋友，诗人不得意，读者志难酬，彼此交心体悟快意和失意，也可体恤他人，排解惆怅；开阔视野，提高格局，从不同视角看问题，潇洒浪漫等等。

唐朝诗人众多，风格迥异，知名的就有2 300多人。唐诗数量更是繁多，仅《全唐诗》就收录了48 900多首，读者不可能全部掌握。然“吃一脟肉而知一镬之味，一鼎之调”，只要掌握一定数量的唐诗精华，就可具备相当的阅读鉴赏能力，就可自学更多的诗、词甚至是曲。

市面上通行本以清蘅塘退士的《唐诗三百首》为主，其中收录的仅有313首，最全的版本也只有321首，与整个唐诗数量相比简直就是沧海一粟。本书在此基础上增加了大家耳熟能详的、脍炙人口的、包括学生教材精选的、最为常见和适用的，共计800余首。虽然还是为数寥寥，但“为家塾课本、俾童而习之、白首亦莫能废，较之千家诗不远胜耶”，或可叹为观止。

本书较之最具权威的蘅塘退士的《唐诗三百首》及其他通行本相比有如下不同：

一、数量更多、更全。由于蘅塘退士的局限性，有很多脍炙人口的诗在《唐诗三百首》中并没有收录。比如杜牧的“牧童遥指杏花村”，杜甫的

“好雨知时节，当春乃发生”，李绅的“锄禾日当午”等，这些在小孩咿呀学语之时家长就教会了，但并没有被收录；再如张若虚的《春江花月夜》：“江畔何人初见月，江月何年初照人。人生代代无穷已，江月年年只相似”，多么富于哲理，多么令人深思的千古名句也居然没被收录。当然还有的是因为历史的局限，比如韦庄的《秦妇吟》，是描写黄巢起义军占领长安及官军收复长安后变本加厉地涂炭生灵的经典之作，但由于某种原因，这首238句的长诗一度失传了，蘅塘退士的时代也只知其有而不得其见。直到民国时期，这首诗才在敦煌莫高窟中被发现，世人才有千年之幸得以一览，今也把它收录其中，以飨读者。

二、各种版本的某些用词甚至作者出现两种答案，那么应该按哪个为标准呢？莫衷一是，甚至模棱两可，不利于学者求真。关于字词不统一的比如：王维的《山中送别》，一说是“春草明年绿，王孙归不归”，一说是“春草年年绿，王孙归不归”，到底是“明年”还是“年年”，一字之差意境完全不同；李商隐的《筹笔驿》，一说“猿鸟犹疑畏简书”，一说“鱼鸟犹疑畏简书”，一说“猿鱼均可”；杜荀鹤的《山中寡妇》，一说“时挑野菜和根煮”，一说“时挑野菜和羹煮”，“根”和“羹”虽音近，但意思不同；岑参的《走马川行奉送封大夫出师西征》，一说“车师西门伫献捷”，一说“军师西门伫献捷”。诗人惜字如金，就连贾岛的“僧推月下门”亦或“僧敲月下门”一字之差都要反复“推敲”，不可随意排布；王安石的“春风又绿江南岸”的“绿”字都要几易其稿，可见其严谨，不可能首鼠两端，哪个都行。所以本书根据大量事实予以纠正、确准，给读者相对准确的答案。

还有同一首诗却出现两个作者的，比如《秋夜曲》的作者，一说是王维，一说是王涯，还有不求甚解的说两者都可；《旅次朔方》又叫《渡桑乾》，其作者一说是贾岛，一说是刘皂；《渡汉江》，其作者一说是李频，一说是宋之问，等等。在本书中，编者根据大量史料予以拨乱反正，去伪存真。

三、通行本中，有很多解释是错误的，极易误人子弟。比如李白的《长相思》“不信妾肠断，归来看取明镜前”；李商隐的《无题》“此情可待成追忆，只是当时已惘然”“贾氏窥帘韩掾少，宓妃留枕魏王才”；岑参的《行军九日思长安故园》“遥怜故园菊，应傍战场开”；秦韬玉的《贫女》“谁爱风流高格调，共怜时世俭梳妆”；李白的《蜀道难》“西当太白有鸟道，可以横绝峨眉巅”，《梦游天姥吟留别》“我欲因之梦吴越”等等，本书均予以厘清端正。

四、通行本中有很多注释仅就字面浅显地解释，令读者不明就里，看完所谓的注解也不懂全诗的意境，甚至作者的意图。究其原因，一是编者的知识局限，二是编者浅尝辄止，不负责任。比如杜甫的《天末怀李白》“文章憎命达，魑魅喜人过”；杜甫的《丽人行》“杨花雪落覆白蘋，青鸟飞去衔红巾”；李商隐的《无题》“沧海月明珠有泪，蓝田日暖玉生烟”；张祜的《赠内人》“斜拔玉钗灯影畔，剔开红焰救飞蛾”等等，本书进行入木之分析，厘清疑义，定能令读者豁然开朗。

五、检索方便。诸多版本包括《唐诗鉴赏辞典》，若想查找作者和某一首诗，没有规律，需从目录中一项一项地查找，很是费时。本书把同一作者的诗不分体裁，悉数归于其名下，按英文字母的先后而排序，同一作者的诗也按名称依英文字母的顺序进行排列。比如查找白居易的诗，按英文字母顺序，白为B字开头，就可以在书的最前边找到白居易；查找祖咏，找Z，在书的最后就可以很快地找到祖咏；再比如，白居易有很多诗，如果查找《白牡丹》，依理就可在白居易众多诗的最前边找到。同时，按着诗名的顺序又重新进行了排序，即诗名索引，即使忘记了作者是谁，按着诗名也可以找到该诗的作者及位置。检索方便、快速、高效。

六、唐诗素材有很多源于古代典籍，或后人依此亦有名篇，本书将这些相关联的名篇附于诗后，以便于读者理解。比如王维的《桃源行》，源自晋陶渊明的《桃花源记》，于是将《桃花源记》附于后；李商隐的《韩碑》，其后附有韩愈写的《平淮西碑》及《李愬雪夜入蔡州》等。另外还附有编者本人读诗有感而学作的古体诗，仅供评品和助于理解原诗。比如在白居易的《长恨歌》后附编者作的《长恨歌》。白居易描写的是马嵬坡兵变，贵妃被处死的传说，编者写的是贵妃远逃日本的另一种传说，因为在日本的山口县确有贵妃墓，鲁迅的弟弟周作人留日期间曾拜谒过；崔护的《题都城南庄》后附编者作的五十句七言古体诗《桃花行》，讲述崔护写作该诗背后的凄婉而浪漫的爱情故事。虽不敢同大家相提并论，但权当八珍之外的一碟咸菜，虽无营养但可调味。

七、有很多诗目都冠以《无题》，检索起来也不方便，还有的没有诗名，只有创作背景，背诵起来也很不便。在此编者均根据内容或首句前四字暂定为题。比如，李商隐的《无题》很多，依首句前四字暂定为《飒飒东风》《昨夜星辰》《相见时难》等；再如白居易的《自河南经乱关内阻饥兄弟离散各在一处因望月有感聊书所怀寄上浮梁大兄于潜七兄乌江十五兄兼示符离及下邽弟妹》，整个题目50个字，而全诗也只有56个字，背诵起来不便且不说，就是断句也颇费周折，故此暂定名为《望月有感》，原题作序；再如杜甫的《至德二载甫自京金光门出间道归凤翔乾元初从左拾遗移华州掾与亲故别因出此门有悲往事》，暂定名为《再经金光门》，原题作序。

八、通行本中还有诸多标音不准、句读不分的地方，极易误导读者，在此一并更正。

管中窥豹，难概其全。鉴于编者水平有限，难免有不正、不全之处，同时亦会有“祛咳添喘”之嫌，在此稽首恭赐，亦为弘扬国学经典之大幸也。

谚云：“熟读唐诗三百首，不会吟诗也会吟。”陈湛元云：“唐诗八百俱谙熟，胜取大学一纸书。”

陈湛元

2016年6月

目　录

白牡丹·白居易

城中看花客，旦暮走营营。
素华人不顾，亦占牡丹名。

【注释】营营：往来穿行。素华：白花。顾：看、欣赏。占：拥有、享有。孤芳自赏也，意境有类于张九龄的“草木有本心，何求美人折。”

白牡丹·白居易

白花冷澹无人爱，亦占芳名道牡丹。
应似东宫白赞善，被人还唤作朝官。

【注释】冷澹：冷淡，指花色。赞善：官名，白居易曾官至左赞善大夫。意境同上首，均是不被重用时的自我鼓励和安慰。

附：《爱莲说》周敦颐

水陆草木之花，可爱者甚蕃。晋陶渊明独爱菊。自李唐来，世人甚爱牡丹。予独爱莲之出淤泥而不染，濯清涟而不妖，中通外直，不蔓不枝，香远益清，亭亭净植，可远观而不可亵玩焉。

予谓菊，花之隐逸者也；牡丹，花之富贵者也；莲，花之君子者也。噫！菊之爱，陶后鲜有闻。莲之爱，同予者何人？牡丹之爱，宜乎众矣！

白云泉·白居易

天平山上白云泉，云自无心水自闲。
何必奔冲山下去，更添波浪向人间。

【注释】天平山：在苏州市西二十里，“此山在吴中最为峭崒高耸，一峰端正特立”。白云泉：山腰依崖建有亭，“亭侧清泉，泠泠不竭，所谓白云泉也”，号称“吴中第一水”。无心、闲：悠然自得。自：当然。

不能为人造福，就不要出来做官，宁可当一个悠闲自得的好人。本诗若把“何必”二字改成“直应”，则意境正好相反，即变成了咏志之作。

草·白居易

离离原上草，一岁一枯荣。
野火烧不尽，春风吹又生。
远芳侵古道，晴翠接荒城。
又送王孙去，萋萋满别情。

【注释】 离离：茂盛状。侵、接：连接、蔓延。萋萋：草木茂盛状，此指凄凄伤感。《楚辞·招隐士》："王孙游兮不归，春草生兮萋萋。"

白乐天初举，名未振，以歌诗谒顾况。况谑之曰："长安百物贵，居大不易。"及读至《赋得原上草送别》诗曰"野火烧不尽，春风吹又生"，况叹之曰："有句如此，居天下有甚难！老夫前言戏之尔。"（一作《赋得原上草送别》）

长恨歌·白居易

汉皇重色思倾国，御宇多年求不得。
杨家有女初长成，养在深闺人未识。
天生丽质难自弃，一朝选在君王侧。
回眸一笑百媚生，六宫粉黛无颜色。
春寒赐浴华清池，温泉水滑洗凝脂。
侍儿扶起娇无力，始是新承恩泽时。
云鬓花颜金步摇，芙蓉帐暖度春宵。
春宵苦短日高起，从此君王不早朝。
承欢侍宴无闲暇，春从春游夜专夜。
后宫佳丽三千人，三千宠爱在一身。
金屋妆成娇侍夜，玉楼宴罢醉和春。
姊妹弟兄皆列土，可怜光彩生门户。
遂令天下父母心，不重生男重生女。
骊宫高处入青云，仙乐风飘处处闻。
缓歌谩舞凝丝竹，尽日君王看不足。
渔阳鼙鼓动地来，惊破霓裳羽衣曲。
九重城阙烟尘生，千乘万骑西南行。

翠华摇摇行复止，西出都门百余里。
六军不发无奈何，宛转蛾眉马前死。
花钿委地无人收，翠翘金雀玉搔头。
君王掩面救不得，回看血泪相和流。
黄埃散漫风萧索，云栈萦纡登剑阁。
峨嵋山下少人行，旌旗无光日色薄。
蜀江水碧蜀山青，圣主朝朝暮暮情。
行宫见月伤心色，夜雨闻铃肠断声。
天旋地转回龙驭，到此踌躇不能去。
马嵬坡下泥土中，不见玉颜空死处。
君臣相顾尽沾衣，东望都门信马归。
归来池苑皆依旧，太液芙蓉未央柳。
芙蓉如面柳如眉，对此如何不泪垂。
春风桃李花开日，秋雨梧桐叶落时。
西宫南内多秋草，落叶满阶红不扫。
梨园弟子白发新，椒房阿监青娥老。
夕殿萤飞思悄然，孤灯挑尽未成眠。
迟迟钟鼓初长夜，耿耿星河欲曙天。
鸳鸯瓦冷霜华重，翡翠衾寒谁与共。
悠悠生死别经年，魂魄不曾来入梦。
临邛道士鸿都客，能以精诚致魂魄。
为感君王辗转思，遂教方士殷勤觅。
排空驭气奔如电，升天入地求之遍。
上穷碧落下黄泉，两处茫茫皆不见。
忽闻海上有仙山，山在虚无缥渺间。
楼阁玲珑五云起，其中绰约多仙子。
中有一人字太真，雪肤花貌参差是。
金阙西厢叩玉扃，转教小玉报双成。
闻道汉家天子使，九华帐里梦魂惊。
揽衣推枕起徘徊，珠箔银屏迤逦开。
云髻半偏新睡觉，花冠不整下堂来。

风吹仙袂飘飘举，犹似霓裳羽衣舞。
玉容寂寞泪阑干，梨花一枝春带雨。
含情凝睇谢君王，一别音容两渺茫。
昭阳殿里恩爱绝，蓬莱宫中日月长。
回头下望人寰处，不见长安见尘雾。
惟将旧物表深情，钿合金钗寄将去。
钗留一股合一扇，钗擘黄金合分钿。
但教心似金钿坚，天上人间会相见。
临别殷勤重寄词，词中有誓两心知。
七月七日长生殿，夜半无人私语时。
在天愿作比翼鸟，在地愿为连理枝。
天长地久有时尽，此恨绵绵无绝期。

【注释】倾国：《汉书·外戚传》载李延年歌："北方有佳人，绝世而独立。一顾倾人城，再顾倾人国。宁不知倾城与倾国，佳人难再得。"御宇：统治天下。难自弃：自己都没有办法。金步摇：首饰。夜专夜：玄宗每夜只宠幸贵妃一人。鼙（pí）鼓：少数民族战鼓，指安禄山叛乱。宛转：辗转反侧的样子。花钿、翠翘、金雀、玉搔头：均指首饰。云栈（zhàn）：山腰上的栈道。萦纡（yíng yū）：曲折。剑阁：四川地名。绰（chuò）约：体态轻盈柔美。参差是：好像是。裳（cháng）：裤。扃（jiōng）：门。小玉：吴王夫差女。双成：西王母侍女。迤逦（yǐ lǐ）：渐次。凝睇（dì）：注视。擘（bāi）：分开。

附：长恨歌·陈湛元

先明后暗谓玄星，姚宋之后耀妹兄。
羯鼓未终鼙鼓响，日昏星没黠魅生。
胡儿腹重三百六，善舞胡旋疾如风。
剃发擦粉双眉重，锦绣褔褓绕六宫。
投桃报李伦纲紊，乳伤发乱语失宗。
罢黜昭阳悌省过，食不甘味寝难朦。
高士深谙圣主意，殷勤解语掩其形。
一缕青丝五彩系，七夕私誓沉香亭。
香车细辇迎宫入，久别新婚愈宠行。
马嵬坡乱遁身影，一别两绝梦难成。

虽生犹死隔天日，纵有临邛难作成。
世人只叹沉香土，安知东瀛流芳行。
君不见文字服饰皆汉迹，礼教饮食俱国风。
昔时帐内绣成堆，今日山口孤荒蓬。
倾国雪肤列白骨，绝世花貌销玉容。
纵使相邀回家国，何处觅得未央宫？

（姚宋：姚崇、宋璟二丞相。妹兄：杨贵妃和杨国忠。羯：音杰。鼙：音皮。魅：音妹。临邛：临邛之道士，能升天入地。山口：日本山口县，据说杨贵妃逃到日本，死后葬于此，鲁迅之弟周作人在日留学期间，见过此墓。）

附：《长恨歌传》 陈鸿

开元中，泰阶平，四海无事。玄宗在位岁久，倦于旰食宵衣，政无大小，始委于右丞相，稍深居游宴，以声色自娱。先是元献皇后、武淑妃皆有宠，相次即世。宫中虽良家子千数，无可悦目者。上心忽忽不乐。时每岁十月，驾幸华清宫，内外命妇，熠耀景从。浴日余波，赐以汤沐。春风灵液，澹荡其间。上心油然，若有所遇，顾左右前后，粉色如土。诏高力士潜搜外宫，得弘农杨玄琰女于寿邸，既笄矣。鬓发腻理，纤秾中度，举止闲冶，如汉武帝李夫人。别疏汤泉，诏赐藻莹，既出水，体弱力微，若不任罗绮。光彩焕发，转动照人。上甚悦，进见之日，奏《霓裳羽衣曲》以导之，定情之夕，授金钗钿合以固之。又命戴步摇，垂金珰，明年，册为贵妃，半后服用。由是冶其容，敏其词，婉娈万态，以中上意，上益嬖焉。时省风九州，泥金五岳，骊山雪夜，上阳春朝，与上行同辇，止同室，宴专席，寝专房。虽有三夫人、九嫔、二十七世妇、八十一御妻，暨后宫才人、乐府妓女，使天子无顾盼意。自是六宫无复进幸者。非徒殊艳尤态致是，益才智明慧，善巧便佞，先意希旨，有不可形容者。叔父昆弟皆列位清贵，爵为通侯。姊妹封国夫人，富埒王宫，车服邸第，与大长公主侔矣。而恩泽势力，则又过之，世入禁门不问，京师长吏为之侧目。故当时谣谚有云：“生女勿悲酸，生男勿喜欢。”又曰：“男不封侯女作妃，看女却为门上楣。”其为人心羡慕如此。

天宝末，兄国忠盗丞相位，愚弄国柄。及安禄山引兵向阙，以讨杨氏为词。潼关不守，翠华南幸，出咸阳，道次马嵬亭。六军徘徊，持戟不进。从官郎吏伏上马前，请诛晁错以谢天下。国忠奉牦缨盘水，死于道周。左右之意未快。上问之。当时敢言者，请以贵妃塞天下怨。上知不免，而不忍见其死，反袂掩面，使牵之而去。仓皇展转，竟就死于尺组之下。既而玄宗狩成都，肃宗受禅灵武。明年大赦改元，大驾还都。尊玄宗为太上皇，就养南宫，自南宫迁于西内，时移事去，乐尽悲来。每至春之日，冬之夜，池莲夏开，宫槐秋落。梨园弟子，玉琯发音，闻《霓裳羽衣》一声，则天颜不怡，左右歔欷。三载一意，其念不衰。求之梦魂，杳不能得。

适有道士自蜀来，知上心念杨妃如是，自言有李少君之术。玄宗大喜，命致其神。方士乃竭其术以索之，不至。又能游神驭气，出天界，没地府以求之，不见。又旁求四虚上下，东极天海，跨蓬壶。见最高仙山，上多楼阙，西厢下有洞户，东向，阖其门，署曰“玉妃太真院”。方士抽簪扣扉，有双鬟童女，出应其门。方士造次未及言，而双鬟复入。俄有碧衣侍女又至。诘其所从。方士因称唐天子使者，且致其命。碧衣云：“玉妃方寝，请少待之。”于时云海沈沈，洞天日晓，琼户重阖，悄然无声。方士屏息敛足，拱手门下。久之，而碧衣延入，且曰：“玉妃出。”见一人冠金莲，披紫绡，佩红玉，曳凤舄，左右侍者七八人，揖方士，问皇帝安否，次问天宝十四载以还事。言讫，悯然。指碧衣女取金钗钿合，各析其半，授使者曰：“为我谢太上皇，谨献是物，寻旧好也。”方士受辞与信，将行，色有不足。玉妃固征其意。复前跪致词：“请当时一事，不为他人闻者，验于太上皇，恐钿合金钗，负新垣平之诈也。”玉妃茫然退立，若有所思，徐而言曰：“昔天宝十载，侍辇避暑于骊山宫。秋七月，牵牛织女相见之夕，秦人风俗，是夜张锦绣，陈饮食，树瓜华，焚香于庭，号为乞巧。宫掖间尤尚之。时夜殆半，休侍卫于东西厢，独侍上。上凭肩而立，因仰天感牛女事，密相誓心，愿世世为夫妇。言毕，执手各呜咽。此独君王知之耳。”因自悲曰：“由此一念，又不得居此。复堕下界，且结后缘。或为天，或为人，决再相见，好合如旧。”因言：“太上皇亦不久人间，幸惟自安，无自苦耳。”使者还奏太上皇，皇心震悼，日日不豫。其年夏四月，南宫宴驾。

元和元年冬十二月，太原白乐天自校书郎尉于盩厔，鸿与琅琊王质夫家于是邑，暇日相携游仙游寺，话及此事，相与感叹。质夫举酒于乐天前曰：“夫希代之事，非遇出世之才润色之，则与时消没，不闻于世。乐天深于诗，多于情者也。试为歌之。如何?”乐天因为《长恨歌》。意者不但感其事，亦欲惩尤物，窒乱阶，垂于将来者也。歌既成，使鸿传焉。世所不闻者，予非开元遗民，不得知。世所知者，有《玄宗本纪》在。今但传《长恨歌》云尔。

池上·白居易

小娃撑小艇，偷采白莲回。
不解藏踪迹，浮萍一道开。

【注释】不解：不懂得。一道开：浮萍被船冲开一条水道。

村夜·白居易

霜草苍苍虫切切，村南村北行人绝。
独出门前望野田，月明荞麦花如雪。

【注释】苍苍：苍白一片。切切：虫叫声。荞麦：草本植物，开白花，其籽磨成面粉可食。

达哉乐天行·白居易

达哉达哉白乐天，分司东都十三年。
七旬才满冠已挂，半禄未及车先悬。
或伴游客春行乐，或随山僧夜坐禅。
二年忘却问家事，门庭多草厨少烟。
庖童朝告盐米尽，侍婢暮诉衣裳穿。
妻孥不悦甥侄闷，而我醉卧方陶然。
起来与尔画生计，薄产处置有后先。
先卖南坊十亩园，次卖东郭五顷田。
然后兼卖所居宅，仿佛获缗二三千。
半与尔充衣食费，半与吾供酒肉钱。
吾今已年七十一，眼昏须白头风眩。
但恐此钱用不尽，即先朝露归夜泉。
未归且住亦不恶，饥餐乐饮安稳眠。
死生无可无不可，达哉达哉白乐天。

【注释】分司东都：作者晚年以太了宾客及太子少傅分司东都，实为虚职。达哉：豁达、超然。庖（páo）：厨房。孥（nú）：妻和子。缗（mín）：串钱绳子，此指钱币。朝露归夜泉：死掉。未归且住：暂时还活着。无可无不可：无所谓。真正的乐天，超然，活明白了。

大林寺桃花·白居易

人间四月芳菲尽，山寺桃花始盛开。
长恨春归无觅处，不知转入此中来。

【注释】大林寺：在庐山大林峰，相传为晋代僧人昙诜所建，为我国佛教胜地之一。遍寻春芳不见，原来藏匿于此。

杜陵叟·白居易

杜陵叟，杜陵居，岁种薄田一顷余。
三月无雨旱风起，麦苗不秀多黄死。
九月降霜秋早寒，禾穗未熟皆青干。
长吏明知不申破，急敛暴征求考课。
典桑卖地纳官租，明年衣食将何如？
剥我身上帛，夺我口中粟。
虐人害物即豺狼，何必钩爪锯牙食人肉？
不知何人奏皇帝，帝心恻隐知人弊。
白麻纸上书德音，京畿尽放今年税。
昨日里胥方到门，手持敕牒榜乡村。
十家租税九家毕，虚受吾君蠲免恩。

【注释】 叟：年老的男人。薄田：贫瘠的田地。申破：上报说明。考课：古代指考查政绩。帛：丝织品，泛指衣物。粟：小米，泛指谷类。钩爪锯牙：比喻人的凶恶残暴。西汉刘安《淮南子·本经训》："凤凰不下，句爪、居牙、戴角、出距之兽于是鸷矣。"恻隐：见人遭遇不幸而心有所不忍，即同情。弊：衰落，疲惫。书德音：诏令减税。京畿（jī）：国都及其行政官署所辖地区。放：减免。里胥（xū）：古代指地方上的一里之长，负责管理事务。方：才，刚刚。敕（chì）牒（dié）：官府文书。榜乡村：张贴在村口。九家毕：九家都纳完税了。蠲（juān）：除去，免除。

放言·白居易

朝真暮伪何人辨，古往今来底事无。
但爱臧生能诈圣，可知宁子解佯愚。
草萤有耀终非火，荷露虽团岂是珠。
不取燔柴兼照乘，可怜光彩亦何殊。

【注释】 放言：公元815年（唐宪宗元和十年）诗人被贬赴江州途中所作。当年六月，诗人因上疏急请追捕刺杀宰相武元衡和裴度的凶手，遭当权者忌恨，被贬为江州司马。诗题"放言"，就是无所顾忌，畅所欲言。底事：何事。臧（zāng）生：指臧武仲。《论语·宪问》："子曰：臧武仲，以防求为后于鲁。虽曰不要君，吾不信也。"防：是武仲的封地。武仲凭借其防地来要挟鲁君。武仲，臧孙氏，名纥，官为司寇，在贵族中有“圣人之称”。《左传·襄公二十二年》杜氏注：“武仲多知，时人谓之圣。”诈圣：由奸诈而称圣。宁（nìng）子：指宁武子。《论语·公冶长》：“宁武子，邦有道则知，邦无道则愚。其知可及也，其愚不可及也。”荀悦《汉记·王商论》：“宁武子佯愚（装傻）。”解佯愚：能装傻。此二句谓世人只是上了假圣人的当，去爱臧武仲那样的人，哪知道世间还有宁武子那样装呆作傻的人呢。草萤：腐草中的萤火虫。荷露：荷叶上的露珠。燔（fán）：烤。燔柴，《礼记·祭法》：“燔柴于泰坛。”这里用作名词，意为大火。照乘，指明珠。兼：和。这两句是说：倘不取燔柴大火和照乘明珠来作比较，又何从判定草萤非火，荷露非珠呢？可怜：可爱。亦何殊：又有什么不同呢？

放言·白居易

赠君一法决狐疑，不用钻龟与祝蓍。
试玉要烧三日满，辨材须待七年期。
周公恐惧流言日，王莽谦恭未篡时。
向使当初身便死，一生真伪复谁知。

【注释】决狐疑：解除疑惑。钻龟、祝蓍（shī）：古代占卜用的龟甲和蓍草。向使：假使。周公：姓姬名旦，周武王之弟，成王之叔，武王死，成王年幼，周公摄政，管、蔡、霍三叔陷害之，制造流言，诬蔑周公要篡位。周公于是避居于东，不问政事。后成王悔悟，迎回周公，三叔惧而叛变，成王命周公征之，遂定东南。王莽：在未篡汉以前曾伪装谦恭下士。《汉书·王莽传》：“爵位益尊，节操愈谦。散舆马衣裘，赈施宾客，家无所余。收赡名士，交结将相卿大夫甚众。……欲令名誉过前人，遂克己不倦。”后竟独揽朝政，杀平帝，篡汉位自立。一切用时间来说话。

感鹤·白居易

鹤有不群者，飞飞在田野。
饥不啄腐鼠，渴不饮盗泉。
贞姿自耿介，杂鸟何翩翩。
同游不同志，如此十余年。
一兴嗜欲念，遂为矰缴牵。
委质小池内，争食群鸡前。
不惟怀稻粱，兼亦竞腥膻。
不惟恋主人，兼亦狎乌鸢。
物心不可知，天性有时迁。
一饱尚如此，况垂大夫轩！

【注释】腐鼠：腐烂的死鼠，比喻轻贱之物。《庄子·秋水》：“于是鸱（鹰的一种）得腐鼠，鹓雏过之，仰而视之曰：‘吓!’”。盗泉：古泉名，在今山东泗水县，相传县境有八十七泉，只有盗泉不流，其余皆汇为泗河，《尸子》记载，（孔子）过于盗泉，渴矣而不饮，恶其名也。贞姿：操守坚定。耿介：正直。杂鸟何翩翩：其他鸟何如鹤这样举止潇洒。翩翩（piān），举止潇洒。一兴：只是偶尔一次产生了。嗜（shì）欲念：贪吃的念头。矰缴（zēng zhuó）：带绳的弓箭。委质：放养。怀：想吃。竞：争食。狎（xiá）：亲近挑逗。鸢（yuān）：老鹰。物心：动物的秉性。有时迁：随着时间而发生改变。垂：垂涎、追求。大夫轩：垂挂着帷幕的大夫专用车，指官位。为了一顿饱饭尚且如此，何况令人垂涎的官位呢?

宫词·白居易

泪尽罗巾梦不成，夜深前殿按歌声。
红颜未老恩先断，斜倚熏笼坐到明。

【注释】泪尽：眼泪流干了。罗巾：泪水湿透罗巾。梦不成：睡不着。按歌声：和拍而歌。

观游鱼·白居易

绕池闲步看鱼游，正值儿童弄钓舟。
一种爱鱼心各异，我来施食尔垂钓。

【注释】闲步：散步。值：遇见。弄：操作。我喂鱼食，你欲食鱼，童趣中寓意深邃。

观刈麦·白居易

田家少闲月，五月人倍忙。
夜来南风起，小麦覆陇黄。
妇姑荷箪食，童稚携壶浆。
相随饷田去，丁壮在南冈。
足蒸暑土气，背灼炎天光。
力尽不知热，但惜夏日长。
复有贫妇人，抱子在其旁。
右手秉遗穗，左臂悬敝筐。

听其相顾言，闻者为悲伤。
家田输税尽，拾此充饥肠。
今我何功德，曾不事农桑。
吏禄三百石，岁晏有余粮。
念此私自愧，尽日不能忘。

【注释】刈（yì）：割。陇：垄。妇姑：妇女。荷（hè）：肩挑。箪（dān）食（shí）：用竹篮盛着的饭。童稚：小孩。携：提着。壶浆：用壶装的汤水。饷（xiǎng）：给田里劳动的人送饭。丁壮：青壮男子。蒸暑土气：受地面热气的熏蒸。灼炎天光：受炎热的阳光烘烤。但惜夏日长：只是珍惜长长的夏日，日长可以多干活。秉遗穗：捡拾落下的麦穗。悬敝筐：挎着破筐。输税：缴纳租税。农桑：农活。吏禄：当时白居易任周至县尉，一年的薪俸大约三百石米。石（dàn）：十斗。岁晏：年底。晏，日上三竿。

邯郸冬至夜思家·白居易

邯郸驿里逢冬至，抱膝灯前影伴身。
想得家中夜深坐，还应说着远行人。

【注释】冬至：二十四节气之一，在十二月二十一、二十二或二十三日。影伴身：只有身影相随，意即孤单。想得：联想到。家中：家里人。远行人：自指，如王维的“遍插茱萸少一人”。

花非花·白居易

花非花，雾非雾。夜半来，天明去。
来如春梦几多时？去似朝云无觅处。

【注释】几多时：没多长时间。把名利看淡了，颇有禅境。

买花·白居易

帝城春欲暮，喧喧车马度。
共道牡丹时，相随买花去。
贵贱无常价，酬直看花数。
灼灼百朵红，戋戋五束素。

上张幄屋庇，旁织笆篱护。
水洒复泥封，移来色如故。
家家习为俗，人人迷不悟。
有一田舍翁，偶来买花处。
低头独长叹，此叹无人谕。
一丛深色花，十户中人赋。

【注释】帝城：长安。春欲暮：春天要结束了。喧喧：车马声。度：经过。牡丹时：正是牡丹开花的最好时节。酬直：价格。灼灼（zhuó）：色彩明亮。戋戋（jiān）：少，为数不多。素：白花。张：撑开。幄屋：花棚。庇（bì）：遮蔽。谕（yù）：明白。中人赋：中等人家的赋税。

卖炭翁·白居易

卖炭翁，伐薪烧炭南山中。
满面尘灰烟火色，两鬓苍苍十指黑。
卖炭得钱何所营？身上衣裳口中食。
可怜身上衣正单，心忧炭贱愿天寒。
夜来城外一尺雪，晓驾炭车辗冰辙。
牛困人饥日已高，市南门外泥中歇。
翩翩两骑来是谁？黄衣使者白衫儿。
手把文书口称敕，回车叱牛牵向北。
一车炭，千余斤，宫使驱将惜不得。
半匹红纱一丈绫，系向牛头充炭直。

【注释】何所营：往哪开销。翩翩（piān）：姿态洒脱。两骑（jì）：两匹马。黄衣使者：宫廷差役。白衫儿（ní）：穿着白衣的男人，唐代无品级的穿白衣，时称“白望”。敕（chì）：皇帝的诏令，喊着“宫市”的意思，宫市，即皇宫里需要的物品，派宦官到市场上购买。叱（chì）牛：大声吆喝牛。驱将：驱使。充炭直：充抵炭的价钱。唐代交易习俗，绢帛等丝织品可代货币使用，当时钱贵绢贱，一匹绢只值八百文，半匹纱和一丈绫子远不够一车炭的价钱。

暮江吟·白居易

一道残阳铺水中，半江瑟瑟半江红。
可怜九月初三夜，露似真珠月似弓。

【注释】瑟瑟：江水轻轻流动发出的声音。近处听声，远处看红，有声有色。可怜：可爱。

鸟·白居易

谁道群生性命微，一般骨肉一般皮。
劝君莫打枝头鸟，子在巢中望母归。

【注释】性命微：性命微贱，不值钱。

附：堂前燕·陈湛元

野草堂前巢已危，离家老燕不忘归。
新泥筑旧劳双燕，残食吐哺六雏飞。
凌空已识天地广，俯就巢窄未忍归。
兄弟本是同林鸟，及至羽丰各自飞。

琵琶行　并序·白居易

元和十年，余左迁九江郡司马。明年秋，送客湓浦口，闻舟中夜弹琵琶者。听其音，铮铮然有京都声。问其人，本长安倡女，尝学琵琶于穆、曹二善才，年长色衰，委身为贾人妇。遂命酒，使快弹数曲。曲罢悯然，自叙少小时欢乐事，今漂沦憔悴，转徙于江湖间。余出官二年，恬然自安，感斯人言，是夕始觉有迁谪意。因为长歌以赠之。凡六百一十六言，命曰：琵琶行。

浔阳江头夜送客，枫叶荻花秋瑟瑟。
主人下马客在船，举酒欲饮无管弦。
醉不成欢惨将别，别时茫茫江浸月。
忽闻水上琵琶声，主人忘归客不发。
寻声暗问弹者谁，琵琶声停欲语迟。
移船相近邀相见，添酒回灯重开宴。

千呼万唤始出来，犹抱琵琶半遮面。
转轴拨弦三两声，未成曲调先有情。
弦弦掩抑声声思，似诉生平不得志。
低眉信手续续弹，说尽心中无限事。
轻拢慢撚抹复挑，初为霓裳后六幺。
大弦嘈嘈如急雨，小弦切切如私语。
嘈嘈切切错杂弹，大珠小珠落玉盘。
间关莺语花底滑，幽咽流泉水下滩。
水泉冷涩弦凝绝，凝绝不通声暂歇。
别有幽愁暗恨生，此时无声胜有声。
银瓶乍破水浆迸，铁骑突出刀枪鸣。
曲终收拨当心画，四弦一声如裂帛。
东船西舫悄无言，惟见江心秋月白。
沉吟放拨插弦中，整顿衣裳起敛容。
自言本是京城女，家在虾蟆陵下住。
十三学得琵琶成，名属教坊第一部。
曲罢曾教善才服，妆成每被秋娘妒。
五陵年少争缠头，一曲红绡不知数。
钿头银篦击节碎，血色罗裙翻酒污。
今年欢笑复明年，秋月春风等闲度。
弟走从军阿姨死，暮去朝来颜色故。
门前冷落车马稀，老大嫁作商人妇。
商人重利轻别离，前月浮梁买茶去。
去来江口守空船，绕舱明月江水寒。
夜深忽梦少年事，梦啼妆泪红阑干。
我闻琵琶已叹息，又闻此语重唧唧。
同是天涯沦落人，相逢何必曾相识。
我从去年辞帝京，谪居卧病浔阳城。
浔阳地僻无音乐，终岁不闻丝竹声。
住近湓城地低湿，黄芦苦竹绕宅生。
期间旦暮闻何物，杜鹃啼血猿哀鸣。

春江花朝秋月夜，往往取酒还独倾。
岂无山歌与村笛，呕哑嘲哳难为听。
今夜闻君琵琶语，如听仙乐耳暂明。
莫辞更坐弹一曲，为君翻作琵琶行。
感我此言良久立，却坐促弦弦转急。
凄凄不似向前声，满座重闻皆掩泣。
座中泣下谁最多，江州司马青衫湿。

【注释】左迁：被贬官。铮铮（zhēng）然：铿锵清脆。倡女：歌妓。善才：乐师。委身：下嫁。贾（gǔ）人：商人。悯（mǐn）然：忧郁愁苦。漂沦：漂泊。憔悴：受苦。恬（tián）然：宁静。六百一十六言：原为六百一十二言，实为笔误，自此更正，以免以错传错。浔阳：九江。瑟瑟：枝叶抖动而发出的轻微的声音。客在船：主人到船上短暂停留，陪客人一同饮酒，并不是说客人已经在船上了，这里的“客”字是动词，而不是名词。欲语迟：想要与琵琶女搭话但为时已晚，对方弹完一曲回到船舱里了，这才有了下面的“千呼万唤始出来”的描写，并不是说琵琶女想要说话还犹犹豫豫的。掩抑：低沉忧郁。声声思（sì）：饱含情思。轻拢慢撚抹复挑：弹琵琶的各种指法。霓裳（cháng）、六幺（yāo）：曲名。嘈嘈：低沉。切切：高亮。间关：鸟声清亮婉转。滑：发声，“叶底黄鹂一两声”的状态。幽咽流泉水下滩：泉水流经乱石之声，也就是王维的“泉声咽危石”的意境，水下滩而不是冰下难，冰已封住，何以闻其声？水泉冷涩：流水将要干涸、枯竭，故而声由弱变无。弦凝绝：琴弦缓慢、渐弱而停止。凝绝不通：缓慢、渐弱而停止、不动。别有：自有。幽愁暗恨：蓄积在内心的忧愁怨恨。生：产生，发出。缠头：赏赐。红绡：缠头。击节：打拍子。阿姨：母亲。颜色故：容颜变老。老大：年纪大了。浮梁：江西景德镇。阑干：纵横交错。重唧唧：更加叹息。丝竹：管弦乐器。春江花朝秋月夜：春天，早晨有花陪伴；秋天，夜晚有明月相伴，指一年到头只有孤独寂寞，如同刘长卿的“岭猿同旦暮，江柳共风烟”的孤苦境界。呕哑嘲哳（ōu yā zhāo zhā）：嘈杂混乱的噪音。更坐：再坐一会。翻作：按曲子来写作歌词。却坐：回到原座。促弦：弹拨。向前：先前的，刚才的。掩泣：掩面而哭。

钱塘湖春行·白居易

孤山寺北贾亭西，水面初平云脚低。
几处早莺争暖树，谁家新燕啄春泥。
乱花渐欲迷人眼，浅草才能没马蹄。
最爱湖东行不足，绿杨阴里白沙堤。

【注释】钱塘湖：杭州西湖。孤山寺：西湖的后湖和外湖之间有孤山，山上有寺。贾亭：贾公亭，唐贞元中，贾全在杭州做官时所建。云脚：云层。暖树：向阳的树。不足：不够。白沙堤：断桥堤。在堤上行马，观赏美景，流连忘返。

秦吉了·白居易

秦吉了，出南中，彩毛青黑花颈红。
耳聪心慧舌端巧，鸟语人言无不通。
昨日长爪鸢，今朝大嘴乌。
鸢捎乳燕一窠覆，乌啄母鸡双眼枯。
鸡号堕地燕惊去，然后拾卵攫其雏。
岂无雕与鹗？嗉中肉饱不肯搏。
亦有鸾鹤群，闲立扬高如不闻。
秦吉了，人云尔是能言鸟，岂不见鸡燕之冤苦？
吾闻凤凰百鸟主，尔竟不为凤凰之前致一言，安用噪噪闲言语。

【注释】秦吉了：又称八哥，是一种常见的玩赏鸟，智商很高，可学人语。出南中：产于秦中部地区，指皇帝的近臣或有话语权的谏官。鸢（yuān）：老鹰。大嘴乌：乌鸦。皆指祸害百姓的贪官污吏及地痞等。鸢捎乳燕一窠覆：树上老鹰掠走小燕，把巢穴弄翻。窠（kē）：鸟窝。乌啄母鸡双眼枯：地上乌鸦啄瞎母鸡双眼。鸡号堕地燕惊去：母鸡嚎叫，燕窝坠地，母燕吓跑。然后拾卵攫其雏：乌鸦抢食鸡蛋，老鹰抓取雏燕。雕、鹗（è）：可以收拾鸢和乌的鸟，暗指清明的地方官。嗉（sù）：鸟的胃。鸾鹤：更高级的官员。闲立扬高：闲着没事、趾高气扬。凤凰：代指君王。噪噪：聒噪（guō zào）不停。

轻肥·白居易

意气骄满路，鞍马光照尘。
借问何为者，人称是内臣。
朱绂皆大夫，紫绶或将军。
夸赴军中宴，走马去如云。
樽罍溢九酝，水陆罗八珍。
果擘洞庭橘，脍切天池鳞。
食饱心自若，酒酣气益振。
是岁江南旱，衢州人食人！

【注释】轻肥：取自《论语·雍也》中的“乘肥马，衣轻裘”，用以概括豪奢生活。骄：高傲地。光照尘：马鞍发光，照着地。绂（fú）：古代系印章的丝绳。绶（shòu）：系印章或勋章的丝带。或：有的。夸：炫耀。樽罍（léi）：酒具。溢：满了而流出。九酝：陈酿。水陆：摆放酒菜的地方，岸上摆放，水中亭榭里也摆放。水陆与樽罍相对仗，并不是摆放产自水里和陆地的八珍，八珍自然产自水陆，不需说。八珍：山珍海味。果擘洞庭橘，脍切天池鳞：擘（bāi）洞庭橘果，切天池鳞脍。脍（kuài），切细的肉。气益振：官气更足。衢（qú）州：位于浙江省西部，钱塘江上游。

望月有感·白居易

自河南经乱，关内阻饥，兄弟离散，各在一处。因望月有感，聊书所怀，寄上浮梁大兄、于潜七兄、乌江十五兄，兼示符离及下邽弟妹。

时难年荒世业空，弟兄羁旅各西东。
田园寥落干戈后，骨肉流离道路中。
吊影分为千里雁，辞根散作九秋蓬。
共看明月应垂泪，一夜乡心五处同。

【注释】时难：河南叛乱。年荒：关中大旱。世业空：祖辈产业没有了。羁旅：客居、流落他乡。田园寥落干戈后：干戈后田园寥落。寥落，荒芜。流离：流浪。吊影：对影自慰。分为：分作，分离好像……。千里雁：千里孤雁。辞根：断根、分散。散作：同“分作”，分散好像……。九秋蓬：深秋随风飘飞的蓬草。李商隐有“走马兰台类转蓬”句。五处同：弟兄分离五处，此时共看一轮明月，寄托同一乡情。此句最妙，苏轼的“千里共婵娟”是也。（题目为编者所加，原题太长，谨以作序。）

问刘十九·白居易

绿蚁新醅酒，红泥小火炉。
晚来天欲雪，能饮一杯无？

【注释】刘十九：刘轲。绿蚁新醅（pēi）酒：新酿出的没过滤的浊酒，上面悬浮着酒渣像绿蚁一样。新解：新酿出来的里边泡着绿蚂蚁的养生酒。小火炉：一作温酒的器皿，一作火锅解。晚来：晚上。

惜牡丹花·白居易

惆怅阶前红牡丹，晚来惟有两枝残。
明朝风起应吹尽，夜惜衰红把火看。

【注释】惆怅（chóu chàng）：伤感。惟有两枝残：只剩下两枝残败的牡丹花了，并不是说只有两枝是残的，其余的都是好的。把火：手持灯火。看：读作 kān 音。

夜雪·白居易

已讶衾枕冷，复见窗户明。
夜深知雪重，时闻折竹声。

【注释】讶（yà）：惊异。窗户明：指下雪后光线明亮，如“囊萤映雪”。明：白，不是月色，雪一直下，没有月亮。时闻：时常听到。折竹声：大雪压断竹枝的声音，由此可知雪一直在下，故无月。

夜筝·白居易

紫袖红弦明月中，自弹自感暗低容。
弦凝指咽声停处，别有深情一万重。

【注释】紫袖：弹筝人。暗低容：愁容满面的样子。弦凝指咽：因愁绪太重而停止弹奏。如《琵琶行》中的“水泉冷涩弦凝绝，凝绝不通声暂歇。”

遗爱寺·白居易

弄石临溪坐，寻花绕寺行。
时时闻鸟语，处处是泉声。

【注释】遗爱寺：庐山香炉峰下古寺。弄：拿在手里把玩。寻花：追寻着花而走，即边走边赏花，不是寻找花。有色、有声，更加衬托出寺院的幽静，大有常建的“山光悦鸟性，潭影空人心”的禅境。

咏老赠梦得·白居易

与君俱老也，自问老何如。
眼涩夜先卧，头慵朝未梳。
有时扶杖出，尽日闭门居。
懒照新磨镜，休看小字书。
情于故人重，迹共少年疏。
惟是闲谈兴，相逢尚有余。

【注释】梦得：刘禹锡。何如：又能怎样，意即无所谓。头慵：头沉。情于故人重：情重于故人。共：与。少年疏：与少年很少来往。有余：怀旧的话题说个不停。

欲与元八卜邻先有是赠·白居易

平生心迹最相亲，欲隐墙东不为身。
明月好同三径夜，绿杨宜作两家春。
每因暂出犹思伴，岂得安居不择邻？
可独终身数相见，子孙长作隔墙人。

【注释】元八：名宗简，字居敬，排行第八，河南人，举进士，官至京兆少尹。他是白居易的诗友，两人结交二十余年。卜邻：即选择作邻居。公元 815 年（唐宪宗元和十年）春，诗人和宗简都在朝廷供职，宗简在长安升平坊购了一所新宅，诗人很想同他结邻而居，乃作这首七律相赠。墙东：《后汉书·逸民传·蓬萌》载，逢萌字子康，北海都昌人也。家贫，给事县为亭长。时尉行过亭，萌候迎拜谒，既而掷楯叹曰："大丈夫安能为人役哉!" 遂去之长安学，通《春秋经》。时王莽杀其子宇，萌谓友人曰："三纲绝矣！不去，祸将及人。" 即解冠挂东都城门，归，将家属浮海，客于辽东。初，萌与同郡徐房、平原李子云、王君公相友善，并晓阴阳，怀德秽行。房与子云养徒各千人，君公遭乱独不去，侩（kuài）牛自隐。时人谓之论曰："避世墙东王君公"。避世墙东，指隐居于市井贩夫之中。三径：语出陶潜《归去来辞》"三径就荒，松菊犹存" 句，用来代指隐士居住的地方。杨柳：《南史》卷四十八《陆慧晓传》载，慧晓与张融并宅，其间有池，池上有二株杨柳。点叹曰："此池便是醴泉，此木便是交让。" 交让，即交让木。两树对生，一树枯则一树生，如是岁更，终不俱生俱枯也。借南朝陆慧晓与张融比邻旧事，表示欲与元氏卜邻之意。每因暂出犹思伴，岂得安居不择邻：暂时外出，尚思良侣偕行；长期定居，怎可不择佳邻？必欲择邻，我舍君而求谁，君弃我其谁属？可独终身数相见，子孙长作隔墙人：不但终身可时常相见，子孙后代也能永远和睦相处。可独，何止。隔墙人，邻居。

舟中读元九诗·白居易

把君诗卷灯前读，诗尽灯残天未明。
眼痛灭灯犹暗坐，逆风吹浪打船声。

【注释】元九：元稹。

仲夏斋戒月·白居易

仲夏斋戒月，三旬断腥膻。
自觉心骨爽，行起身翩翩。
始知绝粒人，四体更轻便。
初能脱病患，久必成神仙。
御寇驭冷风，赤松游紫烟。
常疑此说谬，今乃知其然。
我年过半百，气衰神不全。
已垂两鬓丝，难补三丹田。
但减荤血味，稍结清净缘。
脱巾且修养，聊以终天年。

【注释】斋戒：亦称辟（bì）谷，现代养生叫净食，为古代方士道人修炼成仙之术，不食五谷，吸风饮露，让脏腑得到休整、调理、恢复和提高，进而达到不饥、不渴、不羸（léi）的生命状态，白居易在当时的社会条件下能活到75岁，与他经常净食辟谷不无直接的关系。三旬：三十天。腥膻：指肉类。翩翩（piān）：轻飘飘的。绝粒人：净食者。寇、冷风：中医指导致疾病的风寒暑湿燥热（火）六淫。赤松：赤松子。相传为神农时雨神。赤松子曾服用水玉这种药物祛病延年，并把这种方法教给神农氏。他还能跳入火中去焚烧自己而无任何损害。他常常去神仙居住的昆仑山，住在西王母的石头宫殿里。他还能随着风雨忽上忽下戏耍。炎帝的小女儿追随他学习道法，也成了神仙，与他一起隐遁出世。到了高辛氏统治时，他又出来充当雨神布雨，现在天上管布雨的神仙仍是赤松子。紫烟：紫色瑞云，晋郭璞《游仙诗》之三记载“赤松临上游，驾鸿乘紫烟。”三丹田：真气。脱巾：指放下杂念。

醉赠刘二十八使君·白居易

为我引杯添酒饮，与君把箸击盘歌。
诗称国手徒为尔，命压人头不奈何。
举眼风光长寂寞，满朝官职独蹉跎。
亦知合被才名折，二十三年折太多。

【注释】刘二十八使君：刘禹锡。诗称国手徒为尔：你写诗的水平堪称国手，但又有什么用呢？命压人头不奈何：厄运压在你头上，你什么办法也没有。独蹉跎：如同杜甫的“冠盖满京华，斯人独憔悴。”蹉跎（cuō tuó），荒废。合被：应该被。才名折：由于才名大而遭受打击。二十三年：遭贬二十三年。折太多：挫折太多。

己亥岁·曹松

泽国江山入战图，生民何计乐樵苏。
凭君莫话封侯事，一将功成万骨枯。

【注释】己亥岁：古代用天干地支对应的纪年方法。天干即子丑寅卯辰巳午未申酉戌亥，十二天干；地支即甲乙丙丁戊己庚辛寅癸，十个地支。子与甲相碰就是甲子年，己与亥相碰就是己亥年。泽国：江南水乡。入战图：成为战场。生民：百姓。何计：有什么办法。乐樵苏：指安于生活。樵苏：砍柴，指过日子。凭君：请君。一将功成万骨枯：一个大将取得的战功是牺牲了千万名士兵的性命换来的。

官仓鼠·曹邺

官仓老鼠大如斗，见人开仓亦不走。
健儿无粮百姓饥，谁遣朝朝入君口？

【注释】官仓：国家粮库。健儿：年轻力壮的男子。遣：使得。

附：硕鼠·陈湛元

仓有一老鼠，体硕须尾长。
走绳如履地，径取秸上梁。
尾汲油瓶倒，啮卵母鸡狂。
遗屎充饭粒，洞穿绣衣裳。

光火细照觅，缩身隙里藏。
鲜肥诱蔬果，嗅之疑不尝。
童叟无何耐，任尔自嚣张。
拱手识人意，俯身机关忘。
一朝嗜欲起，丸饵铁夹戕。
遗臭恶邻里，深埋花下香。
独怜贪亡鼠，芸芸众生相。
人为财而死，鼠为食而亡。
持谢贪利者，竟夕不得忘。
忘字本亡心，心亡只存亡。
（后二句中，前二个亡，音无，最后一个亡，音王）

四怨诗·曹邺

手推呕哑车，朝朝暮暮耕。
未曾分得谷，空得老农名。

【注释】四怨：是其“四怨三愁五情”系列诗中的“其四怨”。呕哑（ōu yā）：农具车的响声。未曾分得谷，空得老农名：一年到头分不到粮食，还算什么农民？新解为：还不能分辨出作物的名称，即不认识庄稼，却得到了一个农民的称呼，很是愧对。这种解法形容被下放的知识分子或被贬官员最为恰当。

白雪歌送武判官归京·岑参

北风卷地白草折，胡天八月即飞雪。
忽如一夜春风来，千树万树梨花开。
散入珠帘湿罗幕，狐裘不暖锦衾薄。
将军角弓不得控，都护铁衣冷难著。
瀚海阑干百丈冰，愁云惨淡万里凝。
中军置酒饮归客，胡琴琵琶与羌笛。
纷纷暮雪下辕门，风掣红旗冻不翻。
轮台东门送君去，去时雪满天山路。
山回路转不见君，雪上空留马行处。

【注释】歌：一种诗歌体裁。白草：西北植物，不是百草都折。忽如一夜春风来，千树万树梨花开：此二句为描写雪的绝句，今也可比作心情。狐裘（qiú）：大衣。锦衾（qīn）：被子。冷难著（zhuó）：又凉又硬，很难穿上，与上句不得控正好相对仗，而不是“冷犹著”，用“犹”字对仗不对。瀚（hàn）海：沙漠。阑干：纵横交错。惨淡：昏暗厚重。中军：中军帐，主帅的帐篷。饮（yìn）：请喝酒。辕门：军营的栅门。掣（chè）：拽动。山回路转不见君，雪上空留马行处：与李白的“孤帆远影碧空尽，惟见长江天际流”同一意境。

春梦·岑参

洞房昨夜春风起，遥忆美人湘江水。
枕上片时春梦中，行尽江南数千里。

【注释】片时：片刻。行尽江南数千里：梦中已经到了千里之外的湘水滨与心仪之人相会了。

登总持阁·岑参

高阁逼诸天，登临近日边。
晴开万井树，愁看五陵烟。
槛外低秦岭，窗中小渭川。
早知清净理，常愿奉金仙。

【注释】总持阁：在终南山上。诸天：天空。万井：古代以地方一里为一井，万井即一万平方里。五陵：指汉代五个皇帝的陵墓，即汉高祖长陵、惠帝安陵、景帝阳陵、武帝茂陵、昭帝平陵。低秦岭：凭栏远眺，秦岭显得低矮，登泰山而小天下之感。小渭川：凭窗远望，渭水显得细小。东边万里云销，心情爽朗；西方烟雾弥漫，心情压抑。早知：始知。清静理：禅理。金仙：用金色涂抹的佛像。

逢入京使·岑参

故园东望路漫漫，双袖龙钟泪不干。
马上相逢无纸笔，凭君传语报平安。

【注释】龙钟：龙钟树，叶抖动，形容双手抖动，激动状或老态。此指流泪不止。马上：骑马相遇。凭：请、托付。

和贾至舍人早朝大明宫之作·岑参

鸡鸣紫陌曙光寒，莺啭皇州春色阑。
金阙晓钟开万户，玉阶仙仗拥千官。
花迎剑佩星初落，柳拂旌旗露未干。
独有凤凰池上客，阳春一曲和皆难。

【注释】和（hè）：即按照作者原来的题材或者体裁来写一首诗，以示自己的意见，韵脚可以相同也可以完全不同。这首诗是和中书舍人贾至的《早朝大明宫呈两省僚友》之作。贾至：洛阳人，曾任中书舍人。紫陌：长安的大路。皇州：长安。阑：将尽。金阙：大明宫。玉阶：宫殿前的台阶。仙仗：早朝的仪仗。星初落：天刚亮。凤凰池：唐朝时是中书省所在的地方。唐时门下省、中书省在禁中左右掖。贾至时为中书舍人，在凤凰池的中书省工作。客：指贾至。阳春一曲：指贾至的诗。

寄左省杜拾遗·岑参

联步趋丹陛，分曹限紫微。
晓随天仗入，暮惹御香归。
白发悲花落，青云羡鸟飞。
圣朝无阙事，自觉谏书稀。

【注释】左省：门下省，在宣政殿东，称东台，又称左省、左掖。公元758年，杜甫在此任左拾遗共14个月。杜拾遗：杜甫。拾遗，官名。联步：并排走。陛（bì）：台阶。分曹：按小组或官署分开。限：限于。紫：紫微省。右省，中书省，宣政殿西，与左省对应，岑参在此任右补阙。限于二人在不同官署，所以走上台阶后，各自分开。天仗：天子的仪仗。惹：沾染。御香：皇室香炉中散发出来的香气。白发悲花落：花落白发悲。看见花落，白发人（作者）自觉悲凉。青云羡鸟飞：鸟飞青云羡。看见鸟儿高飞，怀着青云之志的人（作者）就羡慕。阙事：缺事，不足而需要改进的事情，官场奉承之语。谏书稀：为皇帝写进谏奏章的机会越来越少，仍是官场溢美之词。稀，音hēi 。

轮台歌奉送封大夫出师西征·岑参

轮台城头夜吹角，轮台城北旄头落。
羽书昨夜过渠黎，单于已在金山西。
戍楼西望烟尘黑，汉军屯在轮台北。
上将拥旄西出征，平明吹笛大军行。
四边伐鼓雪海涌，三军大呼阴山动。
虏塞兵气连云屯，战场白骨缠草根。
剑河风急雪片阔，沙口石冻马蹄脱。
亚相勤王甘苦辛，誓将报主静边尘。
古来青史谁不见，今见功名胜古人。

【注释】轮台：新疆古城。旄（máo）头：胡地上空的星宿，落，即流星陨落。羽书：插有羽毛的文书，与鸡毛信同一性质。渠黎：新疆古城。单（chán）于：匈奴首领统称。金山：阿尔泰山。拥旄：天子所赐节杖，是权利和使命的象征。平明：黎明，天刚亮。兵器连云屯：兵器之寒光冲天，屯即驻扎。剑河、沙口：地名。雪片阔：大雪纷飞，而不是云片阔，云片阔在此没有意义，只有下大雪才显示出恶战之苦，也才有下句的“石冻马蹄脱”，即马蹄子在石地上打滑、站不住。亚相：封大夫。勤王：辅佐皇上为国救难曰勤王，为君泄恨曰敌忾。甘苦辛：情愿忍受辛苦。静边尘：让边境太平。古来青史谁不见，今见功名胜古人：自古以来名垂青史的功臣人们都知道，但都不如今天的封大夫。显然是奉承溢美之词，官场上比较通行。

碛中作·岑参

走马西来欲到天，辞家见月两回圆。
今夜未知何处宿，平沙莽莽绝人烟。

【注释】碛（qì）：石滩。欲到天：好像到了天边。两回圆：两个月了。莽莽：无边无际。绝人烟：没有人家。

送人赴安西·岑参

上马带吴钩，翩翩度陇头。
小来思报国，不是爱封侯。
万里乡为梦，三边月作愁。
早须清黠虏，无事莫经秋。

【注释】吴钩：一种产于吴地略带弯形的刀。翩翩：骑马轻快地奔走。度：经过。陇头：指陕西篌陇县西北。陇北地区是古代通往西域的要道。为梦：是梦。作愁：变作愁绪。黠（xiá）虏：狡猾的敌人。莫经秋：不要等到秋天。一是秋天更使人愁，作者送友人正是秋天，故希望结束战争，明年秋天之前就回来；二是每逢秋季朝廷就开始征兵，不希望征兵打仗。

山房春事·岑参

梁园日暮乱飞鸦，极目萧条三两家。
庭树不知人去尽，春来还发旧时花。

【注释】梁园：西汉梁孝王刘武所建，故址在今河南省商丘县东，周围三百多里。园中有百灵山、落猿岩、栖龙岫、雁池、鹤洲、凫渚，宫观相连，奇果佳树，错杂其间，珍禽异兽，出没其中。梁孝王曾在园中设宴，一代才人枚乘、司马相如等都应召而至。李商隐有“休问梁园旧宾客，茂陵秋雨病相如”句。乱飞鸦：指颓败了。极目：看尽，满眼。旧时花：如贺知章的“惟有门前镜湖水，春风不改旧时波。”

戏问花门酒家翁·岑参

老人七十仍沽酒，千壶百瓮花门口。
道旁榆荚仍似钱，摘来沽酒君肯否？

【注释】戏问：开玩笑。花门：即花门楼，凉州（今甘肃武威）馆舍名。花门口：指花门楼口。仍沽（gū）酒：仍卖酒。榆荚：榆树钱，圆形可食。摘来沽酒：摘榆树钱当钱买酒。沽酒出现两次，一卖一买。

行军九日思长安故园·岑参

强欲登高去，无人送酒来。
遥怜故园菊，应傍战场开。

【注释】九日：实为九月九日重阳节。古代有登高喝菊花酒、插茱萸祈福消灾之习俗。强欲登高去，无人送酒来：非常强烈地想登高，只是没有人送来菊花酒。摇怜：遥爱。应傍战场开：希望故乡的菊花能开在我所在的战场的旁边，这样就可以拿来酿菊花酒了，这才能弥补登高无酒的缺憾，并不是家乡成为战场了，菊花在那开放，作者去戍边，家乡长安不是战场。

与高适薛据登慈恩寺浮图·岑参

塔势如涌出，孤高耸天宫。
登临出世界，蹬道盘虚空。
突兀压神州，峥嵘如鬼工。
四角碍白日，七层摩苍穹。
下窥指高鸟，俯听闻惊风。
连山若波涛，奔凑似朝东。
青槐夹驰道，宫观何玲珑。
秋色从西来，苍然满关中。
五陵北原上，万古青蒙蒙。
净理了可悟，胜因夙所宗。
誓将挂冠去，觉道资无穷。

【注释】慈恩寺浮图：大雁塔，浮图即佛塔。世界：世之界限，指高远。突兀（wù）：突起。峥嵘（zhēng róng）：雄壮奇伟。碍：遮挡。摩：触及。奔凑：奔走。宫观（guàn）：宫殿。玲珑：巧致。净理、胜因：佛语。了可悟、夙所宗：体悟深刻、明了。挂冠：辞官。觉道：修佛之道。资无穷：乐趣、收获无穷。

赵将军歌·岑参

九月天山风似刀，城南猎马缩寒毛。
将军纵博场场胜，赌得单于貂鼠袍。

【注释】纵博：好赌博。貂鼠袍：貂皮大衣。指赌打仗的结果，最后打赢了，俘获了单于。

走马川行奉送封大夫出师西征·岑参

君不见走马川行雪海边，平沙莽莽黄入天。
轮台九月风夜吼，一川碎石大如斗，随风满地石乱走。
匈奴草黄马正肥，金山西见烟尘飞，汉家大将西出师。
将军金甲夜不脱，半夜军行戈相拨，风头如刀面如割。
马毛带雪汗气蒸，五花连钱旋作冰，幕中草檄砚水凝。
虏骑闻之应胆慑，料知短兵不敢接，军师西门伫献捷。

【注释】题目中的“行”为体裁。第一句中的“行”为动词，行进，在雪海边的走马川中行军。平沙：大沙漠。莽莽：沙势浩大无垠。黄入天：黄沙迷漫冲天。轮台：新疆古城。石乱走：飞沙走石。金山：阿尔泰山。汉家：借指唐军。西出师：从轮台西门出发，向西征战。相拨：相互碰撞，意指人众，兵马密集。风头：寒风。五花、连钱：名马。旋作冰：指马跑得快而满身是汗，由于天寒身上的花纹很快就结成了冰。草檄（xí）：书写战书。短兵不敢接：虏骑（jì）擅射袭远，不擅短兵作战。军师：部队。西门：轮台城西门，西出征，归来必是西门。绝不是车师，车师古城离轮台有千里之远，一夜出征不可能打到那里，除非是机械化部队。另外再结合封大夫出征的“轮台歌”来看，通篇没有出现车师出战之描写，否则就叫作《车师歌奉送封大夫出师西征》了。伫（zhù ）献捷：伫立等候检阅并上报战果。

破山寺后禅院·常建

清晨入古寺，初日照高林。
曲径通幽处，禅房花木深。
山光悦鸟性，潭影空人心。
万籁此皆寂，惟闻钟磬音。

【注释】破山寺：江苏常熟的兴福寺。后禅院：僧人住处。幽处：幽深的地方。花木深：花木深处是禅房。悦鸟性：使鸟儿心情愉悦。空人心：使人心处净空的境界。万籁：各种声音。此：此时。皆寂：都静下来。是“皆”而不是“俱”。“皆”与“磬”是平仄相对。磬（qìng ）：寺庙诵经时敲击的钵形铜乐器。

塞下曲·常建

玉帛朝回望帝乡，乌孙归去不称王。
天涯静处无征战，兵气销为日月光。

【注释】玉帛：打胜仗衣锦还乡。帝乡：长安。乌孙归去不称王：乌孙古国的首领到长安臣服成为附属国。不称王，即不敢称王，即从此不敢侵扰。销为：化为。兵器不用了，其光亮变成日月之光照耀人间。

塞下曲·常建

北海阴风动地来，明君祠上望龙堆。
骷髅尽是长城卒，日暮沙场飞作灰。

【注释】北海：俄罗斯贝加尔湖，苏武牧羊处。动地：吹动着大地。明君祠：明君，即王昭君，晋代避司马昭名讳，改称明君、明妃。明君祠，是后人纪念昭君出塞修筑的祠堂。龙堆：白龙堆的略称，古西域沙丘名。长城卒：驻守长城的士兵，此指戍边士卒。飞作灰：尸骨化为灰尘。鲜活的生命化为死灰，好不凄凉也。

宿王昌龄隐居·常建

清溪深不测，隐处惟孤云。
松际露微月，清光犹为君。
茅亭宿花影，药院滋苔纹。
余亦谢时去，西山鸾鹤群。

【注释】不测：非指清溪的深度，而是指山涧下的溪水，涧深不可测，指隐处之高，故有孤云罩绕。松际：松间，同王维的“明月松间照”之境。宿：静止、停留。滋：生长。谢时：离开尘世。鸾鹤群：与鸾鹤为伍，指像王昌龄那样隐居。

陇西行·陈陶

誓扫匈奴不顾身，五千貂锦丧胡尘。
可怜无定河边骨，犹是春闺梦里人。

【注释】陇西：陇山以西甘肃、宁夏一带。貂锦：穿着貂皮锦衣的唐军。丧胡尘：命丧于胡地尘土之中。无定河：源于内蒙古鄂尔多斯，流经陕西榆林入黄河。无定，不确定，用得最妙。梦里人：那里已变成狰狞（zhēng níng）的白骨，家里妻子不知亲人已死，在梦中见到的还是有血有肉的活人，多鲜明的对比，多残酷的写照。

寄夫·陈玉兰

夫戍边关妾在吴，西风吹妾妾忧夫。
一行书信千行泪，寒到君边衣到无？

【注释】吴：江苏。西风：秋末之风。

吴城览古·陈羽

吴王旧国水烟空，香径无人兰叶红。
春色似怜歌舞地，年年先发馆娃宫。

【注释】吴城：春秋末吴国古都南京。吴王：夫差，吴王阖闾（hé lǘ）之子。公元前473年，勾践灭吴，夫差自缢。旧国：吴城。水烟空：只剩下江水和烟雾。似怜：好似爱怜。歌舞地：吴宫。馆娃宫：坐落于江苏苏州的灵岩山上，为春秋时期吴王夫差为宠幸西施而兴建的宫殿。

春夜别友人·陈子昂

银烛吐青烟，金樽对绮筵。
离堂思琴瑟，别路绕山川。
明月隐高树，长河没晓天。
悠悠洛阳道，此会在何年？

【注释】别友人：与为自己饯行的友人分别。公元684年（武则天光宅元年）春，二十六岁的陈子昂离开家乡四川射洪，去东都洛阳，准备向朝廷上书，求取功名，临行前，友人设宴欢送他。吐青烟：天亮了，熄灭了烛火，故而冒出青烟。即谢朓的“离堂华烛尽”。绮筵（qǐ yán）：豪华的晚宴。此时夜宴结束了。离堂思琴瑟，别路绕山川：描写夜宴结束时的心情。离堂上众好友的送别之情不能忘怀；而离别之路又远隔千山万水。离别的伤感，前路的悠险令自己心情非常苦楚和矛盾。离堂、别路：离堂不是离开厅堂，而是离别之堂；别路也不是告别了道路，而是离别之路。琴瑟：哀伤的琴音。这里指的是朋友难舍的复杂伤感的离别之情。思：不是思念，而是在心中郁结，难以释怀。明月隐高树，长河没晓天：此时天亮了，明月西沉，银河淹没在拂晓的天光之中（所以才有华烛尽而吐青烟）。此时作者开始上路了。上路后联想到遥远的洛阳路，何时才能回来再次于此相会呢?

登幽州台歌·陈子昂

前不见古人，后不见来者。
念天地之悠悠，独怆然而涕下。

【注释】幽州台：即黄金台，燕昭王招贤之台，李白的“谁人更扫黄金台”亦指此。古人：指燕昭王。来者：赏才、招才、用才之人。怆（chuàng）然：指由于怀才不遇而悲伤。

送别崔著作东征·陈子昂

金天方肃杀，白露始专征。
王师非乐战，之子慎佳兵。
海气侵南部，边风扫北平。
莫卖卢龙塞，归邀麟阁名。

【注释】崔著作：指崔融，时任著作佐郎，以掌书记身份随武三思出征。金天：指秋天，《礼记·月令》载“孟春之月，凉风至，白露降，天子乃命将帅，选士厉兵，简练俊杰，专任有功，以征不义”。诗人在序中也写道，“古者凉风至，白露下，天子命将帅，训甲兵”，大唐王朝这次东征平叛，选择在秋气肃杀的时候，正是为了“昭我王师，恭天讨”。之子：指崔融。佳兵：本指精良的军队。《老子》：“夫佳兵者不祥之器，物或恶之，故有道者不处。”慎佳兵：慎重兵事，少杀戮。北平：郡名，在河北，初唐时称平州，这里指叛军的巢穴。卢龙塞：古代是河北通往东北的交通要道。公元207年（建安十二年），曹操北征乌丸，田畴（chóu）献计，引曹军出卢龙塞，出敌不意，大败乌丸。曹操欲对其行封，田畴说：“岂可卖卢龙之塞，以易赏禄哉?”终不受封。（《魏志·田畴传》）。麟阁：即麒麟阁。汉宣帝时曾画十一名功臣的形貌于其上，后来就以麒麟阁作为功成名就的象征。

岘山怀古·陈子昂

秣马临荒甸，登高览旧都。
犹悲堕泪碣，尚想卧龙图。
城邑遥分楚，山川半入吴。
丘陵徒自出，贤圣几凋枯！
野树苍烟断，津楼晚气孤。
谁知万里客，怀古正踌躕。

【注释】岘（xiàn）山：又名岘首山，位于湖北襄阳城南九里，以山川形胜和名人古迹著称。岘山属襄阳治，距襄阳县西二十里，为隆中，即卧龙先生草庐对策之地。襄阳故城，即其县治。秣马：喂马，放马。临：临近。这里是来到之意。荒甸：外城为郭，郭外为郊，郊外为甸。旧都：指襄阳故城即襄阳县城（隆中）。这两句写作者骑马来到远郊，登上岘山，眺望襄阳城。堕泪碣（jié）：即岘山上的羊祜（hù）碑。碣，石碑。西晋名将羊祜镇守襄阳时，轻裘缓带，身不披甲，以德服人，使敌国统帅陆抗折服。羊祜常登山饮酒吟诗，曾感叹："自有宇宙，便有此山，由来贤达胜士登此远望如我与卿者多矣，皆湮灭无闻，使人悲伤。如百岁后有知，魂魄犹应登此也。"羊祜死后，襄阳百姓在岘山为他建庙立碑，见碑者无不下泪，因称之为"堕泪碑"。卧龙图：指诸葛亮的谋略。刘备到隆中三顾茅庐请诸葛亮，探讨天下之事，即《隆中对》。分楚：战国时襄阳为秦、楚交界之处。半入吴：襄阳在汉水之滨，汉水入长江，经楚入吴即孙权的东吴。晋时，羊祜献平吴之策，晋灭东吴，后孙皓以残暴多疑，终致亡国；三国时，诸葛亮用联吴之策，以抗曹魏，后刘备因意气用事，败于夷陵。面对四百多年前的历史遗迹，诗人不禁发出慨叹。徒自出：山陵此起彼伏连延不断。徒自，自顾自地。几凋枯：却有多少圣贤已经消逝而无继起者。即孟浩然的"人事有代谢，往来成古今。"苍烟断：荒野林木被苍茫的雾气遮断了。津楼：渡口的楼台。晚气孤：在傍晚的烟霭中孤零零地耸立着。万里客：离家远行的游子，作者自指。踌躇（chóu chú）：忧愁徘徊的样子。

燕昭王·陈子昂

南登碣石馆，遥望黄金台。
丘陵尽乔木，昭王安在哉？
霸图今已矣，驱马复归来。

【注释】燕昭王：是战国时燕国的君主，公元前312年执政后，广招贤士，使原来国势衰败的燕国逐渐强大起来，并且打败了当时的强国——齐国。碣石馆：即碣石宫。燕昭王时，梁人邹衍入燕，昭王筑碣石宫亲师事之。黄金台：也是燕昭王所筑。昭王置金于台上，在此延请天下奇士。未几，召来了乐毅等贤豪之士，昭王亲为推毂，国势骤盛。以后，乐毅麾军伐齐，连克齐城七十余座，使齐几乎灭亡。丘陵尽乔木：与李白的“昭王白骨萦蔓草，谁人更扫黄金台”之意境同。霸图今已矣：图霸之事没有指望了，我不再去想了。公元696年，契丹攻陷营州，并威胁檀州诸郡。697年，武后派时任建安郡王的武攸宜北征契丹，陈子昂随军参谋。陈子昂屡献奇计，不被理睬，反遭贬斥，故而灰心。复归来：回去不问政事。此后不久唐结束了对契丹的战争，诗人也就解官归里了。

赠乔侍郎·陈子昂

汉廷荣巧宦，云阁薄边功。
可怜骢马使，白首为谁雄？

【注释】荣巧宦：是汉代朝政以投机钻营谋取官位的一种现象。云阁：云即指云台，相传汉明帝为了追悼汉室中兴时期的功臣，将二十八位名将的画像挂在南宫的云台上。阁即麒麟阁，汉初萧何建造的，后来汉宣帝绘制了包括霍光在内的十一人的画像悬在麒麟阁中。于是“云阁”就成为后来悬挂功臣画像楼阁的代称。骢（cōng）马使：指汉代的忠臣桓典。桓典是御史（相当于现在的检察官），因为他出行时常骑着青白色的马，因此被称为骢马使。为谁雄：为谁而施展自己的抱负、才能？

钓鱼湾·储光羲

垂钓绿湾春，春深杏花乱。
潭清疑水浅，荷动知鱼散。
日暮待情人，维舟绿杨岸。

【注释】杏花乱：杏花茂盛。疑水浅：看似水浅。维舟：系舟。

洛阳道·储光羲

大道直如发，春来佳气多。
五陵贵公子，双双鸣玉珂。

【注释】佳气：指阳气，春天气温回升，生气蓬勃。五陵：在长安附近。即汉代高祖、惠帝、景帝、武帝、昭帝五个皇帝的陵墓。附近亦多贵臣葬地，祭祀郊游的多为贵族公子。这里泛指权贵人家。玉珂（kē）：用玉石装饰的马勒，两勒相击而发声，故又叫“鸣珂”。

江南曲·储光羲

绿江深见底，高浪直翻空。
惯是湖边住，舟轻不畏风。

【注释】翻空：翻腾冲天。惯是：习惯了。

江南曲·储光羲

逐流牵荇叶，缘岸摘芦苗。
为惜鸳鸯鸟，轻轻动画桡。

【注释】逐流：坐船在流水上。牵：随手摘扯。荇（xìng）：水中植物。缘岸：坐船沿着岸边行驶。芦苗：嫩芦苇。为惜：因为爱惜。画桡（ráo）：船桨。

江南曲·储光羲

日暮长江里，相邀归渡头。
落花如有意，来去逐船流。

【注释】相邀归渡头：好像约好了一样，晚上船只全都回到了渡口。如有：好像有。

江南曲·储光羲

隔江看树色，沿月听歌声。
不是长干住，那从此路行。

【注释】隔江：江对面。沿月：沿路赏月，即在江边散步。那从：哪能从。听到了船中的歌声，根据歌声和船只回归的路线，就知道船上的人是长干人。

鸡·崔道融

买得晨鸡共鸡语，常时不用等闲鸣。
深山月黑风雨夜，欲近晓天啼一声。

【注释】买得晨鸡共鸡语：买来报晓的鸡，告诉鸡几句话。常时不用等闲鸣：平常没事的时候不用你鸣叫。等闲，随便。深山月黑风雨夜，欲近晓天啼一声：赶上深山里阴天没有月亮又刮风下雨，我分不清亮不亮天的时候，你开始鸣叫，我就知道是天亮了。

牧竖·崔道融

牧竖持蓑笠，逢人气傲然。
卧牛吹短笛，耕却傍溪田。

【注释】牧竖：牧童。蓑笠：蓑衣斗笠。傲然：趾高气扬。卧牛吹短笛：吹笛子把卧牛往回驱赶，不是骑在牛背上吹笛。耕却傍溪田：让牛去耕种溪水边上的田地。

田上·崔道融

雨足高田白，披蓑半夜耕。
人牛力俱尽，东方殊未明。

【注释】雨足：大雨下透了。高田白：高处的水田里白茫茫的。殊未明：天还没亮。

西施滩·崔道融

宰嚭亡吴国，西施陷恶名。
浣纱春水急，似有不平声。

【注释】西施是春秋时代的越国人，家住浙江诸暨县南的苎罗山。苎（zhù）罗山下临若耶溪，传说西施常在此浣纱，西施滩因而得名。宰嚭（pǐ）：据《史记》载，越王勾践被吴王夫差打败后困于会稽（kuài jī），派大夫文种用宝器、美女（西施在其中）贿通吴太宰伯嚭，准许越国求和，从此越王勾践获得了休养生息的机会，最后终于灭掉了吴国。西施陷恶名：从古到今都怪罪西施是祸水，致使吴亡。不平声：为西施鸣不平。

溪居即事·崔道融

篱外谁家不系船，春风吹入钓鱼湾。
小童疑是有村客，急向柴门去却关。

【注释】谁家：不知是谁家的。却关：拿掉门栓，指开门迎客。

长干行·崔颢

君家何处住，妾住在横塘。
停船暂借问，或恐是同乡。

【注释】或恐：恐怕是，可能是。

长干行·崔颢

家临九江水，来去九江侧。
同是长干人，生小不相识。

【注释】生小：从小。识：音 zhì，去声四寘辙。

黄鹤楼·崔颢

昔人已乘黄鹤去，此地空余黄鹤楼。
黄鹤一去不复返，白云千载空悠悠。
晴川历历汉阳树，芳草萋萋鹦鹉洲。
日暮乡关何处是，烟波江上使人愁。

【注释】黄鹤楼：湖北武汉界。颢，音 hào。昔人：《齐谐志》载，仙人子安，曾乘鹤过此。《太平寰宇记》：“昔费文伟登仙，每乘黄鹤于此憩驾，故号为黄鹤楼。”悠悠：安闲飘荡。晴川：晴日下的江水。历历：清晰。汉阳：江对面的汉阳地区。萋萋：茂盛。鹦鹉洲：长江中的绿洲，位于今汉阳西南。东汉末年，当时才士祢（mí）衡作《鹦鹉赋》，后被江夏太守黄祖所杀，葬于洲上，故得名。乡关：家乡。烟波江上：江上烟波。

行经华阴·崔颢

岧峣太华俯咸京，天外三峰削不成。
武帝祠前云欲散，仙人掌上雨初晴。
河山北枕秦关险，驿路西连汉畤平。
借问路旁名利客，何如此地学长生。

【注释】华阴：华山之北的华阴市。苕峣（tiáo yáo）：山势高俊。太华：华（huà）山。俯咸京：俯视着咸阳城。三峰：华山的三座高峰。削不成：非人力开凿，指鬼斧神工。武帝祠：汉武帝在华山顶峰所建的巨灵祠。古代传说华山原本为一山，挡住黄河。河神巨灵将其劈为太华、少华二山，使黄河水得以从中流淌。仙人掌：《华岳志》记载“岳顶东峰曰仙人掌，峰侧石上有痕，自下望之宛然一掌，五指俱备，人呼之仙掌。”北枕：北靠着。秦关：函谷关。驿路：交通要道。汉畤（zhì）：汉代祭祀天地五帝的地方，指华山西部的关中。借问：请问。名利客：游客，追逐名利的人。

雁门胡人歌·崔颢

高山代郡东接燕，雁门胡人家近边。
解放胡鹰逐塞鸟，能将代马猎秋田。
山头野火寒多烧，雨里孤峰湿作烟。
闻道辽西无斗战，时时醉向酒家眠。

【注释】雁门：雁门郡。唐时以代州为雁门郡（代郡）。胡人：古代对北方及西域少数民族的泛称。燕：古代燕国，在今河北东北部和辽宁西部，地处东方，故称“东接燕”。解放：解是能、会的意思，不是解开，放就是解开。这里的“解放”和下句的“能将”相对仗，即会放鹰捕鸟。将：驾御。代马：指古代漠北产的骏马。猎秋田：狩猎于秋天的田野，即骑马猎田。山头野火寒多烧，雨里孤峰湿作烟：北方秋冬时放火烧山，这样明年草长得茂盛，即野火烧山。雨里，秋雨绵绵，烟雾笼罩山头，即雨湿孤峰。辽西：州郡名，大致在今河北东北、辽宁西部一带。斗战：战事。时时醉向酒家眠：经常去酒家大喝，喝醉了酒就睡在那里。难得闲逸的生活写照。

题都城南庄·崔护

去年今日此门中，人面桃花相映红。
人面不知何处去，桃花依旧笑春风。

【注释】作者在都城外的南庄遇一女子，向她讨水，彼此好感。次年前来不见女子，遂题诗门上。女子见诗后悲嚎气绝，时崔护前来，千呼万唤，女子复活。这是一个凄美浪漫的爱情故事。桃花：双关语，指女子。

附：桃花行·陈湛元

博陵才子崔护生，科考琴书长安行。
唇焦口燥望路远，都城南庄觅溪声。
竹篱茅舍人家处，鸡喧犬吠林源中。
黄鹂声声鸣翠柳，桃花灼灼笑春风。
婷婷小女十六七，落落大方三两声。
行动细腰姿春柳，含笑桃花羞颜荣。
纤纤玉手捧茶瓯，涓涓清凉沁心胸。
脉脉枝柯牵衣去，依依惊鸟声送风。
桃花有意附流水，流水含香著花情。
功名博取来时路，桃花追忆故人行。
桃红柳绿风依旧，鸡喧犬吠人离踪。
题诗门上怅然去，期盼堂下喜相逢：
去年今日此门中，人面桃花相映红。
人面不知何处去，桃花依旧笑春风。
再访须眉杖者出，重叙泪哀苦衷声：
去年相逢倾心意，今日相思枉钟情。
悠悠音讯隔重山，冥冥痴心对孤灯。
不疑君子定相访，昨见题诗哭殒膺。
君若早来儿可救，迟到一日吾命倾。
膝下无有送终者，野老荒山寄残生。
公子谢罪入堂见，睡态酣浓栩如生。
千呼万唤沉吟起，三魂七魄顿复生。
感激公子花含泪，拜谢父老莺语声：
与君化作花仙子，云中漫步桃花行。
欲待高飞忽坠醒，将往复旋梦不成。
月缺月圆复欢喜，花落花开又新葱。
黄鹂依旧鸣翠柳，桃花复又笑春风。

赠婢·崔郊

公子王孙逐后尘，绿珠垂泪滴罗巾。
侯门一入深似海，从此萧郎是路人。

【注释】后尘：后面扬起来的尘土。指公子王孙争相追求的情景。绿珠：西晋富豪石崇的宠妾，非常漂亮，这里喻指被人夺走的婢女。侯门：指权豪势要之家。萧郎：诗词中习用语，泛指女子所爱恋的男子。这里是作者自谓。

九日登望仙台呈刘明府·崔曙

汉文皇帝有高台，此日登临曙色开。
三晋云山皆北向，二陵风雨自东来。
关门令尹谁能识，河上仙翁去不回。
且欲近寻彭泽宰，陶然共醉菊花杯。

【注释】九日登望仙台呈刘明府：有时间、有地点、有人物。高台：汉文帝望祭河神所筑之台。曙色开：天亮时。三晋：春秋末年，韩、赵、魏三家分晋各自立国，史称三晋，指山西河南部分地区。北向：三晋地区位于望仙台南，故曰北向。二陵：《左传·僖公三十二年》记载，“崤有二陵焉，其南陵夏后皋之墓也，其北陵文王之所避风雨也”。崤山，河南界。自东来：二陵在望仙台东，故曰东来。关门令尹：《史记·老庄申韩列传》记载“老子见周之衰，乃遂去。至关，关令尹喜曰：‘子将隐矣，强为我著书。’于是老子乃著书上下篇，言道德之意五千言而去”，即《道德经》。令尹：尹喜。河上仙翁：即河上公、河神。《神仙传》记载“河上公，汉文帝时结草为庵于河之滨，帝读老子经，颇好之，敕诸王及大臣皆诵之。有所不解数事，时人莫能道之。闻时皆称河上公解老子经义旨，乃使赍所不决之事以问。帝幸其庵，公授《素书》一卷，遂失所在。”彭泽宰：彭泽令陶渊明。菊花杯：菊花酒。登台之日为农历九月九日重阳节，旧有登高赏菊饮酒之俗。孟浩然有“待到重阳日，还来就菊花。”杯与台、开、来属于“上平十灰”韵。杜甫的《客至》《登高》等均属此韵。

除夜有怀·崔涂

迢递三巴路，羁危万里身。
乱山残雪夜，孤烛异乡人。
渐与骨肉远，转于僮仆亲。
那堪正漂泊，明日岁华新。

【注释】除夜：除夕夜。有怀：有感。迢递：遥远。三巴：四川东部。羁危：羁旅艰难。万里身：离家万里。乱山：群山。残雪：积雪覆盖。孤烛：孤灯相伴。如马戴的“寒灯独夜人”，孤独凄苦也。那堪：怎能忍受。正漂泊：还在飘泊。岁华新：新的一年了。

新年就要开始了，万象更新，而我依旧飘泊在万里之外，不知何时是归期，所以不堪忍受。

孤雁·崔涂

几行归塞尽，念尔独何之。
暮雨相呼失，寒塘欲下迟。
渚云低暗度，关月冷相随。
未必逢矰缴，孤飞自可疑。

【注释】几行（háng）：雁阵。归塞尽：一解为尽归塞，此为向北飞，此时塞地当属春天；二解为归到塞的尽头，也为向北飞，此时塞地也为春天；三解为归塞，尽。归塞为一个词，回归的塞。这个塞是雁在这里起飞向南飞的地点。塞上的雁都飞走了，已经没有雁了（故曰尽）。此为南飞，此时塞地当属秋天。结合下文的寒塘、冷月，此地当属秋天，故应为南飞。南飞何来“塞”？可知三解贴切。都南飞了，已经没有雁留在北方（塞外）了，所以看见一只孤雁不走才觉奇怪。独何之：自己要到哪里去。相呼失：呼叫自己的配偶。由于配偶丢了，所以这只雁才留下来寻找。寒塘欲下迟：想落到寒塘去找，又迟迟不敢落下。渚云低暗度：穿过水洲上低暗的云雾去寻找。关月冷相随：只有关塞的冷月相随，而没有配偶的身影。其忠不亚于元好问在《雁丘词》中的描写。矰缴（zēng zhuó）：带绳的弓箭。虽然不一定碰上猎人，但你自己独飞实在是太危险了。

咏架上鹰·崔铉

天边心胆架头身，欲拟飞腾未有因。
万里碧霄终一去，不知谁是解绦人。

【注释】铉：音 xuàn。天边心胆：志向在天边。架头身：身子被拴在架子上。欲拟：想要。未有因：没有办法。终：早晚、迟早，不一定何时。一去：一飞冲天。绦（tāo）：绳索。

除夜宿石头驿·戴叔伦

旅馆谁相问？寒灯独可亲。
一年将尽夜，万里未归人。
寥落悲前事，支离笑此身。
愁颜与衰鬓，明日又逢春。

【注释】除夜：除夕夜。石头驿：在今江西新建县赣江西岸古驿站。寥落：孤独冷落。支离：分散、残缺不全，指流离多病。

江乡故人偶集客舍·戴叔伦

天秋月又满，城阙夜千重。
还作江南会，翻疑梦里逢。
风枝惊暗鹊，露草泣寒虫。
羁旅长堪醉，相留畏晓钟。

【注释】江乡故人：到长安的客舍来看望作者的江南老友。天秋：时间为秋天满月之时。城阙：所居的长安城。夜千重：夜深。还作江南会：还像在江南那样与友人聚会。翻疑：翻似，好像。风枝惊暗鹊，露草泣寒虫：风吹树枝作响，惊动巢里的燕鹊；秋露打湿了绿草，蟋蟀在鸣啼。以暗鹊、寒虫自比，身世坎坷叵测。羁旅：留滞他乡。长堪醉：可以长醉以解忧愁。畏晓钟：怕报晓的钟声响起，故人登程，如杜甫的“明日隔山岳，世事两茫茫。”

兰溪棹歌·戴叔伦

凉月如眉挂柳湾，越中山色镜中看。
兰溪三日桃花雨，半夜鲤鱼来上滩。

【注释】兰溪：浙江兰溪县西南。棹（zhào）歌：描写船家生活的歌曲。柳湾：栽着柳树的水湾。越中：浙江中部。镜中看（kān）：山影在水中，好像在镜子中。桃花雨：春雨。来上滩：跃上岸滩。

女耕田行·戴叔伦

乳燕入巢笋成竹，谁家二女种新谷。
无人无牛不及犁，持刀斫地翻作泥。
自言家贫母年老，长兄从军未娶嫂。
去年灾疫牛囤空，截绢买刀都市中。
头巾掩面畏人识，以刀代牛谁与同。
姊妹相携心正苦，不见路人惟见土。
疏通畦陇防乱苗，整顿沟塍待时雨。
日正南冈下饷归，可怜朝雉扰惊飞。
东邻西舍花发尽，共惜余芳泪满衣。

【**注释**】女耕田：小女儿耕田。无人：没有大人。不及犁：二小女身高不如犁，意即有犁也用不了。斫（zhuó）：用刀砍。母年老：母亲岁数大了，独言母，说明父亲没有了。长兄：哥哥。牛囤（dùn）：牛圈。截绢：卖掉自己织的绢布。都市：城里的市场。不见路人：一是人员稀少，都被征兵了，二是不敢抬头，故不见人。惟见土：低头斫地。畦（qí）：用土埂围着的地。塍（chéng）：垄沟，田埂。下饷（xiǎng）：日午才下冈回家吃早饭。可怜：可爱的。朝雉（zhì）：睡早觉的野鸡。花发尽、余芳：双关语，一指自然界的花草，二指邻家女都出嫁了，只有这家的女孩为照顾老病的母亲留下来不能出嫁。余芳：指二女。

送人游岭南·戴叔伦

少别华阳万里游，近南风景不曾秋。
红芳绿笋是行路，纵有啼猿听却幽。

【**注释**】少别：从小离开。华阳：江苏华阳，戴叔伦家乡。近南：接近江南。不曾秋：还没有秋意。红芳绿笋是行路：山路两旁是红芳绿笋。纵有啼猿听却幽：即使听到猿啼更增添了山中的幽静。分享南方之景。

题三闾大夫庙·戴叔伦

沅湘流不尽，屈子怨何深！
日暮秋风起，萧萧枫树林。

【注释】三闾（lǘ）大夫：指屈原，屈原曾官至三闾大夫。沅湘：沅水和湘水的并称，战国时期楚国诗人屈原遭放逐后，曾长期流浪于沅湘之间。《楚辞·离骚》记载："济沅湘以南征兮，就重华而陈词。"屈子：屈原。萧萧：树林响声，似屈子之怨也。

题椎川山水·戴叔伦

松下茅亭五月凉，汀沙云树晚苍苍。
行人无限秋风思，隔水青山似故乡。

【注释】椎（chuí）川：浙江一水名。汀沙：汀洲。秋风思（sì）：思乡之情。隔水：江对岸。山中气候迥异，故五月如秋，冷风习习。

渡扬子江·丁仙芝

桂楫中流望，空波两岸明。
林开扬子驿，山出润州城。
海尽边阴静，江寒朔吹生。
更闻枫叶下，淅沥度秋声。

【注释】扬子江：因有扬子津渡口，所以从隋炀帝时起，南京以下长江水域，即称为扬子江，近代则通称长江为扬子江。桂楫：用桂木做成的船桨，指船只。中流：渡水过半，指江心。空波：广大宽阔的水面。明：清晰。扬子驿：即扬子津渡口边上的驿站，在长江北岸，属江苏省江都县。润州城：在长江南岸，与扬子津渡口隔江相望，属江苏省镇江县。边阴静：指海边阴暗幽静。朔吹：指北风。吹读第四声，原作合奏的声音解，此处指北风的呼呼声。淅沥：指落叶的声音。度：传过来。

夏夜宿表兄宅话旧·窦叔向

夜合花开香满庭，夜深微雨醉初醒。
远书珍重何曾达，旧事凄凉不可听。
去日儿童皆长大，昔年亲友半凋零。
明朝又是孤舟别，愁见河桥酒幔青。

【注释】夜合：夜合花，夏季朝开暮合的落叶乔木，花入夜香气更浓。初醒：兄弟两人刚醒酒。远书：远方的书信。何曾达：由于时局战乱，彼此都没有收到。旧事：分别以后发生的往事。不可听：太凄凉了，彼此不忍心听下去。去日：离家时。凋零：原指花谢，此处指去世了。孤舟别：独自乘舟离开。酒幔：酒旗。亲人不见，只见酒旗在风中孤零零地摆动。

哀江头·杜甫

少陵野老吞声哭，春日潜行曲江曲。
江头宫殿锁千门，细柳新蒲为谁绿？
忆昔霓旌下南苑，苑中万物生颜色。
昭阳殿里第一人，同辇随君侍君侧。
辇前才人带弓箭，白马嚼啮黄金勒。
翻身向天仰射云，一箭正坠双飞翼。
明眸皓齿今何在？血污游魂归不得。
清渭东流剑阁深，去住彼此无消息。
人生有情泪沾臆，江水江花岂终极？
黄昏胡骑尘满城，欲往城南望城北。

【注释】少陵野老：杜甫。吞声哭：不出声地哭。潜行：偷偷地来到。曲江曲：曲江边。为谁绿：人去楼空，柳蒲为谁而绿，如韦庄的“无情最是台城柳，依旧烟笼十里堤”和岑参的“庭树不知人去尽，春来还发旧时花。”霓旌：皇帝出游时彩旗仪仗。南苑：曲江东南的芙蓉苑。昭阳殿里第一人：汉成帝皇宫里的第一人是赵飞燕，此指杨贵妃。黄金勒：黄金做的马嚼子。一箭正坠双飞翼：女才人向天射箭，射死了一对恩爱鸟。暗指安禄山起兵对皇帝及贵妃的伤害，一死一亡（逃亡）。明眸皓齿：指贵妃。归不得：不能归。清渭东流：马嵬坡南有渭水，贵妃死处。剑阁深：玄宗逃往四川经过的剑门关，很遥远，一个东流，一个西去，代表着分离。东流也可理解为贵妃偷偷地东渡日本，关于贵妃的结局历来有两种说法，一是缢死马嵬坡，一是逃亡日本。去住：死生，或分离。臆（yì）：前胸。岂终极：哪有终点。人生苦短，宇宙无限，触景伤情。胡骑：指安禄山叛军。望城北：向城北，精神恍惚，不辨方向。

哀王孙·杜甫

长安城头头白乌，夜飞延秋门上呼。
又向人家啄大屋，屋底达官走避胡。
金鞭断折九马死，骨肉不得同驰驱。
腰上宝玦青珊瑚，可怜王孙泣路隅。
问之不肯道姓名，但道困苦乞为奴。
已经百日窜荆棘，身上无有完肌肤。
高帝子孙尽隆准，龙种自与常人殊。
豺狼在邑龙在野，王孙善保千金躯。
不敢长语临交衢，且与王孙立斯须。
昨夜东风吹血腥，东来橐驼满旧都。
朔方健儿好身手，昔何勇锐今何愚？
窃闻天子已传位，圣德北服南单于。
花门剺面请雪耻，慎勿出口他人狙。
哀哉王孙慎勿疏，五陵佳气无时无。

【注释】头白乌：白头乌鸦，不祥之鸟。延秋门：唐宫苑的西三门之一，玄宗出逃经此门。大屋：达官贵人之门，指安禄山起兵，在长安城对富贵人家烧杀掳掠之事。不得同驰驱：《旧唐书·玄宗纪》记载“十五载六月九日，潼关不守。上自延秋门出，微雨沾湿。国忠与贵妃及亲属拥上出。亲王、妃、主、皇孙以下，多从之不及。”骨肉就指从之不及这些人，即王孙。宝玦（jué）、青珊瑚：佩玉、饰物。泣路隅：在路边偷偷哭泣。乞为奴：请求作奴仆，以混口饭吃。已经：已经经历。窜荆棘：在荒草杂树间逃窜。高帝子孙尽隆准，龙种自与常人殊：汉高祖刘邦的后代都是高鼻梁，所以龙子龙孙自与常人不同。临交衢：在逃亡的路上遇见了，不敢多说什么。斯须：一会儿，指与王孙相遇不敢多说，默默地站一会，以示同情。东风吹血腥：指叛军从东一路杀将过来。橐驼（tuó tuó）：骆驼，胡人的运输工具。旧都：玄宗弃都而逃，故称长安为旧都。朔方健儿：唐将哥舒翰的部队，指唐军。今何愚：讽刺唐军，抵挡不住胡兵。窃闻：私下里听说。天子已传位：天宝十五年七月，玄宗传位给太子李亨，即肃宗。圣德北服南单于：肃宗在宁夏灵武即位后，遣使与回纥（hé）和亲，使其出兵助唐平定叛乱。花门：回纥军在甘肃的驻地。剺（lí）面：以刀划面以示忠心。请雪耻：请求为唐雪耻。慎勿出口他人狙：千万不要走漏风声而被别人窥伺暗算，从而影响了平叛大计。狙（jū）：窥伺。哀哉王孙慎勿疏：可哀呀，虽然可哀但不要疏漏灰心。五陵：唐五代帝王之陵寝，即唐高祖献陵、太宗昭陵、高宗乾陵、中宗定陵、睿宗桥陵，指唐社稷。佳气：兴旺之气，《后汉书·光武本纪》记载“气佳哉，郁郁葱葱然”，比喻唐朝中兴有望。无时无：无时可无，双重否定，即时时有，佳气永远不会消失，指唐江山永远不会灭亡。此为一种鼓励，也是一种美好的心愿。

八阵图·杜甫

功盖三分国，名成八阵图。
江流石不转，遗恨失吞吴。

【注释】盖：超过。三分国：三足鼎立的魏、蜀、吴三国。八阵图：指诸葛亮推演兵法所做的八阵，旧址在夔州西南永安宫前的江滩上。石不转：布阵的石头没被江水冲走。遗恨：留下遗憾。失吞吴：公元 221 年 7 月，刘备不听诸葛亮等人的劝告，为了给关羽报仇，出兵伐吴，结果在三峡外武汉地界的夷陵一带被吴将陆逊火烧连营，大败退守永安宫（白帝城），并于 223 年 4 月恼羞成病而死。

别房太尉墓·杜甫

他乡复行役，驻马别孤坟。
近泪无干土，低空有断云。
对棋陪谢傅，把剑觅徐君。
惟见林花落，莺啼送客闻。

【注释】房太尉：即房琯。安史乱，玄宗奔蜀，房琯拜相，肃宗乾元二年被贬，杜甫因上书救房琯而被贬为华州司功参军，失去了当了一年多的左拾遗的官位。复行役：不停地奔波、劳苦，指作者。近泪无干土：泪水打湿了近处坟头的土。低空有断云：饱含雨水的乌云低压在坟头，含情欲哭而不忍离去。断云：片云。谢傅、徐君：均代指房琯。《晋书·谢安传》载，谢安为征讨大都督，在部署淝水之战后，与谢玄在别墅从容下围棋，最终击败了敌人。谢安生前拜太傅，故称谢傅（谢玄是谢安之侄，谢道韫是谢安的侄女，谢玄的姐姐或妹妹，谢灵运是谢玄嫡孙，是谢朓的族叔，谢朓的高祖是谢安的二哥谢据）。《说苑》载，吴季札聘于晋，经过徐国，心知徐君爱其宝剑，未予。及还，徐君已死，遂解剑系于其冢树而去。用此二典来追忆相处过的友人。惟见林花落，莺啼送客闻：只看见林花飘落，只听见莺啼，意指我走后只有落叶和莺声相伴你了，更显凄凉孤寂也。

兵车行·杜甫

车辚辚，马萧萧，行人弓箭各在腰。
爷娘妻子走相送，尘埃不见咸阳桥。
牵衣顿足拦道哭，哭声直上干云霄。
道旁过者问行人，行人但云点行频。
或从十五北防河，便至四十西营田。
去时里正与裹头，归来头白还戍边。
边庭流血成海水，武皇开边意未已。
君不见汉家山东二百州，千村万落生荆杞。
纵有健妇把锄犁，禾生陇亩无东西。
况复秦兵耐苦战，被驱不异犬与鸡。
长者虽有问，役夫敢申恨？
且如今年冬，未休关西卒。
县官急索租，租税从何出？
信知生男恶，反是生女好。
生女犹得嫁比邻，生男埋没随百草。
君不见青海头，古来白骨无人收。
新鬼烦冤旧鬼哭，天阴雨湿声啾啾。

【注释】辚辚（lín）：车轱辘滚动的声音。萧萧：马叫声，如“萧萧班马鸣”。爷娘妻子：爹、妈、妻、子。干云霄：冲云霄。道旁过者：指作者。但云：只是说。点行：按名册征兵。或：有的人。便至：就是到了。营田：屯垦，无战事时垦荒种地，自给自足，如延安时期王震的359旅一样。里正：村长。古代村子的分法由小到大为家、邻、里、党、乡，里相当于现在的村。裹头：表示成人了。边庭：边塞。武皇：汉武帝，暗指唐朝皇帝玄宗，唐诗人为了避讳，往往借汉说唐，如白居易的“汉皇重色思倾国”等等。山东：华山东侧山西、河北一带。荆杞（qǐ）：荆棘。把锄犁：把为动词，扶持。陇亩：田地。无东西：杂乱无序，也可理解为不长东西，即不接果穗。况复秦兵耐苦战，被驱不异犬与鸡：因为战场上比较吃紧，关中士兵苦撑着作战，快熬不住了，所以残酷地驱赶新兵（行人）快速去前线，就像驱赶鸡狗一样。长者虽有问，役夫敢申恨：长者指道旁过者即作者，虽然询问这些急匆匆的行人（新兵）为什么会被这样对待，新兵们都不敢诉苦申恨。这里问的是被驱赶的新兵即行人。且如今年冬，未休关西卒：就连关西卒本应该秋天就休兵，但到了冬天也还在防河作战。所以才有“点行频”“被驱”之情景。天宝十年秋，十几万人到关西的会州“防秋”，一直到了冬天，吐蕃也没来关西进犯，那么冬天关西士兵就应该休兵了，但没想到吐蕃却偷偷地进攻河右即关北地区，所以关西士兵不能休兵，赶紧到关北防御、抗击吐蕃的进攻，即“北防河”。信知：深知。生男恶（è）：生男孩不是好事。犹得：还能。比邻：近邻。埋没随百草：随百草埋没，指战死在荒郊野外，无人收拾尸骨。烦冤：含着深冤。啾啾（jiū）：呜呜咽咽的鬼哭声。

春宿左省·杜甫

花隐掖垣暮，啾啾栖鸟过。
星临万户动，月傍九霄多。
不寝听金钥，因风想玉珂。
明朝有封事，数问夜如何？

【注释】左省：宣政殿东的门下省，公元757年，杜甫任左拾遗。花隐：花被暮色淹没。掖垣（yè yuán）：宫墙。啾啾：鸟鸣。栖鸟：归鸟。过（guō）：飞过，按韵律要求只能读成“郭”的音。星临万户动：星动临万户，群星闪耀，下照万户。月傍九霄多：月多傍九霄。月光皎洁，悬挂在九天之上。临、傍：均指挨着、贴近，在此“临”为下照，“傍”为悬挂。不寝听金钥：天快亮了还没睡着，听到了开宫门的锁钥声。因风想玉珂：听到风声，联想到了明日百官上早朝的情景。玉珂：马铃铛，指百官骑马上朝。封事：有奏章需要上奏。古代的奏章事先要封起来防止泄露，故称。数（shuò）问：多次询问。夜如何：夜到几更天，几点了，怎么还不亮天呢？

春望·杜甫

国破山河在，城春草木深。
感时花溅泪，恨别鸟惊心。
烽火连三月，家书抵万金。
白头搔更短，浑欲不胜簪。

【注释】草木深：草木繁茂。感时花溅泪：伤感时事，即使看见盛开的花儿，我也流泪。时，时事，“感时”不是“伤感时”。恨别鸟惊心：怨恨离别，即使听见悦耳的鸟叫声，我也心惊。这里说的是作者自己“感时抚事增惋伤”，而不是花溅泪，鸟惊心。浑欲：几乎。不胜（shēng）：不胜任，承受不了。簪：簪子。簪字与身、心、金都属于“下平十二侵”的韵辙，故符合律体诗一韵到底的要求。

春夜喜雨·杜甫

好雨知时节，当春乃发生。
随风潜入夜，润物细无声。
野径云俱黑，江船火独明。
晓看红湿处，花重锦官城。

【注释】乃：就。发生：催发植物生长。潜：暗暗地，悄悄地。润：动词。雨水滋养万物却细微无声。野径：乡间小路。云俱黑：阴云低垂，天色黑暗。花重：花因沾着雨水，而沉甸甸的样子。锦官城：成都的别称。这首诗是对昨夜春雨的描写。

丹青引　赠曹将军霸·杜甫

将军魏武之子孙，于今为庶为清门。
英雄割据虽已矣，文采风流今尚存。
学书初学卫夫人，但恨无过王右军。
丹青不知老将至，富贵于我如浮云。
开元之中常引见，承恩数上南薰殿。
凌烟功臣少颜色，将军下笔开生面。
良相头上进贤冠，猛将腰间大羽箭。
褒公鄂公毛发动，英姿飒爽犹酣战。
先帝天马玉花骢，画工如山貌不同。
是日牵来赤墀下，迥立阊阖生长风。
诏谓将军拂绢素，意匠惨淡经营中。
斯须九重真龙出，一洗万古凡马空。
玉花却在御榻上，榻上庭前屹相向。
至尊含笑催赐金，圉人太仆皆惆怅。
弟子韩干早入室，亦能画马穷殊相。
干惟画肉不画骨，忍使骅骝气凋丧。
将军画善盖有神，偶逢佳士亦写真。
即今漂泊干戈际，屡貌寻常行路人。
途穷反遭俗眼白，世人未有如公贫。
但看古来盛名下，终日坎壈缠其身。

【注释】丹青：书画作品。引：一种体裁。曹霸：唐代画家。常奉诏画御马和功臣像，官至左武卫将军。魏武：曹操。为庶：成了平民。清门：清贫之家。卫夫人：东晋女书法家。王右军：王羲之。丹青不知老将至：忙于丹青，不知不觉已经老了。语出《论语》。开元：玄宗元年。数（shuò）：屡次。南薰店：兴庆宫的内阁。凌烟阁，上画开国功臣像。少颜色：褪色。开生面：使人物栩栩如生。从头冠、长箭到毛发都如同鲜活的一般。英姿句：精神抖擞地好像当年在战场上拼杀的情景再现一样逼真。玉花骢（cōng）：玄宗的宝马。貌不同：画作的风格不同。赤墀（chí）：宫殿内红色台阶。迥立：高傲地昂首挺立。阊阖（chāng hé）：宫门。意匠：匠心，精心构思。惨淡经营：浓淡勾勒，指精心创作。斯须：须臾，一会儿。九重：九天。一洗万古凡马空：洗空万古凡马，把所有的普通马都给比没了。玉花却在：画出来的马放置在御床上。屹（yì）相向：相对而立，真马把画上的马当成真的了，站在那里打着响鼻而看，足见惟妙惟肖。至尊：皇帝。圉（yǔ）人：养马的人。太仆：马官，如《西游记》中的孙悟空所任的弼马温之职。催赐金：由于高兴说了几遍要赐给黄金，但一直没说赐多少，不是舍不得而是忘乎所以了。催：不止一遍。惆怅（chóu chàng）：由于没说赐给多少，所以手下没了主意。并不是赐给曹霸金，而下人不高兴。穷殊相：画尽各种形象。画肉不画骨：只画出了外在，画不出内在的神韵。忍使：致使、导致。骅骝（huá liú）：宝马。气凋丧：没有神韵。盖：在于。有神：写意，而非写真。只是遇到佳士才写真。干戈际：动乱时期。屡貌寻常行路人：在路上为别人画像以维持生计。穷途：生存艰难。俗眼白：被一般的人瞧不起。世人：所有人。如公：曹公，“如”不是像的意思。坎壈（kǎn lǎn）：失意、拮据潦倒。

大才者多不得志，一是居高不下，二是不被人接受，曲高和寡，难免郁郁寡欢，“古来材大难为用”是也。

登高·杜甫

风急天高猿啸哀，渚清沙白鸟飞回。
无边落木萧萧下，不尽长江滚滚来。
万里悲秋常作客，百年多病独登台。
艰难苦恨繁霜鬓，潦倒新停浊酒杯。

【注释】风急：重九登高，故风急。落木：落叶。萧萧：叶落声。万里：离家遥远，即“一身遥”。常作客：经常飘泊在外。百年：多年。繁霜鬓：鬓染繁霜。潦倒：穷困。新停浊酒杯：因肺病刚把酒戒掉，所以在《客至》中，请邻居来替我喝酒以陪崔明府。“上平十灰”韵。

登楼·杜甫

花近高楼伤客心，万方多难此登临。
锦江春色来天地，玉垒浮云变古今。
北极朝廷终不改，西山寇盗莫相侵。
可怜后主还祠庙，日暮聊为梁父吟。

【注释】花近高楼伤客心：近高楼花伤客心，走近高楼，楼下花团锦簇，看了更让我动情，即“感时花溅泪”。万方：到处。此：此时登高远眺。锦江春色来天地：天地来的锦江春色。玉垒浮云变古今：古今之变如玉垒浮云。天地间的春色来到锦江，古今的变化如玉垒上的浮云。玉垒：山名，在四川都江堰北。北极朝廷：北方的朝廷。终不改：永远不要动摇。西山寇盗：指四川西部的吐蕃。莫相侵：不要进犯。可怜：可叹。后主：刘禅。还祠庙：还立有祠庙，还有人去祭祀，意即不配享此待遇。聊为：暂且吟诵。梁父（fǔ）吟：诸葛亮作的《梁父吟》。把刘禅（shàn）与诸葛亮相对比，意指明君不在，贤相难寻。

附：《梁父吟》

步出齐城门，遥望荡阴里。
里中有三坟，累累正相似。
问是谁家墓，田疆古冶氏。
力能排南山，又能绝地纪。
一朝被谗言，二桃杀三士。
谁能为此谋，相国齐晏子。

登兖州城楼·杜甫

东郡趋庭日，南楼纵目初。
浮云连海岱，平野入青徐。
孤嶂秦碑在，荒城鲁殿余。
从来多古意，临眺独踌躇。

【注释】兖：音 yǎn。这是开元二十五年杜甫落第后，第一次游齐赵时所作，是杜诗中现存最早的一首五律。东郡：兖州为汉之东郡，杜甫父亲杜闲此时在兖州作司马。趋庭：语出《论语》“鲤趋而过庭”，指杜甫来兖州省视父亲。南楼纵目初：初次登上城楼极目远眺。海岱：东海和泰山。青徐：青州和徐州。秦碑：指秦始皇登会稽山，祭祀大禹所刻的石碑。鲁殿：指鲁灵光殿，为汉景帝之子鲁共王所建。从来：一直以来。古意：怀古伤感之情。踌躇：徘徊郁苦。

登岳阳楼·杜甫

昔闻洞庭水，今上岳阳楼。
吴楚东南坼，乾坤日夜浮。
亲朋无一字，老病有孤舟。
戎马关山北，凭轩涕泗流。

【注释】坼（chè）：裂开。洞庭湖水把吴楚分开。乾坤：天地，此指天。日夜浮：天空映入水中日夜摇动。无一字：没有一点音信。戎马：战争。关山：在甘肃省天水市张家川回族自治县境。公元768年8月，吐蕃侵扰灵武等地，郭子仪领兵屯奉天（陕西乾县）防卫。凭轩：倚轩，倚靠楼窗。涕泗：鼻涕眼泪。

附：《岳阳楼记》范仲淹

庆历四年春，滕（téng）子京谪守巴陵郡。越明年，政通人和，百废具兴，乃重修岳阳楼，增其旧制，刻唐贤今人诗赋于其上。属（zhǔ）予作文以记之。

予观夫巴陵胜状，在洞庭一湖。衔远山，吞长江，浩浩汤汤（shāng），横无际涯；朝晖夕阴，气象万千。此则岳阳楼之大观也，前人之述备矣。然则北通巫峡，南极潇湘，迁客骚人，多会于此，览物之情，得无异乎？

若夫霪（yín）雨霏霏，连月不开；阴风怒号，浊浪排空；日星隐曜（yào），山岳潜形；商旅不行，樯倾楫摧；薄暮冥冥，虎啸猿啼。登斯楼也，则有去国怀乡，忧谗畏讥，满目萧然，感极而悲者矣。

至若春和景明，波澜不惊，上下天光，一碧万顷（qǐng）；沙鸥翔集，锦鳞游泳，岸芷汀（tīng）兰，郁郁青青。而或长烟一空，皓月千里，浮光跃金，静影沉璧。渔歌互答，此乐何极！登斯楼也，则有心旷神怡，宠辱偕（xié）忘，把酒临风，其喜洋洋者矣。

嗟夫！予尝求古仁人之心，或异二者之为，何哉？不以物喜，不以己悲。居庙堂之高，则忧其民，处江湖之远，则忧其君。是进亦忧，退亦忧。然则何时而乐耶？其必曰："先天下之忧而忧，后天下之乐而乐"欤！噫！微斯人，吾谁与归？

时六年九月十五日。

房兵曹胡马·杜甫

胡马大宛名，锋棱瘦骨成。
竹批双耳峻，风入四蹄轻。
所向无空阔，真堪托死生。
骁腾有如此，万里可横行。

【注释】兵曹：兵曹参军的省称，是唐代州府中掌管军防、驿传等事的小官。胡：此指西域。诗题应为《题胡马赠房兵曹》。大宛（yuān）：汉代西域国名，其地在今乌兹别克斯坦境内，大宛素以产“汗血宝马”著称。名：名马。锋棱：锋利的棱角，形容马的神骏健悍之状。竹批：形容马耳尖如竹尖。双耳峻：马双耳直竖。峻：尖锐。这是良马的特征之一。风入四蹄轻：四蹄如生风。所向：所去。无空阔：不怕远。真堪：绝对可以，能够。托死生：把性命托付给它，马值得信赖，对人的生命有保障。骁（xiāo）腾：健步奔驰。横行：纵横驰骋。

奉济驿重送严公四韵·杜甫

远送从此别，青山空复情。
几时杯重把，昨夜月同行。
列郡讴歌惜，三朝出入荣。
江村独归处，寂寞养残生。

【注释】奉济驿：四川绵阳的驿站。严公：即严武。四韵：同韵八句。空复情：空含情。几时杯重把，昨夜月同行：昨夜月同行，几时杯重把的倒装。列郡：严公工作过的各郡县的百姓。讴歌：歌颂功德。惜：舍不得严公调离。三朝：严公是历经玄宗、肃宗、代宗三个朝代的元老。出入荣：离京出去做官、回京做官都受到无比的尊崇。江村独归处：作者独自回到山村。寂寞：默默无闻。养残生：度过余年。后二句指作者本人，不是指严公。友人被尊崇，自己不被用，对比鲜明。

奉赠韦左丞丈二十二韵·杜甫

纨绔不饿死，儒冠多误身。
丈人试静听，贱子请具陈。
甫昔少年日，早充观国宾。
读书破万卷，下笔如有神。
赋料扬雄敌，诗看子建亲。
李邕求识面，王翰愿卜邻。
自谓颇挺出，立登要路津。
致君尧舜上，再使风俗淳。
此意竟萧条，行歌非隐沦。
骑驴十三载，旅食京华春。
朝扣富儿门，暮随肥马尘。
残杯与冷炙，到处潜悲辛。
主上顷见征，欻然欲求伸。
青冥却垂翅，蹭蹬无纵鳞。
甚愧丈人厚，甚知丈人真。
每于百僚上，猥诵佳句新。
窃效贡公喜，难甘原宪贫。
焉能心怏怏，只是走踆踆。
今欲东入海，即将西去秦。
尚怜终南山，回首清渭滨。
常拟报一饭，况怀辞大臣。
白鸥没浩荡，万里谁能驯？

【注释】纨绔：指富贵子弟。不饿死：不学无术却无饥饿之忧。儒冠多误身：满腹经纶的儒生却穷困潦倒。这句是全诗的纲要。《潜溪诗眼》云："此一篇立意也。"丈人：对长辈的尊称。这里指韦济。贱子：年少位卑者自谓。这里是杜甫自称。请，意谓请允许我。具陈：细说。甫昔少年日，早充观国宾：指公元 735 年（开元二十三年）杜甫以乡贡（由州县选出）的资格在洛阳参加进士考试的事。杜甫当时才二十四岁，就已是"观国之光"（参观王都）的国宾了，故曰"早充"。"观国宾"语出《周易·观卦·象辞》："观国之光尚宾也"。破万卷：形容书读得多。如有神：形容才思敏捷，写作如有神助。扬雄：字子云，西汉辞赋家。料：差不多。敌：匹敌。子建：曹植的字，曹操之子，建安时期著名文学家。看：比拟。亲：接近。李邕：唐代文豪、书法家，曾任北海郡太守。杜甫少年在洛阳时，李邕奇其才，曾主动去结识他。王翰：当时著名诗人，《凉州词》的作者。挺出：杰出。立登要路津：很快就要得到重要的职位。尧舜：传说中上古的圣君。这两句是说，如果自己得到重用的话，可以辅佐皇帝实现超过尧舜的帝业，使已经败坏的社会风俗再恢复到上古那样淳朴敦厚。这是当时一般儒者的最高政治理想。此意竟萧条，行歌非隐沦：想不到我的政治抱负竟然落空。我虽然也写些诗歌，但却不是逃避现实的隐士。骑驴：与乘马的达官贵人对比。十三载：从公元735年（开元二十三年）杜甫参加进士考试，到公元747年（天宝六载），恰好十三载。旅食：寄食。京华：京师，指长安。主上：指唐玄宗。顷：不久前。见征：被征召。欻（xū）然：忽然。欲求伸：希望表现自己的才能，实现致君尧舜的志愿。青冥却垂翅：飞鸟折翅从天空坠落。蹭蹬：行进困难的样子。无纵鳞：本指鱼不能纵身远游。这里是说理想不得实现，以上四句所指事实是：公元747年（天宝六载），唐玄宗下诏征求有一技之长的人赴京应试，杜甫也参加了。宰相李林甫嫉贤妒能，把全部应试的人都落选，还上表称贺："野无遗贤"。这对当时急欲施展抱负的杜甫是一个沉重的打击。每于百僚上，猥诵佳句新：承蒙您经常在百官面前吟诵我新诗中的佳句，极力加以奖掖推荐。贡公：西汉人贡禹。他与王吉为友，闻吉显贵，高兴得弹冠相庆，因为知道自己也将出头。杜甫说自己也曾自比贡禹，并期待韦济能荐拔自己。难甘：难以甘心忍受。原宪；孔子的学生，以贫穷出名。怏怏：气愤不平。踆踆：且进且退的样子。东入海：指避世隐居。孔子曾言："道不行，乘桴浮于海。"（《论语》）去秦：离开长安。报一饭：报答一饭之恩。春秋时灵辄报答赵宣子（见《左传·宣公二年》），汉代韩信报答漂母（见《史记·淮阴侯列传》），都是历史上有名的报恩故事。辞大臣：指辞别韦济。这两句说明赠诗之故。白鸥：诗人自比。没浩荡：投身于浩荡的烟波之间。谁能驯：谁还能拘束我呢？

阁夜·杜甫

岁暮阴阳催短景，天涯霜雪霁寒宵。
五更鼓角声悲壮，三峡星河影动摇。
野哭几家闻战伐，夷歌数处起渔樵。
卧龙跃马终黄土，人事音书漫寂寥。

【注释】阁夜：客居在夔州西阁。岁暮：年末。阴阳催短景：阴阳变化使得昼短夜长。霁寒宵：雪停后夜里更加寒冷。影动摇：银河映衬在三峡水中，随波摇动。鼓角：军中号角声。野哭几家：几家野哭。闻战伐：闻之是由于战乱。夷歌数处：数处夷歌，多处响起的民歌。起渔樵：是渔樵唱出的。卧龙跃马：蜀相诸葛亮和西汉末年据蜀称帝的公孙述。人事音书：关于这些人和事的介绍与描写。漫：逐渐。寂寥：稀少，默默无闻。这些叱咤风云的人物都归于寂寞了，自己又何足叹息呢？

古柏行·杜甫

孔明庙前有老柏，柯如青铜根如石。
霜皮溜雨四十围，黛色参天二千尺。
君臣已与时际会，树木犹为人爱惜。
云来气接巫峡长，月出寒通雪山白。
忆昨路绕锦亭东，先主武侯同閟宫。
崔嵬枝干郊原古，窈窕丹青户牖空。
落落盘踞虽得地，冥冥孤高多烈风。
扶持自是神明力，正直原因造化功。
大厦如倾要梁栋，万牛回首丘山重。
不露文章世已惊，未辞剪伐谁能送。
苦心岂免容蝼蚁，香叶曾经宿鸾凤。
志士仁人莫怨嗟，古来材大难为用。

【注释】柯：树枝。霜皮：白色的树皮。溜雨：润色欲滴。黛色：树叶青黑色。四十围、二千尺：形容粗高，此为虚指。君臣：指刘备与诸葛亮。际会：因时而遇。犹为：更加被。云来气接巫峡长：古柏之灵气冲云可与巫峡相连。月出寒通雪山白：古柏之神光冲月，可与雪山相映、相融。此二句是三维空间的想象，由地面到天空再到遥远，实为浪漫之匠运，大气之创造，有诗仙李白之风。路绕：路过。锦亭：杜甫草堂。同閟（bì）宫：同一祠庙供奉。崔嵬（wéi）：高大。郊原古：古郊原，经历多年仍巍然屹立在原野之上。古，与题目“古柏行”的古相同。窈窕（yǎo tiǎo）：指书画作品俊逸美好，与苏轼的“歌窈窕之章”同。丹青：祠庙内的书画作品。户牖（yǒu）空：祠庙内空寂肃穆。此二句为室外、室内的描写。落落盘踞虽得地：根系盘踞纵深，岿然安稳。得地，深深扎入土地。冥冥孤高多烈风：但高处不胜寒，木秀于林风必摧之，由于孤高必遭烈风。冥冥，高远。落落和冥冥表示状态，大方、高远之貌。扶持自是神明力，正直原因造化功：虽有烈风摧之而正直不倒，是由于神明和天地的庇护。原因：本由于。造化：天地，大自然。如倾：将要倾倒。丘山重：重如丘山，万牛拉不动。文章：树木上的花纹。未辞剪伐：接受被砍伐。苦心岂免容蝼蚁：树芯味苦也难免有蝼蚁来啮噬（niè shì）。香叶曾经宿鸾凤：香叶也曾有鸾凤来仪。意指不论苦和香都是有用的材料，但为何不被用呢？皆因为“材大”，暗指大才之人往往不被重用。以物托志，暗指作者由于才大而不被重用。既现实又富哲理，与“但看古来盛名下，终日坎壈缠其身”有同工之妙。

观公孙大娘舞剑器行　并序·杜甫

大历二年十月十九日，夔府别驾元持宅，见临颍李十二娘舞剑器，壮其蔚跂，问其所师，曰："余公孙大娘弟子也。"开元三载，余尚童稚，记于郾城观公孙氏舞剑器浑脱，流漓顿挫独处冠时。自高头宜春、梨园二伎坊内人，洎外供奉，晓是舞者，圣文神武皇帝初，公孙一人而已。玉貌锦衣，况余白首，今兹弟子，亦匪盛颜。既辨其由来，知波澜莫二，抚事慷慨，聊为《剑器行》。往者吴人张旭，善草书书帖，数尝于邺县见公孙大娘舞西河剑器，自此草书长进，豪荡感激，即公孙可知矣。

昔有佳人公孙氏，一舞剑器动四方。
观者如山色沮丧，天地为之久低昂。
□如弈射九日落，矫如群帝骖龙翔。
来如雷霆收震怒，罢如江海凝清光。
绛唇珠袖两寂寞，晚有弟子传芬芳。
临颍美人在白帝，妙舞此曲神扬扬。
与余问答既有以，感时抚事增惋伤。
先帝侍女八千人，公孙剑器初第一。
五十年间似反掌，风尘澒洞昏王室。
梨园子弟散如烟，女乐余姿映寒日。
金粟堆前木已拱，瞿塘石城草萧瑟。
玳弦急管曲复终，乐极哀来月东出。
老夫不知其所往，足茧荒山转愁疾。

【注释】夔（kuí）府：夔州府。别驾：官名。元持：人名。临颍：地名。壮其蔚跂（wèi qí）：雄浑矫健，清代钮琇的《觚賸·逸老堂对》："词既悲壮，书复蔚跂。"郾（yǎn）城：地名。剑器浑脱：剑器舞，舞名叫浑脱。浏漓顿挫：舞姿活泼明快，节奏感强。独出冠时：首屈一指。自……洎（jì）：从……到……。高头：皇家剧团。外供奉：民间团体。宜春、梨园：宫内教坊。伎（jì）坊：教坊。圣文神武：玄宗。玉貌锦衣句到亦匪盛颜，均为描写李十二娘的，并不是说作者白头。李十二娘穿着锦衣，尽管脸画得雪白如玉，但是头发都白了。作者继续感慨：公孙大娘的印象就像在眼前一样，但时过境迁，今天她的弟子都已经不再年轻了，从回忆中回到了现实。况余：只是。波澜莫二：一脉相承。抚事：感念往事。慷慨：感受复杂。聊为：姑且作。往者：过去的。豪荡感激：形容张旭的书法风格激情、豪放。色沮丧：惊讶之神色。低昂：起伏，感动之状。□（huò）：电光唰地一闪。弈（yì）：古代射日英雄后弈。矫：勇武敏捷。

骖（cān）龙翔：驾龙飞翔。绛（jiàng）唇：红嘴唇。寂寞：消失、不见。既有以：已经有了源由。澒（hòng）洞：弥漫无际，指安史之乱。女乐余姿：李十二娘的舞姿。金粟堆：玄宗陵墓。瞿塘石城：夔州府。萧瑟：凄凉衰败。玳（dài）弦急管：美妙激昂的音乐。足茧荒山转愁疾：足生茧、愁更疾，转于荒山，脚走出了茧子，愁绪更加强烈，漫无目的地在山里流浪，不知何处是归程。

观李固言·杜甫

方丈浑连水，天台总映云。
人间长见画，老去限空闻。
范蠡舟偏小，王乔鹤不群。
此生随万物，何处出尘氛。

【注释】李固，字子坚，汉中南郑人，是东汉时代著名的忠正耿直的大臣，年轻时便以学问而著名，曾担任荆州刺史及泰山郡太守、大匠及大司农，他坚决与梁冀一派腐朽势力作斗争。公元147年，李固被梁冀诬告杀害。方丈：方丈山。道教传说海上有神山名为“方丈”，为仙人所居。天台（tāi）山，是中国浙江省东部名山，隶属于台州市天台县。浑：大水涌流声。长见画：只有在画卷中可以经常看到。老去：年老了。限空闻：还只局限在听说，而不曾见过。范蠡（lǐ）：春秋末期著名的政治家、谋士和实业家。后人尊称其为“商圣”。他出身贫贱，但博学多才，与楚宛令文种相识、相交甚深。因不满当时楚国政治黑暗、非贵族不得入仕而一起投奔越国，辅佐越王勾践。帮助勾践兴越国，灭吴国，一雪会稽之耻，功成名就之后激流勇退，化名姓为鸱夷子皮，变官服为一袭白衣与西施西出姑苏，泛一叶扁舟游于五湖之中，遨游于七十二峰之间。期间三次经商成巨富，三散家财，自号陶朱公，乃中国儒商之鼻祖。世人誉之：“忠以为国；智以保身；商以致富，成名天下。”王乔：相传是蜀人，在邢台为柏人（今隆尧柏人城）县令数年，后弃官在邢台隆尧的宣务山修炼道术，得道后骑白鹤升天。不群：不平凡，高出于同辈。何处：何时。出：脱离。尘氛：尘世。

和贾至舍人早朝大明宫·杜甫

五夜漏声催晓箭，九重春色醉仙桃。
旌旗日暖龙蛇动，宫殿风微燕雀高。
朝罢香烟携满袖，诗成珠玉在挥毫。
欲知世掌丝纶美，池上于今有凤毛。

【注释】和（hè）：即按照作者原来的题材或者体裁来写一首诗，以示自己的意见，韵脚可以相同也可以完全不同。杜甫这首诗是和中书舍人贾至的《早朝大明宫呈两省僚友》之作。晓箭：拂晓时漏壶上指示时刻的箭针，常借指凌晨。王维《冬晚对雪忆胡居士家》诗："寒更传晓箭，清镜览衰颜。"薛逢《元日楼前观仗》诗："千门曙色锁寒梅，五夜疏钟晓箭催。"九重：皇宫。龙蛇：旌旗上的图腾。香烟：御炉散发出来的香烟。珠玉：夸赞贾至的诗句。在挥毫：书写。世掌：世代掌握皇帝的诏书。贾至及其父皆担任过中书舍人，掌管拟就诏敕之务，故称。丝纶（guān）：指官，因为贾家父子历任两朝的中书舍人。一日肃宗对贾至说，"昔先天诰命，乃父为之，今兹命册，又尔为之，两朝盛典出卿家父子，可谓继美矣。"主要意思是赞扬贾至继承了父亲的才华，并能做出像父亲一样的政绩，实在是朝廷里的一段佳话。池上：凤凰池，唐朝时是中书省所在的地方。唐时门下省、中书省在禁中左右掖，贾至时为中书舍人，在凤凰池的中书省即右掖工作。凤毛：南朝时谢凤和谢超宗父子，文章风格和成就都很出众，梁武帝称赞他们说，"超宗殊有凤毛"。意思是谢超宗继承了父亲谢凤特有的风格和才华，此喻贾至的文采，不弱其父。

寄韩谏议注·杜甫

今我不乐思岳阳，身欲奋飞病在床。
美人娟娟隔秋水，濯足洞庭望八荒。
鸿飞冥冥日月白，青枫叶赤天雨霜。
玉京群帝集北斗，或骑麒麟翳凤凰。
芙蓉旌旗烟雾落，影动倒景摇潇湘。
星宫之君醉琼浆，羽人稀少不在旁。
似闻昨者赤松子，恐是汉代韩张良。
昔随刘氏定长安，帷幄未改神惨伤。
国家成败吾岂敢，色难腥腐餐枫香。
周南留滞古所惜，南极老人应寿昌。
美人胡为隔秋水，焉得置之贡玉堂。

【注释】谏议：官名。注：韩注，杜甫友。不乐：情绪不好。不乐思：是不高兴而思想起，并不是不愿意去想。美人：君子，韩注。娟娟：美好。濯（zhuó）足：洗脚。八荒：八极，天之极端。鸿飞冥冥：出自扬雄《法言·问明》："鸿飞冥冥，弋者何篡焉？"指远离祸端。雨（yù）霜：雨为动词，下霜。玉京：元始天尊居处。群帝：众仙人。或：有的。翳（yì）：本意是遮蔽，此指骑着。烟雾落：驾立于云彩之上。倒景：倒影。星宫之君：神仙。羽人：天使。稀少不在旁：寥寥几个在身边，多数天使均离星君而去。似闻：闻似，听说好像是。赤松子：仙人。《汉书·张良传》：“愿弃人间事，欲从赤松子游耳。”恐是：又好像是。韩张良：战国时韩国公子张良。刘氏：汉高祖刘邦。帷幄（wéi wò）：帐幕，此指为国运筹之才智，借指韩注之不得志。岂敢：岂敢忘记。色难：难以面对，与孔子谈论孝心的“色难”不同。餐枫香：用枫脂配炼仙丹而食，此指归隐修行。周南留滞：汉天子去封禅泰山，而把太史公（司马谈）留在洛阳，不让其同往。南极老人：老人星，见老人星则治安，不见则兵起。寿昌：健康长寿。虽没被朝廷重用，但应该保重身体。胡为：为什么。焉得：如何能。置之：放置在。玉堂：朝廷。不应流放，而应重用。为韩注鸣不平，寄希望，亦抒发自己不得之志。

寄李十二白二十韵 ·杜甫

昔年有狂客，号尔谪仙人。
笔落惊风雨，诗成泣鬼神。
声名从此大，汩没一朝伸。
文采承殊渥，流转必绝伦。
龙舟移棹晚，兽锦夺袍新。
白日来深殿，青云满后尘。
乞归优诏许，遇我宿心亲。
未负幽栖志，兼全宠辱身。
剧谈怜野逸，嗜酒见天真。
醉舞梁园夜，行歌泗水春。
才高心不展，道屈善无邻。
处士祢衡俊，诸生原宪贫。
稻粱求未足，薏苡谤何频？
五岭炎蒸地，三危放逐臣。
几年遭鹏鸟，独泣向麒麟。
苏武先还汉，黄公岂事秦？
楚筵辞醴日，梁狱上书辰。
已用当时法，谁将此义陈？
老吟秋月下，病起暮江滨。
莫怪恩波隔，乘槎与问津。

【注释】李十二白：李白，行十二。二十韵：同韵四十句。狂客：贺知章，号“四明狂客”。谪仙：贺知章对李白的称呼。李白初至长安，贺知章“闻其名，首访之。既奇其姿，复请其为文。白出《蜀道难》以示之。读未竟，称叹者数四，号为谪仙。”泣鬼神：贺知章看了李白的《乌栖曲》说：“此诗可以泣鬼神矣。”汩（gǔ）没：埋没。伸：脱颖而出，名满天下。承殊渥：受到特别的恩惠。这里指唐玄宗召李白为供奉翰林。流转：诗文的起承转合。李白因擅长诗赋被玄宗召入京，供奉翰林，他那些无与伦比的诗篇必将流传千古。龙舟移棹晚：指唐玄宗乘龙舟泛白莲池，在饮宴高兴的时候诏李白作序。兽锦夺袍新：《唐诗纪事》载，武后游龙门，命群官赋诗，先成者赐以锦袍。左史东方虬诗成，拜赐。坐未安，宋之问诗后成，文理兼美，左右莫不称善，乃就夺锦袍衣之。这里是说唐玄宗与杨贵妃在沉香亭共赏牡丹，诏李白作乐章，李白作《清平调》三首，玄宗赐锦袍之事，即“激赏摇天笔，承恩赐御衣。”来深殿：李白常被召入宫中为皇帝草拟文告和乐章。满后尘：一些文士慕名追随左右。乞归优诏许：李白于公元744年春被赐金放还，优诏为隐语。李白离京，实为遭到张垍、高力士等人的诽谤而被玄宗放逐的。刘长卿有“生涯岂料承优诏”。宿心亲：李白离开长安后于这年夏天来到梁宋（今河南开封、商丘一带），与杜甫一见如故，情同手足。宿心：深情。幽栖志：李白没有辜负隐幽之志。兼全：能在受宠被重用和遭谗被放逐的不同境遇中保全自己。剧谈：戏谈，笑谈。怜野逸：喜爱李白的旷达不羁。见天真：看出李白的天真坦荡。梁园：二人相聚的梁宋之地。泗水：李白前去的寓家之处山东兖州。心不展：虽才华横溢，但宏图未展。道屈：道德高尚却无人理解。祢衡俊：如东汉文士祢（mí）衡一样才智卓群。祢衡：东汉时人，少有才辩。孔融称赞他“淑质贞亮，英才卓跞”，后遭陷害，死后葬于汀州即“鹦鹉洲”。诸生原宪贫：家境像原宪一样贫困。原宪：春秋时人，孔子弟子，家里十分贫穷。稻粱求未足：公元756年，安史之乱起，李白求仕不得，报国无门，隐居庐山。正值永王李璘奉玄宗诏节度江陵，率军东下，路过浔阳。李白心怀“扫胡尘”“救河南”的愿望入了永王幕，却不自觉地卷入了肃宗和永王争权夺位的斗争漩涡之中。当时他的待遇低下，纯属为生活所迫，并没有被收买而参与谋反。薏苡（yì yǐ）：薏米。东汉马援征越南交趾，载薏苡种还，人谤之，以为明珠大贝。这里指当时一些人诬陷李白，说他得了永王的重赂，进而参与永王谋反。五岭：永王败死，李白入狱，继而流放夜郎（今贵州正安县），还没到夜郎，于公元759年夏历三月在渝州遇赦，还憩江夏。因取道岳阳，南赴苍梧避祸。苍梧指湖南零陵、九疑山一带，其地与五岭接壤。三危：山名，在今甘肃敦煌县南。三危是位于极西之山，舜曾驱逐三苗于三危，后用以比喻流放罪人的边远地方。鵩（fú）鸟：像猫头鹰一样的鸟。西汉贾谊谪居长沙，屋中飞来鵩鸟，自认为交了恶运，自此忧郁。麒麟：鲁哀公十四年，人获麒麟，孔子叹曰：“吾道穷矣”，于是罢写《春秋》。李白卧病当涂以手稿付李阳冰，诗中说：“我志在删述，垂辉映千春。希圣如有立，绝笔于获麟。”自比孔子，自伤道穷。黄公：即黄石公，东周、秦、汉时的著名三朝儒学文人之一。他因不满秦始皇的焚书坑儒暴行，遂在秦及汉初时隐居于陕西的商山。楚筵辞醴（lǐ）：汉代穆生仕楚元王刘交为中大夫。穆生不喜欢饮酒，元王置酒，常为穆生设醴（甜酒）。元王死，子戊嗣位，初常设醴以待，后忘设醴。穆生说：“醴酒不设，王之意怠。”遂称病谢去。这里是指李白在永王璘邀请他参加幕府时辞官不受赏之事。李白在《经乱离后，天恩流夜郎，忆旧游书怀，赠江夏韦太守良宰》诗中说：“半夜水军来，浔阳满旌旃。空名适自误，迫胁上楼船。徒赐五百金，弃之若浮烟。辞官不受赏，翻谪夜郎天。”梁狱：汉代邹阳事梁孝王，被谗毁下狱。邹阳在狱中上书梁孝王，力辩自己遭受冤屈。后获释，并成为梁孝王的上客。这里是指李白因永王事坐系浔阳后力辩己冤。日、辰皆指时。已用当时法：当时因事理难明，李白服了流刑。谁将此义陈：有谁能够将这些道理去向朝廷陈述呢？乘槎（chá）：乘坐竹、木筏。南朝梁宗懔《荆楚岁时记》载，汉张骞奉命出使西域等河源，乘槎经月，到一城市，见有一女在室内织布，又见一男子牵牛饮河，后带回织女送给他的支机石。宋苏轼：“岂知乘槎天女侧，独倚云机看织纱。”后用以比喻借助力量去面见皇帝，为你申诉。问津：打听，申诉。

佳人·杜甫

绝代有佳人，幽居在空谷。
自云良家子，零落依草木。
关中昔丧乱，兄弟遭杀戮。
官高何足论，不得收骨肉。
世情恶衰歇，万事随转烛。
夫婿轻薄儿，新人美如玉。
合昏尚知时，鸳鸯不独宿。
但见新人笑，那闻旧人哭。
在山泉水清，出山泉水浊。
侍婢卖珠回，牵萝补茅屋。
摘花不插发，采柏动盈掬。
天寒翠袖薄，日暮倚修竹。

【注释】官高：夫家有权势，但救不了自己的亲人。世情：世道。恶（è）衰歇：世风败坏险恶。随转烛：如风中之灯火，飘忽不定，随时熄灭。轻薄儿：儿，在此读 ní 的音。在山泉水清，出山泉水浊：水出山外即遭污染，指夫婿出去接触外面的世界后变得轻薄。摘花不插发：摘花要卖掉换钱，舍不得戴在头上。采柏动盈掬：采摘柏花之蕊用作香料，亦舍不得自用，卖掉换钱，但一天也只能采到一小把。动：只能。翠袖薄：指贫穷。倚修竹：谓体弱，日暮而倚，痴心犹待郎归也。世乱夫变，佳人沦为贫妇也。此诗非作者言己，而是借山中佳人酒杯，浇自己心中之块垒也。

江村·杜甫

清江一曲抱村流，长夏江村事事幽。
自去自来梁上燕，相亲相近水中鸥。
老妻画纸为棋局，稚子敲针作钓钩。
但有故人供禄米，微躯此外更何求？

【注释】抱：绕。幽：幽雅、恬静。禄米：用作俸禄的粟米，古代官员俸禄以米（粮）计算，故称。此指救济粮食。

江汉·杜甫

江汉思归客，乾坤一腐儒。
片云天共远，永夜月同孤。
落日心犹壮，秋风病欲苏。
古来存老马，不必取长途。

【注释】江汉：长江、汉水之间。当时杜甫在湖北公安，地处江汉。思归客：杜甫自谓，因为身在江汉，却时刻思归故乡。乾坤：天地间。腐儒，即迂腐的儒者，这里实际是指不会迎合世俗的、正直的读书人。诗人以此自嘲，但也颇有自负之意：天地之间像我这样的“腐儒”还能有几个呢？片云天共远：诗人慨叹自己和浮云一样在远天飘泊无定所。永夜月同孤：与孤月一起度过长夜。落日：借指暮年。这时杜甫五十六岁。病欲苏：病快要好了。古来存老马，不必取长途：用“老马识途”的典故。《韩非子·说林》载，齐桓公征伐孤竹以后，在返回途中迷失了道路。管仲提议用老马在前面领路，于是找到了归途。诗人借此表示：自己虽年老多病，但还可为国效力。

江南逢李龟年·杜甫

岐王宅里寻常见，崔九堂前几度闻。
正是江南好风景，落花时节又逢君。

【注释】李龟年：玄宗时演奏家、歌唱家。岐王：玄宗之弟李范。崔九：玄宗宠臣殿中监崔涤，中书令崔湜之弟。多辩智，善谐谑，与玄宗很亲近。与裴迪《送崔九》不是一人。落花时节：江南落花的暮春初夏时节正是一年气候景物最好的时候。在北方落花则是秋天，就不是好风景了。

江畔独步寻花·杜甫

黄四娘家花满蹊，千朵万朵压枝低。
留连戏蝶时时舞，自在娇莺恰恰啼。

【注释】黄四娘：娘或娘子是唐代惯用的对妇女的美称。蹊：小路。留连：因喜欢而不愿离去。戏蝶：相互追飞的蝴蝶。自在：自由自在。恰恰：一声一声的鸟叫。

绝句·杜甫

迟日江山丽，春风花草香。
泥融飞燕子，沙暖睡鸳鸯。

【注释】迟日：春日。泥融：湿润的春泥，鸟儿衔来筑巢。

绝句·杜甫

江碧鸟逾白，山青花欲燃。
今春看又过，何日是归年？

【注释】逾：愈，更加。燃：燃烧，指火红。归年：归期。

绝句·杜甫

两个黄鹂鸣翠柳，一行白鹭上青天。
窗含西岭千秋雪，门泊东吴万里船。

【注释】含：窗口正对着。西岭：西岭雪山即岷（mín）山，在四川省成都市以西，因山高，空气稀薄，终年积雪，所以又叫大雪山。毛泽东“更喜岷山千里雪”即指此。东吴：古时候吴国的领地。此为虚指，为了与西岭对仗。成都在长江上游，门前停泊的船只几乎都是往下游去的，东吴在长江下游，故用其表示船要去的方向。

客至·杜甫

舍南舍北皆春水，但见群鸥日日来。
花径不曾缘客扫，蓬门今始为君开。
盘飧市远无兼味，樽酒家贫只旧醅。
肯与邻翁相对饮，隔篱呼取尽余杯。

【注释】舍（shè）：房屋。客：崔明府。盘飧（sūn）：盘中熟食。无兼味：没有别的菜。旧醅（pēi）：隔年酿的浊酒。尽余杯：帮我把我的酒喝掉。余，指我，不是剩下的。杜甫晚年因病戒酒，“潦倒新停浊酒杯”，但客至又不能不陪，因不胜酒力，故呼邻居相陪，不是叫邻居来喝掉杯里剩下的酒，这样既不尊敬又不符合杜甫的性格。

狂夫·杜甫

万里桥西一草堂，百花潭水即沧浪。
风含翠筱娟娟净，雨浥红蕖冉冉香。
厚禄故人书断绝，恒饥稚子色凄凉。
欲填沟壑惟疏放，自笑狂夫老更狂。

【注释】狂夫：作者自指，为自我解嘲之意，也有不屈品节、乐道安贫之意。万里桥：在成都南门外，是当年诸葛亮送费祎出使东吴的地方。杜甫的草堂就在桥西。百花潭：在浣花溪南，杜甫草堂在其北。沧浪：指汉水支流沧浪江，古代以水清澈闻名。传说孔子到楚国，听到一个小孩在唱：“沧浪之水清兮，可以濯我缨。”筱（xiǎo）：细小的竹子。娟娟净，秀美光洁之态。浥（yì）：滋润。红蕖（qú）：粉红色的荷花。冉冉香：阵阵清香。厚禄故人：指做大官的朋友。填沟壑：这里指穷困潦倒而死。疏放：疏远仕途，狂放不羁。

丽人行·杜甫

三月三日天气新，长安水边多丽人。
态浓意远淑且真，肌理细腻骨肉匀。
绣罗衣裳照暮春，蹙金孔雀银麒麟。
头上何所有？翠微㔩叶垂鬓唇。
背后何所见？珠压腰衱稳称身。

就中云幕椒房亲，赐名大国虢与秦。
紫驼之峰出翠釜，水精之盘行素鳞。
犀筋厌饫久未下，鸾刀缕切空纷纶。
黄门飞鞚不动尘，御厨络绎送八珍。
箫鼓哀吟感鬼神，宾从杂遝实要津。
后来鞍马何逡巡，当轩下马入锦茵。
杨花雪落复白蘋，青鸟飞去衔红巾。
炙手可热势绝伦，慎莫近前丞相嗔。

【注释】三月三日：古代习俗于三月初三这天到郊外游春、祭祀、祈福。王羲之的《兰亭集序》写的就是这天与谢安、孙绰等十四人在兰亭集会赋诗的事，即“修禊（xì）事也”。态浓意远：浓妆艳抹，兴致高昂。淑且真：美丽高贵。肌理细腻骨肉匀：皮肤细嫩，体型标准。绣罗：华贵。照暮春：在暮春中光彩闪耀。蹙金孔雀银麒麟：衣裳上绣着金孔雀、银麒麟。头上何所有：头上是什么？翠微㔩（è）叶：名贵首饰。垂鬓唇：长长地悬垂在耳鬓。珠压：缀满珠宝。腰衱（jié）：衣裙后襟。稳称（chèn）身：特别合体。就中：其中。云幕：帷帐、帐篷。椒房亲：后妃之宫谓椒房，此指贵妃的姐姐们。赐名大国虢与秦：天宝七年，杨贵妃由于得宠，其三个姐姐“并封国夫人”。大姐赐名韩国夫人，三姐为虢（guó）国夫人，八姐为秦国夫人。紫驼之峰：驼峰，名贵食物。翠釜、水精之盘：名贵炊具。行素鳞：盛装的是名贵的白鱼。行，陈列。犀筯：用犀牛角制成的筷子。厌饫（yù）：吃腻了。久未下：长时间没动筷子夹菜。空纷纶（lún）：厨师们白忙活了一阵，椒房亲不愿意吃。纷纶：忙碌。黄门：宦官。飞鞚（kòng）：飞马快驰。不动尘：尘还没动的工夫，形容迅速。御厨络绎送八珍：太监报信，专为皇帝做饭的御厨们就快速地把各种山珍海味络绎不绝地送来了。箫鼓哀吟：音乐伴奏。感鬼神：鬼神都入迷。宾从：跟随者。杂遝（tà）：众多杂乱。实要津：充塞交通要道，气派豪奢。后来鞍马：接下来又来一个骑马的人（当朝丞相，贵妃的哥哥杨国忠）。何逡巡：何等快速。当轩下马入锦茵：来到椒房亲所乘的车前下马步入通往云幕的地毯。杨花雪落复白蘋：暗指杨国忠与叔伯妹妹虢国夫人乱伦私通。杨花、白蘋本一家，杨花落水多者形成白蘋，复，覆盖。北魏胡太后与杨白花私通，作《杨白花歌》：“杨白花，飘荡落南家”，“秋去春还双燕子，愿衔杨花入窠里。”杜甫借用其典。青鸟：王母娘娘的使者，后用作男女间的信使。飞去衔红巾：衔红巾飞去。叼着虢国夫人给杨国忠的信物——红巾，飞向云幕向虢国夫人报信（说你相好的来了）。实际是杨国忠来与虢国夫人幽会，在下马往帐篷走的过程中，其手下差使飞快地跑去向虢国夫人报信。名为天上飞，实为地上跑。这两句名为写景，实为写偷情之事。炙手可热：权倾天下，气焰灼人。势绝伦：权势无人能比。慎莫近前丞相嗔：要小心谨慎，不要轻易靠近丞相，打扰了人家的好事，他会怪罪的。嗔（chēn）：责怪。

旅夜书怀·杜甫

细草微风岸，危樯独夜舟。
星垂平野阔，月涌大江流。
名岂文章著，官应老病休。
飘飘何所似，天地一沙鸥。

【注释】细草微风岸：岸上是微风嫩草。独夜舟：岸边是孤独一人在船上。危樯：高高的桅杆。垂：照映。平野阔：一望无际的荒野。月涌：月光随江流涌动。名岂文章著：著名岂文章，名声显赫岂是靠写文章？言外之意是只有好文章，不会趋炎附势还是不行。（在今天则不同，一篇好文章，甚至一首好歌都可使人著名。）官应老病休：休官应老病，不去当官是因为体迈多病，应：因。自怨自解也。一沙鸥：形容孤苦无依。

漫兴·杜甫

肠断春江欲尽头，杖藜徐步立芳洲。
癫狂柳絮随风舞，轻薄桃花逐水流。

【注释】漫兴：即兴之所到随手写出之意。欲尽头：春江上的春色快要到头了。杖藜（lí）：拄着藜杖。徐步：慢步。癫狂、轻薄：拟人之语，最妙。

漫兴·杜甫

糁径杨花铺白毡，点溪荷叶叠青钱。
笋根雉子无人见，沙上凫雏傍母眠。

【注释】糁（shēn）径：嵌满石头子的小路。糁，碎粒。点：点染。叠青钱：绿色的荷叶一个压着一个，像圆形的钱币一样。雉（zhì）子：小野鸡。凫雏（fú chú）：小野鸭。傍（bàng）：依偎在。

茅屋为秋风所破歌·杜甫

八月秋高风怒号，卷我屋上三重茅。
茅飞渡江洒江郊，高者挂罥长林梢，
下者飘转沉塘坳。南村群童欺我老无力，

忍能对面为盗贼？公然抱茅入竹去。
唇焦口燥呼不得，归来倚仗自叹息。
俄顷风定云墨色，秋天漠漠向昏黑。
布衾多年冷似铁，娇儿恶卧踏里裂。
床头屋漏无干处，雨脚如麻未断绝。
自经丧乱少睡眠，长夜沾湿何由彻。
安得广厦千万间，大庇天下寒士俱欢颜，风雨不动安如山。
呜呼！何时眼前突兀见此屋，吾庐独破受冻死亦足！

【注释】秋高：秋深。三重茅：几层茅草。三，表示多数。挂罥（juàn）：挂着，挂住。罥，挂。长：高。塘坳（ào）：低洼积水的地方。忍能：怎能。俄顷（qǐng）：不久，顷刻之间。秋天漠漠：秋季的天空浓云密布，一下子就昏暗下来了。漠漠：阴沉迷蒙的样子。向：开始。布衾（qīn）：棉被。恶卧踏里裂：指孩子睡觉时双脚乱蹬，把被里子都蹬坏了。恶卧，睡相不好。雨脚如麻：形容雨水密集。雨脚，雨点。丧乱：战乱，指安史之乱。何由彻：怎样才能熬过一整夜呢？彻，彻夜、通宵。安得：如何能得到。大庇（bì）：全部遮盖、掩护起来。庇，遮蔽、掩护。寒士：贫寒之士，泛言贫寒的人们。突兀：高耸的样子。见（xiàn）：同“现”，出现。

渼陂行·杜甫

岑参兄弟皆好奇，携我远来游渼陂。
天地黤惨忽异色，波涛万顷堆琉璃。
琉璃汗漫泛舟入，事殊兴极忧思集。
鼍作鲸吞不复知，恶风白浪何嗟及。
主人锦帆相为开，舟子喜甚无氛埃。
凫鹥散乱棹讴发，丝管啁啾空翠来。
沈竿续缦深莫测，菱叶荷花净如拭。
宛在中流渤澥清，下归无极终南黑。
半陂已南纯浸山，动影袅窕冲融间。
船舷暝戛云际寺，水面月出蓝田关。
此时骊龙亦吐珠，冯夷击鼓群龙趋。
湘妃汉女出歌舞，金支翠旗光有无。
咫尺但愁雷雨至，苍茫不晓神灵意。
少壮几时奈老何，向来哀乐何其多。

【注释】渼（měi）陂（bēi），原名五味陂，源出终南山，环抱山麓，故址在今陕西户县西南，是唐时游览胜地。《长安志》载，渼陂，在鄠县西五里，出终南山诸谷，合胡公泉为陂。渼，波纹。陂，池塘。《说文》曰："陂也，一曰池也。"又解为："蓄水为陂"。《十道志》曰："直五味陂，陂鱼甚美，因名之。"黤惨（yǎn cǎn）：天色昏黑。琉璃：亦作"瑠璃"，是指用各种颜色的人造水晶（含24%的二氧化铅）为原料，采用古代青铜脱蜡铸造法高温脱蜡而成的水晶作品。其色彩流云漓彩、美轮美奂；其品质晶莹剔透、光彩夺目。汗漫：广大，漫无边际。李白有"先期汗漫九垓上"句。事殊兴极：景物殊异、兴致极好。忧思集：由于天气突变而愁绪满怀。鼍作鲸吞：被鳄鱼吞掉。鼍（tuó），鳄鱼。鲸吞：吞噬。何嗟及：来不及惊叹。舟子：船夫。氛埃（fēn āi）：一般指污浊之气、尘埃。无氛埃指天气转好，空气清新，游人心情舒畅。凫鹥（fú yī）：水鸭子和鸥鸟，泛指水鸟。散乱：乱飞。棹讴（zhào ōu）：摇桨行船所唱之歌。丝管啁啾（zhōu jiū）：形容鸟叫声、奏乐声等。空翠：碧空，苍天。来：出现，指天气转好了。沈竿续蔓：用竿、绳测水的深浅，沈同沉，沈、续二字足见深不可测。净如拭：好像刚擦拭过一样洁净。渤澥（bó xiè）：古代称东海的一部分，即渤海。池水清澈无边，好像在渤海的中心一样。无极：无边际，无穷尽。再往下行驶，终南山无边无际的黑影映在水里，感觉进入到了无极之中。已南：船到了南岸。浸山：山影浸泡在水中。袅窕：影子动摇的样子。冲融：水波荡漾貌。戛（jiá）：敲，敲打声。天黑了，敲击船舷与云际寺的钟声相和。云际寺：云际山（现万花山）位于延安市城区西南方向杜甫川，山顶最高处有唐朝云际寺。蓝田关：陕西省的关隘，位于蓝田县东南，是古都长安、咸阳东南的门户，为古代用兵要地。月亮从蓝田关方向升起。骊（lí）龙：黑龙。《尸子》卷下："玉渊之中，骊龙蟠焉，颔下有珠。"晋葛洪《抱朴子・祛惑》："凡探明珠，不于合浦之渊，不得骊龙之夜光也。"冯（音平）夷：中国古代神话中的黄河水神。在《抱朴子・释鬼篇》里说他过河时淹死了，就被天帝任命为河伯，管理河川。《洛神赋》："冯夷击鼓，女娲清歌。"群龙趋：《易》有"见群龙无首"。张衡《西京赋》："万骑龙趋"。湘妃：即尧帝的两个女儿，后嫁舜帝为妻，姐姐叫娥皇，即湘君；妹妹叫女英，即湘夫人，"斑竹一枝千滴泪"指的就是湘妃。后指女神。汉女：传说中的汉水女神。晋张华《游仙》："湘妃咏《涉江》，汉女奏《阳阿》。"《洛神赋》："从南湘之二妃，携汉滨之游女。"《后汉・刘盆子传》："共击鼓歌舞"。金支：古时专指乐器上的装饰，只有最好的乐器，才会尊以金支的礼遇。《汉书・礼乐志》："金支秀华，庶旄翠旌。"翠旗：饰以翠羽的旗帜。晋夏侯湛《禊赋》："擢翠旗，垂繁缨，微云乘轩，清风卷旌。"光有无：光彩闪烁。此四句为月映水中，水波荡漾，丝管声声的浪漫想象。灯火遥映，如骊龙吐珠。音乐远闻，如冯夷击鼓。晚舟移棹，如群龙争趋。美人在舟，依稀湘妃汉女。服饰鲜丽，仿佛金支翠旗。咫尺：近处，指没多长时间。《左传》："天威不违颜咫尺"。但愁：令人担心。雷雨：《易》有"雷雨之动满盈"。指没多久，令人担心的雷雨又发作了。苍茫不晓神灵意：沈约诗有"出涨海之苍茫"。《九歌》："东风飘兮神灵雨"。苍茫的水面上又下起了大雨，搞不懂老天为什么这样喜怒无常。少壮几时奈老何：汉武帝《秋风辞》有"欢乐极兮哀情多，少壮几时奈老何。"奈老何：老了能怎么样呢。少壮年华没有多久，人就变老了。向来：从来就是。哀乐何其多：苦乐太多了。

梦李白·杜甫

死别已吞声，生别常恻恻。
江南瘴疠地，逐客无消息。
故人入我梦，明我常相忆。
恐非平生魂，路远不可测。
魂来枫林青，魂返关塞黑。
君今在罗网，何以有羽翼？
落月满屋梁，犹疑照颜色。
水深波浪阔，无使蛟龙得。

【注释】 恻恻：悲痛、凄凉。瘴疠（zhàng lì）：山林湿地产生毒气使人致病。明我：告诉我。在罗网：鸟被罗网罩住，喻陷入麻烦境地。何以：怎能。羽翼：飞出来。蛟龙：指恶势力。

梦李白·杜甫

浮云终日行，游子久不至。
三夜频梦君，情亲见君意。
告归常局促，苦道来不易。
江湖多风波，舟楫恐失坠。
出门搔白首，若负平生志。
冠盖满京华，斯人独憔悴。
孰云网恢恢，将老身反累。
千秋万岁名，寂寞身后事。

【注释】 浮云、游子：在外飘泊之人，指李白。情亲见君意：见君之意情亲。梦见你和我之间情深意切的情景。情亲：深情厚意。告归：你在梦中与我道别。局促：匆匆忙忙。苦道：凄苦地诉说。舟楫：所乘的船。失坠：翻船。搔白首：挠头。若负平生志：好像在暗示自己一生都不得志。冠盖：官宦。京华：京都长安。斯人：你这个人。憔悴：潦倒失意。网恢恢：天道宽广公允。将老身反累：快到老年了却得不到安歇。千秋万岁名：不要去追求名传千古了。寂寞身后事：人死后一切名利都化为乌有了，为安慰之语。

前出塞·杜甫

挽弓当挽强，用箭当用长。
射人先射马，擒贼先擒王。
杀人亦有限，列国自有疆。
苟能制侵陵，岂在多杀伤。

【注释】 挽弓：拉弓。强：硬弓。有限：有度，不能滥杀无辜。疆：疆界。苟：如果。侵陵：侵犯。岂在：哪还在乎。多杀伤：多杀人。

羌村·杜甫

峥嵘赤云西，日脚下平地。
柴门鸟雀噪，归客千里至。
妻孥怪我在，惊定还拭泪。
世乱遭飘荡，生还偶然遂。
邻人满墙头，感叹亦歔欷。
夜阑更秉烛，相对如梦寐。

【注释】 羌村：至德二载，杜甫为左拾遗时，房琯（见《别房太尉墓》）罢相，他上书援救，触怒肃宗，被放还鄜州羌村探家，该组诗为探家而作。峥嵘：高俊，比喻云彩如高俊的山峦。赤云西：天边火红的晚霞。日脚下平地：阳光穿过云层直射大地。怪我在：惊诧于我居然还活着。偶然遂：很少有人遂愿。歔欷（xū xī）：叹息声。夜阑：夜深了。更：又。秉烛：拿起烛火看家人，看看是不是真的团聚了。相对：指面对亲人。如梦寐：像做梦一般。

羌村·杜甫

晚岁迫偷生，还家少欢趣。
娇儿不离膝，畏我复却去。
忆昔好追凉，故绕池边树。
萧萧北风劲，抚事煎百虑。
赖知禾黍收，已觉糟床注。
如今足斟酌，且用慰迟暮。

【注释】晚岁：晚年。迫偷生：被迫苟且地活着。少欢趣：得不到召回而苦闷。忆昔：指回想起去年六七月份到灵武追随肃宗的时候。好追凉：天子喜欢到树下乘凉。故：常常。绕池边树：跟在皇帝后面在池边树下纳凉。萧萧：风声。劲（jìng）：强有力。抚事：想起国家大事。煎百虑：被各种忧虑煎熬着。从回忆中回到现实中来。赖知：幸亏知道。禾黍：用于酿造米酒的谷物。已觉：已经想象到。糟床注：酒从酒榨里流出的样子。足斟酌：够喝的了。且用慰迟暮：用酒来慰藉晚年。

羌村·杜甫

群鸡正乱叫，客至鸡斗争。
驱鸡上树木，始闻叩柴荆。
父老四五人，问我久远行。
手中各有携，倾榼浊复清。
莫辞酒味薄，黍地无人耕。
兵戈既未息，儿童尽东征。
请为父老歌，艰难愧深情。
歌罢仰天叹，四座泪纵横。

【注释】上树木：当地的鸡在树上过夜。莫辞酒味薄，黍地无人耕。兵戈既未息，儿童尽东征，此四句为来访的父老说的话。倾榼（kē）：从酒桶里往外倒酒。浊复清：有浊酒也有清酒。请为：让我为。

秦州杂诗·杜甫

凤林戈未息，鱼海路常难。
候火云峰峻，悬军幕井干。
风连西极动，月过北庭寒。
故老思飞将，何时议筑坛。

【注释】秦州：甘肃界，属秦巴山区西秦岭北部黄土梁峁沟壑区，早在七千多年前，我们的祖先就在这片土地上繁衍生息，是中华民族的主要发祥地之一。凤林：地名，在今甘肃省临夏县南。戈未息：战乱还没有平息。鱼海：湖泽名，又名鱼海子，即古之休屠泽、白亭海，在今内蒙古阿拉善右旗境。候火：烽火。峻：高峻的山峰，指烽火高远。悬军：深入敌方的孤军。幕井：指军用的井。干：水井干涸了。西极：西部边界。北庭：北部边庭。故老：老人，作者自指。飞将：汉代飞将军李广。筑坛：建筑祭祀的坛场，指结束战争拜将封侯。

秋兴·杜甫

玉露凋伤枫树林，巫山巫峡气萧森。
江间波浪兼天涌，塞上风云接地阴。
丛菊两开他日泪，孤舟一系故园心。
寒衣处处催刀尺，白帝城高急暮砧。

【注释】玉露：秋天的霜露，因其白，故以玉喻之。凋伤：使草木凋落衰败。巫山巫峡：即指夔州（今奉节）一带的长江和峡谷。萧森：萧瑟阴森。兼天涌：波浪滔天。塞上：指巫山。接地阴：风云盖地。丛菊两开：杜甫此前一年秋天在云安，此年秋天在夔州，从离开成都算起，已历两秋，故云“两开”。“开”字双关，一谓菊花开，又言泪眼开。他日：往日，指多年来的艰难岁月。故园：此处当指长安。催刀尺：指赶裁冬衣。“处处催”，见得家家如此。白帝城：即今奉节城，在瞿塘峡上口北岸的山上，与夔门隔岸相对。急暮砧：黄昏时急促的捣衣声。砧，捣衣石。

曲江·杜甫

一片花飞减却春，风飘万点正愁人。
且看欲尽花经眼，莫厌伤多酒入唇。
江上小堂巢翡翠，苑边高冢卧麒麟。
细推物理须行乐，何用浮名绊此身！

【注释】曲江：又名曲江池，故址在今西安城南五公里处，原为汉武帝所造。唐玄宗开元年间大加整修，池水澄明，花卉环列。其南有紫云楼、芙蓉苑；西有杏园、慈恩寺，是著名的游览胜地。一片花飞：一片花瓣的凋落。减却春：春色开始减少。风飘万点：指万片花瓣随风飘舞。正愁人：更使人哀愁。且看：抓紧看。经眼：眼前，满眼，眼看着。眼看着花要落尽，抓紧欣赏。莫厌伤多：尽管忧伤很多，暂且不去管它。莫厌：不嫌。酒入唇：指借酒消愁。江上小堂：江上供游赏休息的亭榭。巢翡翠：翡翠鸟已经在那上面筑巢了。说明长久没有游人了。苑边高冢：郊外富贵人家的高大坟墓。卧麒麟：石刻的神兽麒麟也无序地倒在荒草中间。意指安史之乱后的荒凉。细推：仔细推究。物理：世间万物发展、变化的盛衰之理。须行乐：应当及时行乐。何用浮名绊此身：为什么非要那些虚名陪伴、缠绕一生呢！

曲江·杜甫

朝回日日典春衣，每日江头尽醉归。
酒债寻常行处有，人生七十古来稀。
穿花蛱蝶深深见，点水蜻蜓款款飞。
传语风光共流转，暂时相赏莫相违。

【注释】朝回：早晨起来。典春衣：把用过的春衣典当。寻常行处有：只要是平常去过的地方都欠酒债。七十古来稀：活到七十岁很少有。所以想通了，天天醉酒。蛱（jiá）蝶：蝴蝶的一种。款款飞：落落大方地飞舞。指作者羡慕的恬静自在的生活景象。传语：寄语。共流转：与风光一起在天地间运行变迁。暂时相赏莫相违：相约好了暂时彼此陪伴欣赏，谁也不要违约。仇兆鳌注：“酒债多有，故至典衣；七十者稀，故须尽醉。”恐时光逝去，及时行乐也。

石壕吏·杜甫

暮投石壕村，有吏夜捉人。
老翁逾墙走，老妇出门看。
吏呼一何怒，妇啼一何苦。
听妇前致词，三男邺城戍。
一男附书至，二男新战死。
存者且偷生，死者长已矣。
室中更无人，惟有乳下孙。
有孙母未去，出入无完裙。
老妪力虽衰，请从吏夜归。
急应河阳役，犹得备晨炊。
夜久语声绝，如闻泣幽咽。
天明登前途，独与老翁别。

【注释】出门看（kān）：出门应对。一何：多么。附书：捎信。二男：两个儿子。

新：刚刚。且偷生：苟且活着。长已矣：永远完结了。更无人：指再没有其他壮男了。乳下孙：还在吃奶的孙子。去：改嫁。完裙：完好的衣服。老妪（yù）：老妇人。衰（cuī）：衰弱。从：跟随。归：去。应河阳役：凑数去河阳服役。犹得：还能。晨炊：早饭。幽咽：断断续续的哭声。登前途：作者赶路。独与：老妇人被抓走了，只剩老翁了。

蜀相·杜甫

丞相祠堂何处寻？锦官城外柏森森。
映阶碧草自春色，隔叶黄鹂空好音。
三顾频繁天下计，两朝开济老臣心。
出师未捷身先死，长使英雄泪满襟。

【注释】蜀相：指三国时蜀国丞相诸葛亮。锦官城：成都。森森：高大茂密。自、空：徒自。好（hǎo）音：动听的鸟叫声。三顾：指刘备三顾茅庐请诸葛亮出山。频繁天下计：频繁地为谋取天下事而出谋献计。两朝：指辅佐刘备之后又辅佐刘备的儿子刘禅（shàn）。开济：辅佐。身先死：公元234年，蜀出兵司马懿，秋，诸葛亮病死五丈原军中，年五十四岁。长使：长时间让人。不是常使。常，有偶尔之意。

宿府·杜甫

清秋幕府井梧寒，独宿江城蜡炬残。
永夜角声悲自语，中庭月色好谁看。
风尘荏苒音书断，关塞萧条行路难。
已忍伶俜十年事，强移栖息一枝安。

【注释】宿府：指作者在严武幕府值夜班。井梧寒：院中梧桐泛着寒冷的月光。井：四合院的天井，即院中。蜡炬残：蜡烛快烧没了，指自己风烛残年。永夜：长夜。角声悲自语：听到悲凉的鼓角声而自言自语，即“五更鼓角声悲壮”。中庭：中天。谁看（kān）：谁有心情欣赏呢？风尘：战乱不停。荏苒：光阴流逝。音书断：不是音书绝，否则平仄不对仗。关塞：回家的关口要道。萧条：衰败荒废。行路难：一指回家路远坎坷艰难，二指仕途之路艰难。伶俜（líng pīng）：孤独。十年事：指从安史之乱到今天已十年。强移：勉强。栖息一枝安：像鸟一样权且栖息在一个树枝上，指委身在严武幕府中混个差使（原来是左拾遗，在皇帝身边工作），如刘长卿的“老至居人下”。

题玄武禅师屋壁·杜甫

何年顾虎头，满壁画沧州。
赤日石林气，青天江海流。
锡飞常近鹤，杯渡不惊鸥。
似得庐山路，真随慧远游。

【注释】玄武禅师屋：是一佛寺，故址在今四川省三台县。玄武禅师是一位和尚的法号。顾虎头：晋代画家顾恺之。沧州：滨水的地方。古称隐士所居之地。赤日石林气，青天江海流：鲜红的太阳映照着石林，云雾缭绕；青天连接着江海，日夜奔流。锡飞常近鹤：这是一个典故。梁时，僧侣宝志与白鹤道人都想隐居山中，二人皆有灵通，因此梁武帝令他们各用物记下他们要去的地方。道人放出鹤，志公则挥锡杖并飞入云中。当鹤飞至山时，锡杖已先立于山上。梁武帝以其各自停立之地让他们筑屋居住。杯渡不惊鸥：这是画面上画的另一个典故。昔有高僧乘木杯渡海而来，于是称他为杯渡禅师。慧远：东晋时高僧，住庐山。

天末怀李白·杜甫

凉风起天末，君子意如何。
鸿雁几时到，江湖秋水多。
文章憎命达，魑魅喜人过。
应共冤魂语，投诗赠汨罗。

【注释】天末：极遥远的地方，指甘肃天水。意：心情。文章憎命达：命达之人写不出好文章，所以，写好文章就怕命运通顺。但凡留下佳作的多为命途多舛，即“命不达”之人。安慰李白，今天命途多舛，不要失意，正好可以多写些好文章。绝不是老天嫉恨命达者，也不是文章中骂的都是命达之人。魑魅喜人过（guō）：妖怪喜欢有人经过。按韵律要求，过只能读作郭音。应共冤魂语：应与冤魂共语，即与屈原有共同的语言，都是不得志被流放的。投诗赠汨罗：心里话送给汨（mì）罗江中的屈原。意境同苏轼的“一樽还酹江月”。

望岳·杜甫

岱宗夫如何，齐鲁青未了。
造化钟神秀，阴阳割昏晓。
荡胸生层云，决眦入归鸟。
会当凌绝顶，一览众山小。

【注释】岱（dài）宗：泰山。夫如何：什么样。夫，发语词。齐鲁：泰山之阳为鲁，阴为齐。青：绿色。未了：一望无际。造化：乾坤、宇宙。钟：聚集。神秀：神奇秀丽和巍峨高大之景物。阴阳：泰山的北侧和南侧。割：分，不同。昏晓：指南侧已黄昏，北侧刚天亮，因为北侧见日较晚。荡胸生层云：层云生于胸前。荡，飘荡。决眦（zì）：睁大眼睛看。眦，眼眶。入归鸟：鸟归于远，在远处消失。会当：应当。凌：登临。绝顶：泰山极顶。一览：看一眼，尽收眼底。众山小：《孟子》有“孔子登东山而小鲁，登泰山而小天下”之句。

韦讽录事宅观曹将军画马图·杜甫

国初已来画鞍马，神妙独数江都王。
将军得名三十载，人间又见真乘黄。
曾貌先帝照夜白，龙池十日飞霹雳。
内府殷红玛瑙盘，婕妤传诏才人索。
盘赐将军拜舞归，轻纨细绮相追飞。
贵戚权门得笔迹，始觉屏障生光辉。
昔日太宗拳毛騧，近时郭家狮子花。
今之新图有二马，复令识者久叹嗟。
此皆战骑一敌万，缟素漠漠开风沙。
其余七匹亦殊绝，迥若寒空动烟雪。
霜蹄蹴踏长楸间，马官厮养森成列。
可怜九马争神骏，顾视清高气深稳。
借问苦心爱者谁？后有韦讽前支遁。
忆昔巡幸新丰宫，翠华拂天来向东。
腾骧磊落三万匹，皆与此图筋骨同。
自从献宝朝河宗，无复射蛟江水中。
君不见金粟堆前松柏里，龙媒去尽鸟呼风！

【注释】韦讽：人名。录事：官名。曹将军：指画家曹霸。常奉诏画御马和功臣像，官至左武卫将军。江都王：指画马名家李绪。乘黄：神马。貌：临摹、绘制。先帝：指唐玄宗。照夜白：玄宗的爱马。龙池：唐宫南内池塘。霹雳：雷电。马如龙也，故所画神马引来天上真龙，意指作品绝伦。内府：宫中库府。殷（yān）红：紫红色。婕妤（jié yú）：女官。才人：女官。拜舞：拜谢。李商隐《韩碑》“愈拜稽首蹈且舞”。轻纨（wán）细绮（qǐ）：精美的画绢。追飞：忙不迭地往这里送，让他给作画。拳毛騧（guā）、狮子花：名马。叹嗟（jiā）：赞叹。缟（gǎo）素：白色画绢。漠漠：迷茫。开风沙：风沙纷飞。迥（jiǒng）：截然不同。寒空动烟雪：好像风雪在寒冷的天空中飞舞一样。霜蹄：雪白的蹄子。蹴（cù）：踏。长楸（qiū）间：楸林间大道。厮养：喂马的人。森成列：林立两边。可怜：可爱。争神骏：竞相显耀神奇雄俊的风姿。神骏，好马。王嘉《拾遗记·魏》有“亦一代神骏也”。支遁：东晋名僧，喜马。巡幸：天子外出游乐。新丰宫：华清宫。翠华：皇帝出巡时的仪仗。腾骧（xiāng）：昂首奔驰。磊落：本意指正大光明，此指骏马情态俊逸雄健。献宝朝河宗：河宗即河神；献宝，借用穆天子朝拜河神献宝，不久死去之典故，暗指玄宗之死。无复射蛟：借用武帝浔阳射蛟之典故，暗指不能再出游了。金粟堆：玄宗所葬之地。龙媒：《汉书·礼乐志》“天马徕龙之媒”。指宝马。人去林空，不见宝马之影，但闻风中之鸟声，好不凄凉也。

闻官军收河南河北·杜甫

剑外忽传收蓟北，初闻涕泪满衣裳。
却看妻子愁何在，漫卷诗书喜欲狂。
白日放歌须纵酒，青春作伴好还乡。
即从巴峡穿巫峡，便下襄阳向洛阳。

【注释】剑外：剑门关以外。蓟北：河北北部。衣裳（cháng）：上为衣，下为裳。却看：回头看。妻子愁何在：妻和子的愁都没了，她们忙着收拾诗书等用品。愁和漫卷的主体是妻、子，不是作者。青春：阳春。即从巴峡穿巫峡。从上游到下游。坐船而回，先到巴峡后经过巫峡。便下襄阳向洛阳：便下，经过。又经过襄阳向洛阳而去。

戏为绝句·杜甫

王杨卢骆当时体，轻薄为文哂未休。
尔曹身与名俱灭，不废江河万古流。

【注释】王杨卢骆：王勃、杨炯、卢照邻、骆宾王，以诗文闻名于初唐文坛，后世称他们为“初唐四杰”。体：指诗文的体制风格。哂（shěn）：讥笑。这句意思是说：

一些人用轻浮浅薄的文字，对王杨卢骆老是进行讥嘲。尔曹：你们这批人。这里指“轻薄为文”的那些人。不废江河万古流：用奔流不息的江河，比喻杰出优秀的诗文将万世流传。

新婚别·杜甫

菟丝附蓬麻，引蔓故不长。
嫁女与征夫，不如弃路旁。
结发为君妻，席不暖君床。
暮婚晨告别，无乃太匆忙。
君行虽不远，守边赴河阳。
妾身未分明，何以拜姑嫜？
父母养我时，日夜令我藏。
生女有所归，鸡狗亦得将。
君今往死地，沉痛迫中肠。
誓欲随君去，形势反苍黄。
勿为新婚念，努力事戎行。
妇人在军中，兵气恐不扬。
自嗟贫家女，久致罗襦裳。
罗襦不复施，对君洗红妆。
仰视百鸟飞，大小必双翔。
人事多错迕，与君永相望。

【注释】菟（tù）丝：即菟丝子，一种蔓生的草，依附在其他植物枝干上生长。引蔓：蔓条的生长。比喻女子嫁给征夫，相处难久。席不暖：昨天刚结婚，床还没睡暖，表新婚不久。无乃：岂不是。河阳：今河南孟县，当时唐军与安禄山叛军在此对峙。身：身份，指在新家中的名份。唐代习俗，嫁后三日，始上坟告庙，才算成婚。仅宿一夜，婚礼尚未完成，故身份不明。姑嫜（zhāng）：婆婆、公公。藏：深藏不露，不随便见外人。归：古代女子出嫁称“归”。亦得将：也得将就。将：带领，相随。这两句即俗语所说的“嫁鸡随鸡，嫁狗随狗”。迫：煎熬、压抑。中肠：内心。苍黄：即仓皇，意思是多有不便，更麻烦。事戎行：从军打仗。久致：许久才制成。襦（rú）：短袄。裳（cháng）：下衣。不复施：不再穿。洗红妆：洗去脂粉，不再打扮。双翔：成双成对地一起飞翔。此句写出了女子的寂寞和对那些能够成双成对的鸟儿的羡慕。错迕（wǔ）：差错，不如意。永相望：永远盼望重聚。表示对丈夫的爱情始终不渝。

携妓纳凉晚际遇雨·杜甫

落日放船好，轻风生浪迟。
竹深留客处，荷净纳凉时。
公子调冰水，佳人雪藕丝。
片云头上黑，应是雨催诗。

【注释】放船好：正好是放船乘凉的时机。生浪迟：水面泛起微波。竹深：水边竹林的深处。荷净：荷叶青青。调冰水：用冰调制饮品。雪藕丝：把藕的白丝除掉。公子、佳人：指侍从。片云：天上黑云泛起。应是雨催诗：这莫不是雨在催人作诗吗？

携妓纳凉晚际遇雨·杜甫

雨来沾席上，风急打船头。
越女红裙湿，燕姬翠黛愁。
缆侵堤柳系，帽卷浪花浮。
归路翻萧飒，陂塘五月秋。

【注释】沾：打湿。越女：越地的美女，代指歌妓。燕姬：燕地的美女，代指歌妓。翠黛愁：由于风急、雨大、裙湿，而眉头紧锁。缆侵：系好缆绳。帽卷：船上的帐幔翻卷。浮：拍击。翻：却。萧飒（sà）：（秋风）萧瑟。陂（bēi）塘：水塘。此指丈八沟。五月秋：虽是五月却好像是秋凉的季节。戴叔伦有“松下茅亭五月凉”句。

禹庙·杜甫

禹庙空山里，秋风落日斜。
荒庭垂橘柚，古屋画龙蛇。
云气嘘青壁，江声走白沙。
早知乘四载，疏凿控三巴。

【注释】禹庙：大禹庙，在忠州（治所在今四川忠县）临江的山崖上。杜甫在代宗永泰元年（765 年）出蜀东下，途经忠州时，观览了这座古庙。橘柚、龙蛇：《尚书·禹贡》载，禹治洪水后，九州人民得以安居生产，远居东南的“岛夷”之民也“厥包橘柚”，即把丰收的橘柚包裹好送给禹。又传说，禹“驱龙蛇而放菹（泽中有水草处）”，使龙蛇也有所归宿，不再兴风作浪（见《孟子·滕文公》）。嘘：吹拂。走：流动。乘四载：传说大禹治水到处奔波，水乘舟，陆乘车，泥乘车盾，山乘樏，是为四载。四载不是指四年。三巴：指巴郡、巴东、巴西（今四川忠县、云阳、阆中等地）。传说这一带原是沼泽，大禹凿通三峡后始变为陆地。

月夜·杜甫

今夜鄜州月，闺中只独看。
遥怜小儿女，未解忆长安。
香雾云鬟湿，清辉玉臂寒。
何时倚虚幌，双照泪痕干！

【注释】鄜（fū）州：陕西富县，此时杜甫家居于此。只独看（kān）：只有妻子自己在望月怀远，孩子、丈夫都没有陪同。遥怜小儿女：遥怜，遥爱，在遥远的长安思念可爱的小儿女。未解：不能懂得。忆：思念、理解。香雾云鬟湿：雾水打湿了月下妻子的鬟鬓。女人之鬟鬓，故曰“香雾”。玉臂寒：使玉臂寒凉。倚：相依在。虚幌：帷幕、窗帘。双照：映照我俩。泪痕干：不再留下思念的泪水。该诗为杜甫避安史之乱，途中被掠至长安而作。

月夜忆舍弟·杜甫

戍鼓断人行，秋边一雁声。
露从今夜白，月是故乡明。
有弟皆分散，无家问死生。
寄书长不达，况乃未休兵。

【注释】舍弟：胞弟。戍鼓：戍楼告警的鼓声。断人行：没有行人。秋边：即边秋。天边、天末。甘肃天水已是秋天。一雁声：南飞大雁一声声鸣叫。见雁飞而思归。露从今夜白：今夜是白露节。月是故乡明：故乡的月格外明亮。新解为：家乡在山区，空气没有被污染，所以月亮分外明亮，而大城市则相反。有弟皆分散：虽然有弟兄，但全都失散了，如白居易的“骨肉流离道路中”。无家问死生：家没有了，到处打听亲人是死是活。况乃：更何况。未休兵：兵未休，战乱还没结束。

野望·杜甫

西山白雪三城戍，南浦清江万里桥。
海内风尘诸弟隔，天涯涕泪一身遥。
惟将迟暮供多病，未有涓埃答圣朝。
跨马出郊时极目，不堪人事日萧条。

【注释】野望：郊外远望。三城戍：唐代成都西北的三处重镇。南浦：南郊水边。清江：锦江。万里桥：位于成都城南锦江上。诸葛亮送费祎（yī）出使东吴过此桥，费祎说："万里之行，始于此桥，"后遂称"万里桥"。杜甫《狂夫》诗有"万里桥西一草堂"。风尘：指战乱。一身遥：独自一人飘泊在遥远的天涯。迟暮：晚年。供多病：供，交给。交给了多病之躯。涓埃：指细小之功。时极目：不时地远望。不堪：不忍入目。

咏怀古迹 咏庾信·杜甫

支离东北风尘际，飘泊西南天地间。
三峡楼台淹日月，五溪衣服共云山。
羯胡事主终无赖，词客哀时且未还。
庾信平生最萧瑟，暮年诗赋动江关。

【注释】支离：分散、残缺。东北：指长安东北范阳一带，安禄山、范阳节度使史思明在此起兵。风尘：战乱、乱世。际：的时候。西南：指长安西南四川方向。淹日月：消磨时光，偷安混日子。五溪衣服：在夔州一带与各民族的人混在一起，指作者在三峡、夔州飘泊逃难。羯胡：指安禄山之辈。事主：侍奉皇帝。终无赖：最终不值得信赖。词客：指庾（yǔ）信。侯景之乱后，梁元帝在江陵建立政权，庾信奉命出使西魏，不料江陵又被西魏攻破，此后庾信一直滞留魏都长安，直到北周末年身死未还。滞北期间，他写了很多色彩浓郁的诗文，故称"词客"。哀时：哀怜时事。且未还：一直未还，指滞留北方。萧瑟：凄凉。动江关：意指使人感动。人死之后诗词才被知晓认可。可谓同病相怜，故而咏之。

咏怀古迹 咏宋玉·杜甫

摇落深知宋玉悲，风流儒雅亦吾师。
怅望千秋一洒泪，萧条异代不同时。
江山故宅空文藻，云雨荒台岂梦思。
最是楚宫俱泯灭，舟人指点到今疑。

【注释】宋玉：战国时楚国辞赋大家，有《九辩》《高唐赋》《风赋》等作品。摇落深知宋玉悲：自己像落叶一样飘零、流浪，才理解宋玉所说的"悲哉，秋之为气也"

的“悲”是什么意境。亦吾师：也是值得我去学习、效仿的。怅望：怅然回顾。一洒泪：只有流泪。萧条异代不同时：不是一个时代，但命运却同样衰微。江山故宅：旧居依然在。空文藻：文章空存人已逝去。云雨荒台：宋玉在《高唐赋》中描写楚怀王游荒台梦与神女幽会。云雨：指男女的艳事。岂梦思：岂是借梦说事，现实当中就是这样。最是：最令人感叹的是。楚宫俱泯灭：楚王私会的宫殿、荒台都没了踪迹。舟人指点到今疑：物换人非，当地的渔人指点那些地方曾经在哪里，但就连他们也搞不清具体位置了。

咏怀古迹 咏昭君·杜甫

群山万壑赴荆门，生长明妃尚有村。
一去紫台连朔漠，独留青冢向黄昏。
画图省识春风面，环佩空归月夜魂。
千载琵琶作胡语，分明怨恨曲中论。

【注释】昭君：王嫱（qiáng），汉元帝宫女。嫁与匈奴首领呼韩邪（yé）单于以和亲。赴荆门：经长途跋涉到了荆门（王嫱的故乡）。明妃：昭君。尚有村：村子还在。一去：自从离开。紫台：皇宫。连朔漠：来到沙漠，即匈奴地区就再也没回来。青冢（zhǒng）：昭君墓。向黄昏：在黄昏中孤立。画图省（xǐng）识春风面：通过画像来察看美人，汉元帝令画工为后宫佳丽画像，按图召幸，王嫱不肯贿赂画工，于是被丑画，贻误了王嫱。待将其许给单于才发现惊艳无比。环佩空归月夜魂：只有她的魂魄在月夜能回来。环佩，环佩声。作胡语，演奏胡曲《昭君怨》。分明怨恨曲中论：曲中表达的其实就是昭君的怨恨。分明，其实就是。论，音 lún，记载、表达。

咏怀古迹 咏刘备·杜甫

蜀主窥吴幸三峡，崩年亦在永安宫。
翠华想象空山里，玉殿虚无野寺中。
古庙杉松巢水鹤，岁时伏腊走村翁。
武侯祠屋常邻近，一体君臣祭祀同。

【注释】窥吴：窥，伺机征讨，指刘备于 221 年出三峡征讨东吴，为关羽报仇兵败，后身死白帝之事，即杜甫的“遗恨失吞吴”之事。幸：皇帝驾临某处。崩年：皇帝死时。223 年刘备死于白帝城。永安宫：夔州白帝城。翠华：天子出行时的仪仗。想象：指如今翠华没有了，只剩下了想象之中的情况。空山里：山谷之中。玉殿：皇帝的宫殿。虚无：没有了。野寺中：刘备的神位如今安置于野寺之中。时光荏苒，翠华、玉殿都没了，只有空山、野寺，抚事慷慨、苍凉之感也。古庙杉松巢水鹤：古庙前的杉松上有水鹤筑窝。岁时：过年时。伏腊：伏祭、腊祭之时。走村翁：有村翁来祭祀。水鹤、村翁与当初在位时文朝武拜的景象形成鲜明对比。常邻近：附近就是诸葛亮的祠堂。一体君臣祭祀同：一个国体的君王和臣子本有高低贵贱之分的，但死后人们对他们的祭奠都是一样的，不分什么君臣贵贱了。人生就是如此，生时分出个高下，死后都是一样的了。

咏怀古迹 咏诸葛·杜甫

诸葛大名垂宇宙，宗臣遗像肃清高。
三分割据纡筹策，万古云霄一羽毛。
伯仲之间见伊吕，指挥若定失萧曹。
运移汉祚终难复，志决身歼军务劳。

【注释】宗臣：重臣。肃：庄重、肃穆。清高：高洁。纡（yū）筹策：纡，曲折。筹策，计算，耗费心机地谋划。万古云霄：顶天立地的千秋伟业。一羽毛：指一把羽毛扇，随着羽毛扇的摆动，三分天下的格局就形成了。钦佩诸葛亮的筹略精准、深远、潇洒。伯仲之间：长相如同亲兄弟之间分不出谁大谁小，指分不出彼此。见伊吕：可比伊吕。伊吕，辅佐商汤的伊尹和辅佐周文王的吕尚，即姜子牙，指诸葛之才与伊吕之间分不出谁更厉害。失萧曹：使萧曹失色。萧曹，辅佐刘邦的萧何和曹参。运移：运气没了。汉祚（zuò）：汉家帝位。志决：矢志不渝。身歼（jiān）：身体陨殁、以身殉职，诸葛亮 224 年去世于军中帷帐。军务劳：由于军务烦劳。

赠花卿·杜甫

锦城丝管日纷纷，半入江风半入云。
此曲只应天上有，人间能得几回闻。

【注释】花卿：成都尹崔光远的部将花敬定。曾平定地方叛乱而居功，杜甫在其府上做客而作此诗。锦城：即锦官城，指成都。丝管：弦乐器和管乐器，这里泛指音乐。纷纷：形容乐曲的轻柔悠扬。天上：指天宫。几回闻：本意是听到几回，文中的意思是说人间很少听到。

赠卫八处士·杜甫

人生不相见，动如参与商。
今夕复何夕，共此灯烛光。
少壮能几时，鬓发各已苍。
访旧半为鬼，惊呼热中肠。
焉知二十载，重上君子堂。
昔别君未婚，儿女忽成行。
怡然敬父执，问我来何方。
问答未及已，儿女罗酒浆。
夜雨剪春韭，新炊间黄粱。
主称会面难，一举累十觞。
十觞亦不醉，感子故意长。
明日隔山岳，世事两茫茫。

【注释】参与商：参（shēn）星，居西方，商星居东方。参星酉时现于西方，商星卯时出于东方，此出彼落，故不得见。半为鬼：指老友一半死去。晏殊有“当时共我赏花人，点检如今无一半”。热中肠：心中难过。怡然：和颜悦色。父执：父亲的好友。儿女罗酒浆：不是驱儿罗酒浆，否则就表现不出热情了，儿女罗为主动，驱儿罗为被动。间（jiàn）：掺杂。累（lěi）：接连。觞（shāng）：酒杯。甫之酒量大也，十觞亦不醉，故多病，晚年戒酒“潦倒新停浊酒杯”。

附：同学会·陈湛元

初识正年少，再见已中年。
童稚趣未尽，子女又当年。
人生路漫漫，弹指一挥焉。
同学常相聚，把酒醉青天。

再经金光门·杜甫

至德二载，甫自京金光门出，间道归凤翔。乾元初，从左拾遗移华州掾，与亲故别，因出此门，有悲往事。

此道昔归顺，西郊胡正繁。
至今犹破胆，应有未招魂。
近侍归京邑，移官岂至尊。
无才日衰老，驻马望千门。

【注释】为便于记忆，编者自拟题目，将原题定为诗序。至德二载：公元755年安史之乱，玄宗逃往四川。756年传位给李亨即肃宗，年号为至德，二载即公元757年。间（jiàn）道：杜甫从长安西边的金光门逃出，从偏僻小道到凤翔投奔皇上，同年十月随肃宗经金光门回长安任左拾遗。乾元初：公元758年，肃宗改年号为乾元，初即初年，也称元年，即758年。从左拾遗移华州掾（yuàn）：杜甫遭贬移官到华州作属官，又从金光门西出。此道：指从金光门往西去的道路。昔归顺：指去年从此出逃又从此跟皇帝还朝。胡正繁：安史之乱最猖狂的时候。安史之乱从公元755年始，至763年结束，历经八年。繁，如果换成频就押韵了，但繁、魂、尊、门属于“上平十三元”的韵辙，频属于“上平十一真”韵，不在此韵，故只能用繁。犹破胆：仍心有余悸。应有：好像还有。未招魂：魂未招，魂好像还没被招回来，即“丢魂了”，并不是“应该有一部分魂还没招回”。近侍归京邑：归京邑近侍，回到京城后在皇帝身边供职。移官：被贬到外地做官。岂至尊：岂怪皇帝。日衰老：渐渐衰老。望千门：回望长安城。已到西门，只能回望京城，而不是回望皇宫。

泊秦淮·杜牧

烟笼寒水月笼沙，夜泊秦淮近酒家。
商女不知亡国恨，隔江犹唱后庭花。

【注释】泊（bó）：船靠岸。烟笼：烟雾笼罩。商女：卖唱歌女。隔江：在对岸。后庭花：南朝陈后主所作的《玉树后庭花》，指亡国之音。

赤壁·杜牧

折戟沉沙铁未销，自将磨洗认前朝。
东风不与周郎便，铜雀春深锁二乔。

【注释】折戟（jǐ）：折断的兵器。销：销蚀。将：拿起。磨洗：擦光洗净。认前朝：认出是东吴破曹时的遗物。东风不与周郎便：假如东风不给周瑜提供方便。周瑜借东风火烧曹操赤壁军营，致曹军大败。铜雀春深锁二乔：二乔就会被关在铜雀台中了。铜雀，即铜雀台，曹操所建暮年行乐处，内居姬妾歌姬。二乔：东吴乔公两个女儿，都是东吴美女。大乔为孙策（孙权兄）之妻，小乔为周瑜之妻。操欲掠之，兵败未成。

过华清宫・杜牧

长安回望绣成堆，山顶千门次第开。
一骑红尘妃子笑，无人知是荔枝来。

【注释】华清宫：陕西临潼南骊山上的宫殿。绣成堆：花团锦簇。千门：华清宫的众多大门。次第开：一个接一个地打开。一骑（jì）红尘：一匹红马带起尘土飞驰而来。妃子：杨贵妃，杨贵妃最喜欢吃广西玉林产的荔枝。无人知是：还以为军事紧急呢，却原来是专门送荔枝的。

寄扬州韩绰判官・杜牧

青山隐隐水迢迢，秋尽江南草未凋。
二十四桥明月夜，玉人何处教吹箫。

【注释】绰：音 chuò。隐隐：隐约、模糊。迢迢：遥远。草未凋：花草尚未凋谢。江南虽然秋尽，但花草并不像北方落红满地，如张九龄的“自有岁寒心”，所以不是“草木凋”。二十四桥：吴家砖桥，扬州一座古桥。传说古时有二十四位美女吹箫于桥上，故得名。玉人：指韩绰。何处教吹箫：你在何处陪着美女潇洒呢？教吹箫：借用二人都熟知的典故，指陪着美女，朋友之间的玩笑话。

江南春・杜牧

千里莺啼绿映红，水村山郭酒旗风。
南朝四百八十寺，多少楼台烟雨中。

【注释】绿映红：绿色中映衬着红花。酒旗风：酒店的幌子在风中摆动。南朝：指从公元420年至589年，我国南部先后存在过的宋、齐、梁、陈四个朝代。四百八十寺：众多佛寺的虚指。楼台：佛寺。有空间平铺的眼前之美，也有时间纵深的浓厚之美。

将赴吴兴登乐游原・杜牧

清时有味是无能，闲爱孤云静爱僧。
欲把一麾江海去，乐游原上望昭陵。

【注释】将赴吴兴：将要到浙江湖州做湖州刺史。乐游原：长安城南的乐游苑。清时：盛世清平。有味：有闲情逸致。是无能：是出于无奈。清时、无能全是反语。闲爱孤云静爱僧：指有味。欲把：欲持。一麾（huī）：一面令旗，指接受委任。过去无奈，今天有为。昭陵：唐太宗陵墓，怀念李世民的贞观盛世。

金谷园·杜牧

繁华事散逐香尘，流水无情草自春。
日暮东风怨啼鸟，落花犹似坠楼人。

【注释】金谷园：一名梓泽，王勃有“梓泽丘墟”句，晋代石崇的超豪华别墅。繁华：指金谷园的繁华。事散：因事衰败。逐香尘：随着香尘消散了。草自春：绿草依然泛着春色，也是无情的意思。怨啼鸟：鸟在风中哀啼。坠楼人：指石崇的歌姬绿珠，善吹笛而美艳，孙秀看好了绿珠，石崇不舍，最后孙秀诬陷石崇，终至其满门抄斩。来抄斩之前绿珠为报答石崇跳楼而死。

附：哀石崇·陈湛元

金谷繁华落埃尘，银笛声碎余悲音。
不舍绿珠耀堂下，留得红颜失满门。

旅宿·杜牧

旅馆无良伴，凝情自悄然。
寒灯思旧事，断雁警愁眠。
远梦归侵晓，家书到隔年。
沧江好烟月，门系钓鱼船。

【注释】旅宿：住宿在旅馆。无良伴：指孤身一人。凝情：沉思。悄然：寂寞。断雁：孤雁。警：警醒。远梦归侵晓：远归侵晓梦，归路遥远，天快亮时才刚刚入梦。侵晓，破晓。想梦见家乡也难，想寄信回家也难。沧江：家乡。回忆家乡情景，渔船在家门口停着。系：音jì。

齐安郡后池绝句·杜牧

菱透浮萍绿锦池，夏莺千啭弄蔷薇。
尽日无人看微雨，鸳鸯相对浴红衣。

【注释】齐安郡：南朝齐置，治齐安县（今湖北麻城市西南）。菱透浮萍：菱叶超过满池的浮萍。绿锦池：池水如绿色丝绸。夏莺千啭：黄莺鸟鸣叫着。弄蔷薇：在蔷薇花丛中穿飞。尽日无人看微雨：细雨濛濛，整日不见游人。鸳鸯相对浴红衣：只见一对鸳鸯在相对着洗浴红色的羽毛。

遣怀·杜牧

落魄江湖载酒行，楚腰纤细掌中轻。
十年一觉扬州梦，赢得青楼薄幸名。

【注释】遣怀：排遣郁闷之心情。落魄：失意。江湖：江湖之上。载酒：船中载酒。楚腰纤细：楚王好细腰，指扬州妓女。掌中轻：汉成帝的皇后赵飞燕体轻，能在掌上舞。实际是能被舞伴轻轻举起而舞，如现代的交谊舞和芭蕾舞。一觉（jué）：始觉。扬州梦：扬州十年如在梦中虚度。赢得：只落得个某某名分。青楼：妓院。薄幸名：薄情郎之名。官场无成就，只在妓院中胡混了。

清明·杜牧

清明时节雨纷纷，路上行人欲断魂。
借问酒家何处有，牧童遥指杏花村。

【注释】欲断魂：失魂落魄。借问：请问，一般在外地人向当地人求教时用。杏花村：山西杏花村，产好酒。

秋夕·杜牧

银烛秋光冷画屏，轻罗小扇扑流萤。
天街夜色凉如水，卧看牵牛织女星。

【注释】秋光：秋晚的月光，此指七夕之夜的月光。冷画屏：清凉地映照在屏风上。轻罗小扇：女人用的团扇。扑流萤：驱赶飞到床前的萤火虫。天街：指天空。牵牛织女星：牛郎星和织女星。传说牛郎、织女在七夕鹊桥相会。

山行·杜牧

远上寒山石径斜，白云生处有人家。
停车坐爱枫林晚，霜叶红于二月花。

【注释】寒山：深秋时的山。石径斜（xiá）：小路斜插云间。白云生处：白云缭绕的地方，不是“深处”，否则就看不见有没有人家了。坐：而，张九龄有“闻风坐相悦”。霜叶：经过霜打后的枫叶。红于二月花：比二月红花还要鲜红。

题乌江亭·杜牧

胜败兵家事不期，包羞忍耻是男儿。
江东子弟多才俊，卷土重来未可知。

【注释】乌江亭，在今安徽省和县东北的乌江浦，自古为一渡口，秦汉之时即设有亭长，楚汉相争时，西楚霸王项羽在此兵败自尽。不期：不可预料。包羞忍耻：忍受耻辱。男儿（ní）：大丈夫。江东子弟：公元前202年末，汉王刘邦撕毁与项羽在广武（今河南荥阳县东北）订立的以鸿沟为界的“楚河汉界”和约，与韩信、英布、彭越会师追击项羽。韩信在垓下（今安徽省灵璧县东南）设下十面埋伏，引诱项羽陷入重重包围，并令汉军学唱楚国的歌曲，瓦解楚军斗志。项羽闻听四面楚歌，以为刘邦已尽取西楚，闷闷不乐地与夫人虞姬对酒唱歌：“力拔山兮气盖世，时不利兮骓不逝。骓不逝兮可奈何，虞兮虞兮奈若何！”虞姬安慰道：“汉兵已略地，四方楚歌声。大王义气尽，贱妾何聊生！”遂拔剑自刎，人称“霸王别姬”。虞姬死后，项羽带着仅存的八百江东子弟兵连夜突围，后有灌婴五千追兵，项羽南渡淮河，且战且走，一口气跑到乌江边，这时项羽只剩下二十六人。司马迁《史记·项羽本纪》记载：“于是项王乃欲渡乌江。乌江亭长……谓项王曰：‘江东虽小，地方千里，众数十万人，亦足王也。愿大王急渡。今臣有船，汉军至，无以渡。’”而项羽却说“天之亡我”，并说“且籍与江东弟子八千人渡江而西，今无一人还”，即使江东父老可怜我让我当大王，我都独愧于心，无颜见江东父老，于是拔剑自刎。未可知：也说不定，即有可能。

题扬州禅智寺·杜牧

雨过一蝉噪，飘萧松桂秋。
青苔满阶砌，白鸟故迟留。
暮霭生深树，斜阳下小楼。
谁知竹西路，歌吹是扬州。

【注释】公元837年（唐文宗开成二年），杜牧的弟弟患眼病寄居扬州禅智寺。当时，杜牧任监察御史，分司东都洛阳，得知消息，即携眼医石生赴扬州探视。唐制规定：“职事官假满百日，即合停解。”杜牧因假逾百日而离职。噪：鸣叫。一蝉：形容稀少。飘萧：萧瑟，草木被秋风吹袭的声音。砌（qì）：台阶。故迟留：不愿离去。暮霭：黄昏时的雾霭。生深树：在林中弥漫。下小楼：在寺庙西方下落。西路：禅智寺在扬州的东北，西路指扬州。歌吹：随风飘来的歌声。此处凄凉彼处喧闹。

赠别·杜牧

多情却似总无情，惟觉樽前笑不成。
蜡烛有心还惜别，替人垂泪到天明。

【注释】无情：情到深处往往看不出，真正多情之人相对，往往显得深沉，故表面显得无情，实为有情。连蜡烛都有情，何况我呢?

赠别·杜牧

娉娉袅袅十三余，豆蔻梢头二月初。
春风十里扬州路，卷上珠帘总不如。

【注释】娉娉（pīng）袅袅（niǎo）：体态轻盈柔美。豆蔻（kòu）：植物名，指处在好年龄之时。二月初：此时豆蔻含苞，指清纯的处女之时，描写扬州美女。春风：含着春情。扬州路：在扬州路上找寻。卷上珠帘：把家家妓院的门帘卷起，进去寻找心目中的美女。总不如：没有一个赶得上“娉娉袅袅十三余”的。

金缕衣·杜秋娘

劝君莫惜金缕衣，劝君惜取少年时。
花开堪折直须折，莫待无花空折枝。

【注释】金缕（lǚ）衣：用金线穿缀玉片而成的金缕玉衣。惜取：珍惜。堪折：可以采折的时候。直须：就须。

渡湘江·杜审言

迟日园林悲昔游，今春花鸟作边愁。
独怜京国人南窜，不似湘江水北流。

【注释】迟日：春日。《诗·豳风·七月》：“春日迟迟。”后以“迟日”指春日。作边愁：引发在边疆的哀愁。

和晋陵陆丞早春游望·杜审言

独有宦游人，偏惊物候新。
云霞出海曙，梅柳渡江春。
淑气催黄鸟，晴光转绿蘋。
忽闻歌古调，归思欲沾巾。

【注释】和：按对方诗词的内容或韵脚酬复新的诗词。晋陵：江苏常州。陆丞：姓陆的县官。早春游望：陆丞的诗作名。杜审言：杜甫的爷爷。独有：只有。宦游：在外做官。偏惊：惊异于、偏爱于。物候：景物。云霞出海曙：曙出于海上，天边片片红霞。梅柳渡江春：春渡过长江，梅开、柳青。淑气：和暖的春风。催黄鸟：催发黄鸟鸣叫。晴光：春光。转：映照。古调：陆丞的诗作。归思（sì）：回家的念头。巾，而非襟，该诗是“上平十一真”韵，不能用襟，襟是“下平十二侵”韵，虽同音但不是一韵，如同王勃的“无为在歧路，儿女共沾巾。”

蓬莱三殿侍宴奉敕咏终南山·杜审言

北斗挂城边，南山倚殿前。
云标金阙迥，树杪玉堂悬。
半岭通佳气，中峰绕瑞烟。
小臣持献寿，长此戴尧天。

【注释】蓬莱三殿：唐代皇宫里的大明宫内有紫宸、蓬莱、合元三殿，统称蓬莱三殿。侍宴：陪侍皇帝宴乐。奉敕（chì）：奉皇帝之命。敕，帝王诏令。终南山：也称秦岭，是中国南方和北方、长江和黄河的分界，位于陕西长安城南，主峰太白山，积雪六月天，为长安八景之一，是中国内地的第一高山，唐时吕洞宾曾修道于终南山，成为传说中的八仙之一。北斗：七颗星在北天排列，状似舀酒的斗，又称北斗七星，属大熊星座一部分。南山：指终南山。《诗经》：“如南山之寿，不骞不崩。”（骞，亏损、毁坏）后世用以象征长寿。云标：云端。标，本为树梢，此指云层表面。金阙：天子居住的宫殿。阙，宫门前供瞭望的塔楼。迥：远。杪（miǎo）：树梢，树枝末端。玉堂：此为宫殿的美称，指终南山上精美的建筑。悬：挂、系。佳气：指吉祥的气象。瑞烟：祥瑞的云气。小臣：诗人对自己的谦称。戴尧天：头顶尧帝之天，比喻生活在圣王统治之下。尧，黄帝传帝位给尧，国号唐。

送崔融·杜审言

君王行出将，书记远从征。
祖帐连河阙，军麾动洛城。
旌旗朝朔气，笳吹夜边声。
坐觉烟尘少，秋风古北平。

【注释】行出将（jiàng）：命令将军出征。书记：崔融为节度使掌书记之官。远从征：跟随远征。祖帐：道旁设帐饯行。连河阙：自宫阙之外一直延续到河洛。军麾：军旗。朔气：北方的寒气。坐觉：顿觉。秋风：意指秋风凉，朋友多保重。古：古老的。北平：郡名，今河北省东部一带。此处泛指北方边地。

春宫怨·杜荀鹤

早被婵娟误，欲妆临镜慵。
承恩不在貌，教妾若为容。
风暖鸟声碎，日高花影重。
年年越溪女，相忆采芙蓉。

【注释】早：早年。婵娟：指美貌。误：耽误了青春，由于貌美而被选入宫，后又被冷落。慵：懒得，现在懒得打扮，后文是不打扮的原因。承恩：得到恩宠。不在貌：不在长相。若为容：为谁打扮。风暖鸟声碎，日高花影重：孤独寂寞，独自看花影，听鸟鸣，于是回想起入宫前的同伴。重（chóng）：重叠、茂盛。年年越溪女，相忆采芙蓉：年年相忆采芙蓉的越溪女伴。

山中寡妇·杜荀鹤

夫因兵死守蓬茅，麻苎衣衫鬓发焦。
桑柘废来犹纳税，田园荒后尚征苗。
时挑野菜和根煮，旋斫生柴带叶烧。
任是深山更深处，也应无计避征徭。

【注释】蓬茅：茅草屋。麻苎（zhù）衣衫：粗麻做的衣服。鬓发焦：鬓发枯黄。

桑柘（zhè）：养蚕的桑树和柘树。废来：荒废了。犹纳税：还要缴纳养蚕税。尚征苗：还征收青苗税。时挑：经常到山上去挖。和根煮：带着根一起煮。绝不是“和羹煮”，一是“羹”与下句的“叶”不对仗，二是寡妇没有糊粥，否则条件就不算艰苦了。南方人“根”与“羹”发音相近，定是口传之误。旋斫：刚刚砍下的。带叶烧：带着叶子一起烧，与“和根煮”对仗。任是：就算是。征徭：征税、服役。

送人游吴·杜荀鹤

君到姑苏见，人家尽枕河。
古宫闲地少，水巷小桥多。
夜市卖菱藕，春船载绮罗。
遥知未眠月，乡思在渔歌。

【注释】吴：江苏苏州，古属吴地。姑苏：苏州。见：会看见。枕河：依河建屋，半在岸，半在水上。古宫：代指姑苏城。载绮罗：倒卖丝织品的商船往来穿梭。遥知：遥想可知，如王维的“遥知兄弟登高处。”未眠月：你在月下不眠。乡思在渔歌：由于听到渔歌你更加思念家乡。

田翁·杜荀鹤

白发星星筋力衰，种田犹自伴孙儿。
官苗若不平平纳，任是丰年也受饥。

【注释】筋力衰（cuī）：身体衰弱。伴孙儿（ní）：同儿孙一起种地。官苗：青苗税。平平：平均；公允，暗指收税不合理。任是：就算是。丰年也受饥：到如今就算是丰年也要挨饿。

溪兴·杜荀鹤

山雨溪风卷钓丝，瓦瓯篷底独斟时。
醉来睡着无人唤，流到前溪也不知。

【注释】卷钓丝：收起钓钩。瓦瓯：瓦罐当餐具。篷底：在篷船仓里。斟（zhēn）：喝酒。无人唤：因为是独酌。流到前溪也不知：船顺流而下，飘到了前溪还不知道，实为任其自在地漂流。

小松·杜荀鹤

自小刺头深草里，而今渐觉出蓬蒿。
时人不识凌云木，直待凌云始道高。

【注释】刺头：探出头来。出蓬蒿：高出了蒿草。凌云木：参天大树。直待凌云始道高：直待，等到。凌云始道高，长成参天大树了，人们才称赞它高大。

再经胡城县·杜荀鹤

去岁曾经此县城，县民无口不冤声。
今来县宰加朱绂，便是生灵血染成。

【注释】胡城县：安徽阜阳西北。县宰：县官。加朱绂（fú）：得到嘉奖和提升。绂，系印章的丝带，此指官印、升官。血染成：绂为红色，故用血来比喻。

上高侍郎·高蟾

天上碧桃和露种，日边红杏倚云栽。
芙蓉生在秋江上，不向东风怨未开。

【注释】上高侍郎：即上书给高侍郎。上，呈上；高侍郎，即侍郎高骈，曾做过淮南节度使，为中唐时期藩镇割据者之一；侍郎，官名，为朝廷各部的副长官。碧桃：仙桃。和：带。日边：天上，比喻朝廷。红杏：杏的一种。倚：靠。不向东风怨未开：从不抱怨春风不让它在春天时开放。

对雪·高骈

六出飞花入户时，坐看青竹变琼枝。
如今好上高楼望，盖尽人间恶路岐。

【注释】六出：六瓣，雪的形状如六瓣花。琼枝：白玉雕成的树枝 。恶路歧：险恶的道路。

山亭夏日·高骈

绿树阴浓夏日长，楼台倒影入池塘。
水精帘动微风起，满架蔷薇一院香。

【注释】水精帘：水晶帘。满架蔷薇：蔷薇爬满藤架。

别董大·高适

千里黄云白日曛，北风吹雁雪纷纷。
莫愁前路无知己，天下谁人不识君。

【注释】董大：指董庭兰，是当时有名的音乐家，在其兄弟中排名第一，故称“董大”。李颀的《听董大弹胡笳兼寄语弄房给事》即指他。黄云：天上的乌云，在阳光下，乌云是暗黄色，所以叫黄云。曛（xūn）：昏暗。

除夜作·高适

旅馆寒灯独不眠，客心何事转凄然？
故乡今夜思千里，霜鬓明朝又一年。

【注释】除夜：除夕之夜。转凄然：变得凄惨。思千里：思念千里之外的故乡。霜鬓：鬓发斑白。明朝又一年：明天天亮又是新一年的开始，而自己还不能回家。

封丘作·高适

我本渔樵孟诸野，一生自是悠悠者。
乍可狂歌草泽中，宁堪作吏风尘下？
只言小邑无所为，公门百事皆有期。
拜迎长官心欲碎，鞭挞黎庶令人悲。
悲来向家问妻子，举家尽笑今如此。
生事应须南亩田，世情尽付东流水。
梦想旧山安在哉，为衔君命且迟回。
乃知梅福徒为尔，转忆陶潜归去来。

【注释】渔樵：打渔砍柴。孟诸：古大泽名，在今河南商丘东北。乍可：只可。草泽：草野，民间。宁堪：哪堪。风尘：尘世扰攘。小邑：小城。公门：国家机关。期：期限。生事：生计。南亩田：泛指田地。世情：世态人情。旧山：家山，故乡。衔：奉。迟回：徘徊。梅福：西汉末隐者。曾任南昌县尉，数次上书言事。后弃家隐遁，传说后来修道成仙而去。陶潜：即陶渊明，东晋诗人。归去来：指陶渊明赋《归去来辞》。

塞上听吹笛·高适

雪净胡天牧马还，月明羌笛戍楼间。
借问梅花何处落，风吹一夜满关山。

【注释】雪净：冰雪消融。胡天：西北边塞胡地。牧马还：战士们赶着马群回来。羌笛戍楼间：戍楼中传来熟悉的《梅花落》曲调。何处落：曲调飘到何处。满关山：随风飘荡在整个关塞，指乐声。

送李少府贬峡中王少府贬长沙·高适

嗟君此别意何如，驻马衔杯问谪居。
巫峡啼猿数行泪，衡阳归雁几封书。
青枫江上秋帆远，白帝城边古木疏。
圣代即今多雨露，暂时分手莫踌躇。

【注释】何如：不是“如何”，否则不在韵上。衔杯：指喝酒。巫峡：长江三峡之一。盛弘之《荆州记》：“巴东三峡巫峡长，猿鸣三声泪沾裳。”衡阳：湖南界，雁飞至此不再南飞。青枫江：长沙南青枫浦。白帝城：即永安宫，四川奉节东。即今：于今。踌躇：徘徊、苦闷。

送李侍御安西·高适

行子对飞蓬，金鞭指铁骢。
功名万里外，心事一杯中。
虏障燕支北，秦城太白东。
离魂莫惆怅，看取宝刀雄。

【注释】侍御，官名，即侍御史，负弹劾纠举不法之责。安西：唐代设安西都护府，治所在今新疆维吾尔族自治区的库车附近。行子：指李侍御。飞蓬：塞外秋末乱飞的无根蓬草。指铁骢：驱策战马。虏障：阻挡敌人的关塞，指居延塞（在今内蒙古自治区境内），这里是用这些边远地方，借指遥远的安西。燕支：即燕支山，也写作焉支山，在今甘肃省境内，这里也是借指遥远的边地安西。汉代霍去病伐匈奴，大获全胜，乘胜追击，过燕支山千余里，平定边患，胜利归来。这里借用燕支山，也含有祝愿远行从军的友人能早日胜利归来的意思。秦城：长安城。太白：山名，即终南山的太乙峰，在长安的西边。意即你去塞北，我在长安，两地分别。离魂：离别的心情。宝刀雄：让宝刀发挥威力来实现你的雄心壮志。

送郑侍御谪闽中·高适

谪去君无恨，闽中我旧过。
大都秋雁少，只是夜猿多。
东路云山合，南天瘴疠和。
自当逢雨露，行矣慎风波。

【注释】郑侍御：高适的朋友。谪：贬官。闽中：相当于现在的福建地区。秦始皇统一全国后，置闽中郡，所辖范围就相当于现在的福建以及部分的浙江南部，江西东部地区，因境内有闽江而得名，闽是简称。其间历代名称均有变动，到了公元733年（开元二十一年），以福州、建州各取一字，置福建军事经略使，从此福建成为该地区的专有名词。过：此处读guō，往访。大都：大概。云山合：青山与白云接连不断。合，连接聚拢。瘴疠：山林湿热地区流行的恶性疟疾等传染病。和，程度不大，中等程度。雨露：隐指皇恩。行矣：行止，指做事。风波：比喻事物的变动。刘长卿有“愧君犹遣慎风波”句。

燕歌行·高适

开元二十六年，客有从元戎出塞而还者，作《燕歌行》以示适。感征戍之事，因而和焉。

汉家烟尘在东北，汉将辞家破残贼。
男儿本自重横行，天子非常赐颜色。
摐金伐鼓下榆关，旌旆逶迤碣石间。
校尉羽书飞瀚海，单于猎火照狼山。
山川萧条极边土，胡骑凭陵杂风雨。
战士军前半死生，美人帐下犹歌舞。
大漠穷秋塞草腓，孤城落日斗兵稀。
身当恩遇恒轻敌，力尽关山未解围。
铁衣远戍辛勤久，玉箸应啼别离后。
少妇城南欲断肠，征人蓟北空回首。
边庭飘飖那可度，绝域苍茫更何有！
杀气三时作阵云，寒声一夜传刁斗。
相看白刃血纷纷，死节从来岂顾勋。
君不见沙场征战苦，至今犹忆李将军。

【注释】燕歌行：乐府旧题。开元：唐玄宗李隆基年号。元戎：大军，《史记·三王世家》："虚御府之藏以赏元戎，开禁仓以振贫困。"汉家：指唐朝。烟尘：战事。东北：山海关以外。横行：驰骋沙场。赐颜色：赏悦、重视。摐（chuāng）：敲击。金：钲（zhēng），军中乐器。击鼓前进，鸣金收兵。榆关：即榆关镇，位于抚宁县中部地区。旌旆（pèi）：旌旗。逶迤（wēi yí）：连绵不断。碣（jié）石：山名，河北界。校尉：高级军官。羽书：紧急文书，如鸡毛信。瀚海：沙漠。单于：匈奴首领。猎火：战火。狼山：今内蒙古的狼居胥山。极：延伸到。凭陵：进犯。腓（féi）：草木枯萎。身当：身受。恩遇：隆恩厚遇。恒轻敌：常常蔑视敌人。力尽：指拼死苦战。铁衣：指将士、征人。辛勤：艰苦。玉箸：家中的女人、少妇。蓟（jì）北：蓟州以北，指作战地。飘飖（yáo）：飘荡。那可度：哪可忍受。绝域：极其遥远的边疆，指战场。苍茫：无际。更何有：更是没有见过的，更是少见，也有不可忍受的意思。杀气三时作阵云：白天战场上杀气腾空凝成乌云。三时，指早午晚。寒声一夜传刁斗：夜晚寒风中传出敲打刁斗的报更声。相看：面对。死节：以死报国的气节。从来：根本。岂顾勋：顾不上个人的所谓功勋。李将军：汉代名将李广。

夜别韦司士·高适

高馆张灯酒复清，夜钟残月雁归声。
只言啼鸟堪求侣，无那春风欲送行。
黄河曲里沙为岸，白马津边柳向城。
莫怨他乡暂离别，知君到处有逢迎。

【注释】酒复清：又斟满清酒。雁归声：大雁北回了。只言：只听说。啼鸟堪求侣：鸟啼是正在寻求伴侣。无那（nè）：无奈。欲送行：指要送韦司士远行。黄河曲里沙为岸，白马津边柳向城：从甘肃武威河西节度使治所出发，沿着河西走廊向东，经过荒凉的河曲，走到河南白马津到东都洛阳。有逢迎：有迎送的朋友。

营州歌·高适

营州少年厌原野，狐裘蒙茸猎城下。
虏酒千钟不醉人，胡儿十岁能骑马。

【注释】营州：唐代东北边塞营州，治所在今辽宁朝阳。厌原野：不愿到遥远的荒野去打猎。狐裘蒙茸：狐狸皮大衣。猎城下：在城外玩狩猎游戏。虏酒：北方烈酒。虏酒千钟不醉人，胡儿十岁能骑马：指胡儿酒量大，骑术好。

玉台观·高适

浩刹因王造，平台访古游。
彩云萧史驻，文字鲁恭留。
宫阙通群帝，乾坤到十洲。
人传有笙鹤，时过北山头。

【注释】玉台观：故址在四川省阆中县，相传为唐宗室滕王李元婴建。浩刹：道家称宫观的阶层为浩刹。平台：指玉台观的平台。彩云：指壁画上的云彩。萧史：此指传说中秦穆公女弄玉之夫萧史驻于云间的故事。文字：指碑上文字，滕王所遗，犹鲁恭王已逝而灵光殿文字仍存。鲁恭：汉王延寿《鲁灵光殿赋》序："鲁灵光殿者，盖景帝程姬之子恭王馀之所立也……遭汉中微，盗贼奔突，自西京未央、建章之殿皆见隳坏，而灵光岿然独存。"群帝、十洲：指神仙及其住地。乾坤：代指玉台观的殿宇。人传有笙鹤：传说中王子乔乘鹤飞升成仙的故事。

咏史·高适

尚有绨袍赠，应怜范叔寒。
不知天下士，犹作布衣看。

【注释】绨（tí）袍：粗丝绵之袍。绨，比绸子厚实而粗糙的纺织品，用丝做经，用棉线做纬。范叔：指战国时魏国人范雎。魏国派须贾、范雎出使齐国，齐王重范雎之才，赐给他银子，而没有给须贾。须贾诬范雎暗通齐国，范雎被迫害而逃往秦国，改名张禄，拜为丞相，使秦国称霸天下。后来，须贾出使秦国，范雎穿着破衣拜见须贾。须贾看他可怜，送给他绨袍。当须贾知道范雎是秦国丞相时，大惊失色。而范雎念他赠绨袍一事，免其一死。天下士：天下豪杰之士。犹作布衣看：布衣，老百姓。不知是豪杰还当做普通人来看待。看，音 kān。

自淇涉黄河途中作·高适

朝从北岸来，泊船南河浒。
试共野人言，深觉农夫苦。
去秋虽薄熟，今夏犹未雨。
耕耘日勤劳，租税兼舄卤。
园蔬空寥落，产业不足数。
尚有献芹心，无因见明主。

【注释】淇（qí）：水名，源出河南省淇山，流入卫河。这首诗作于开元末年高适从河南北部的淇河南游，渡过黄河的途中。浒（hǔ）：水边。试共：试与。野人：村野之人，农夫。虽薄熟：收成本来就不好，只有一点点收成。舄卤（xì lǔ）：含有过多盐碱成分不适于耕种的土地。园蔬：菜园子。空寥落：荒芜、残破。产业：家业。不足数（shǔ）：不值得一提。献芹：典出《列子·杨朱》。野人献芹（一种苦菜）虽不辩美恶，但称献之意出于至诚，后世以“献芹”作为以物赠人之谦词。高适引此典，意在说明自己有济世救民的良策，欲献之君主，但没有办法见到明君。

醉后赠张旭·高适

世上漫相识，此翁殊不然。
兴来书自圣，醉后语尤颠。
白发老闲事，青云在目前。
床头一壶酒，能更几回眠。

【注释】张旭：字伯高，吴郡（今江苏苏州）人，官左率府长史，是盛唐时期杰出的书法家。高适这首是赠张旭之作，是天宝十一年（752 年）入长安与张旭相见共饮醉后所写。漫相识：很随意地相识，印象不深。张旭有两个称号，一是“草圣”，二是“张颠”。《新唐书·文艺传》载，张旭“嗜酒，每大醉呼叫狂走乃下笔，或以头濡墨而书，既醒自视以为神，不可复得也，世呼‘张颠’。”老闲事：无事可做。青云：壮志不减。能更：能得。眠：醉眠。

怀良人·葛鸦儿

蓬鬓荆钗世所稀，布裙犹是嫁时衣。
胡麻好种无人种，正是归时不见归。

【注释】良人：丈夫。王维有“良人玉勒乘骢马”句。蓬鬓：鬓发如乱蓬。荆钗：蒿草杆当头钗。世所稀（hēi）：指人间少有的贫苦。胡麻：芝麻。传说只有夫妻同种，芝麻才长得高。无人种：丈夫服徭役去了不能同种。不见归：还没回来。一说“底不归”即“胡不归”，意思相同，但不符合贫妇的语言。“无人种”对应“不见归”非常妥帖。

秋日·耿湋

返照入闾巷，忧来谁共语。
古道无人行，秋风动禾黍。

【注释】湋：音 wéi。反照：光线反射。闾（lǘ）巷：小街道。

宫词·顾况

玉楼天半起笙歌，风送宫嫔笑语和。
月殿影开闻夜漏，水精帘卷近秋河。

【注释】天半：高及天半。和：指笑声、语声交织在一起。月殿：月亮。影开：影移，即月亮西下。夜漏：报更声。近秋河：看着低垂的银河。近：离人很近，指低垂。

过山农家·顾况

板桥人渡泉声，茅檐日午鸡鸣。
莫嗔焙茶烟暗，却喜晒谷天晴。

【注释】板桥：石板桥。渡：穿过。嗔：嫌怨。焙茶：用微火烘茶。烟暗：柴火湿了。却喜：更高兴的是。晒谷天晴：天晴了，可以晾晒谷物了。

春晚书山家屋壁·贯休

柴门寂寂黍饭馨，山家烟火春雨晴。
庭花蒙蒙水泠泠，小儿啼索树上莺。

【注释】书山家屋壁：把诗书写在山家屋墙上。柴门寂寂：山家院门紧闭，院中寂静无声，大人到地里忙农活去了。黍饭馨：屋里飘出来黄米饭的香味。烟火：烟囱上冒着烟。蒙蒙：茂盛之貌。泠泠（líng）：流水声。啼索：哭着要捉。

宝剑篇·郭震

君不见昆吾铁冶飞炎烟，红光紫气俱赫然。
良工锻炼凡几年，铸得宝剑名龙泉。
龙泉颜色如霜雪，良工咨嗟叹奇绝。
琉璃玉匣吐莲花，错镂金环映明月。
正逢天下无风尘，幸得周防君子身。
精光黯黯青蛇色，文章片片绿龟鳞。
非直结交游侠子，亦曾亲近英雄人。
何言中路遭弃捐，零落漂沦古狱边。
虽复尘埋无所用，犹能夜夜气冲天。

【注释】昆吾：昆吾山，上古山名。《山海经》中记载，昆吾山属于济山山系，位于苏州阳山以西二百里。《拾遗记》记载，昆吾山，其下多赤金，色如火。昔黄帝伐蚩尤，陈兵于此地，掘深百丈，犹未及泉，惟见火光如星。地中多丹，炼石为铜，铜色青而利。泉色赤。山草木皆劲利，土亦刚而精。《云笈七签》卷二十六："上多山川积石，名为昆吾。冶其石成铁作剑，光明洞照如水精状，割玉如泥。"吴国干将和越国欧冶子二人，用昆吾所产精矿，冶炼多年用来铸剑。炎烟：火焰和烟。紫气：宝剑之光反射天空星斗之间的紫气。赫然：显然。凡几年：总共需要很多年。名龙泉：叫"龙泉"剑。咨嗟：惊叹。琉璃玉匣：剑鞘。吐莲花：上刻莲花饰案。错镂金环：剑把上雕镂的金环。无风尘：没有战事。周防君子身：防身。黯黯：颜色发黑。文章：剑上的花纹。非直：不但，不仅。游侠子：游侠客。侠客和英雄都可能使用过。何言：是什么原因。古狱边：据传后来宝剑沦落埋没在丰城的一座古牢狱的废墟下，直到晋朝宰相张华夜观天象，发现在斗宿、牛宿之间有紫气，后经雷焕判断是"宝剑之精上彻于天"，这才重新被发掘出来。见王勃的《滕王阁诗序》。

酬程近秋夜即事见赠·韩翃

长簟迎风早，空城澹月华。
星河秋一雁，砧杵夜千家。
节候看应晚，心期卧已赊。
向来吟秀句，不觉已鸣鸦。

【注释】酬：以诗词作答。秋夜即事：程近之诗。见赠：相赠。翃：音 hóng。长簟

(diàn)：簟竹。风早：早秋之风。空城：满城。澹：荡漾。月华：如水的月光。星河：夜空。秋一雁：一秋雁。砧杵（zhēn chǔ）：秋天的捣衣声。夜千家：夜晚从千家传出。李白有“万户捣衣声”。节候：季节。看应晚：看似很晚了（九月份）。心期：心中思念。卧已赊（shā）：很晚了才睡下。向来：刚刚。吟秀句：吟诵程近的诗句。已鸣鸦：不知不觉中天已经亮了。鸣鸦：鸦雀出去觅食了。

寒食·韩翃

春城无处不飞花，寒食东风御柳斜。
日暮汉宫传蜡烛，轻烟散入五侯家。

【注释】寒食：寒食节，在清明前一二天。相传晋文公重耳为悼念不肯为仕而抱树烧死的介子推而下令这一日禁火，只吃凉食。春城：春日下的京城。飞花：寒食日已是暮春，故落花满地。御柳斜：宫柳低垂茂盛。汉宫：唐宫。传蜡烛：寒食日禁火，赐侯家蜡烛。五侯：指皇帝近臣。

宿石邑山中·韩翃

浮云不共此山齐，山霭苍苍望转迷。
晓月暂飞高树里，秋河隔在数峰西。

【注释】石邑，古县名，故城在今河北获鹿东南。石邑一带为太行山余脉，山势逶迤，群峰错列，峻峭插天。浮云不共此山齐：浮云也没有这座山高。山霭（ǎi）：山中雾霭。苍苍：白茫茫。望转迷：使人迷踪。秋河：银河。数峰西：群峰的西边。

同题仙游观·韩翃

仙台初见五城楼，风物凄清宿雨收。
山色遥连秦树晚，砧声近报汉宫秋。
疏松影落空坛静，细草香生小洞幽。
何用别寻方外去，人间亦自有丹丘。

【注释】仙游观（guàn）：唐高宗为道士潘师正建造的宫观，座落在河南登封嵩山下。仙台：仙游观前的祭坛。初见（xiàn）：开始显现。五城楼：神仙居所。登坛看仙游观，就像神仙居所显现出来一样。风物凄清宿雨收：气候凉爽清新，昨夜的雨已经停了。山色遥连秦树晚：傍晚嵩山的绿色与遥远的秦地的树木相连。砧声近报汉宫秋：捣衣声阵阵传来，告诉我们长安城已到了秋天。疏松影落空坛静：明月下颗颗松树的影子落在祭坛上，更加显得空寂。疏松，高大的松树。细草香生小洞幽：小草散发着香味，在山洞外生长，使山洞显得更加幽深。别寻：另寻。方外：世外。丹丘：神仙居所，指仙境。后二句如崔颢的“借问路旁名利客，何如此地学长生。”

章台柳·韩翃

章台柳，章台柳，往日依依今在否？
纵使长条似旧垂，也应攀折他人手。

【注释】章台：汉代长安街道。依依：树枝轻柔随风摇动的样子。攀折：采折。双关语，指爱人被别人所娶。韩翃有宠姬柳氏，临别，韩以此诗相赠。后来，柳氏被番将沙咤利劫去，柳氏亦以章台柳回赠：“杨柳枝，芳菲节，可恨年年赠离别。一叶随风忽报秋，纵使君来岂堪折。”

七绝·韩偓

水自潺湲日自斜，尽无鸡犬有鸣鸦。
千村万落如寒食，不见人烟空见花。

【注释】韩偓（wò）：韩冬郎，李商隐的妻外甥，十岁作诗。原题是《自沙县抵龙溪值泉州军过后村落皆空因有一绝》。潺湲（chán yuán）：慢慢流淌。斜：读 xiá，斜照。鸣鸦：乌鸦。如寒食：像过寒食节一样，没有炊烟。不见人烟空见花：花，花草。叛军过后的颓败景象。

深院·韩偓

鹅儿唼喋栀黄嘴，凤子轻盈腻粉腰。
深院下帘人昼寝，红蔷薇架碧芭蕉。

【注释】唼喋（shà zhá）：鹅鸭的吃食声。栀（zhī）黄嘴 ：鹅嘴像栀子一样黄。凤子：蝴蝶。腻粉：乳白色。昼寝：白天睡觉。红蔷薇架碧芭蕉：红色的蔷薇映衬着碧绿的芭蕉叶。

夏夜·韩偓

猛风飘电黑云生，霎霎高林簇雨声。
夜久雨休风又定，断云流月却斜明。

【注释】霎霎（shà）：雨声，指小雨。高林中发出莎莎雨声。簇：密集。断云：大片的乌云。流月：乌云流动，月亮出来了。斜明：斜洒出月光。

晓日·韩偓

天际霞光入水中，水中天际一时红。
直须日观三更后，首送金乌上碧空。

【注释】直须日观三更后，首送金乌上碧空：直须，只要等到。日观，泰山东南山顶名“日观峰”，为观日出之处。首，第一。金乌，太阳，古代神话传说太阳为三脚乌。三更过后登上日观峰就可以看到日出了。

已凉·韩偓

碧阑干外绣帘垂，猩色屏风画折枝。
八尺龙须方锦褥，已凉天气未寒时。

【注释】碧阑干外绣帘垂：绣帘垂于栏杆之外用于保暖防寒。猩色：猩红色。画折枝：室内屏风上画着树木的部分枝干。龙须：用龙须草编的席子。方锦褥：方形的锦褥。已凉天气：天气已凉。未寒时：但还没到真正寒冷之时，指秋冬之交。

苑中·韩偓

上苑离宫处处迷，相风高与露盘齐。
金阶铸出狻猊立，玉树雕成翡翠啼。
外使调鹰初得按，中官过马不教嘶。
笙歌锦绣云霄里，独许词臣醉似泥。

【注释】上苑：上林苑。据《汉书·旧仪》载："苑中养百兽，天子春秋射猎苑中，取兽无数。其中离宫七十所，容千骑万乘。"离宫，指在国都之外为皇帝修建的用于居住的宫殿，皇帝一般在固定的时间都要去居住。也泛指皇帝出巡或狩猎时的住所。迷：迷人。相（xiàng）风：观测风向的仪器。常用作仪仗。露盘：（物名）塔上所建重重之相轮（俗云九轮），名为承露盘。金阶铸出：台阶好像用金子铸造。狻猊：（suān ní）传说中狻猊是龙的九子之一，排行老五，是一种猛兽。形如狮，喜烟好坐，佛祖见它有耐心，便收在胯下当了坐骑。玉树雕成：树木好像用玉雕成的。翡翠：雌雄翡翠鸟。外使：五坊外按使。调鹰初得按：五坊外按使在鹰隼小的时候开始调习训练，长大了始能擒获猎物，谓之"得按"。此指外使官带着调教好的鹰隼。中官：宦官。过马："上每乘马，必阉官驭以进，谓之'过马'。既乘之，而后蹀躞嘶鸣。"此指宦官为皇帝准备好出猎的良马。此二句是描写皇帝骑马擎鹰在苑中出猎的清景。云霄里：高殿之中。独许：唯独准许。词臣：写诗之人，指作者。醉似泥：喝得大醉。

八月十五夜赠张功曹·韩愈

纤云四卷天无河，清风吹空月舒波。
沙平水息声影绝，一杯相属君当歌。
君歌声酸辞正苦，不能听终泪如雨：
洞庭连天九疑高，蛟龙出没猩鼯号。
十生九死到官所，幽居默默如藏逃。
下床畏蛇食畏药，海气湿蛰熏腥臊。
昨者州前捶大鼓，嗣皇继圣登夔皋。
赦书一日行千里，罪从大辟皆除死。
迁者追回流者还，涤瑕荡垢清朝班。
州家申名使家抑，坎坷只得移荆蛮。
判司卑官不堪说，未免捶楚尘埃间。
同时流辈多上道，天路幽险难追攀。
君歌且休听我歌，我歌今与君殊科：
一年明月今宵多，人生由命非由他，
有酒不饮奈明何？

【注释】纤云：淡淡的浮云。舒波：发散着清光，自然没有星河。声影绝：万籁俱寂。相属（zhǔ）：互相劝勉。声酸：声调哀婉、酸楚。辞正苦：歌词悲苦。从洞庭连天到天路幽险句均为张功曹所唱内容，实为作者之心语，假托于对方来表达。九疑：九疑山。猩鼯（wú）：猩猩和大飞鼠。到官所：到达贬官之地。幽居默默：悄无声息地深居简出。藏逃：潜逃。畏蛇、畏药：住地潮湿，蛇蛊纵横，极易被毒蛇所咬和食物中毒。海气：潮气。湿蛰（zhé）：蛰伏、潜藏于低处的湿气。熏腥臊：蒸发出来的腥臊气味。昨者：前几天。州前：衙门口。捶大鼓：擂鼓宣布朝廷赦令。嗣（sì）皇：新登基的皇帝宪宗。继圣：继位。登夔皋（kuí gāo）：进用夔皋一样的贤臣。夔，尧舜时期贤臣；皋，皋陶（yáo），虞舜时的贤臣。罪从大辟（bì）皆除死：就连死刑罪犯也都得到特赦。迁者：左迁，被贬官的。流者：被流放的。涤瑕荡垢清朝班：新皇帝进行治理整顿朝政，完善不完善的，除掉奸佞污秽的人和事，使朝政清明。州家申名史家抑：州刺史上报了赦免和启用韩愈和张功曹的名字，但观察使却给压制不上报。坎坷：费了好大周折。移荆蛮：调往荆蛮之地江陵府任小职务。判司：官名。卑官：卑微的小官。不堪说：不值得一提。捶楚尘埃间：伏在地上被鞭打。同时流辈：同时被贬官的那些人。上道：上路回京。天路：朝廷之路。幽险：幽深黑暗险恶。难追攀：难攀援。殊科：不同。由命非由他（tuó）：不因为别的，全是命运使然。奈明何：等到明天干什么，意即及时享乐。

次潼关先寄张十二阁老使君·韩愈

荆山已去华山来，日出潼关四扇开。
刺史莫辞迎候远，相公新破蔡州回。

【注释】次：到。潼关：位于陕西省渭南市潼关县北，北临黄河，南踞山腰。先寄：淮西大捷后作者随军凯旋，抵达潼关，即将向华州进发。作者以行军司马的身份写成此诗，由快马递交，一则抒发胜利豪情，一则通知对方准备犒军。张十二阁老使君：华州刺史张贾。荆山：一名覆釜山，在今河南灵宝境内，与华山相距二百余里。已去：已经离开。华山来：来到华山地界。四扇开：四面城门打开。四，为虚指。刺史：指华州刺史张贾。莫辞：莫怕。迎候：迎接。相公：指平淮大军统帅宰相裴度。蔡州：元和十二年十月，唐将李愬雪夜攻破蔡州，生擒吴元济，即淮西大捷。李商隐的《韩碑》即记载此事。

春雪·韩愈

新年都未有芳华，二月初惊见草芽。
白雪却嫌春色晚，故穿庭树作飞花。

【注释】故穿：故意穿越。

华山女·韩愈

街东街西讲佛经，撞钟吹螺闹宫庭。
广张罪福资诱胁，听众狎恰如浮萍。
黄衣道士亦讲说，座下寥落如晨星。
华山女儿家奉道，欲驱异教归仙灵。
洗妆拭面著冠帔，白咽红颊长眉青。
遂来升座演真诀，观门不许人开扃。
不知谁人暗相报，訇然振动如雷霆。
扫除众寺人迹绝，骅骝塞路连辎軿。
观中人满坐观外，后至无地无由听。
抽钗脱钏解环佩，堆金叠玉光青荧。
天门贵人传诏召，六宫愿识师颜形。
玉皇颔首许归去，乘龙驾鹤来青冥。
豪家少年岂知道，来绕百匝脚不停。
云窗雾阁事恍惚，重重翠幔深金屏。
仙梯难攀俗缘重，浪凭青鸟通丁宁。

【注释】撞钟吹螺闹宫庭：撞钟，吹法螺，寺院里喧闹得很。宫庭，是指梵王宫庭，即寺院，不是指皇帝的宫庭。广张罪福资诱胁：和尚们宣扬积福赎罪，以此来诱骗、威胁愚民。狎（xiá）恰：口语，指密集。黄衣道士亦讲说：黄衣道士，道家穿黄衣的道士，也在讲道家经典，以对抗佛教。寥落：稀少。可见当时佛教势力大于道教。华山女儿：华山女道士。异教：此指佛教。归仙灵：道家讲成仙，意指使群众皈依道教。冠帔（pèi）：道帽、道袍。白咽红颊长眉青：雪白的颈子，红红的面颊，青黛的长眉，非常美艳。扃：门。不知谁人暗相报：不知给什么人传了出去。訇然振动如雷霆：一下子群众轰动，如雷震一般。扫除众寺人迹绝：在各个寺院里听讲佛经的人都跑空了。骅骝（huá liú）：赤色的骏马，指骑马的男子，乘车的妇女，都一齐涌到道观里来。道观里人坐满了。骅骝，指骏马。辎軿（zī píng），指豪车。观（guàn）：道观。无由听：没办法听到，没地方听了。抽钗脱钏解环佩，堆金叠玉光青荧：这位女道士讲经的收获是，许多妇女布施了金珠饰物，堆金叠玉，宝光青荧。天门贵人：指宫中派来的使者。传出诏书召唤她进宫去。六宫愿识师颜形：皇后妃子等都要见见大师的尊容。颔（hàn）首：点头。听完后，皇帝点头允许她回去。乘龙：她乘着云龙仙鹤的车子从皇宫里回来了。青冥：青天之上，指皇宫。岂知道：哪里懂得道教。来绕百匝脚不停：他们两脚不停地在观门外面绕着走想见一面。云窗雾阁事恍惚，重重翠幔深金屏：她住在云窗雾阁之中，有重重翠幔和混金屏风遮掩着。她屋子里的一切事情，都是恍恍惚惚，不是外人所能看见、所能知道的。仙梯：修行成仙的梯子，指成仙之道。俗缘：尘世杂念。浪凭青鸟通丁宁：任凭青鸟使一再叮嘱西王母也是白费劲。俗缘太重，干脆没法成仙。

葡萄·韩愈

新茎未遍半犹枯，高架支离倒复扶。
若欲满盘堆马乳，莫辞添竹引龙须。

【注释】新茎未遍：新的枝叶开始生长，但仍未完全复苏。半犹枯：尚有一半的茎条是干枯的。支离：指葡萄枝条残损杂乱的攀络状。倒复扶：将垂下的枝条扶到架子上去。马乳：新疆马奶子葡萄，又名“马乳葡萄”，因其状如马奶子头而得名。莫辞：不辞辛苦。添竹：搭葡萄架。龙须：指葡萄卷曲的藤蔓。

送桂州严大夫·韩愈

苍苍森八桂，兹地在湘南。
江作青罗带，山如碧玉篸。
户多输翠羽，家自种黄柑。
远胜登仙去，飞鸾不假骖。

【注释】韩愈此诗是送友人严谟离开京城长安，去边远偏僻的桂林做官的作品。桂州：即今桂林，自古有“桂林山水甲天下”的美誉。苍苍：深绿色。森：高耸繁茂的样子。八桂：指桂州，即今广西桂林。湘南：桂林在湘水之南。江：指漓江。青罗带：青绿色的绸带。碧玉篸：碧玉簪子。簪子，别在女子发髻上的饰品。输：缴纳赋税。翠羽：翠鸟的羽毛可做成名贵的装饰品。黄柑：柑橘，几乎家家都种植。登仙：成仙。假：借助于。骖（cān）：古代驾在车前两侧的马，这里作动词用，驾的意思。不用驾飞鸾也胜过神仙。飞鸾：神仙坐骑的鸟。

山石·韩愈

山石荦确行径微，黄昏到寺蝙蝠飞。
升堂坐阶新雨足，芭蕉叶大栀子肥。
僧言古壁佛画好，以火来照所见稀。
铺床拂席置羹饭，疏粝亦足饱我饥。

夜深静卧百虫绝，清月出岭光入扉。
天明独去无道路，出入高下穷烟霏。
山红涧碧纷烂漫，时见松枥皆十围。
当流赤足踏涧石，水声激激风生衣。
人生如此自可乐，岂必局促为人鞿。
嗟哉吾党二三子，安得至老不更归？

【注释】以第一句前两个字为题，“上平五微”韵用得最好。但通篇只有两句涉及主题，似流水账一般，题目如为《行经古寺》似乎更为贴切。荦（luò）确：险峻。栀（zhī）子：一种常绿灌木。稀：依稀、模糊。疏粝（lì）：蔬菜、粗饭。穷烟霏（fēi）：云雾穷尽处，指淹没在云雾之中。烂漫：光彩夺目。松枥（lì）：松树、栎树。当流：蹚水。激激：水流声。风生衣：风吹入衣而抖动。局促：放不开，拘束。鞿（jī）：羁绊，束缚。党：把村落按从小到大可分为家、邻、里、党、乡。党，相当于现在的村；乡，相当于现在的镇。指同乡、同伙、同派别。安得：怎能。不更归：还不归隐呢？

石鼓歌·韩愈

张生手持石鼓文，劝我试做石鼓歌。
少陵无人谪仙死，才薄将奈石鼓何。
周纲陵迟四海沸，宣王愤起挥天戈。
大开明堂受朝贺，诸侯剑佩鸣相磨。
蒐于岐阳骋雄俊，万里禽兽皆遮罗。
镌功勒成告万世，凿石作鼓隳嵯峨。
从臣才艺咸第一，拣选撰刻留山阿。
雨淋日炙野火燎，鬼物守护烦㧑呵。
公从何处得纸本，毫发尽备无差讹。
词严义密读难晓，字体不类隶与蝌。
年深岂免有缺画，快剑斫断生蛟鼍。
鸾翔凤翥众仙下，珊瑚碧树交枝柯。
金绳铁索锁钮壮，古鼎跃水龙腾梭。
陋儒编诗不收入，二雅褊迫无委蛇。
孔子西行不到秦，掎摭星宿遗羲娥。
嗟余好古生苦晚，对此涕泪双滂沱。

忆昔初蒙博士征，其年始改称元和。
故人从军在右辅，为我度量掘臼科。
濯冠沐浴告祭酒，如此至宝存岂多。
毡包席裹可立致，十鼓只载数骆驼。
荐诸太庙比郜鼎，光价岂止百倍过。
圣恩若许留太学，诸生讲解得切磋。
观经鸿都尚填咽，坐见举国来奔波。
剜苔剔藓露节角，安置妥帖平不颇。
大厦深檐与盖覆，经历久远期无佗。
中朝大官老于事，讵肯感激徒媕婀。
牧童敲火牛砺角，谁复著手为摩挲。
日销月铄就埋没，六年西顾空吟哦。
羲之俗书趁姿媚，数纸尚可博白鹅。
继周八代争战罢，无人收拾理则那。
方今太平日无事，柄任儒术崇丘轲。
安能以此上论列，愿借辨口如悬河。
石鼓之歌止于此，呜呼吾意其蹉跎。

【注释】石鼓：初唐时期发现的十块形状如鼓一样的带有文字的石头，当时认为是周宣王时的遗物，现考证为春秋时秦国刻石，现藏于北京故宫博物院。张生：张籍，本书中收录其诗九首。少陵：杜甫。谪仙：李白。奈石鼓何：能对石鼓写出什么东西呢？周纲：周朝的政治秩序。凌迟：衰败、混乱。四海沸：四方动乱不断。宣王：周厉王的儿子。天戈：挥天子之器荡平四夷。受朝贺：接受各诸侯的议和归附。鸣相磨：相互碰撞产生的响声，指归顺的人多。蒐（sōu）：春猎。岐阳：岐山之阳面。遮罗：张网捕猎。镌（juān）、勒：雕刻。隳（huī）：毁坏。嵯峨（cuó é）：高山。山阿（ē）：山坳。炙（zhì）：晒、烤。烦㧑呵（huī hē）：劳驾保护。㧑，挥斥。呵，斥责。差讹（é）：差错。隶与蝌：隶书和大篆体。斫（zhuó）断：砍断。鼍（tuó）：鳄鱼的一种，类似扬子鳄。指缺划断笔像快剑砍断蛟龙和鳄鱼一样。翥（zhù）：飞翔。交枝柯：枝杈交错。金绳铁索：形容字的结构和笔划奇劲有力。锁纽：笔划交结转折处。古鼎跃水龙腾梭：形容文字气势如古鼎跃水，飞龙腾跃。古鼎典故：周显王四十二年，九鼎没于泗水，秦始皇时派人入水寻找，被龙齿咬断绳索，没有把它弄出水面。梭，梭变龙之典故：陶侃少时渔于雷泽，网得一织梭，以挂于壁，有顷雷雨，自化为龙而去。陋儒：《诗经》的浅薄作者们。二雅：《诗经》中的《大雅》《小雅》。褊（biǎn）迫：狭窄、局限。委蛇（wēi tuó）：从容而行，指石鼓文字。掎摭（jǐ zhí）：采取。星宿（xiù）：

星星。遗羲娥：遗漏了日月，指大儒孔子也把石鼓文忽略了。滂沱（pāng tuó）：大雨。博士：官名。征：擢升。元和：唐宪宗李纯的年号。故人：朋友。右辅：指辅保京师的凤翔府。度（duó）量：谋划。臼（jiù）科：圆形坑穴，指埋藏石鼓之处。祭酒：以酒祭奠、祷告，以示敬重。荐诸：进献之于。太庙：皇帝祭祀祖先的祠庙。郜（gào）鼎：古代郜国所铸之鼎，纳于宋太庙。光价：身价。太学：古代大学，传授儒家经典、培养统治人才的地方。得切磋：能深入研究探讨。观经：汉蔡邕（yōng）的"熹平石经"，刻碑立于太学门外，供观看、临摹。鸿都：京都。填咽：阻塞。时碑始立，其觐见及摩写者，车乘日千辆，填塞街陌。坐见：一定。无佗（tuó）：没有闪失。老于事：老谋深算、狡猾。讵（jù）肯：岂肯、不肯。感激：动情。媕婀（ān ē）：无主见，不表态。砺（lì）：磨蹭。摩挲（suō）：抚摸。铄（shuò）：熔化。就：马上、眼看着。吟哦（é）：低声念，指轻声叹息。羲之：晋代书法家王羲之。俗书：合于当时风俗的书法作品。趁姿媚：趋炎附势。数纸尚可博白鹅：王羲之喜欢鹅，曾用自己书写的《道德经》去换取山阴道士的白鹅。继：从某某之后。八代：从周到唐各朝代。理则那（nuò）：没奈何，如同现在的"上哪说理去"的意思。柄任：重用。丘轲：孔孟之道。论列：公开讨论。蹉跎：虚度岁月，此指枉费心机，浪费了我的好意。

调张籍·韩愈

李杜文章在，光焰万丈长。
不知群儿愚，那用故谤伤。
蚍蜉撼大树，可笑不自量！
伊我生其后，举颈遥相望。
夜梦多见之，昼思反微茫。
徒观斧凿痕，不瞩治水航。
想当施手时，巨刃磨天扬。
垠崖划崩豁，乾坤摆雷硠。
惟此两夫子，家居率荒凉。
帝欲长吟哦，故遣起且僵。
剪翎送笼中，使看百鸟翔。
平生千万篇，金薤垂琳琅。
仙官敕六丁，雷电下取将。
流落人间者，太山一毫芒。
我愿生两翅，捕逐出八荒。
精诚忽交通，百怪入我肠。

刺手拔鲸牙，举瓢酌天浆。
腾身跨汗漫，不著织女襄。
顾语地上友，经营无太忙。
乞君飞霞佩，与我高颉颃。

【注释】 调（tiáo）：调侃，调笑，戏谑。张籍（768—830 年），字文昌，唐代诗人。历官太常寺太祝、水部员外郎、终国子司业。文章：此指诗篇。群儿：指“谤伤”李白、杜甫的人。前人认为主要是指元稹、白居易等。蚍蜉：蚁类，常在松树根部营巢。伊：发语词。徒观斧凿痕，不瞩治水航：比喻“李杜文章”如同大禹治水疏通江河，后人虽能看到其成就，却无法目睹当时鬼斧神工的开辟情景了。“想当”四句：想像禹治水时劈山凿石、声震天宇的情景。划：劈开。雷硠（láng）：山崩之声。“惟此”以下十二句：说天帝想要好诗歌，就派李、杜到人间受苦，还故意折断他们的羽毛，剥夺他们的自由，让他们经受挫折坎坷磨难，从而创作出精金美玉般的绝代诗篇。然后又派天神取走了。现在遗留在人世的只不过“太山一毫芒”而已，尚且如此高不可及。金薤（xiè）：书。古有薤叶书。又有薤叶形的金片，俗语称金叶子。琳琅：美玉石。此以金玉喻“李杜文章”，并言李、杜诗篇播于金石。六丁、雷电：皆传说之天神。八荒：古人以为九州在四海之内，而四海又在八荒之内。精诚忽交通，百怪入我肠：言忽然悟得“李杜文章”之妙。犹今言灵感忽至。“刺手”四句：比喻李、杜诗的创作境界。汗漫：广漠无边之处。《淮南子·道应训》载，卢敖游于北海，遇异人，欲与交友，其人笑曰：“嘻！子中州之民，宁肯而远至于此。……吾与汗漫期于九垓之外，吾不可以久驻。”织女襄：《诗经·小雅·大东》：“跂彼织女，终日七襄。虽则七襄，不成报章。”郑玄注：“襄：驾也。驾，谓更其肆也。从旦至暮七辰，辰一移，因谓之七襄。”按：织女，谓织女星。肆，谓星宿所舍，即星次。此句夸言神游物外，连织女星的车驾都不乘坐了。意谓超越了织女星运行的范围。地上友：指张籍。经营：此谓构思。乞：此谓送给。如杜甫《戏简郑广文虔兼呈苏司业源明》：“赖有苏司业，时时乞酒钱。”颉颃（ xié háng）：上下飞翔。上飞曰颉，下飞曰颃。

同水部张员外籍曲江春游寄白二十二舍人·韩愈

漠漠轻阴晚自开，青天白日映楼台。
曲江水满花千树，有底忙时不肯来？

【注释】 张员外籍：张籍。白二十二舍人：白居易。韩愈邀张籍、白居易同游曲江，可惜白居易因雨后泥泞未去。游罢归来，韩愈写了这首诗，寄给白居易。曲江：即曲江池，在长安东南，是隋炀帝开掘的一个人工湖，为唐代著名游览胜地。漠漠：广布的样子。开：消散。有底：有何，有什么事？白居易有诗作答：“小园新种红樱树，闲绕花行便当游。何必更随鞍马队，冲泥踏雨曲江头？”

晚春·韩愈

草树知春不久归，百般红紫斗芳菲。
杨花榆荚无才思，惟解漫天作雪飞。

【注释】 不久归：不久就要离去，指春之将尽。斗：比赛。才思（sì）：才智。惟解：只能。

湘中·韩愈

猿愁鱼踊水翻波，自古流传是汨罗。
蘋藻满盘无处奠，空闻渔父扣舷歌。

【注释】 汨罗：汨（mì）罗江，洞庭湖滨湖区主要河流之一，因上古时芈（mǐ）姓罗国位于此处而得名。战国末年，楚国诗人屈原因为反对楚怀王和楚襄王的对外政策，被流放至汨罗江畔的玉笥山，在这里他写出了一生中最重要的一些作品，如《离骚》《天问》等，将楚辞这一体裁发扬至前所未有的高度。公元前278年，楚国都城郢（今湖北省江陵县境内）被秦国攻占，屈原感到救国无望，于农历五月初五作《怀沙》而自投汨罗江。渔父（fǔ）：相传屈原贬逐，披发行吟泽畔，形容枯槁，遇一渔父相劝道："举世混浊，何不随其流而扬其波？众人皆醉，何不哺其糟而啜其醨？"说罢，"鼓枻（yì）而去，歌曰：沧浪之水清兮，可以濯吾缨，沧浪之水浊兮，可以濯吾足。"此非一般渔人也。

谒衡岳庙遂宿岳寺题门楼·韩愈

五岳祭秩皆三公，四方环镇嵩当中。
火维地荒足妖怪，天假神柄专其雄。
喷云泄雾藏半腹，虽有绝顶谁能穷。
我来正逢秋雨节，阴气晦昧无清风。
潜心默祷若有应，岂非正直能感通。
须臾静扫众峰出，仰见突兀撑青空。
紫盖连延接天柱，石廪腾掷堆祝融。
森然魄动下马拜，松柏一径趋灵宫。
粉墙丹柱动光彩，鬼物图画填青红。

升阶伛偻荐脯酒，欲以菲薄明其衷。
庙令老人识神意，睢盱侦伺能鞠躬。
手持杯珓导我掷，云此最吉余难同。
窜逐蛮荒幸不死，衣食才足甘长终。
侯王将相望久绝，神纵欲福难为功。
夜投佛寺上高阁，星月掩映云曈昽。
猿鸣钟动不知曙，杲杲寒日生于东。

【注释】五岳：东岳泰山，西岳华山，南岳衡山，北岳恒山，中岳嵩山。祭秩皆三公：《礼记·王制》：“天子祭天下名山大川，五岳视三公。”三公，即朝廷最高官位。祭秩，祭祀的档次。四方环镇嵩当中：其他四岳把中岳嵩山围在中间。火维：衡岳所在的南方。地荒：荒远。足：多。天假神柄专其雄：老天赐予衡山大权让他震慑妖孽，独显其雄威。喷云泄雾藏半腹：刚到半山腰就云雾弥漫，谁能看到山顶的风采。晦昧：潮湿阴暗。若有应：如同有了感应。岂非：莫不是。正直：虔诚。感通：感动了神灵。静扫：云雾消散。突兀（wù）撑青空：高耸突出的山峰撑起了青天。紫盖、天柱、石廪（lǐn）、祝融：均为衡山七十二高峰中之大者。连延：连绵不断。腾掷：高低起伏。接、堆：连接。森然：五峰并列神圣而庄严。魄动：摄于威严而心生敬恐。松柏一径：沿着松柏间山路。趋：小步快走。灵宫：衡岳庙。动光彩：光彩闪耀。鬼物图画：鬼神图像。填：填充、涂抹。升阶：走上台阶。伛偻（yǔ lǚ）：弯腰下拜。荐：进献。脯（fǔ）：肉干。菲薄：指微薄的祭品。明其衷（zhōng）：表达自己的诚意。庙令老人：掌管神庙的老人。睢盱（suī xū）侦伺（zhēn sì）：眼睛半睁半闭地观察。能鞠躬：躬身作礼。杯珓（jiào）：占卜用具，内装竹签等物。导：教、引导。最吉：抽了个上上签。窜逐：狼狈地奔走于。甘长终：维持年吃年用。甘，吃饱。长终，一年。望久绝：希望早就没有了。神纵欲福难为功：神仙保佑赐福也办不到了。曈昽（tóng méng）：朦朦胧胧。杲杲（gǎo）：光明。

游太平公主山庄·韩愈

公主当年欲占春，故将台榭压城闉。
欲知前面花多少，直到南山不属人。

【注释】太平公主：武则天之女，她的山庄位于唐时京兆万年县南，当年曾修观池乐游原，以为盛集。先天二年（713 年），她企图控制政权，谋杀李隆基，事败后逃入终南山，后被赐死。其山庄即由朝廷分赐予宁、申、岐、薛四王。占春：占尽春光。暗指含有野心。压：超过。城闉（yīn）：古代瓮城的门，指皇城。南山：终南山。在京兆万年县南五十里，而乐游原在县南八里，由此可见公主山庄之广阔。不属人：不属于公主以外的其他人，今天也不属于公主本人了。

雉带箭·韩愈

原头火烧静兀兀，野雉畏鹰出复没。
将军欲以巧伏人，盘马弯弓惜不发。
地形渐窄观者多，雉惊弓满劲箭加。
冲人决起百余尺，红翎白镞随倾斜。
将军仰笑军吏贺，五色离披马前堕。

【注释】雉带箭：野鸡中箭而落。公元799年，韩愈在徐州随从徐州节度使张封建射猎而作。原头：草原上。火烧：猎火。静兀兀：火很高的样子。将军：指张封建。巧伏人：以射术使人佩服。盘马：带住了马。弯弓惜不发：拉弓搭箭而舍不得射出。劲（jìng）箭：强有力的箭。加：射中。冲人决起：野鸡向着人突然飞起。红翎白镞（zú）：野鸡红色羽毛带着白色的箭羽。镞，箭头，此指箭尾的白羽毛。随倾斜（xiá）：一起斜落下来。五色离披马前堕：野鸡五色的羽毛披散着掉在马前。

早春呈水部张十八员外·韩愈

天街小雨润如酥，草色遥看近却无。
最是一年春好处，绝胜烟柳满皇都。

【注释】呈：恭敬地送给。水部张十八员外：指唐代诗人张籍。张籍在同族兄弟中排行第十八，曾任水部员外郎。天街：指天空。杜牧有“天街夜色凉如水”之句。润如酥（sū）：滋润如酥。酥，乳汁，这里形容春雨的滋润。草色遥看近却无：在野外远望草地之景色。最是：正是。处：时。绝胜：远远胜过。皇都：指洛阳城（唐朝东都）。

左迁至蓝关示侄孙湘·韩愈

一封朝奏九重天，夕贬潮州路八千。
欲为圣明除弊事，肯将衰朽惜残年。
云横秦岭家何在，雪拥蓝关马不前。
知汝远来应有意，好收吾骨瘴江边。

【注释】左迁：被贬官。蓝关：陕西商县西北关口，为从陕西去南方的必经之路。

示：给看。侄孙：侄子的儿子。湘：韩湘。一封：一封奏章。朝奏：早晨上奏。九重天：指皇帝。潮州：广东潮安县。路八千：指路途遥远。弊事：唐宪宗信佛教，建庙迎接供奉佛骨即舍利子，韩愈极力反对，故被贬。肯将：岂肯因为。衰朽：衰弱多病。惜残年：顾惜晚年的生命。秦岭：即终南山，又名南山、太乙山。拥：阻塞。应有意：应知道我此去凶多吉少。瘴江边：充满瘴气的江边，指贬所潮州。向韩湘交待后事。

题红叶·韩氏

流水何太急，深宫尽日闲。
殷勤谢红叶，好去到人间。

【注释】流水：宫中流向宫墙外的水。尽日闲：整日寂寞。殷勤：辛苦、麻烦。红叶：枫叶。到人间：把我写在树叶上的信捎出去。

回乡偶书·贺知章

少小离家老大回，乡音无改鬓毛衰。
儿童相见不相识，笑问客从何处来？

【注释】衰：音 cuī。来：音 léi。

回乡偶书·贺知章

离别家乡岁月多，近来人事半消磨。
惟有门前镜湖水，春风不改旧时波。

【注释】岁月多：时间久。近来：最近回到家乡。消磨：消失、淡却。镜湖水：位于中国绍兴城区，黄帝铸镜于此而得名。东汉会稽太守马臻筑造镜湖，是晋唐时期天下第一城市湖泊，唐朝几乎所有的诗人都游赏过镜湖。贺知章故乡在浙江绍兴。春风不改旧时波：春风吹拂泛起的碧波还同以前一样。

题袁氏别业·贺知章

主人不相识，偶坐为林泉。
莫谩愁沽酒，囊中自有钱。

【注释】别业：指郊外别墅。主人：指袁氏。偶坐为林泉：这句说，偶然来袁氏林园（别业）小坐，是为了欣赏林泉美景。莫谩：无须，不要。

咏柳 · 贺知章

碧玉妆成一树高，万条垂下绿丝绦。
不知细叶谁裁出，二月春风似剪刀。

【注释】碧玉：碧绿色的玉。这里用以比喻春天嫩绿的柳叶。妆成：装饰，打扮。一树：满树。绦（tāo）：用丝编成的绳带。形容像丝带般的柳条。

小儿垂钓 · 胡令能

蓬头稚子学垂纶，侧坐莓苔草映身。
路人借问遥招手，怕得鱼惊不应人。

【注释】稚子：小孩。学垂纶（lún）：学钓鱼。侧坐：侧身坐在绿地上。莓苔：指绿地。草映身：草遮挡着身子。借问：问路。遥招手：小孩远远地摆手不让出声。怕得：怕使。不应人：不吱声回应。

咏绣障 · 胡令能

日暮堂前花蕊娇，争拈小笔上床描。
绣成安向春园里，引得黄莺下柳条。

【注释】花蕊（ruǐ）：花心。这里指花朵。娇：指花朵美丽鲜艳。拈（niān）：用两三个指头捏住。床：指绣花时绷绣布的绣架。安：安置，摆放。下柳条：从柳树枝条上飞下来。

不第后咏菊 · 黄巢

待到秋来九月八，我花开后百花杀。
冲天香阵透长安，满城尽带黄金甲。

【注释】不第：科举落选。九月八：九月菊花开放。我花：菊花。百花杀：其他所有的花就会死掉。冲天香阵透长安：长安城内到处都是菊花，其香气充斥着整个长安城，又直冲天上。满城尽带黄金甲：整个长安城好像穿上了黄金做的铠甲一样。

题菊花·黄巢

飒飒西风满院栽，蕊寒香冷蝶难来。
他年我若为青帝，报与桃花一处开。

【注释】飒飒（sà）：风声，风吹得急。满院栽：菊花栽满院落。蕊（ruǐ）：花心。蝶难来：花虽香，但天冷，蝴蝶没有了。青帝：掌管春天花卉之神。一处开：一起开。那样就自有蝶恋花了。屡试不第，有才无人赏识之怨也，故而起义。

春思·皇甫冉

莺啼燕语报新年，马邑龙堆路几千。
家住层城邻汉苑，心随明月到胡天。
机中锦字论长恨，楼上花枝笑独眠。
为问元戎窦车骑，何时返旆勒燕然。

【注释】马邑、龙堆：边塞征战之地。层城：京城。邻汉苑：紧邻着唐宫苑。胡天：马邑、龙堆。机中锦字：晋时窦滔妻苏氏善属文，窦滔被流放，苏氏织锦为回文旋图诗以赠滔，宛转循环以读，词甚凄婉。论（lún）长恨：记录着长恨。论，记录。楼上花枝笑独眠：楼上窗外的并蒂花枝在取笑我独眠。为问：敢问。元戎：主帅。窦车骑：《后汉书·窦宪传》记载，“窦宪为车骑将军，追击北匈奴大胜，登燕然山，去塞三千余里，刻石勒功以还。”返旆（pèi）：回师。勒燕然：指打胜仗归来。范仲淹的“燕然未勒归无计”。如沈佺期的“谁能将旗鼓，一为取龙城。”

婕妤怨·皇甫冉

花枝出建章，凤管发昭阳。
借问承恩者，双蛾几许长。

【注释】婕妤（jié yú）：这里指班婕妤，班固的姑姑。曾得到汉成帝的宠幸，赵飞燕姐妹入宫后失宠，自请到长信宫侍奉太后。花枝：喻美丽的嫔妃宫女。建章：宫名。凤管：乐器名。昭阳：昭阳殿，汉成帝宠妃赵飞燕的寝宫。承恩：受皇上宠爱。双蛾：女子修长的双眉。几许长：该画多长才算漂亮，才能得到君王的喜欢？

剑客·贾岛

十年磨一剑，霜刃未曾试。
今日把示君，谁有不平事？

【注释】剑客：古代侠客。示君：给君看。

三月晦日送春·贾岛

三月正当三十日，风光别我苦吟身。
共君今夜不须睡，未到晓钟犹是春。

【注释】晦（huì）日：阴历每月最后的一天。三月三十：即阴历三月三十日，阴历没有三十一日。这是春季的最后一天。风光别我：春色就要别我而去。苦吟身：苦吟之人。共君：与你（春天）。不须睡：我和春天说好了，咱俩谁也不许睡觉。未到晓钟犹是春：晓钟没响就不算第二天，春天就不算过去。

送唐环归敷水庄·贾岛

毛女峰当户，日高头未梳。
地侵山影扫，叶带露痕书。
松径僧寻药，沙泉鹤见鱼。
一川风景好，恨不有吾庐。

【注释】唐环：贾岛好友。贾岛送友人同到敷水庄，有感当地环境而作本诗，也是对友人的一种安慰。敷水庄：位于陕西省华阴市西部。毛女峰：华山主峰西北。《列仙传》记述："毛女，字玉姜，秦始皇宫女，因避骊山殉葬之灾，负琴与秦宫役夫相携逃入华山。"后来经高士指点，饥食松柏籽，渴饮清泉水，致使体生绿毛，行步如飞。至西汉年间，毛女年龄已一百七十余岁，传说山客猎师世代都有人看见过她。传说唐大中（即宣宗）年间，陶太白、尹子虚曾在华山见到毛女和其丈夫，并一同饮酒和诗。当户：房前对着（毛女峰）。日高头未梳：形容很晚了才起来。地侵山影扫：山影侵扫地。毛女峰的山影铺满大地。叶带露痕书：树叶上还留着露水画过的痕迹。松径：林间小道。僧寻药：僧侣上山寻找草药。沙泉鹤见鱼：鹤在沙滩上窥视河水中的游鱼。一川：山谷。恨不有吾庐：遗憾的是没有我的住所在这里，否则我也会像毛女那样长生不老了。

题李凝幽居·贾岛

闲居少邻并，草径入荒园。
鸟宿池边树，僧敲月下门。
过桥分野色，移石动云根。
暂去还来此，幽期不负言。

【注释】李凝：隐者。邻并：邻居。荒园：李凝荒芜的庭院。僧：指贾岛，早年出家为僧，故自指。敲：为研究用“推”还是用“敲”，贾岛骑驴引手作推敲之势，不觉撞到京兆尹韩愈的仪仗。贾岛求之，愈立马思之曰：“作敲字佳矣。”过桥：回来时路过一座小桥。分野色：（桥的两头景色各异）一头是李凝的荒园，一头是山中的绿烟。移石：云雾的移动好像挪动山石一样，沉重而缓慢。云根：云气。幽期：一同隐居的约定。不负言：不食言。一是自己幽隐的决心，二是怪嗔李凝爽约没有等他。

题诗后·贾岛

两句三年得，一吟双泪流。
知音如不赏，归卧故山秋。

【注释】故山：指隐居过的山。

戏赠友人·贾岛

一日不作诗，心源如废井。
笔砚为辘轳，吟咏作縻绠。
朝来重汲引，依旧得清冷。
书赠同怀人，词中多苦辛。

【注释】心源：灵感。縻绠（mí gěng）：汲水用的井绳。汲引：打水。清冷：清凉的井水。指写出了得意之句。同怀人：同心人。词中多苦辛：诗句中更多是对友人辛苦的理解和关心。

寻隐者不遇·贾岛

松下问童子，言师采药去。
只在此山中，云深不知处。

【注释】童子：僮仆。云深：云雾弥漫。

忆江上吴处士·贾岛

闽国扬帆后，蟾蜍亏复圆。
秋风吹渭水，落叶满长安。
此地聚会夕，当时雷雨寒。
兰桡殊未返，消息海云端。

【注释】闽国：指今福建省一带地方。扬帆后：你坐船去了闽国以后。蟾蜍（chán chú）：此指月亮。亏复圆：实际是指半个月，此指一年。秋风、落叶：代表这里此时又是秋天。与朋友在此相会也正好是去年的这个时候。所以开始回忆去年相见之情景。雨寒：秋雨。兰桡（ráo）：以兰木作的船桨，这里代指船。殊未返：还没回还。殊，犹。宋之问有“我行殊未已，何日复归来。”海云端：在云海的那一边。

春思·贾至

草色青青柳色黄，桃花历乱李花香。
东风不为吹愁去，春日偏能惹恨长。

【注释】历乱：烂熳。不为吹愁去：不为我把烦恼吹走。

早朝大明宫呈两省僚友·贾至

银烛朝天紫陌长，禁城春色晓苍苍。
千条弱柳垂青琐，百啭流莺绕建章。
剑佩声随玉墀步，衣冠身惹御炉香。
共沐恩波凤池上，朝朝染翰侍君王。

【注释】大明宫：宫殿名。国家大典、皇帝朝见百官多在此举行。始建于唐贞观八年（公元634年），原名永安宫，唐太宗建造初衷是为了给太上皇李渊居住，以尽孝道。但永安宫未建成，李渊就离开了人世，永安宫的修建于是停止。龙朔二年（公元662年），唐高宗扩建，并更名为大明宫，次年迁入大明宫执政。大明宫成为了大唐帝国新的政治中心。银烛：此指百官早朝时擎的灯火。紫陌：京城长安的路。青琐：皇宫门窗上的装饰，代指宫门。建章：汉代宫名，代指大明宫。剑珮：宝剑和玉珮。玉墀

(chí)：台阶。凤池：即凤凰池，在大明宫内，为中书省所在地。唐时门下省、中书省分别在禁中左右两掖。贾至时为中书舍人，在凤凰池的中书省工作。染翰：写文章。

咏蚕·蒋贻恭

辛勤得茧不盈筐，灯下缫丝恨更长。
著处不知来处苦，但贪衣上绣鸳鸯。

【注释】茧：蚕茧。不盈：不满。缫（sāo）丝：将蚕茧抽出蚕丝的工艺概称缫丝。原始的缫丝方法是将蚕茧浸在热盆汤中，用手抽丝，卷绕于丝筐上。盆、筐就是原始的缫丝器具。恨更（gēng）长：恨黑夜太长，着急天亮晒丝。著（zhuó）处：穿的时候。来处苦：生产时候的辛苦。但贪：只贪恋。绣鸳鸯：绣上鸳鸯图案。本来丝绸就够华美了，还要用绣饰来点缀。

附：咏蚕·陈湛元

成丝华人服，作茧美人腑。
虽有凌飞志，扑火自何苦。

春怨·金昌绪

打起黄莺儿，莫教枝上啼。
啼时惊妾梦，不得到辽西。

【注释】儿：音 ní，否则与“啼”“西”不押韵。辽西：今辽宁一带，丈夫卫戍在此。

云·来鹄

千形万象竟还空，映水藏山片复重。
无限旱苗枯欲尽，悠悠闲处作奇峰。

【注释】鹄：音 hú。竟：最终。复重：云层重叠。悠悠：悠然自得。闲处：闲着没事。作奇峰：云彩迭起形成山峰状。极具讽意。

柏林寺南望·郎士元

溪上遥闻精舍钟，泊舟微径度深松。
青山霁后云犹在，画出东南四五峰。

【注释】柏林寺：坐落于河北省赵县（古称赵州），与天下第一桥——赵州桥、华夏第一塔——陀罗尼经幢和赵州小石桥同在赵县县城城南。最早建于汉献帝建安年间，古称观音院，南宋为永安院，金代名柏林禅院，自元代起即称柏林禅寺。精舍：指柏林寺。泊舟：停好船。微径：山间小路。度深松：穿过茂密的松林。霁后：雨停之后。画出：勾勒出。四五峰：参差不齐的几座山的轮廓。

送李将军赴定州·郎士元

双旌汉飞将，万里授横戈。
春色临边尽，黄云出塞多。
鼓鼙悲绝漠，烽戍隔长河。
莫断阴山路，天骄已请和。

【注释】李将军：李晟（shèng）。定州：河北界，临近西北甘肃、内蒙吐蕃活动地区。一作送彭将军，但据史料记载，郎士元时期即安史之乱时期，唐出兵北部和西北部抗击吐蕃的没有姓彭的将军，根据该诗的内容所反映的历史事件，与李晟的情况符合。李晟，善骑射，一次随河西节度使王忠嗣抗击吐蕃，蕃将勇猛，唐军伤重。王急征善射者，李应召。一箭射杀蕃将。大历年间任右神策都将。769 年，吐蕃犯灵州（宁夏界），李为右军都将，亲率千人从大震关出击临洮（甘肃界），扫平定秦堡，“焚其积聚，掳堡帅慕容谷钟而还”，灵州围解。双旌：仪仗用的旌旗。汉飞将：西汉抗击匈奴的飞将军李广，善骑射，此指李晟。授横戈：授命出兵吐蕃。黄云：黄沙。鼓鼙：战鼓。悲绝漠：在西北大漠敲响，听起来非常悲壮。烽戍：烽火台。长河：黄河。阴山：其蒙古语名字为“达兰喀喇”，意思为“七十个黑山头”。阴山山脉东起河北西北部的桦山，西止于内蒙古巴彦淖尔盟中部的狼山，东西绵延长达 1000 多公里。指唐蕃通路。天骄：指吐蕃首领。

听邻家吹笙·郎士元

凤吹声如隔彩霞，不知墙外是谁家。
重门深锁无寻处，疑有碧桃千树花。

【注释】笙：竹管乐器。凤吹声如：吹奏之声如凤鸣。隔彩霞：好像从云中飘落的。疑有：（院中）好像有。碧桃千树花：千棵桃树正在开花。由声音联想到西王母的蟠桃盛宴，进而想象院中桃花盛开。

宫中题·李昂

辇路生春草，上林花满枝。
凭高何限意，无复侍臣知。

【注释】李昂：文宗皇帝，穆宗第二子，初名涵，封江王。宝历二年即位。辇路：皇宫中帝王行车的路。上林：汉代宫苑上林苑。凭高：登高。何限：无限。无复：无有。曲高和寡也。

把酒问月·李白

青天有月来几时，我今停杯一问之。
人攀明月不可得，月行却与人相随。
皎上飞镜临丹阙，绿烟灭尽清辉发。
但见宵从海上来，宁知晓向云间没。
白兔捣药秋复春，嫦娥孤栖与谁邻？
今人不见古时月，今月曾经照古人。
古人今人若流水，共看明月皆如此。
惟愿当歌对酒时，月光长照金樽里。

【注释】来几时：什么时候出现的。不可得：不可能。皎上飞镜：月亮皎洁得有若悬挂在天际的明镜。临丹阙：照临着朱红色的宫门。绿烟灭尽：浓重的云雾渐渐消散。清辉发：散射出清澄的光辉。但见：只见。宁知：怎知。没（mò）：隐没。白兔捣药：是古代的神话传说，西晋傅玄《拟天问》有“月中何有，白兔捣药。”嫦娥：《淮南子·览冥训》载，嫦娥是后羿的妻子，她偷吃了羿的仙药，成为仙人，奔入月中。当歌对酒时：曹操《短歌行》有“对酒当歌，人生几何”的诗句。金樽：精美的酒具。意境同张若虚的《春江花月夜》。

长干行·李白

妾发初覆额，折花门前剧。
郎骑竹马来，绕床弄青梅。
同居长干里，两小无嫌猜。
十四为君妇，羞颜未尝开。

低头向暗壁，千唤不一回。
十五始展眉，愿同尘与灰。
长存抱柱信，岂上望夫台。
十六君远行，瞿塘滟滪堆。
五月不可触，猿声天上哀。
门前迟行迹，一一生绿苔。
苔深不能扫，落叶秋风早。
八月蝴蝶黄，双飞西园草。
感此伤妾心，坐愁红颜老。
早晚下三巴，预将书报家。
相迎不道远，直至长风沙。

【注释】长干（gàn）：古金陵里巷。剧：戏。嫌猜：隔阂猜忌。抱柱信：《庄子》有“尾生与女子期于梁下，女子不来，水至不去，抱柱而死”的记载。望夫台：女子望夫化成石头的地方。瞿塘：瞿塘峡。滟滪（yàn yù）堆：瞿塘峡口的险礁，船只触之而沉。迟行迹：行迹稀少。君不在家，妾很少出门。一一生绿苔：由于人迹稀少，所以门前的人行道上到处长满了绿苔。而不是丈夫临走前在门外留下的脚印，何以只留丈夫而不留妻子的脚印，何以那个长苔这个不长苔？不忍扫：没心情打扫。早晚：何时。不道远：不怕远。

附：瞿塘峡·陈湛元

滟滪一日险，瞿塘万里汹。
利斧实难为，轻流何作功？
疏川亘古事，截留世纪工。
先贤咏新意，后生叹古风。

长干行·李白

忆妾深闺里，烟尘不曾识。
嫁与长干人，沙头候风色。
五月南风兴，思君下巴陵。
八月西风起，想君发扬子。
去来悲如何，见少离别多。
湘潭几日到，妾梦越风波。

昨夜狂风度，吹折江头树。
渺渺暗无边，行人在何处。
好乘浮云骢，佳期兰渚东。
鸳鸯绿蒲上，翡翠锦屏中。
自怜十五余，颜色桃花红。
那作商人妇，愁水又愁风。

【注释】度：吹过。渺渺：水势浩大。浮云骢（cōng）：良马。佳期：相会。鸳鸯、翡翠：雄性为鸳、翡，雌性为鸯、翠。指厮守在一起，不分离。那作：哪堪作，不可作。

长相思·李白

长相思，在长安。
络纬秋啼金井阑，微霜凄凄簟色寒。
孤灯不明思欲绝，卷帷望月空长叹。
美人如花隔云端，上有青冥之长天，
下有渌水之波澜。天长地远魂飞苦，
梦魂不到关山难。长相思，摧心肝。

【注释】络纬：昆虫，俗称纺织娘。金井阑：金井的栏杆。凄凄：寒凉。簟（diàn）：竹席。卷帷：卷起帘幕。美人：作者所思念的人。如花：看来所思念的是女人。青冥：青色。渌水：绿水。关山难：难度关山。摧心肝：伤心肝。

长相思·李白

日色欲尽花含烟，月明如素愁不眠。
赵瑟初停凤凰柱，蜀琴欲奏鸳鸯弦。
此曲有意无人传，愿随春风寄燕然。
忆君迢迢隔青天，昔时横波目，今作流泪泉。
不信妾肠断，归来看取明镜前。

【注释】含烟：淹没在暮霭中。素：白绢。赵瑟初停凤凰柱，蜀琴欲奏鸳鸯弦：通过弹奏寄托思念，才下眉头，又上心头。弹完赵瑟，思念仍不断，于是又拿起蜀琴。赵瑟，弦乐器，赵国人鼓弹故得名。凤凰柱，刻有凤凰图案的瑟柱。蜀琴，蜀中桐木所做，故得名。鸳鸯弦，内外粗细二弦。由凤凰、鸳鸯可知思念的是丈夫。燕然：山名，内蒙界。东汉窦宪远征匈奴，在此山刻石记功。范仲淹的“燕然未勒归无计”是也。皇甫冉的“何时返旆勒燕然”亦指此。此指丈夫所在的边塞。迢迢（tiáo）：遥远。横波：秋波闪烁的眼睛。不信妾肠断，归来看取明镜前：连我自己都不相信我为你肝肠寸断，偶尔照了一下镜子，发现自己如此憔悴，才相信。绝不是“如果你不相信我想你想得肠断，请你回来看看镜子就知道了”。人既回，即可直接看到人，又何必再通过镜子验证呢？古代贞妇像孟郊所描写的那样“波澜誓不起，妾心古井水，”丈夫不在家，自己不打扮，自然也很少照镜子，既然没人欣赏“教妾若为容”，我又为谁打扮呢？除了侍奉公婆、照顾孩子，从事一些田里的农活，再无他务，平日里更是大门不出，二门不进。所以忙完了活计，从外归来，偶然间照了一下镜子，把自己吓了一跳，自己居然由于思念而如此的不堪入目了。忠贞之女又何必向丈夫证明自己想他了呢？

春思·李白

燕草如碧丝，秦桑低绿枝。
当君怀归日，是妾断肠时。
春风不相识，何事入罗帏？

【注释】燕草：北方燕地的绿草。秦桑：关中的桑树。两地节候不同，相思之情相同。希望夜入罗帏的是归来的夫君，而不是无情的春风。既然春风夜入罗帏，也一定是带来了征夫的气息。

春夜洛城闻笛·李白

谁家玉笛暗飞声，散入春风满洛城。
此夜曲中闻折柳，何人不起故园情？

【注释】折柳：《折杨柳》曲调，曲中表达了送别时的哀怨情感。江南人戍塞北方，听到家乡的送别曲子，自然愈发想念故乡。

从军行·李白

百战沙场碎铁衣，城南已合数重围。
突营射杀呼延将，独领残兵千骑归。

【注释】碎铁衣：铠甲被击碎。已合数重围：数重敌兵对我们形成合围。突营：突围。呼延将：呼延，是匈奴四姓贵族之一，这里指敌军的一员悍将。独领残兵千骑归：自己率领千余名残兵归来。

登金陵凤凰台·李白

凤凰台上凤凰游，凤去台空江自流。
吴宫花草埋幽径，晋代衣冠成古丘。
三山半落青天外，二水中分白鹭洲。
总为浮云能蔽日，长安不见使人愁。

【注释】凤凰台：《太平寰宇记》载，南朝宋文帝元嘉年间，有异鸟飞集于山，状如孔雀，文采五色，音声谐和，以为凤凰，因筑台山上，故称。吴国、晋代皆定都金陵（南京）。吴宫花草、晋代衣冠：昔时的达官贵人。埋幽径、成古丘：埋入地下，成为泥土、成为历史了。三山：南京西南江边护国山，上有三峰，孤绝突出入云。半落青天外：有一半高耸天外。二水中分白鹭洲：白鹭洲把江水一分为二，即二水夹一洲。白鹭洲，水中绿洲，因有白鹭聚栖得名。总为：总因。浮云能蔽日：陆贾《新语·慎微篇》有"邪臣之蔽贤，犹浮云之障日月也。"长安不见：不见长安，得不到皇帝的重用。意境及用韵同崔颢的《黄鹤楼》。

独坐敬亭山·李白

众鸟高飞尽，孤云独去闲。
相看两不厌，只有敬亭山。

【注释】敬亭山：位于安徽宣州城北五公里的水阳江畔，原名昭亭山，晋初为避晋文帝司马昭名讳，改称敬亭山，属黄山支脉，东西绵亘百余里。南齐诗人谢朓《游敬亭山》："兹山亘百里，合杳与云齐。隐沦既已托，灵异居然栖。"李白先后七次登临此地。独去闲：悠然自得地飘来飘去。相看两不厌：我不厌山，山也不厌我。只有敬亭山：指除了此山别人都不容我。

渡荆门送别·李白

渡远荆门外，来从楚国游。
山随平野尽，江入大荒流。

月下飞天镜，云生结海楼。
仍怜故乡水，万里送行舟。

【注释】渡远：远渡。荆门：湖北山名。来从：来至。平野、大荒：辽阔的原野。月下飞：下飞，动词，飞落水中。结海楼：云雾聚集形成海市蜃楼。怜：爱。万里送行舟：从蜀到楚，尽管有万里，但故乡的水还在相送。

峨眉山月歌·李白

峨眉山月半轮秋，影入平羌江水流。
夜发清溪向三峡，思君不见下渝州。

【注释】峨眉：四川界。半轮秋：半圆的秋月。平羌：青衣江，在峨眉山东北。月亮西沉，故影落江中。发：出发。清溪：峨眉山附近的清溪驿站。下渝州：顺江下行到重庆。

访戴天山道士不遇·李白

犬吠水声中，桃花带露浓。
树深时见鹿，溪午不闻钟。
野竹分青霭，飞泉挂碧峰。
无人知所去，愁倚两三松。

【注释】戴天山：又名大康山或大匡山，在今四川省江油县。李白早年曾在山中大明寺读书，多年后再访而作。犬吠水声中：泉水淙淙，隐隐可听见犬吠。树深时见鹿：树林深处偶尔可见小鹿跑过。溪午不闻钟：溪水上方，太阳正午，却没有听见寺庙的钟声。分青霭：雾霭消散。无人知所去：没人知道道士去哪里了。愁倚两三松：由于不遇而倚树惆怅。

古风·李白

燕臣昔恸哭，五月飞秋霜。
庶女号苍天，震风击其堂。
精诚有所感，造化为悲伤。
而我竟何辜？远身金殿旁。

【注释】燕臣昔恸哭，五月飞秋霜：燕臣，指战国时燕国的邹衍。王充《论衡》：邹衍无罪，见拘于燕，当夏五月，仰天而叹，天为陨霜。恸（ɔu）哭，怄气而哭。指蒙受冤屈。庶女号苍天，震风击其堂：《淮南子·览冥训》有"庶女叫天，雷霆下击，景公台陨，支体伤折，海水大出。"高诱注："庶贱之女，齐之寡妇，无子不嫁，事姑谨敬。姑无男有女，女利母财，令母嫁妇，妇终不肯。女杀母以诬妇，妇不能自明，冤结叫天，天为行雷霆下击，景公之台陨坏，毁景公之支体，海水为之溢出也。"造化：天地。竟何辜：竟有何罪。远身金殿旁：远离京城，被流放。

古朗浪月行·李白

小时不识月，呼作白玉盘。
又疑瑶台镜，飞在白云端。
仙人垂两足，桂树何团团。
白兔捣药成，问言与谁餐？
蟾蜍蚀圆影，大明夜已残。
羿昔落九乌，天人清且安。
阴精此沦惑，去去不足观。
忧来其如何？凄怆摧心肝。

【注释】古朗：地处河西走廊东端，东靠景泰，南依天祝，西北与武威接壤，东北与内蒙古阿拉善左旗相邻，为古丝绸之路要冲。瑶台：此指玉镜台，妆台的美称，不是神仙住地。把月亮比作玉盘和镜子，古代的镜子为圆形的铜镜。

关山月·李白

明月出天山，苍茫云海间。
长风几万里，吹度玉门关。
汉下白登道，胡窥青海湾。
由来征战地，不见有人还。
戍客望边邑，思归多苦颜。
高楼当此夜，叹息未应闲。

【注释】白登：汉代战场。胡：北方侵略者。由来：自古以来。高楼：家人。当此夜：在这个时候。未应闲：应该还没有停止。

黄鹤楼闻笛·李白

一为迁客去长沙，西望长安不见家。
黄鹤楼中吹玉笛，江城五月落梅花。

【注释】一为：自从成为。迁客去长沙：汉贾谊被贬长沙傅。比喻自身的遭遇。吹玉笛：吹奏《梅花落》的笛曲。江城：汉阳城。五月落梅花：五月初夏没有梅花，但由于《梅花落》笛曲吹得非常凄凉阴冷，便仿佛看到了梅花随着飞雪满天飘落的景象。据说邹衍下狱，五月飞霜。如今自己遭馋，五月即当飞雪。

金陵酒肆留别·李白

风吹柳花满店香，吴姬压酒劝客尝。
金陵子弟来相送，欲行不行各尽觞。
请君试问东流水，别意与之谁短长？

【注释】酒肆（sì）：酒馆。吴姬：吴女，服务员。压酒：新酒初熟，压挤去糟。劝客尝：表示热情，而非“唤”客尝。欲行：指的是李白。不行：来送行的金陵子弟。觞（shāng）：酒杯。

金陵城西楼月下吟·李白

金陵夜寂凉风发，独上高楼望吴越。
白云映水摇空城，白露垂珠滴秋月。
月下沉吟久不归，古来相接眼中稀。
解道澄江净如练，令人长忆谢玄晖。

【注释】金陵：南京。吴越：金陵地处吴越之地。摇空城：在空寂的城下摇荡。白露垂珠滴秋月：月光下，霜露从树叶上滴落。沉吟：沉思回味。古来相接：今古心灵相通，指自己和谢朓。眼中稀：很少见。解道：能说出。澄江净如练：谢朓在被排挤出京离开金陵时，写有《晚登三山还望京邑》的诗篇，其中有“澄江净如练”句。即江水好似洁白的丝绸一样。谢玄晖：谢朓，南齐著名诗人，曾任过地方官和京官，后被诬陷，下狱死。

静夜思·李白

床前明月光，疑是地上霜。
举头望明月，低头思故乡。

【注释】疑：好像。不是怀疑。

军行·李白

骝马新跨白玉鞍，战罢沙场月色寒。
城头铁鼓声犹震，匣里金刀血未干。

【注释】骝（liú）马：黑鬃黑尾巴的红马，此指良马。王昌龄有“莫学游侠儿，矜夸紫骝好”。跨：配上。铁鼓声犹震：战鼓还在敲响，催使继续迎敌。匣：刀鞘。血未干犹出战。

客中作·李白

兰陵美酒郁金香，玉碗盛来琥珀光。
但使主人能醉客，不知何处是他乡。

【注释】兰陵：在今山东枣庄。唐开元二十四年（736 年），李白与夫人许氏及女儿平阳由湖北安陆迁居任城（济宁），开始了寄居东鲁的日子。李白游历兰陵古镇而作此诗。郁金香：一种香草。古人用以浸酒，浸后酒色金黄。琥珀：一种树脂化石，呈黄色或赤褐色，色泽晶莹。这里形容美酒色泽如琥珀。但使：倘使。不知何处是他乡：忘记自己身在异乡为客了。故乡、他乡就没有分别了。

劳劳亭·李白

天下伤心处，劳劳送客亭。
春风知别苦，不遣柳条青。

【注释】劳劳亭：劳劳，表示非常忧伤。是借用乐府民歌《孔雀东南飞》中“举手长劳劳，两情同依依”的诗句之意。即描写焦仲卿和妻子刘兰芝被迫分离，两人恋恋不舍而送别。劳劳亭始建于东吴，自东吴后，即以此为送别之亭。别苦：离别之苦。不遣：不使，不让。柳条青：折柳送别，柳不青就没有可赠的，离别的人就不走了。

庐山谣寄卢侍御虚舟·李白

我本楚狂人，凤歌笑孔丘。
手持绿玉杖，朝别黄鹤楼。
五岳寻仙不辞远，一生好入名山游。
庐山秀出南斗旁，屏风九叠云锦张，
影落明湖青黛光。
金阙前开二峰长，银河倒挂三石梁。
香炉瀑布遥相望，回崖沓嶂凌苍苍。
翠影红霞映朝日，鸟飞不到吴天长。
登高壮观天地间，大江茫茫去不还。
黄云万里动风色，白波九道流雪山。
好为庐山谣，兴因庐山发。
闲窥石镜清我心，谢公行处苍苔没。
早服还丹无世情，琴心三叠道初成。
遥见仙人彩云里，手把芙蓉朝玉京。
先期汗漫九垓上，愿接卢敖游太清。

【注释】楚狂人：楚国的陆接舆（yú），佯狂不仕，时称“楚狂”。凤歌：接舆遇见孔子，狂而歌之曰：“凤兮，凤兮，何德之衰（cuī）？往者不可谏，来者犹可追！已而，已而，今之从政者殆（dài）而！”劝孔子不要做官。南斗：二十八星宿（xiù）之一。古代把星宿位置与地上疆域位置相对应，如王勃的“星分翼轸，地接衡庐”。屏风九叠：庐山的屏风叠，即九叠云屏。明湖：鄱阳湖。青黛：深青色。金阙：石门。二峰：指香炉峰和双剑锋。银河：指庐山瀑布，李白有“疑是银河落九天”之句。三石梁：庐山之三石梁，长数十丈，广不盈尺，杳然无底。香炉：香炉峰。回崖：重叠的山崖。沓嶂（tà zhàng）：与回崖对应，重叠的峰峦。白波九道：长江到九江分为九个支流，九江因此得名。好为：喜欢作。闲窥：心情淡然地看。窥，本意指偷看，此指看。石镜：庐山东有悬岩，其状团圆，近之则照见影形。谢公：谢灵运。苍苔没（mò）：被苔痕掩盖了。还丹：道家所炼仙丹。无世情：没有了凡心。琴心三叠：道家修炼达到的一种境界。道初成：刚刚悟道。玉京：道教元始天尊的居处。先期：事先约定。汗漫：古代传说有个叫卢敖的人，碰到一位仙人名叫若士，向他请教，若士用“吾与汗漫期于九垓之外”的理由拒绝了他的请求。见《淮南子·道应训》。汗漫是一个拟名，寓有混混茫茫不可知见的意思。九垓（gāi）：九天。愿接：愿同。太清：天之最高处。浪漫、旷远，如于九天之鸟瞰庐山长江也，其境非白不能也。

梦游天姥吟留别·李白

海客谈瀛洲，烟涛微茫信难求。
越人语天姥，云霓明灭或可睹。
天姥连天向天横，势拔五岳掩赤城。
天台四万八千丈，对此欲倒东南倾。
我欲因之梦吴越，一夜飞渡镜湖月。
湖月照我影，送我至剡溪。
谢公宿处今尚在，渌水荡漾清猿啼。
脚著谢公屐，身登青云梯。
半壁见海日，空中闻天鸡。
千岩万壑路不定，迷花倚石忽已暝。
熊咆龙吟殷岩泉，慄深林兮惊层巅。
云青青兮欲雨，水澹澹兮生烟。
列缺霹雳，丘峦崩摧。洞天石扉，訇然中开。
青冥浩荡不见底，日月照耀金银台。
霓为衣兮风为马，云之君兮纷纷而来下。
虎鼓瑟兮鸾回车，仙之人兮列如麻。
忽魂悸以魄动，怳惊起而长嗟。
惟觉时之枕席，失向来之烟霞。
世间行乐亦如此，古来万事东流水。
别君去兮何时还？且放白鹿青崖间，须行即骑访名山。
安能摧眉折腰事权贵，使我不得开心颜？

【注释】天姥（mǔ）：浙江名山。海客：渔人及航海者。瀛洲：东海仙山。信难求：实难求。或可睹：隐隐约约可看到。势拔：山势超出。五岳：即东岳泰山、西岳华山、北岳恒山、中岳嵩山、南岳衡山。赤城：山名。我欲因之梦吴越：我因欲之而梦吴越。我由于非常强烈地想去拜访天姥山，所以就梦见了吴越。欲，欲望强烈。之，去。是已经梦了，而不是想要做梦。所以此句引出下面的梦境。一夜飞渡镜湖月：在月下我一夜飞跃了镜湖，又飞到了剡（shàn）溪。镜湖、剡溪皆为浙江湖水名称。谢公屐（jī）：谢灵运登山穿过的木制鞋。天鸡：传说东南桃都山上有树，其枝相去三千里，上有天鸡，日出天鸡则鸣，而后天下鸡皆鸣。千岩万壑对仗迷花倚石，而不是千岩万转。暝（míng）：天黑暗。殷（yǐn）：震荡。慄（lì）：战栗。澹澹：水波摇动。列缺：闪电。霹雳：雷电。洞天：仙居、神境。訇（hōng）然：声音巨大。青冥：昏暗。浩荡：宽大，神仙所居山洞的景象。霓（ní）：彩虹。云之君：驾云之众神。鼓瑟（sè）：奏琴。回车：驾车。众神境之描写有如《西游记》中之镜头，今人看电视可得，昔李白全靠想象，诗仙之浪漫可见也。魂悸以魄动：惊吓而醒。恍（huǎng）：心神不安。长嗟（jiā）：长叹。嗟字在句尾读“加”音，在句首读“街”音，均为叹意。觉时：睡醒。觉，读音为 jué。睡是指睡着，觉（jué），是指睡醒。向来：刚才。世间行乐亦如此：有黄粱美梦的意韵，一切名利、美景如同梦境一样，梦醒时分，一切归于乌有，只是人们还未觉醒罢了。白鹿：神仙的坐骑。须行：想要出游的时候。摧眉折腰：低头弯腰。被贬后一切看淡，权贵不在眼中。是一种排遣和发泄，本意还是想出来为官，这一点在其《行路难》中即可看出。

南陵别儿童入京·李白

白酒新熟山中归，黄鸡啄黍秋正肥。
呼童烹鸡酌白酒，儿女嬉笑牵人衣。
高歌取醉欲自慰，起舞落日争光辉。
游说万乘苦不早，著鞭跨马涉远道。
会稽愚妇轻买臣，余亦辞家西入秦。
仰天大笑出门去，我辈岂是蓬蒿人。

【注释】此诗又题为《古意》。南陵：一说在东鲁，曲阜县南有陵城村，人称南陵。一说在今安徽南陵县。参詹锳主编《李白全集校注汇释集评》本诗题解。起舞落日争光辉：人逢喜事光采焕发，与日光相辉映。游说：凭口才说服别人。万乘：君主。周朝制度，天子地方千里，车万乘。后来称皇帝为万乘。苦不早：恨不早就去做。会稽愚妇轻买臣：《汉书·朱买臣传》载，朱买臣，西汉会稽郡吴（今江苏吴县）人，“家贫，好读书，不治产业。常刈薪樵，卖以给食，担束薪行且诵读。其妻亦负担相随，数止买臣毋歌讴道中，买臣愈益疾歌，妻羞之求去。买臣笑曰：‘我年五十当富贵，今已四十余矣。汝苦日久，待我富贵报汝功。’妻恚怒曰：‘如公等终饿死沟中耳，何能富贵?’买臣不能留，即听去。”后买臣为会稽太守，“入吴界见其故妻。妻夫治道。买臣驻车，呼令后车载其夫妻到太守舍，置园中，给食之。居一月，妻自经死。”据魏颢《李翰林集序》：“白始娶于许，生一女一男曰明月奴，女既嫁而卒。又合于刘，刘诀。次合于鲁一妇人……。”秦：指长安。蓬蒿人：草野之人。

陪侍郎叔游洞庭醉后·李白

今日竹林宴，我家贤侍郎。
三杯容小阮，醉后发清狂。

【注释】侍郎叔：刑部侍郎李晔（yè），李白的族叔。当时被贬岭南，在岳州二人相遇同游洞庭。小阮：晋时的阮咸。与叔父阮籍都是“竹林七贤”之一，世因称咸为小阮，后借以称侄儿，此为李白自指。宋杨万里《戏赠子仁侄》诗：“小阮新来觅句忙，自携破砚汲寒江。”容：包含、谦让。三杯酒之内，叔叔还谦让侄子，可是喝醉了便发狂了。

陪侍郎叔游洞庭醉后·李白

船上齐桡乐，湖心泛月归。
白鸥闲不去，争拂酒筵飞。

【注释】齐桡乐：一同快乐地划桨。桡（ráo），船桨。闲不去：悠闲地不飞走。争拂酒筵飞：争着在餐桌上飞舞盘旋。

陪侍郎叔游洞庭醉后·李白

刬却君山好，平铺湘水流。
巴陵无限酒，醉杀洞庭秋。

【注释】刬却：铲除。刬，音“产”，同铲。君山：洞庭湖中的君山。平铺：使湘水无阻挡地流淌。巴陵：巴陵郡，洞庭湖所在。无限酒：酒太多了，连洞庭湖水都变成了酒，实为想象。醉杀：醉死，大醉之意。君山上的红叶正是洞庭之秋的绯红的醉颜。

将进酒·李白

君不见黄河之水天上来，奔流到海不复回。
君不见高堂明镜悲白发，朝如青丝暮成雪。
人生得意须尽欢，莫使金樽空对月。
天生我材必有用，千金散尽还复来。
烹羊宰牛且为乐，会须一饮三百杯。

岑夫子、丹丘生，将进酒、杯莫停。
与君歌一曲，请君为我倾耳听。
钟鼓馔玉何足贵，但愿长醉不愿醒。
古来圣贤皆寂寞，惟有饮者留其名。
陈王昔时宴平乐，斗酒十千恣欢谑。
主人何为言少钱，径须沽取对君酌。
五花马、千金裘，呼儿将出换美酒，与尔同销万古愁。

【注释】将（qiāng）进酒：请喝酒，劝酒。高堂：厅堂。会须：直须，正应该。岑夫子、丹丘生：李白好友岑勋和元丹丘。钟鼓馔（zhuàn）玉：鼓乐伴着佳肴。何足贵：不值得看重。古来圣贤皆寂寞，惟有饮者留其名：为喝酒之人找借口，圣贤不喝酒都留不下芳名，其实是在劝酒。另一种解释：《三国志·魏志·徐邈传》载，圣人为清酒，贤人为浊酒。它们之所以有名牌效应，是因为有名人喝它，否则不为大众所知。陈王：三国时期曹操之子曹植，封陈王。宴平乐：在平乐观（guàn）饮酒留下“归来宴平乐，美酒斗十千”的诗句。恣（zī）欢谑（xuè）：放纵、尽情地欢悦取乐。径须：直须。沽取：买来。五花马：名马。千金裘：名贵皮衣。将出：拿出来。

妾薄命·李白

汉帝重阿娇，贮之黄金屋。
咳唾落九天，随风生珠玉。
宠极爱还歇，妒深情却疏。
长门一步地，不肯暂回车。
雨落不上天，水覆难再收。
君情与妾意，各自东西流。
昔日芙蓉花，今成断根草。
以色事他人，能得几时好？

【注释】《妾薄命》属乐府杂曲歌辞。汉帝重阿娇，贮之黄金屋：《汉武故事》记载，汉武帝刘彻数岁时，他的姑母长（zhǎng）公主（刘嫖）问他：“儿欲得妇否？”指左右长御百余人，皆曰：“不用。”最后指其女阿娇问：“阿娇好否？”刘彻笑曰：“好！若得阿娇作妇，当作金屋贮之。”刘彻即位后，阿娇做了皇后，即陈皇后，也曾宠极一时，后被废长门宫。咳唾落九天，随风生珠玉：吐唾沫都能变成珠玉。形容宠极。宠极：宠爱达到极点。爱还歇：皇帝的宠爱竭尽、消失，物极必反也。妒深：妒恨达到极深。情却疏：情感就疏远了，与上句意境相同。生性娇妒的陈皇后，为了“夺宠”，曾做了种种努力，她重金聘请司马相如写《长门赋》，“但愿君恩顾妾深，岂惜黄金买词赋”（李白《白头吟》），又曾用女巫楚服的法术，“令上意回”。前者没有收到多大的效果，后者反因此得罪，后来成了“废皇后”，幽居于长门宫内。长门一步地，不肯暂回车（jū）：虽与皇帝相隔一步之远，但咫尺天涯，宫车不肯暂回。以色事他人：以年轻美丽的色相取悦于别人。能得几时好：能维持多久？

秋登宣城谢朓北楼·李白

江城如画里，山晓望晴空。
两水夹明镜，双桥落彩虹。
人烟寒橘柚，秋色老梧桐。
谁念北楼上，临风怀谢公。

【注释】江城：水边的城，即指宣城。唐时江南地区口语，无论大水小水都称之为江。两水：指绕宣城而流的宛溪、句溪二水。明镜：指桥洞和它的倒影合成的圆形，犹如圆的镜子。双桥：指宛溪上的上、下两桥，上桥叫做凤凰桥，下桥叫做济川桥，隋文帝开皇年间所建。彩虹：指水中桥影。人烟寒橘柚：炊烟袅袅，橘柚发着金黄色的寒光。秋色老梧桐：梧桐树显得苍白而寒凉。谁念：想念的人是谁？

清平调·李白

云想衣裳花想容，春风拂槛露华浓。
若非群玉山头见，会向瑶台月下逢。

【注释】李白在长安供奉翰林时，一日，唐玄宗和杨贵妃在宫中观赏牡丹花，因命李白写新乐章，李白奉诏而作。云想衣裳（cháng）花想容：一解为，看到你的衣裳就想到了彩云；看到你的面容就想到了牡丹花。二解为，云像衣裳，花像容。槛（jiàn）：栏杆。露华：露水。若非：若不是。群玉山：西王母居处。会向：也应该是在。瑶台：神仙居处。

清平调·李白

一枝红艳露凝香，云雨巫山枉断肠。
借问汉宫谁得似，可怜飞燕倚新妆。

【注释】红艳：指红牡丹。露凝香：露珠里凝聚着香气。云雨巫山：宋玉《高唐赋》写楚襄王游历高唐，梦见巫山女神与其欢会，神女称自己“旦为朝云，暮为行雨。”枉断肠：只是梦境，徒然使楚王牵挂，意指不如玄宗与贵妃现实。借问：请问。谁得似：谁能相似。可怜：可爱。飞燕：汉成帝皇后赵飞燕。倚：依赖于。可爱的赵飞燕只有依赖于新的装束才可与您媲美。

清平调·李白

名花倾国两相欢，长得君王带笑看。
解释春风无限恨，沉香亭北倚栏干。

【注释】名花：指牡丹。倾国：指绝色美女贵妃。两相欢：花比美人，美人如花，互相怡悦。长得：长使。解释：能释放掉。沉香亭：兴庆宫龙池东的亭榭，玄宗与贵妃在此互寄爱情誓言。倚栏干：双双依偎着栏杆。

秋浦歌·李白

白发三千丈，缘愁似个长。
不知明镜里，何处得秋霜？

【注释】缘愁：因为愁。似个：这样。秋霜：指白发。

塞下曲·李白

五月天山雪，无花只有寒。
笛中闻折柳，春色未曾看。
晓战随金鼓，宵眠抱玉鞍。
愿将腰下剑，直为斩楼兰。

【注释】折柳：古曲《折杨柳》。未曾看（kān）：没有看到一点绿色。楼兰：新疆古国。

沙丘城下寄杜甫·李白

我来竟何事，高卧沙丘城。
城边有古树，日夕连秋声。
鲁酒不可醉，齐歌空复情。
思君若汶水，浩荡寄南征。

【注释】高卧：这里指闲居。《晋书·陶潜传》："尝言夏月虚闲，高卧北窗之下。清风飒至，自谓羲皇上人。"沙丘：位于今山东肥城市汶阳镇东、大汶河南下支流洸河（今名洸府河）分水口对岸。日夕：朝暮，从早到晚。鲁酒不可醉，齐歌空复情：《庄子·胠箧》有"鲁酒薄而邯郸围"。此谓鲁酒之薄，不能醉人；齐歌之艳，听之无绪，皆因无共赏之人。汶水：鲁地的河流名，河的正流现在叫大汶河，源出山东省莱芜市东北原山，向西南流经泰安市、徂徕山、汶上县，入运河。寄南征：追随着你一同南去。

山中问答·李白

问余何事栖碧山，笑而不答心自闲。
桃花流水窅然去，别有天地非人间。

【注释】窅（yǎo）然：幽深遥远。别有天地：另一番天地。

蜀道难·李白

噫吁嚱，危乎高哉！
蜀道之难难于上青天！
蚕丛及鱼凫，开国何茫然！
尔来四万八千岁，不与秦塞通人烟。
西当太白有鸟道，可以横绝峨嵋巅。
地崩山摧壮士死，然后天梯石栈相钩连。
上有六龙回日之高标，下有冲波逆折之回川。
黄鹤之飞尚不得过，猿猱欲度愁攀缘。
青泥何盘盘，百步九折萦岩峦。
扪参历井仰胁息，以手抚膺坐长叹！
问君西游何时还，畏途巉岩不可攀。
但见悲鸟号古木，雄飞从雌绕林间。
又闻子规啼夜月，愁空山。
蜀道之难难于上青天，使人听此凋朱颜。
连峰去天不盈尺，枯松倒挂倚绝壁。
飞湍瀑流争喧豗，砯崖转石万壑雷。
其险也若此，嗟尔远道之人胡为乎来哉？
剑阁峥嵘而崔嵬，一夫当关，万夫莫开。

所守或非亲，化为狼与豺。
朝避猛虎，夕避长蛇。磨牙吮血，杀人如麻。
锦城虽云乐，不如早还家。
蜀道之难难于上青天！侧身西望长咨嗟。

【注释】李白初至京师，拜见贺知章，贺读此诗，“读未竟，称叹者数四，号为谪仙。”噫（yī）吁（xū）**戏**（xī）：惊叹语。蚕丛、鱼凫（fú）：传说中蜀国的两个国君。茫然：遥远渺茫。尔来四万八千岁：从那时到现在有四万八千年了，此为虚指。尔来，相当于而后，从此以后。不与秦塞（sài）通人烟：山高路险，蜀秦没有交往。西当：西边连接。太白：终南山主峰，陕西界。鸟道：指险峻狭窄，只容一鸟飞度的山间小路。刘禹锡有“巴人泪应猿声落，蜀客船从鸟道回。”横绝峨眉巅：高险程度可以盖过峨眉山峰。横绝：遮蔽，超过，无与之比。并不是鸟儿可以飞过太白峰横度到峨眉峰，而是连鸟也飞不过，否则与下边的“黄鹤之飞尚不得过”的说法就矛盾了。地崩山摧壮士死：一解，开山凿石修路，死了好多人，才有了今天的蜀道。另一解，据说秦惠王许嫁五位美女给蜀王，蜀王派五个大力士去迎娶。在返回途中，于梓潼见一大蛇钻入山洞，壮士扯蛇尾往外拉，结果山倒，壮士及美女皆死，山也分为五岭。天梯、石栈（zhàn）：皆指栈道，悬崖峭壁上凿石架木铺设的悬空通道。相钩连：相互连接形成蜀道。六龙回日：六龙拉着日车到了山的最高处，无法经过，只得返回。高标：最高处的标识，六龙返回处。冲波逆折：波浪冲腾转折。回川：曲折的河流。黄鹤之飞尚不得过：太白之高连仙人驾坐的黄鹤也飞不过去。黄鹤都飞不过，可知上面的“鸟道”绝不是鸟儿能飞过。猿猱（náo）欲度愁攀缘：回川之宽险连善于攀越的猿猱都发愁。青泥：山岭名。何盘盘：更加迂回曲折。萦岩峦：绕着山峰。扪（mén）参（shēn）历井：可以摸到天上的星宿。扪、历，触及。参、井，星宿名。参宿是蜀的分野；门宿是秦的分野。仰胁（xié）息：屏住呼吸。胁，收拢。膺（yīng）：胸。畏途巉（chán）岩：害怕沿途全是险要、陡峭的山崖。但见：只见。雄飞从雌：雄鸟追雌鸟。不是雌从，雌从表示雌鸟跟在雄鸟后边，而动物界一般为雄追雌，字序一经颠倒，意思正好相反。啼夜月：在月亮下鸣啼。“蛙声叫明月”就是青蛙在明月下鸣叫。愁空山：叫声使满山充满愁苦。此句不可断成“又闻子规啼，夜月愁空山”，夜月表示啼的时间不可断在后边，另外本句是和“但见悲鸟号古木”相对应的，有见有闻，完整的意境应该是“但见悲鸟号古木，又闻子规啼夜月。”号古木是在古木上号叫，啼夜月是在月下哀啼。如果按此断句法把“但见悲鸟号古木”断成“但见悲鸟号，古木”，那么“古木”就多余了，显然不通顺。凋朱颜：吓得变了脸色。连峰去天不盈尺：峰与天的距离不足一尺。连、去：从……到……。不盈，不足。飞湍：湍急的瀑布。喧豗（huī）：喧闹。砯（pīng）：水流撞击石壁的声音。万壑（hè）雷：众多沟壑之中发出雷鸣的吼声。胡为（wèi）乎：为什么还要。剑阁：栈道经过的剑门关。白居易有“云栈萦纡登剑阁”句。峥嵘（zhēng róng）、崔嵬（wéi）：高俊、险要。所守或匪亲，化为狼与豺。朝避猛虎，夕避长蛇：这几句的意思是，如果不是朝廷的亲信，绝不能让他把手剑门关，因为一旦他们倒戈谋反，就会比狼、豺、虎、蛇还要凶猛，早晚都得提心吊胆地提防着。正因为是“一夫当关，万夫莫开”的军事要地，所以李白才有这样的顾虑。并不是说

"如果不是亲信把手，就会变成豺狼"，不是一定会变成豺狼，而是假设他们谋反，凭借险要的位置，其危害要远大于豺狼虎蛇。磨牙吮（shǔn）血，杀人如麻：是指如果守者反叛会怎么样，也是假设，否则不通顺也不相干。锦城：成都。不如早还家：如同李颀的"莫是长安行乐处，空令岁月易蹉跎。"咨（zī）嗟（jiā）：叹息。

送孟浩然之广陵·李白

故人西辞黄鹤楼，烟花三月下扬州。
孤帆远影碧空尽，惟见长江天际流。

【注释】广陵：江苏扬州。故人：指孟浩然。西辞：辞别西边，向东走。绝不是向西去。黄鹤楼在西，广陵在东。烟花：江南三月鲜花盛开，烟雾弥漫。下扬州：顺江而下去扬州。碧空尽：消失在水天相连的尽头。天际流：向遥远的天边流去。不见帆影只见水流，如岑参的"山回路转不见君，雪上空留马行处。"

送友人·李白

青山横北郭，白水绕东城。
此地一为别，孤蓬万里征。
浮云游子意，落日故人情。
挥手自兹去，萧萧班马鸣。

【注释】孤蓬：无根蓬草，飘忽不定。也可理解为坐着蓬船远行，"蓬"通"篷"。浮云游子意，落日故人情：浮云明白游子的心意，落日懂得故人的感情。萧萧：马鸣声。本诗的意境可理解为两种：一是作者骑马来送朋友，朋友坐船远行；二是两人都骑马，分手时二马嘶鸣。班马：分别之马。

送友人入蜀·李白

见说蚕丛路，崎岖不易行。
山从人面起，云傍马头生。
芳树笼秦栈，春流绕蜀城。
升沉应已定，不必问君平。

【注释】见说：唐代俗语，即"听说"。蚕丛：蜀国的开国君王。蚕丛路，代称入蜀的道路。山从人面起：人在栈道上行走时，紧靠峭壁，山崖好像从人的脸侧突兀而起。云傍马头生：云气依傍着马头而上升翻腾。秦栈：由秦（今陕西省）入蜀的栈道。

蜀城：指成都，也可泛指蜀中城市。升沉：进退升沉，即人在世间的遭遇和命运。君平：西汉严遵，字君平，隐居不仕，曾在成都以卖卜为生。

听蜀僧浚弹琴·李白

蜀僧抱绿绮，西下峨嵋峰。
为我一挥手，如听万壑松。
客心洗流水，遗响入霜钟。
不觉碧山暮，秋云暗几重。

【注释】浚（jùn）：蜀僧名。绿绮（qǐ）：琴名。客心：指李白的心情。洗流水：被流水洗涤。遗响：余音。入霜钟：霜降则鸣钟。入，与钟声融为一体。秋云：愁云。

望庐山瀑布·李白

日照香炉生紫烟，遥看瀑布挂前川。
飞流直下三千尺，疑是银河落九天。

【注释】香炉：香炉峰。紫烟：指云雾。此为双关语。挂前川：悬挂于山川之间。疑是：好像是。不是怀疑。

望天门山·李白

天门中断楚江开，碧水东流至此回。
两岸青山相对出，孤帆一片日边来。

【注释】天门：天门山，在安徽和县与当涂县西部的长江两岸。江北的叫西梁山，江南的叫东梁山。长江从中间流过。中断：从中间分开，指东梁山和西梁山。楚江：长江在湖北至安徽的江段名称。开：流泻。至此回：在这里出现弯转回绕。日边来：太阳刚从江面升起，一只帆影出现在天边。

乌栖曲·李白

姑苏台上乌栖时，吴王宫里醉西施。
吴歌楚舞欢未毕，青山欲衔半边日。
银箭金壶漏水多，起看秋月坠江波，东方渐高奈乐何！

【注释】乌栖曲：乐府《清商曲·西曲歌》名。姑苏台：相传吴王夫差耗巨资，用三年的时间在苏州西南的姑苏山上建成横亘五里的姑苏台，上建春宵宫，与宠妃西施在宫中为长夜之饮。乌栖时：乌鸦回巢之时。吴歌楚舞：宫内歌舞。吴地曾属楚地，故称。半边日：太阳一半已经落到山后了。银箭金壶：宫中计时用的机械。铜壶漏水越多，银针的刻度越上升，表示时间越晚。漏水多：表示时间很晚了，天快亮了。秋月坠江波：月亮西沉入江，表示天要亮了。东方渐高：东方渐白，天亮了。奈乐何：能把快乐怎么样呢？意即并不影响其快乐，但乐极哀来，天亮了，吴王的一切都将结束了。这里用了“乌栖”“半日”“月坠”“渐高”等词来暗示其衰败落寞之征兆。据说贺知章叹赏苦吟说“此诗可以泣鬼神矣”。

闻王昌龄左迁龙标遥有此寄·李白

扬花落尽子规啼，闻道龙标过五溪。
我寄愁心与明月，随君直到夜郎西。

【注释】龙标：湖南黔阳，王昌龄被贬龙标尉。五溪：《水经注·沅水》载，武陵有五溪，即辰溪、酉溪、雄溪、樠溪、沅溪。夜郎：古夜郎国，位于云贵川交界。

下终南山过斛斯山人宿置酒·李白

暮从碧山下，山月随人归。
却顾所来径，苍苍横翠微。
相携及田家，童稚开荆扉。
绿竹入幽径，青萝拂行衣。
欢言得所憩，美酒聊共挥。
长歌吟松风，曲尽河星稀。
我醉君复乐，陶然共忘机。

【注释】翠微：山气青缈色。憩（qì）：休息。聊：姑且。松风：晋·嵇康琴曲《风入松》。忘机：《列子·黄帝》记载，海上有一个人喜欢鸥鸟，每天坐船到海上，鸥鸟下来跟他一起游玩，在他手中吃食。一天他父亲对他说：“吾闻鸥鸟皆从汝游，汝取来吾玩之。”他就存了捉鸟的心，这鸥鸟就飞而不下，因为那个人存了要捉它的机心。而“忘机”，则是说把得失荣辱的机智巧诈之心都忘记了。王维有“海鸥何事更相疑”的诗句。白之酒量不及山人及甫也。同为客而饮酒，杜甫与卫八饮，竟可十觞不醉。

行路难·李白

金樽清酒斗十千，玉盘珍馐值万钱。
停杯投箸不能食，拔剑四顾心茫然。
欲渡黄河冰塞川，将登太行雪满山。
闲来垂钓碧溪上，忽复乘舟梦日边。
行路难、行路难，多歧路，今安在？
长风破浪会有时，直挂云帆济沧海。

【注释】斗十千：一斗值一万钱。珍馐（xiū）：名贵的菜肴。投箸（zhù）：放下筷子。心茫然：迷茫，怅然若失。欲渡黄河冰塞川，将登太行雪满山：不顺利。你要渡河，结果河被冰封；将要登山，结果山被雪封。其实冰封河面，可以直接走过去。这里说的是处处受阻，运气不佳。闲来垂钓碧溪上，忽复乘舟梦日边：想成为姜子牙和伊尹那样的幸运儿，结果由于运气不佳，碰不到赏识重用的贤主。垂钓“碧溪”，不是“坐溪”。“坐”与“梦”虽然对仗，但有违典故原意。碧溪垂钓是姜子牙在渭水的蟠溪垂钓，等待周文王召见。乘舟梦日说的是伊尹在见到商汤之前，梦见乘舟飞过日边。此二人后来均被重用。今安在：今在安，今天我的出路在哪里？长风破浪会有时，直挂云帆济沧海：鼓励自己不要消沉，早晚能舒才展志。长风破浪，宗悫年少时，叔父问其志，曰：“愿乘长风破万里浪”。长风，即大风。济，渡过。

行路难·李白

大道如青天，我独不得出。
羞逐长安社中儿，赤鸡白狗赌梨栗。
弹剑作歌奏苦声，曳裾王门不称情。
淮阴市井笑韩信，汉朝公卿忌贾生。
君不见昔时燕家重郭隗，拥篲折节无嫌猜。
剧辛乐毅感恩分，输肝剖胆效英才。
昭王白骨萦蔓草，谁人更扫黄金台？
行路难，归去来！

【注释】大道：达道，仕途之路。如青天：宽广。不得出：没有我的出路。羞逐：耻于跟随、耻于效仿。社中儿：儿读 ní 的音，街巷的年轻人。赤鸡白狗赌梨栗：玄宗酷爱斗鸡，为了获宠，很多人沉溺于此，也有很多人由此而得到了重用，如同高俅擅踢球而被重用一样。李白不肯走这条路。弹剑作歌：孟尝君门客冯谖（xuān）曾三次弹剑而歌“长铗归来乎！食无鱼”；“长铗归来乎！出无车”；“长铗归来乎！无以为家”以考验孟尝君，后被重用。曳裾王门：《汉书·邹阳传》：“饰固陋之心，则何王之门不可曳长裾乎？”意指寄人篱下。不称（chèn）情：不如意。暗指作者不如意。淮阴市井笑韩信：韩信有了后来的成就，当初在淮阴街面上也忍受过胯下之辱。汉朝公卿忌贾生：贾谊才高不也遭到嫉妒而被贬于长沙，三十二岁就抑郁而死吗？意指我今天被贬有什么不可忍受呢？燕家重郭隗（kuí）：燕昭王搭黄金台重用郭隗，从而引来剧辛、乐毅、邹衍等人。拥篲（huì）折节：燕昭王拿着扫帚扫地，弯下身子迎接邹衍。篲，扫帚。无嫌猜：光明磊落，信任、重用这些人。与李白的“两小无嫌猜”的没有隔阂没闹过矛盾不同。感恩分：感恩。输肝剖胆：尽心竭力地发挥出自己的才能。归去来：实为抱怨，并不想归去，言隐者多为不想隐也。

行路难·李白

有耳莫洗颍川水，有口莫食首阳蕨。
含光混世贵无名，何用孤高比云月。
吾观自古贤达人，功成不退皆殒身。
子胥既弃吴江上，屈原终投湘水滨。
陆机雄才岂自保，李斯税驾苦不早。
华亭鹤唳讵可闻，上蔡苍鹰何足道。
君不见吴中张翰称达生，秋风忽忆江东行。
且乐生前一杯酒，何须身后千载名。

【注释】洗颍川水：尧帝让许由当九州长，许由恶闻其声，用颍川水洗耳。食首阳蕨：周武王灭殷，欲重用伯夷、叔齐，二人义不食周粟，隐于首阳山采蕨菜（王维说的采薇）而食，终至饿死。李白这两句是反话，不是“莫洗”“莫食”，而是“当洗”“当食”，因为他的观点是作为隐者，不出风头不露名最可贵。如果是“莫洗”“莫食”则是不归隐。含光混世：即含光混于世。含光为宝剑，“视之不可见，运之不知有，其所触也，泯然无际，经物而物不觉。”今指收敛自己的锋芒，和于世俗，这样才安全。因为“事修则谤兴，德高而毁来”。殒身：丧命。子胥：伍子胥功高不退，被迫伏剑而死，被吴王装入皮囊投于江中。屈原：屈原官至三闾大夫，后被楚王流放，投汨罗而死。陆机：西晋陆机，才华盖世，遭谤被杀。李斯：秦始皇丞相，遭馋被腰斩于咸阳。税驾：停车卸马，指及早抽身，见好就收。苦不早：悔恨不早一点退身。华亭鹤唳（lì）：陆机临刑前悲叹：“华亭鹤唳，岂可复闻乎！”意思是再也听不到家乡的鹤叫声了。讵（jù）：岂。上蔡苍鹰：李斯临刑前对儿子说：“吾欲与汝复牵黄犬、臂苍鹰，出上蔡东门，不可得矣！”意思是再也不能同儿子去打猎休闲，过普通人的生活了。何足道：没机会说完了。张翰：晋张翰，因见秋风起，乃思吴中菰（gū）菜、莼羹（chún gēng）、鲈鱼脍，曰：“人生贵得适志，何为羁官数千里以要名爵乎！”遂命驾而归。别人不解，答曰：“使我有身后名，不如即时一杯酒。”时称之为“达生”。李白一是参透了人生的终极关怀，二是因为不被重用而自我排解，如鲁迅笔下的“阿 Q”的“精神胜利法”。

宣州谢朓楼饯别校书叔云·李白

弃我去者，昨日之日不可留。
乱我心者，今日之日多烦忧。
长风万里送秋雁，对此可以酣高楼。
蓬莱文章建安骨，中间小谢又清发。
俱怀逸兴壮思飞，欲上青天揽明月。
抽刀断水水更流，举杯销愁愁更愁。
人生在世不称意，明朝散发弄扁舟。

【注释】 校（jiào）书：官名。叔云：李白的叔叔李云。谢朓（tiǎo）：南朝齐诗人。蓬莱文章：指李云的文采。建安骨：曹操父子的文风。小谢：谢朓，谢灵运为大谢。清发：文章清新、秀美。俱怀逸兴壮思飞：俱怀逸兴思飞壮，即王勃的“逸兴遄飞”，兴致和文思豪迈高远，有如毛泽东的“可上九天揽月，可下五洋捉鳖”之意境。不称（chèn）意：不得志。散发：形容不修边幅，随心所欲。

夜泊牛渚怀古·李白

牛渚西江夜，青天无片云。
登舟望秋月，空忆谢将军。
余亦能高咏，斯人不可闻。
明朝挂帆去，枫叶落纷纷。

【注释】 牛渚（zhǔ）：安徽山名。西江：江西至南京的长江下游江段。谢将军：东晋镇西将军谢尚。《晋书·袁宏传》载，谢尚镇守牛渚时，在江上泛舟赏月，听到一只船上有人咏诗，便前去打听，原来是袁宏在吟诵新作的咏史诗，便邀船上，畅谈一夜。袁宏从此声名大振，后官至东阳太守。李白为自己鸣不平，既能高咏，却不见识才之人。谢尚不至，惟落叶相送，好不失意也。

夜宿山寺·李白

危楼高百尺，手可摘星辰。
不敢高声语，恐惊天上人。

【注释】危楼：高楼。

玉阶怨·李白

玉阶生白露，夜久侵罗袜。
却下水晶帘，玲珑望秋月。

【注释】玉阶：汉白玉台阶。侵：打湿。却下：放下。水晶帘：门帘。玲珑（líng lóng）：身材娇小可爱的女子。不是指月色。

怨情·李白

美人卷珠帘，深坐颦蛾眉。
但见泪痕湿，不知心恨谁？

【注释】颦（pín）：皱眉。但见：只见。

月下独酌·李白

花间一壶酒，独酌无相亲。
举杯邀明月，对影成三人。
月既不解饮，影徒随我身。
暂伴月将影，行乐须及春。
我歌月徘徊，我舞影零乱。
醒时同交欢，醉后各分散。
永结无情游，相期邈云汉。

【注释】相亲：亲近的人。不解饮：不能饮。月将影：月和影。须及春：应当抓住好时机。无情：非凡尘的脱俗自然之情。邈云汉：遥远的银河，在天上相约、相见。其浪漫可见一斑。

越女词·李白

长干吴儿女，眉目艳星月。
屐上足如霜，不着鸦头袜。

【注释】屐（jī）：登山用的木鞋，此指拖鞋之类的便鞋。足如霜：形容脚白。鸦头袜：分趾袜或二趾袜，也叫“丫头袜”。

越女词·李白

吴儿多白皙，好为荡舟剧。
卖眼掷春心，折花调行客。

【注释】吴儿（ní）：吴地的小女子。白皙（xī）：皮肤白嫩。荡舟剧：荡船的游戏。卖眼：飞眼，使媚眼。掷春心：抛春心。调行客：撩拨、挑逗行客。

越女词·李白

耶溪采莲女，见客棹歌回。
笑入荷花去，佯羞不出来。

【注释】耶溪：若耶溪，即浣沙溪。棹歌：唱着船歌。佯羞：假装害羞。

越女词·李白

镜湖水如月，耶溪女如雪。
新妆荡新波，光景两奇绝。

【注释】镜湖：黄帝铸镜于此而得名，位于浙江绍兴城区。东汉会稽太守马臻筑造镜湖，是晋唐时期天下第一城市湖泊，唐朝几乎所有的诗人都游赏过镜湖。两奇绝：景色和美女共同形成奇绝的风景。

越中览古·李白

越王勾践破吴归，战士还家尽锦衣。
宫女如花满春殿，只今惟有鹧鸪飞。

【注释】勾践破吴：春秋时期，吴越争霸。公元前494年，越王勾践为吴王夫差所俘，此后他卧薪尝胆二十年，终于灭吴。锦衣：衣锦还乡。《史记·项羽本纪》载："富贵不归故乡，如锦衣夜行，谁知之者?"鹧鸪（zhè gū）：鸟名。昔日繁华，今日凋敝。

早发白帝城·李白

朝辞白帝彩云间，千里江陵一日还。
两岸猿声啼不住，轻舟已过万重山。

【注释】早发：清晨从白帝城出发。白帝城：东汉初公孙述所筑，公孙自号白帝，故得名。在四川奉节县东白帝山上。彩云间：言城之高。江陵：湖北江陵县。一日还：北魏郦道元《水经注·江水》载："有时朝发白帝，暮宿江陵，其间千二百里，虽乘奔御风，不以疾也。"

赠孟浩然·李白

吾爱孟夫子，风流天下闻。
红颜弃轩冕，白首卧松云。
醉月频中圣，迷花不事君。
高山安可仰，徒此揖清芬。

【注释】轩冕（miǎn）：官车、官帽，指官位。松云：指弃官隐居。中圣：《三国志·魏志·徐邈传》载，曹操严禁饮酒，徐邈身为尚书郎，私自饮酒，违犯禁令，当下属问询官署事务时，他竟说"中圣人"，意思是自己饮了酒。因当时人讳说酒字，把清酒叫圣人，浊酒叫贤人。后世遂以"中圣人"或"中圣"指饮酒而醉。安可仰：与孟夫子相比，不值得仰望。徒此：在此。揖清芬：为孟夫子的气节施礼崇拜。揖（yī）：作揖施礼。

赠汪伦·李白

李白乘舟将欲行，忽闻岸上踏歌声。
桃花潭水深千尺，不及汪伦送我情。

【注释】汪伦：李白在安徽泾县桃花潭附近村庄结识的朋友。踏歌声：用脚打拍子而唱，也指边走边唱。

子夜吴歌　春歌·李白

秦地罗敷女，采桑绿水边。
素手青条上，红妆白日鲜。
蚕饥妾欲去，五马莫留连。

【注释】罗敷（fū）：古诗《陌上桑》有“秦氏有好女，自名为罗敷。罗敷善蚕桑，采桑东南隅。”此指养蚕女，如同卢家少妇一样，是泛指。五马：官人。

子夜吴歌　夏歌·李白

镜湖三百里，菡萏发荷花。
五月西施采，人看隘若耶。
回舟不待月，归去越王家。

【注释】镜湖：浙江湖名。菡萏（hàn dàn）：荷花。若耶：西施故乡的若耶溪，在此读若耶（yā）。不待月：不等到天黑。归去越王家：越王，指勾践，意指勾践准备把西施献给吴王夫差。

子夜吴歌　秋歌·李白

长安一片月，万户捣衣声。
秋风吹不尽，总是玉关情。
何日平胡虏，良人罢远征。

【注释】捣衣：秋天用棒槌砸洗衣裳。玉关：玉门关。胡虏：指北方部落。良人：

丈夫。

子夜吴歌　冬歌·李白

明朝驿使发，一夜絮征袍。
素手抽针冷，那堪把剪刀。
裁缝寄远道，几日到临洮？

【**注释**】那堪：哪还可以。临洮：甘肃界，为控扼陇蜀的战略要地。此指边关。

自遣·李白

对酒不觉暝，落花盈我衣。
醉起步溪月，鸟还人亦稀。

【**注释**】暝：天黑。盈我衣：落满我的衣衫。步溪月：走在溪边月下。

自巴东舟行经瞿塘峡登巫山最高峰晚还题壁·李白

江行几千里，海月十五圆。
始经瞿塘峡，遂步巫山巅。
巫山高不穷，巴国尽所历。
日边攀垂萝，霞外倚穹石。
飞步凌绝顶，极目无纤烟。
却顾失舟壑，仰观临青天。
青天若可扪，银汉去安在。
望云知苍梧，记水辨瀛海。
周游孤光晚，历览幽意多。
积雪照空谷，悲风鸣森柯。
归途行欲曛，佳趣尚未歇。
江寒早啼猿，松暝已吐月。
月色何悠悠，清猿响啾啾。
辞山不忍听，挥策还孤舟。

【注释】巴东，即归州，唐时隶山南东道。《方舆胜览》记载："瞿塘峡在夔州东一里，旧名西陵峡，乃三峡之门。两崖对峙，中贯一江，望之如门。"十五圆：行驶当天是阴历十五。遂步：于是徒步往山顶攀登。不穷：不尽，即不可计算。巴国：巴蜀国，指四川。尽所历：尽收眼底。日边、霞外：皆指在山顶极高处。飞步：快步。凌绝顶：登上山顶。极目：远望。无纤烟：没有一丝雾气，指天气晴好。却顾：停下来往下看。失舟壑：瞿塘峡深谷，那里经常有船触及滟滪堆而沉没。可扪（mén）：可以触摸到。银汉：银河。去安在：在哪里。因为是在白天，所以不见银河。望云：根据云的位置。苍梧：广西东部。上古时为虞舜巡游之地，秦汉已建立郡县之制。屈原《离骚》有："朝发轫于苍梧兮，夕余至乎县圃。"吕洞宾亦曾作诗云："朝游北越暮苍梧，袖里青蛇胆气粗。"记水：根据水的流向。瀛海：大海中的瀛洲，神仙之地。孤光：夕阳。幽意：幽隐之意。积雪：据考，由于冬日不能通航，李白于次年春天才得通行，故有积雪。此诗即作于冬末春初通航之时。森柯：树林。行欲曛（xūn）：眼看就要黑天了。曛，日暮，昏暗。挥策：原指策马，此指打道回转。孤舟：停泊在岸边的船。

附：瞿塘峡·陈湛元

水势就地涌，侵蚀穿天功。
崖开非禹力，壑断造化工。
万仞不足挡，千寻意向东。

登崖州城作·李德裕

独上高楼望帝京，鸟飞犹是半年程。
青山似欲留人住，百匝千遭绕郡城。

【注释】百匝千遭：形容缠绕得紧密，层叠。匝，绕。

拜新月·李端

开帘见新月，便即下阶拜。
细语人不闻，北风吹裙带。

【注释】便即：于是就。北风吹裙带：北风似乎懂得女子的春心，来撩拨她的衣带。

闺情·李端

月落星稀天欲明，孤灯未灭梦难成。
披衣更向门前望，不忿朝来鹊喜声。

【注释】孤灯未灭：由于睡不着而通宵点着灯。梦难成：难以入眠。更向：再向。不忿：不平；不服气。鹊喜声：喜鹊报喜，可是良人未归，喜从何来？

听筝·李端

鸣筝金粟柱，素手玉房前。
欲得周郎顾，时时误拂弦。

【注释】鸣筝：古筝。金粟柱：琴码，决定音的品位。素手：指弹琴女。玉房：豪宅。

马诗·李贺

大漠沙如雪，燕山月似钩。
何当金络脑，快走踏清秋。

【注释】燕山：河北北部的燕山山脉，指边关。钩：吴钩，战刀。何当：何时。络脑：马笼头，指披挂上阵。快走踏清秋：在清秋时节疾驰战场。以马的想法喻人的志向。

昌谷北园新笋·李贺

斫取青光写楚辞，腻香春粉黑离离。
无情有恨何人见？露压烟啼千万枝。

【注释】昌谷：作者家乡福昌县昌谷（今河南洛阳宜阳县）。斫取：削掉。青光：竹皮。削掉竹皮在竹子上写诗。楚辞：屈原的作品，指怨愤之诗。腻香春粉：竹子的浓香和嫩竹皮上的白色粉末。黑离离：竹上一行行墨迹。无情有恨：诗人毁损新竹，外无眷爱之情，内有沉郁之恨，自己如新笋一样，虽有才却淹没竹林深处无人得见，无人得知，只有千万枝叶为它鸣不平而暗自垂泪。露压烟啼：只见千万枝叶上露水如泪垂、风烟如哭声。指怀才不遇。

南园·李贺

花枝草蔓眼中开，小白长红越女腮。
可怜日暮嫣香落，嫁与春风不用媒。

【注释】花枝：指木本花卉。草蔓：指草本花卉。小白长红：红的多，白的少。越女腮：如美女的面颊。可怜：无限惋惜。嫣（yān）香落：姹紫嫣红的花凋零满地。嫁与春风不用媒：委身于春风，不须媒人作合。

南园·李贺

男儿何不带吴钩，收取关山五十州。
请君暂上凌烟阁，若个书生万户侯？

【注释】吴钩：一种形似剑而弯的刀。春秋时吴人善铸钩，故称。这里泛指武器。凌烟阁：唐皇宫内三清殿旁的小楼。贞观十七年二月，唐太宗李世民为怀念当初一同打天下的众位功臣（当时已有数位辞世，还活着的也多已老迈），命阎立本在凌烟阁内描绘了二十四位功臣的图像，褚遂良题之，皆真人大小。杜甫有“凌烟功臣少颜色，将军下笔开生面。”暂上凌烟阁：先去凌烟阁上看一看。若个书生万户侯：若个，有几个。又有几个书生曾被封为万户侯？作者有弃文从武如汉代班超弃笔从戎之意也。

南园·李贺

寻章摘句老雕虫，晓月当帘挂玉弓。
不见年年辽海上，文章何处哭秋风？

【注释】寻章摘句：做文章。老雕虫：惯用的雕虫小技。当帘：对着窗帘。玉弓：镶嵌玉的良弓。辽海：东北边境，即唐河北道属地。指东北边境发生的战乱之事。从元和四年（809 年）到元和七年，这一带割据势力先后发生兵变，唐宪宗曾多次派兵讨伐，屡战屡败，国家多难，民不聊生。文章：指代文士，自指。哭秋风：在秋风中感伤时事、怀才见弃。

南山田中行·李贺

秋野明，秋风白，塘水漻漻虫啧啧。
云根苔藓山上石，冷红泣露娇啼色。
荒畦九月稻叉牙，蛰萤低飞陇径斜。
石脉水流泉滴沙，鬼灯如漆点松花。

【注释】秋风白（bó）：古人以白色象征秋天。秋风又称素风，素的意思是白。漻漻（liáo）：水旷远貌。啧啧：虫鸣声。云根：云雾升起之处。苔藓山上石：青苔长满山上的石壁。冷红：秋寒时节开的花。泣露：露珠凝聚，犹如泪珠。娇啼色：鸟儿对着花儿啼鸣。荒畦：荒芜的田地。叉牙：参差不齐。蛰萤：藏起来的萤火虫。陇径：田间小道。石脉：石缝。沙：沙石滩。鬼灯如漆点松花：鬼灯，磷火。如漆，明亮如漆。松花，松树的花。指磷火在松林深处闪过。

梦天·李贺

老兔寒蟾泣天色，云楼半开壁斜白。
玉轮轧露湿团光，鸾佩相逢桂香陌。
黄尘清水三山下，更变千年如走马。
遥望齐州九点烟，一泓海水杯中泻。

【注释】梦天：梦游天上。老兔寒蟾：指神话传说中住在月宫里的兔和蟾。《淮南子·览冥训》中有后羿的妻子姮娥偷吃神药，飞入月宫变成蟾的故事。泣天色：天色如泣。幽冷的月夜，阴云四合，阵阵寒雨，就像兔和蟾在哭泣。云楼：月宫。壁斜白：白壁斜。月宫的白墙高耸，大门半开。玉轮：月亮。轧（yà）露：碾压露水。湿团光：月亮的光晕像被露水打湿了似的。鸾佩：雕刻着鸾凤的玉佩，此代指仙女。桂香陌：《酉阳杂俎》卷一："旧言月中有桂，有蟾蜍，故异书言月桂高五百丈，下有一人常斫之，树创随合。"此句是诗人想象自己在月宫中桂花飘香的路上与仙女相遇。黄尘：滚滚红尘，指人间陆地。清水：大海，指下界。三山：指海上的三座仙山——蓬莱、方丈、瀛洲。指仙界。更变千年如走马：传说天上一日，人间一年。人间千年的变化就像白驹过隙一样快。齐州：中州，即中国。《尚书·禹贡》言中国有九州。九点烟：鸟瞰九州就像九个模糊的小点。一泓（hóng）：鸟瞰海水如倒在杯中的一杯水，显得很少。想象丰富，视角高远，浪漫大气。

雁门太守行·李贺

黑云压城城欲摧，甲光向日金鳞开。
角声满天秋色里，塞上燕脂凝夜紫。
半卷红旗临易水，霜重鼓寒声不起。
报君黄金台上意，提携玉龙为君死。

【注释】雁门：位于山西大同东北。黑云：厚厚的乌云。这里指攻城敌军的气势。摧：摧毁。这句形容敌军兵临城下的紧张气氛和危机形势。甲光：铠甲迎着太阳闪出的光。甲，指铠甲、战衣。金鳞：形容铠甲闪光如金色鱼鳞。角：古代军中一种吹奏乐器，多用兽角制成，也是古代军中的号角。塞上燕脂凝夜紫：长城附近多紫色泥土，所以叫做“紫塞”。燕脂，即胭脂，深红色。这里写夕晖掩映下，塞土有如燕脂凝成，紫色更显得浓艳。易水：水名，大清河上源支流，源出今河北省易县，向东南流入大清河。霜重鼓寒：天寒霜降，战鼓声沉闷而不响亮。声不起：形容鼓声低沉，不高扬。黄金台：故址在今河北省易县东南，相传为战国燕昭王所筑，置千金于台上，以招聘人才、招揽隐士。玉龙：指一种珍贵的宝剑。

李凭箜篌引·李贺

吴丝蜀桐张高秋，空山凝云颓不流。
江娥啼竹素女愁，李凭中国弹箜篌。
昆山玉碎凤凰叫，芙蓉泣露香兰笑。
十二门前融冷光，二十三丝动紫皇。
女娲炼石补天处，石破天惊逗秋雨。
梦入神山教神妪，老鱼跳波瘦蛟舞。
吴质不眠倚桂树，露脚斜飞湿寒兔。

【注释】李凭：唐元和年间梨园弟子，宫廷乐师，善弹箜篌，“天子一日一回见，王侯将相立马迎”。箜篌（kōng hóu）：古弦乐器，类似瑟，有二十三根琴弦。吴丝蜀桐：吴地的丝做琴弦，蜀地的梧桐做琴背。张高秋：在晴好的秋天弹奏。空山凝云颓不流：空旷山野上的浮云为之凝滞低垂，仿佛在俯首谛听。江娥：即湘娥。传说舜帝有两个妃子，名叫娥皇、女英。舜帝死后，娥皇悲痛哭泣，泪水洒在竹子上，变成斑竹。素女愁：传说黄帝令素女鼓瑟，声调悲哀，黄帝遂改五十弦为二十五弦。中国：国中，即长安。从昆山句之后全是描写演奏效果的。没有直说弹奏得如何，只是间接地说听了以后会怎么样。昆山：传说产玉的地方。使玉碎、使凤凰叫，间接描写其乐声如玉碎、如凤鸣。使芙蓉泣、使兰花欢快地竞相开放。十二门：长安城四面共十二个门。使十二门的冷光变暖。动紫皇：紫皇，天帝。使天帝为之动容。使女娲忘了补天，使天受惊，补天用的石头破裂，把秋雨诱惑得从补天的窟窿里流淌出来。使神山中善于弹箜篌的老女神都觉得受到教益。梦：梦幻般的音乐声。教：受到教益。使海中的鱼精在波上腾跃，使龙宫里的蛟龙也出来跳舞。使月宫里的吴刚倚树不去睡觉。使月宫中的玉兔任凭露水湿透全身也不离去。露脚：露水。由此可知是何等效果、何等技艺。

金铜仙人辞汉歌·李贺

魏明帝青龙元年八月，诏宫官牵车西取汉武帝捧露盘仙人，欲立置前殿。宫官既拆盘，仙人临载而潸然泪下。唐诸王孙李长吉遂作《金铜仙人辞汉歌》。

茂陵刘郎秋风客，夜闻马嘶晓无迹。
画栏桂树悬秋香，三十六宫土花碧。
魏官牵车指千里，东关酸风射眸子。
空将汉月出宫门，忆君清泪如铅水。
衰兰送客咸阳道，天若有情天亦老。
携盘独出月荒凉，渭城已远波声小。

【注释】金铜仙人：汉武帝铸造的一座铜质仙人塑像，矗立在神明台上，高二十丈，大十围。铜仙人舒掌捧铜盘玉杯以承云表之露，以露和玉屑，服之可求长生不老之仙道。辞汉：公元237年（魏明帝景初元年），它被拆离汉宫，运往洛阳，后因重不可致，而被留在霸城。据说拆神台之时，声传数十里，铜人当时流泪了。魏明帝：曹睿，字元仲，沛国谯县（今安徽亳州）人。曹丕之子，曹操之孙，能诗文，与曹操、曹丕并称魏之“三祖”。青龙元年：魏明帝年号，实为景初元年即公元237年。牵车西取：从长安用车东迁铜人至洛阳。捧露盘仙人：手捧着承露金盘的铜像。前殿：东都洛阳前殿。既拆盘：把神明台拆除后。临载而潸然泪下：临要装车时，铜人流泪了。唐诸王孙：李贺是唐宗室郑王之后，故自称。李长吉：李贺。茂陵：汉武帝刘彻的陵墓，在今陕西省兴平县东北。刘郎：刘彻。秋风客：秋风中的过客，即像落叶一样，没有了。夜闻马嘶晓无迹：传说汉武帝的魂魄出入汉宫，有人曾在夜中听到他坐骑的嘶鸣。但天亮后什么都没有了。画栏桂树悬秋香：想当年汉宫中画栏桂树飘着秋香。三十六宫土花碧：现如今三十六宫的庭院内长满了碧绿的青苔。土花：青苔。千里：言长安汉宫到洛阳魏宫路途之远。东关：车出长安东门，故云东关。酸风：令人心酸落泪之硬风。射眸子：风刺痛眼睛，所以落泪。空将：空与，只是与月亮一起。汉月：汉朝时的明月，指留恋旧情。君：指汉家君主，特指汉武帝刘彻。铅水：沉重的泪水。铜人流出的只能是“铅水”，或是一种自然现象，如同维纳斯的眼泪。衰兰送客：秋兰已老，故称衰兰。客指铜人。天若有情天亦老：面对如此兴亡盛衰的变化，天公如果有情，也会因伤感而变老。渭城：秦都咸阳，汉改为渭城县，此代指长安。波声小：越走离渭水越远了。

致酒行·李贺

零落栖迟一杯酒，主人奉觞客长寿。
主父西游困不归，家人折断门前柳。
吾闻马周昔作新丰客，天荒地老无人识。
空将笺上两行书，直犯龙颜请恩泽。
我有迷魂招不得，雄鸡一声天下白。
少年心事当拿云，谁念幽寒坐呜咽。

【注释】致酒：劝酒。行：乐府诗的一种体裁。零落栖迟：这是说诗人潦倒闲居，飘泊落魄，寄人篱下。奉觞：捧觞，举杯敬酒。客长寿：敬酒时的祝词，祝身体健康之意。主父：《汉书》记载，汉武帝的时候，“主父偃西入关见卫将军，卫将军数言上，上不省。资用乏，留久，诸侯宾客多厌之。”后来，主父偃的上书终于被采纳，当上了郎中。马周：《旧唐书》记载，“马周西游长安，宿于新丰，逆旅主人唯供诸商贩而不顾待。周遂命酒一斗八升，悠然独酌。主人深异之。至京师，舍于中郎将常何家。贞观五年（公元631年），太宗令百僚上书言得失，何以武吏不涉经学，周乃为陈便宜二十余事，令奏之，皆合旨。太宗怪其能，问何，对曰：‘此非臣所能，家客马周具草也。’太宗即日招之，未至间，遣使催促者数四。及谒见，与语甚悦，令值门下省。六年授监察御史。”迷魂：这里指执迷不悟。宋玉曾作《招魂》，以招屈原之魂。少年心事当拿云，谁念幽寒坐呜咽：少年人应有高远的理想，可是谁能想到我却如此凄凉寂寞呢？拿云，高举入云。呜咽，悲叹。

春行即兴·李华

宜阳城下草萋萋，涧水东流复向西。
芳树无人花自落，春山一路鸟空啼。

【注释】宜阳：古代县名，在今河南省宜阳县。萋萋：草木茂盛。不见昔日游人只见青草。涧水：城下一条小河。复向西：蜿蜒曲折。无人：花自落、鸟空啼，没人欣赏。安史之乱后的衰败巧妙衬出。

咏月·李建枢

昨夜圆非今夜圆，却疑圆处减婵娟。
一年十二度圆缺，能得几多时少年。

【注释】昨夜圆非今夜圆：形容一天一个样，昨日逝去不再来。却疑：却像。圆处减婵娟：圆时开始变亏。婵娟，美好的容颜，指月亮。度：次、回。能得几多时少年：人生能有多长时间是青春年少的好时光。

汴河直进船·李敬方

汴水通淮利最多，生人为害亦相和。
东南四十三州地，取尽脂膏是此河。

【注释】汴水：隋炀帝的京杭大运河。通淮：通到淮河。生人为害：造福人类与泛滥成灾。亦相和：交织一起。东南四十三州地：大运河两岸的地区。脂膏：指财富。

采莲曲·李康成

采莲去，月没春江曙。翠钿红袖水中央，
青荷莲子杂衣香，云起风生归路长。
归路长，那得久。各回船，两摇手。

【注释】曙：天刚亮。翠甸：首饰。杂：混合。那得久：哪能长久相伴。回船：各自挑头回自己家。

湖口送友人·李频

中流欲暮见湘烟，岸苇无穷接楚田。
去雁远冲云梦雪，离人独上洞庭船。
风波尽日依山转，星汉通霄向水悬。
零落梅花过残腊，故园归去又新年。

【注释】湖口：洞庭湖渡口。中流：江心。湘烟：湘江上的烟雾。岸苇：岸上芦苇。接楚田：与楚田相连。战国时此地为楚界。去雁：双关语，指友人。云梦：云梦泽。雪：浪花。离人：友人。通霄：贯通夜空。残腊：腊月快尽之时节，腊月过后就是新的一年。

古从军行·李颀

白日登山望烽火，黄昏饮马傍交河。
行人刁斗风沙暗，公主琵琶幽怨多。
野营万里无城郭，雨雪纷纷连大漠。
胡雁哀鸣夜夜飞，胡儿眼泪双双落。
闻道玉门犹被遮，应将性命逐轻车。
年年战骨埋荒外，空见蒲萄入汉家。

【注释】颀：音 qí。傍交河：在交河旁。行人刁斗：远征军背着炊具。风沙暗：风沙刮得暗无天日。公主琵琶幽怨多：这条路是汉代刘建女儿远嫁乌孙国时走过的。当时公主虽然抱着琵琶，但心中却充满了深深的怨愤。无城郭：无人烟。胡雁哀鸣夜夜飞：胡雁白天不敢出来，晚上出来盘旋觅食。胡儿眼泪双双落：由于风沙太大，就连交战中的胡人被风沙吹得也直淌眼泪。形容战场环境之恶劣。闻道：听说。玉门犹被遮：汉武帝太初元年，命贰师将军李广利击大宛，士兵乏粮，请求罢兵，武帝闻之大怒，使使遮玉门曰："军有敢入者辄斩之"，此指没有退路。轻车：轻车将军之简称，意指豁出性命跟随主将血战到底。空见：只是看到。蒲萄：原产于西域，武帝时采入中土，种于离宫之旁。无数白骨换回的只是蒲萄入汉，为讽刺之语。汉家：家读 jiē 音。

古意·李颀

男儿事长征，少小幽燕客。
赌胜马蹄下，由来轻七尺。
杀人莫敢前，须如猬毛磔。
黄云陇底白云飞，未得报恩不得归。
辽东小妇年十五，惯弹琵琶解歌舞。
今为羌笛出塞声，使我三军泪如雨。

【注释】事：应该去。长征：离家征战。幽燕：山海关一代，出侠客之地。赌胜：逞能。马蹄下：一种马上比赛游戏，类似叼羊比赛。七尺：身体、性命。莫敢前：敌人没有敢于上前的。磔（zhé）：毛发张开，意指勇猛。黄云陇底白云飞：山坡下双方混战厮杀，黄沙弥漫升腾，与天上的白云交织在一起，暗无天日。未得报恩不得归：得，能。“燕然未勒归无计”也。惯弹：擅弹。解：能、会、擅长。为（wéi）：动词，吹奏。羌（qiāng）笛：竹笛产于羌地，故称羌笛，如同胡之琴叫“胡琴”（二胡）一样，以产地命名。

琴歌·李颀

主人有酒欢今夕，请奏鸣琴广陵客。
月照城头乌半飞，霜凄万木风入衣。
铜炉华烛烛增辉，初弹渌水后楚妃。
一声已动物皆静，四座无言星欲稀。
清淮奉使千余里，敢告云山从此始。

【注释】半飞：分飞。月落乌啼霜满天之景。乌啼、霜风表室外环境之苦，与室内铜炉、华烛及琴声形成鲜明对照。渌水、楚妃：古琴曲名。已动：刚开始演奏。清淮奉使：作者奉使要去淮水一带。指身在官场却有归隐之心。敢告云山：归隐。

送陈章甫·李颀

四月南风大麦黄，枣花未落桐叶长。
青山朝别暮还见，嘶马出门思旧乡。
陈侯立身何坦荡，虬须虎眉仍大颡。
腹中贮书一万卷，不肯低头在草莽。
东门酤酒饮我曹，心轻万事如鸿毛。
醉卧不知白日暮，有时空望孤云高。
长河浪头连天黑，津吏停舟渡不得。
郑国游人未及家，洛阳行子空叹息。
闻道故林相识多，罢官昨日今如何？

【注释】青山朝别暮还见：早晨离别青山，晚上还恋恋不舍地回望青山处，并不是早晨离别的青山，到了晚上还能看得见，没有走出这座山，这与下句思旧乡不匹配，即使是山高可能会如此，但这样写也没有意义。虬（qiú）须：卷曲浓密的胡须。大颡（sǎng）：宽大额头。虬须虎眉大颡，一副粗鲁草莽之形象，却腹中贮书万卷，人物性格比较鲜明特殊。草莽：草野，指不肯埋没于草莽，流于平庸，想出来做官，施展自己的才华。但却被罢了官，怀才不遇，事与愿违。酤（gū）酒：买酒。我曹：吾辈。心轻万事如鸿毛：心宽事就小，把事情看淡了，一切就都不重要了，如同韦应物的“理会是非遣，性达行迹忘”一样。白日暮：从白天醉到晚上，自己浑然不知。孤云高：志向如云高，但却孤独无倚，不被朝廷知晓，故曰“空望”。连天黑、渡不得（děi）：归途受阻，意指仕途不畅。郑国游人、洛阳行子：均指陈章甫。故林：家乡。相识多：我有很多熟人在陈章甫的故乡，不是指陈章甫有很多熟人，既然是回故乡，自然是相识多，“土居三十载，无有不亲人。”罢官昨日今如何：我想通过熟人了解一下陈章甫罢官之后现在状况如何。不是今天别人对他怎么样了。别人对他怎样不重要，重要的是作为朋友更关心对方的近况如何。

送魏万之京·李颀

朝闻游子唱离歌，昨夜微霜初渡河。
鸿雁不堪愁里听，云山况是客中过。
关城曙色催寒近，御苑砧声向晚多。
莫是长安行乐处，空令岁月易蹉跎。

【注释】之京：去京城长安。首二句为倒装。昨天夜里降了霜，今天早晨朋友要分别。离歌：离别时所唱的骊歌，“骊驹在门，仆夫俱存；骊驹在路，仆夫整驾”。霜渡河：寒霜从北方过了黄河来到了这里。表示天已经凉了，而此时朋友离去更觉悲凉。渡河不是说魏万渡河而去，他是骑马走的山路。鸿雁不堪愁里听：愁里不堪听鸿雁。大雁南飞，朋友离家北上，心情悲苦，故不忍听雁鸣。云山况是客中过（guō）：客中况是过云山。离家远行本就坎坷凄苦，更何况还要拔山涉水走更多的险路呢？关城：潼关。魏万走的路线和目的地同许浑《秋日赴阙题潼关驿楼》是相同的。“树色随关迥”即潼关，快到京城了，所以才有下句的“御苑”。曙色：天刚亮的时候。催寒近：寒催近。寒冷逼近。北方秋末的早晚天气最冷。御苑：长安城内。砧声：秋末捣衣之声。李白的“长安一片月，万户捣衣声。”向晚：临近傍晚的时候。莫是长安行乐处：长安不是行乐处。空令岁月易蹉跎：别空把时光轻易地荒废掉了。蹉跎：虚度时光。去到大城市，花花世界，鸳鸯蝴蝶，作者半开玩笑，半是嘱托。

听安万善吹觱篥歌·李颀

南山截竹为觱篥，此乐本自龟兹出。
流传汉地曲转奇，凉州胡人为我吹。
旁邻闻者多叹息，远客思乡皆泪垂。
世人解听不解赏，长飚风中自来往。
枯桑老柏寒飕飗，九雏鸣凤乱啾啾。
龙吟虎啸一时发，万籁百泉相与秋。

忽然更作渔阳掺，黄云萧条白日暗。
变调如闻杨柳春，上林繁花照眼新。
岁夜高堂列明烛，美酒一杯声一曲。

【注释】觱篥（bì lì）：西北少数民族的竹管乐器。龟兹（qiū cí）：汉代西北古镇，位于今新疆。解听不解赏：能听不会欣赏。长飚（biāo）：疾风，指乐曲声。枯桑、九雏、龙吟、万籁句均为描写吹奏意境的：像寒风吹过枯桑、老柏发出的声音；又像雏凤的鸣叫声；还像龙吟虎啸之声，又像秋风中万籁百泉发出的声音。飕飗（sōu liú）：风雨声。万籁：自然界有孔窍物体在风中发出的声音，由于觱篥是管乐，所以如此描写比较恰当。更（gēng）作：变奏。渔阳掺（càn）、杨柳春：古代名曲。上林：上林苑，指宫苑。岁夜：除夕夜。一曲一酒，如“一曲新词酒一杯”之意境。非谙熟乐器者无此绝妙之描述也。

听董大弹胡笳兼寄语弄房给事·李颀

蔡女昔造胡笳声，一弹一十有八拍。
胡人落泪沾边草，汉使断肠对归客。
古戍苍苍烽火寒，大荒阴沉飞雪白。
先拂商弦后角羽，四郊秋叶惊摵摵。
董夫子，通神明，深松窃听来妖精。
言迟更速皆应手，将往复旋如有情。
空山百鸟散还合，万里浮云阴且晴。
嘶酸雏雁失群夜，断绝胡儿恋母声。
川为静其波，鸟亦罢其鸣。
乌孙部落家乡远，逻娑沙尘哀怨生。
幽音变调忽飘洒，长风吹林雨堕瓦。
迸泉飒飒飞木末，野鹿呦呦走堂下。
长安城连东掖垣，凤凰池对青琐门。
高才脱略名与利，日夕望君抱琴至。

【注释】胡笳（jiā）：匈奴乐器。弄：乐曲的段落，应为胡笳弄。蔡女：东汉才女蔡文姬。造：创作。拍（pò）：段落。胡人、汉使当初听了蔡文姬的琴声全都哀伤落泪。古戍、大荒：演奏的室外环境。商、角羽：古代五音宫商角（jué）徵（zhǐ）羽，对应1、2、3、5、6。所谓的五音不全即指此五音。商音一般都哀伤幽怨。摵摵（sè）：

陨落，风吹落叶之声。言迟更速皆应手：更（gēng）速，节奏由慢变快。无论是慢弹还是转成快节奏，都得心应手。将往复旋：曲子按照乐律好像要往下进行，结果又反转重复某些旋律，起承转合如醉如痴。空山、万里句为描写演奏效果：鸟闻其声，既散且合；云听其声，既阴又晴。嘶酸、断绝句为描写琴曲演奏意境的。嘶酸：雏雁失群的叫声。断绝：肝肠断绝，指蔡文姬所生胡儿在与母亲分别时的凄惨叫声。川为、鸟亦句为描写演奏效果：川闻其声而停止咆哮，鸟闻其声而停止鸣叫。乌孙、逻娑句为描写演奏意境：乌孙公主和文成公主离乡远嫁的哀怨之声缓缓溢出。乌孙句：指汉代江都王刘建之女远嫁乌孙国之事。逻娑（luó suō）：指唐代文成公主远嫁吐蕃（tǔ bō）之事。幽音变调：低回哀怨之声转成急促激昂铿锵之声。长风、迸（bèng）泉、野鹿句仍是描写演奏意境的。木末：树梢。呦呦（yōu）：鹿鸣声。东掖（yè）垣（yuán）：门下省。凤凰池：中书省，即西掖。青琐门：宫门。意指：有了这样美妙绝伦的音乐陪伴着，这些显赫的地方对于我来讲都不重要了。脱略：不在意、洒脱澹然。名利看淡，有君琴声相伴足矣。

附：咏隐者·陈湛元

去世入山澹视听，月黑风动袭鬼声。
洞扉幽居胆趣壮，不怕深松来妖精。

望秦川·李颀

秦川朝望迥，日出正东峰。
远近山河净，逶迤城阙重。
秋声万户竹，寒色五陵松。
有客归欤叹，凄其霜露浓。

【注释】 秦川：泛指今秦岭以北平原地带。按此诗中意思指长安一带。炯：遥远。净：明洁。重：重叠。五陵：长安城外汉代五个皇帝的陵墓。归欤（yú）：归去。凄其：寒冷的样子。

长宁公主东庄侍宴·李峤

别业临青甸，鸣銮降紫霄。
长筵鹓鹭集，仙管凤凰调。
树接南山近，烟含北渚遥。
承恩咸已醉，恋赏未还镳。

【注释】长宁公主：唐中宗李显的女儿。甸：京城的近郊。鸣銮：皇帝的车驾。鹓（yuān）鹭：两种鸟，它们群飞而有序，因以喻朝官齐集，列队班行。仙管：乐器。凤凰调（tiáo）：吹奏效果如凤凰鸣叫。北渚：渭河。镳（biāo）：马嚼子，代指乘骑，此处指皇帝的车驾。

风·李峤

解落三秋叶，能开二月花。
过江千尺浪，入竹万竿斜。

【注释】解落：能落。千尺浪：风掀起巨浪。万竿斜（xiá）：能把竹竿吹得歪斜甚至倾倒。

中秋月·李峤

圆魄上寒空，皆言四海同。
安知千里外，不有雨兼风。

【注释】圆魄：中秋之月。四海同：天涯海角共同都能看到圆月。安知：哪知。不有：没有。你这里赏月，别的地方可能还阴天下雨呢。联想奇妙，寓意深刻。

寒食·李山甫

柳带东风一向斜，春阴澹澹蔽人家。
有时三点两点雨，到处十枝五枝花。
万井楼台疑绣画，九原珠翠似烟霞。
年年今日谁相问，独卧长安泣岁华。

【注释】柳带东风：东风吹拂垂柳。一向斜（xiá）：向一个方向倾斜。澹澹：树阴像水波一样荡漾。蔽人家：荫笼房舍。万井：万里之内。陈子昂《谢赐冬衣表》："三军叶庆，万井相欢。"九原：秦始皇时期修筑的唯一直道，从陕西咸阳出发，到达九原。此指长安大道。泣岁华：伤感虚度美好的年华。

寒食·李山甫

风烟放荡花披猖，秋千女儿飞短墙。
绣袍驰马拾遗翠，锦袖斗鸡喧广场。
天地气和融霁色，池台日暖烧春光。
自怜尘土无他事，空脱荷衣泥醉乡。

【注释】放荡：弥漫。披猖：猖狂。短墙：矮墙之内。绣袍：女子。拾遗翠：捡拾掉落的首饰。锦袖：指纨绔（wán kù）子弟。气和：气暖。融：和谐。霁色：雨后晴色。尘土：乡间。荷衣：屈原有“制芰荷以为衣兮，集芙蓉以为裳。”后常借“荷衣”以指隐者的服装。泥醉乡：我醉在乡间泥土之中。

北青萝·李商隐

残阳西入崦，茅屋访孤僧。
落叶人何在，寒云路几层。
独敲初夜磬，闲倚一枝藤。
世界微尘里，吾宁爱与憎。

【注释】北青萝：山名。崦（yān）：崦嵫（zī）山，传说太阳落山的地方。落叶：与韦应物的“落叶满空山，何处寻行迹”同意。寒云：山路盘旋而上直通寒云，比卢纶的“路出寒云外”多了空间感。几层：盘旋几周。初夜：暮时。一枝藤：藤椅。不应为藤杖，孤僧敲磬诵经，何以拄杖？应该坐着诵经。也不是作者倚藤，作者既然入寺，何以不入而在外倚藤？所以，应该是孤僧坐在用一根藤条编做的藤椅上，闭目敲磬诵经。闲倚：静坐。世界微尘里：从宏观来讲，世界都在微尘里。吾宁爱与憎：我哪还有什么爱和恨呢？参透了，彻悟了。

蝉·李商隐

本以高难饱，徒劳恨费声。
五更疏欲断，一树碧无情。
薄宦梗犹泛，故园芜已平。
烦君最相警，我亦举家清。

【注释】本以：由于。高难饱：蝉在桑树的最高处，桑叶稀少而没有营养，自然是吃不饱。暗指作者身居高位却清贫的尴尬处境。徒劳恨费声：徒劳费恨声。恨声，抱怨之声。五更疏欲断，一树碧无情：半夜时蝉声稀疏，饿得没有力气叫了，但身下的大树仍然无动于衷。蝉不下来，树有何法？大树指朝廷。实为自己太清廉，朝廷太昏盲。薄宦：卑微的俸禄。梗犹泛：《战国策·齐策三》载，有土偶人与桃梗对话，土偶说："今子东园之桃梗也，刻削子以为人，降雨下，淄水至，流子而去，则子漂漂者将何如耳！"意指自己如桃梗，虽然被"刻削"成人形，但飘忽不定。芜已平：荒草已长高。陶渊明有"田园将芜胡不归"之句。烦君最相警，我亦举家清：感谢你的叫声最使我警醒，我跟你一样居家清贫，一无所有。

嫦娥·李商隐

云母屏风烛影深，长河渐落晓星沉。
嫦娥应悔偷灵药，碧海青天夜夜心。

【注释】嫦娥：中国古代神话传说中射日英雄后羿之妻，因偷吃灵丹而飞天，进入月宫。云母：矿石，主要成分是硅酸盐，白色、黑色，带有深浅不同的褐色或绿色。古代用于装饰屏风。烛影深：嫦娥的身影被烛光重重地映衬在屏风上。长河渐落：银河快消失了。晓星沉：启明星开始出现了。意即天要亮了。夜夜心：指嫦娥整夜整夜地后悔和思念之情。

重帏深下·李商隐

重帏深下莫愁堂，卧后清宵细细长。
神女生涯原是梦，小姑居处本无郎。
风波不信菱枝弱，月露谁教桂叶香。
直道相思了无益，未妨惆怅是清狂。

【注释】诗本无题，由于李商隐的无题诗较多，为不混淆，编者特选首句四字为题。重帏：多重的帷幕。深下：长长地下垂。莫愁：指闺中少女。梁武帝《河中之水歌》："河中之水向东流，洛阳女儿名莫愁。"卧后清宵细细长：躺下之后不能入睡，感觉夜晚太漫长了。神女：传说中的巫山女神，曾与楚王在梦中云雨欢会。生涯：事情。原是梦：我想与情人相会只是梦想。本无郎：没有情郎陪伴，只是自己独睡。故曰"原是梦"。南朝乐府《清溪小姑曲》："开门白水，侧近桥梁。小姑所居，独处无郎。"风波不信菱枝弱：风波不理会菱枝的纤弱，照样摧残它。我一个弱女子，本来不堪一击，却要遭受爱情的折磨。月露谁教桂叶香：是谁指使月露滋润原本很香的桂叶，使它更加芳香。我已经很不幸了，却更让我不幸；别人已经很幸福了，却让人家更幸福。如《圣经》的"马太效应"："凡有的，还要加给他，叫他有余；凡没有的，连他所有的也要夺去。"女子由于得不到爱情而产生了嫉恨别人的不平衡心态。直道：即使知道。了无益：一点好处都没有。未妨惆怅是清狂：清狂惆怅是未妨。即使知道相思没好处，但我偶尔放纵自己的惆怅也是无所谓的。未妨，不妨，无所谓。清狂，放纵一下情绪。

筹笔驿·李商隐

猿鸟犹疑畏简书，风云常为护储胥。
徒令上将挥神笔，终见降王走传车。
管乐有才真不忝，关张无命欲何如。
他年锦里经祠庙，梁父吟成恨有余。

【注释】筹笔驿：朝天驿。四川广元北。诸葛亮出师伐魏在此驻军筹划。犹疑畏：还好像惧怕。疑，好像，不是怀疑。与“疑是银河落九天”的疑相同。简书：《诗经·小雅·出车》有“岂不怀归，畏此简书。”简书即军中文书，即军令。不是不想回家，而是惧怕军令。猿在筹笔驿附近的树上逗留不去，鸟在筹笔驿的上空盘旋不去，为什么呢？还在惧怕诸葛亮的军令。是猿鸟不是鱼鸟。筹笔驿在陆地，何来鱼，鱼在此留恋什么？鱼为误传。储胥：军营门栅。当初的门栅犹存，好像是风云日夜在守护着。上将：指诸葛亮。终见：到头来看到的却是。降王：刘禅（shàn）降魏。走传（zhuàn）车（jū）：刘禅降后被专用车子押送到洛阳。管乐（yuè）：辅佐齐桓公的管仲；辅佐燕昭王的乐毅。诸葛亮常以管乐自比。不忝（tiǎn）：不辱、无愧。自比管乐当之无愧。关张：关羽、张飞，蜀汉名将，与诸葛亮同保刘备。无命：被杀。欲何如：有何办法呢？刘关张都没了，你的才能真如管乐又有何用呢？他年：某年。锦里：锦城、成都。梁父吟：吟诵完了诸葛亮的《梁父吟》，怨恨却没有停止。如杜甫的“可怜后主还祠庙，日暮聊为梁父吟。”

初食笋呈座中·李商隐

嫩箨香苞初出林，于陵论价贵如金。
皇都陆海应无数，忍剪凌云一寸心。

【注释】嫩箨：鲜嫩的笋壳。箨（tuò），竹皮，笋壳。香苞：藏于苞中之嫩笋。于陵：汉县名，唐时为长山县（今山东邹平县东南）。《元和郡县志》卷十一《淄州》：“淄州长山县，本汉于陵地。”皇都：指京城长安。陆海：大片竹林。《汉书·地理志》：“秦地有鄠杜竹林，南山檀柘，号称陆海，为九州膏腴。”凌云寸心：谓嫩笋一寸，而有凌云之志。此双关语，以嫩笋喻少年。

春雨·李商隐

怅卧新春白袷衣，白门寥落意多违。
红楼隔雨相望冷，珠箔飘灯独自归。
远路应悲春晼晚，残宵犹得梦依稀。
玉珰缄札何由达，万里云罗一雁飞。

【注释】袷（jiá）衣：便衣。白门：南宋建康城西门，多指幽会之地。寥落：冷落。意多违：多不如意。红楼隔雨相望冷：我站在寒冷的雨中非常留恋地仰望你居住的红楼（因为要远行，来辞别）。珠箔（bó）：珠帘子，指密雨。飘灯：提着灯笼。远路：我与你离得太远，又赶上这暮春时节，更使我觉得悲伤。应悲：使悲。晼（wǎn）：日落。残宵犹得梦依稀：残宵，天快亮了我才入睡，相会的情景还能隐隐约约地梦见。犹得，还能。依稀，隐约、模糊。玉珰（dāng）：作者给情人买的玉耳环。不是女人给的信物，把信物寄回去是啥意思？想分手吗？缄（jiān）：封闭（信封）。札（zhá）：书信。把耳环和书信都放进信封里。何由达：如何寄到。云罗：云霄。一雁飞：想让鸿雁传书，实际上是指把信交给了寄信的人。

登乐游原·李商隐

向晚意不适，驱车登古原。
夕阳无限好，只是近黄昏。

【注释】乐游原：汉宣帝所建乐游苑，在长安城南。向晚：傍晚。向，将近。意不适：心情不好。驱车：驾车，不是开车。古原：乐游原。

风雨·李商隐

凄凉宝剑篇，羁泊欲穷年。
黄叶仍风雨，青楼自管弦。
新知遭薄俗，旧好隔良缘。
心断新丰酒，销愁又几千？

【注释】宝剑篇：郭震的《宝剑篇》有“何言中路遭捐弃，零落飘沦古狱边”，此指自己遭弃沦落不遇的处境。羁泊：羁旅飘泊。泊，在此读（pò）。穷年：一年又要结束。黄叶：黄叶还在风雨中被摧残。司空曙有“雨中黄叶树，灯下白头人”之句。青楼：富贵人家。如果是杜牧的诗，青楼就该指妓院了。自管弦：仍然欢乐不断。新知遭薄俗，旧好隔良缘：新朋友看我处境不好，渐渐离我远去，老朋友又离得太远。遭薄俗，流入轻薄的世俗。隔良缘，有很好的关系却远隔。心断新丰酒，销愁又几千：万念俱灰，只有靠美酒来销愁，但多少酒能销得了呢？李白有“抽刀断水水更流，举杯销愁愁更愁”之句。

凤尾香罗·李商隐

凤尾香罗薄几重，碧文圆顶夜深缝。
扇裁月魄羞难掩，车走雷声语未通。
曾是寂寥金烬暗，断无消息石榴红。
斑骓只系垂杨岸，何处西南待好风。

【注释】诗本无题，由于李商隐的无题诗较多，为不混淆，编者特选首句四字为题。凤尾香罗：凤尾罗幕。饰有凤纹，薄如蝉翼。薄几重：有几层薄。碧文圆顶：凤尾罗的圆顶，绣有碧纹。夜深缝：女人在家缝制罗帐。扇裁月魄：手中的团扇裁制得如月亮一样圆。羞难掩：掩饰不住害羞的脸庞。雷声：车轱辘声。语未通：匆匆而过没来得及说话，只是眉目传情。曾是：经常。寂寥：寂寞无依。金烬暗：独自对着孤灯。暗，灯火快烧尽了。断无：一点都没有。石榴红：石榴红了，又一年了，情人还无音信。斑骓（zhuī）：青白相杂的马。只系：应拴在。何处西南待好风：何时能等到西南风带我入你的怀抱。曹植《七哀诗》：“愿为西南风，长逝入君怀。”

韩碑·李商隐

元和天子神武姿，彼何人哉轩与羲。
誓将上雪列圣耻，坐法宫中朝四夷。
淮西有贼五十载，封狼生貙貙生罴。
不据山河据平地，长戈利矛日可麾。
帝得圣相相曰度，贼斫不死神扶持。
腰悬相印作都统，阴风惨淡天王旗。
愬武古通作牙爪，仪曹外郎载笔随。
行军司马智且勇，十四万众犹虎貔。
入蔡缚贼献太庙，功无与让恩不訾。
帝曰汝度功第一，汝从事愈宜为辞。
愈拜稽首蹈且舞：金石刻画臣能为。

古者世称大手笔，此事不系于职司。
当仁自古有不让，言讫屡颔天子颐。
公退斋戒坐小阁，濡染大笔何淋漓。
点窜尧典舜典字，涂改清庙生民诗。
文成破体书在纸，清晨再拜铺丹墀。
表曰臣愈昧死上，咏神圣功书之碑。
碑高三丈字如斗，负以灵鳌蟠以螭。
句奇语重喻者少，谗之天子言其私。
长绳百尺拽碑倒，粗砂大石相磨治。
公之斯文若元气，先时已入人肝脾。
汤盘孔鼎有述作，今无其器存其辞。
呜呼圣王及圣相，相与烜赫流淳熙。
公之斯文不示后，曷与三五相攀追。
愿书万本诵万遍，口角流沫右手胝。
传之七十有二代，以为封禅玉检明堂基。

【注释】韩碑：韩愈撰写的《平淮西碑》。元和：唐宪宗李纯年号。轩与羲：上古轩辕、伏羲二帝。坐法：坐镇。四夷：四方少数民族。有贼：指吴少诚、吴元济父子据淮蔡五十余年。封狼：狼。貙（chū）：传说中的一种似狸而大的猛兽。罴（pí）：亦称棕熊。日可麾：可麾日，麾，指挥，指对抗朝廷。度：裴度。贼斫：裴度与前宰相武元衡力主讨伐吴元济，淄青镇李师道派人到京城行刺，武元衡遇刺身亡，裴度受伤而没死。阴风惨淡天王旗：旌旗铺天盖地，显得阴暗肃杀、寒气逼人。愬武古通：李愬、韩公武、李道古、李文通。仪曹外郎：官名。行军司马：官名，指韩愈。貔（pí）：貔貅（xiū），传说中的一种猛兽，喻勇猛的军士或军队。訾（zī）：计量。不系于：不涉及。职司：专门写作的部门。言讫：言罢。颔（hàn）：下巴，点头。颐：腮，下巴，表示频频点头赞许。濡（rú）染：以笔蘸墨。淋漓：浓重酣畅饱满。点窜、涂改：索引修改。破体：行书的变体。丹墀：漆红台阶。昧死：冒犯死罪。灵鳌：石碑负载于灵鳌形状的基座上。蟠以螭（chī）：碑上刻有龙纹图饰。句奇语重：晦涩难懂。谗之天子：李愬的妻子说了坏话。拽（yè）：拉扯。磨治：磨平文字。入人肝脾：深入人心，被大家认可了。有述作：有铭文记载。今无其器存其辞：没有汤盘、孔鼎之类的器物来保存韩愈的碑文。并不是今天虽然没有汤盘孔鼎之类的器物，但韩愈的碑文却保存下来了。这里是一种遗憾和抱怨之情。烜（xuǎn）赫：显耀。淳熙：正大光明。不示后：后人看不到。曷（hé）与：怎么与。三五：三皇五帝。相攀追：攀比、媲美。胝（zhī）：茧子。以为：把它作为。封禅（shàn）：古代帝王登泰山祭告天地的大典。玉检：玉制的书函盖。明堂：天子颁布政教、朝见诸侯、举行祭祀的地方。

附：《平淮西碑》 韩愈

天以唐克肖其德，圣子神孙，继继承承，于千万年，敬戒不怠，全付所覆，四海九州，罔有内外，悉主悉臣。高祖太宗，既除既治。高宗中睿，休养生息。至于玄宗，受报收功，极炽而丰。物众地大，孽芽其间。肃宗代宗，德祖顺考，以勤以容。大慝适去，稂莠不薅，相臣将臣，文恬武嬉，习熟见闻，以为当然。睿圣文武皇帝既受群臣朝，乃考图数贡曰："呜呼！天既全付予有家，今传次在予。予不能事事，其何以见于郊庙？"群臣震慑，奔走率职。明年平夏，又明年平蜀，又明年平江东，又明年平泽潞，遂定易定，致魏博贝卫澶相，无不从志。皇帝曰："不可究武，予其少息。"九年，蔡将死，蔡人立其子元济以请。不许，遂烧舞阳、犯叶、襄城，以动东都，放兵四劫。皇帝历问于朝，一二臣外皆曰："蔡帅之不庭授，于今五十年，传三姓四将，其树本坚，兵利卒顽，不与他等。因抚而有，顺且无事。"大官臆决唱声，万口和附，并为一谈，牢不可破。皇帝曰："惟天惟祖宗所以付任予者，庶其在此。予何敢不力？况一二臣同，不为无助。"曰："光颜！汝为陈许帅，维是河东、魏博、郃阳三军之在行者，汝皆将之。"曰："重胤！汝故有河阳、怀，今益以汝。维是朔方、义成、陕、益、凤翔、延庆七军之在行者，汝皆将之。"曰："弘！汝以卒万二千，属而子公武往讨之。"曰："文通！汝守寿，维是宣武、淮南、宣歙、浙西四军之行于寿者，汝皆将之。"曰："道古！妆其观察鄂岳。"曰："愬！汝帅唐、邓、随，各以其兵进战。"曰："度！汝长御史，其往视师。"曰："广度！惟汝予同，汝遂相予，以赏罚用命不用命！"曰："弘！汝其以节都统诸军。"曰："守谦！汝出入左右，妆惟近臣，其往抚师。"曰："度！汝其往，衣服饮食予士。无寒无饥，以既厥事。遂生蔡人，赐汝节斧，通天御带，卫卒三百。凡兹廷臣，汝择自从。惟其贤能，无惮大吏。庚申，予其临门送汝。"曰："御史！予悯士大夫战甚苦，自今以往，非郊庙祠祀，其无用乐。"

颜、胤、武合攻其北，大战十六，得栅城县二十三，降人卒四万。道古攻其东南，八战，降万三千。再入申，破其外城。文通战其东，十余遇，降万二千。愬人其西，得贼将，辄释不杀；用其策，战比有功。十二年八月，丞相度至师，都统弘责战益急，颜、胤、武合战亦用命。元济尽并其众洄曲以备。十月壬申，愬用所得贼将，自文城因天大雪，疾驰百二十里，用夜半到蔡，破其门，取元济以献。尽得其属人卒。辛巳，丞相度入蔡，以皇帝命赦其人，淮西平，大飨赉功。师还之日，因以其食赐蔡人。凡蔡卒三万五千，其不乐为兵，愿归为农者十九，悉纵之。斩元济京师。册功，弘加侍中，愬为左仆射，帅山南东道。颜、胤皆加司空，公武以散骑常侍帅鄜坊、丹、延，道古进大夫，文通加散骑常侍，丞相度朝京师，道封晋国公，进阶金紫光禄大夫，以旧官相，而以其副总为工部尚书，领蔡任。既还奏，群臣请纪圣功，被之金石。皇帝以命臣愈。臣愈再拜稽首而献文曰：唐承天命，遂臣万邦；孰居近土，袭盗以狂。往在玄宗，崇极而圮，河北悍骄，河南附起。四圣不宥，屡兴师征，有不能克，益戍以兵。夫耕不食，妇织不裳，输之以车，为卒赐粮。外多失朝，旷不岳狩，百隶怠官，事忘其旧。帝时继位，顾瞻咨嗟；惟汝文武，孰恤予家。既斩吴蜀，旋取山东，魏将首义，六州降从。

淮蔡不顺，自以为强，提兵叫谁，欲事故常。始命讨之，遂连奸邻，阴遣刺客，来贼相臣。方战未利，内惊京师；群公上言，莫若惠来。帝为不闻，与神为谋，乃相同德，以讫天诛。

乃敕颜、胤、愬、武、古、通，咸统于弘，各奏汝功。三方分攻，五万其师，大军北乘，厥数倍之。常兵时曲，军士蠢蠢，既翦陵云，蔡卒大窘。胜之邵陵，郾城来降，自夏入秋，复屯相望。兵顿不励，告功不时，帝哀征夫，命相往釐。士饱而歌，马腾于槽，试之新城，贼遇败逃。尽抽其有，聚以防我，西师跃入，道无留者。额额蔡城，其疆千里，既入而有，莫不顺俟。

帝有恩言，相度来宣："诛止其魁，释其下人。"蔡之卒夫，投甲呼舞，蔡之妇女，迎门笑语。蔡人告饥，船粟往哺；蔡人告寒，赐以缯布。始时蔡人，禁不往来；今相从戏，里门夜开。始时蔡人，进战退戮，今旰而起，左飧右粥。为之择人，以收余惫，选吏赐牛，教而不税。蔡人有言：始迷不知；今乃大觉。羞前之为。蔡人有言：天子明圣，不顺族诛，顺保性命。汝不吾信，视此蔡方；孰为不顺，往斧其吭。凡叛有数，声势相倚，吾强不支，汝弱奚恃？其告而长，而父而兄，奔走偕来，同我太平。淮蔡为乱，天子伐之，既伐而饥，天子活之。始议伐蔡，卿士莫随，既伐四年，小大并疑。不赦不疑，由天子明。凡此蔡功，惟断乃成。既定淮蔡，四夷毕来；遂开明堂，坐以治之。

唐宪宗元和十二年（817年），宰相裴度督军征讨淮西叛贼吴元济。十月，李愬雪夜突袭蔡州，生擒吴元济。次年，行军司马韩愈奉诏作《平淮西碑》，对裴度的决策和李愬的智勇都作了赞美。李愬妻（唐安公主）不满突出裴度，上诉宪宗。宪宗恐失去武臣之心，诏令磨平韩碑，由段文昌重撰。后宋代陈珦又令人磨去段作，仍立韩碑。世人诗云："淮西功业冠吾唐，吏部文章日月光。千载断碑人脍炙，不知世有段文昌。"

附：《李□雪夜入蔡州》 司马光

李愬谋袭蔡州。每得降卒，必亲引问委曲，由是贼中险易远近虚实尽知之。李佑言于李愬曰："蔡之精兵皆在洄曲及四境距守，守州城者皆羸老之卒，可以乘虚直抵其城。"愬然之。命李佑、李忠义帅突将三千为前驱，自将三千人为中军，命李进诚将三千人殿其后。行六十里，夜至张柴村，尽杀其戍卒，据其栅。命士少休。食干糒（bèi），整羁靮（dí），留五百人镇之，以断洄曲及诸道桥梁。复夜引兵出门，诸将请所之，愬曰："入蔡州取吴元济。"诸将皆失色。

时大风雪，旌旗裂，人马冻死者相望。天阴黑，自张柴村以东道路皆官军所未尝行，人人自以为必死，然畏愬，莫敢违。夜半雪愈甚，行七十里，至州城。近城有鹅鸭池，愬令击之以混军声。四鼓，愬至城下，无一人知者。李佑、李忠义钁（jué）其城为坎以先登，壮士从之。守城卒方熟寐，尽杀之，而留击柝（tuò）者，使击柝如故。遂开门纳众。及里城，亦然，城中皆不之觉。鸡鸣雪止，愬入居元济外宅。或告元济曰："官军至矣！"元济尚寝，笑曰："俘囚为盗耳！晓当尽戮之。"又有告者曰："城陷矣！"元济曰："此必洄曲子弟就吾求寒衣也。"起，听于廷，闻愬军号令，应者近万人，始惧，帅左右登牙城拒战。愬遣李进城攻牙城，毁其外门，得甲库，取器械。烧其南门，民争负薪刍助之，城上矢如猬毛。晡时，门坏，元济于城上请罪，进城梯而下之，懇以檻车送元济诣京师。

韩冬郎即席为诗相送·李商隐

韩冬郎即席为诗相送，一座尽惊。他日余方追吟“连宵侍坐徘徊久”之句，有老成之风，因成二绝寄酬，兼呈畏之员外。

十岁裁诗走马成，冷灰残烛动离情。
桐花万里丹山路，雏凤清于老凤声。

【注释】韩冬郎，唐代诗人韩偓（wò）的小名，号玉山樵人，是李商隐妻子的外甥。他的父亲韩瞻，字畏之，“员外”是官名“员外郎”的简称，韩瞻是李商隐的连襟，即他俩的妻子是亲姐妹。十岁：韩偓当时十岁。裁诗：写成诗篇。走马：思路敏捷，像跑马一样快捷。冷灰残烛：指“连宵侍坐”时的情景。桐：梧桐。《庄子》说凤凰“非梧桐不止（栖息）”。万里：意指非常遥远。丹山：传说中是出凤凰的仙山。雏凤：幼凤，喻韩冬郎。清：叫声清亮。于：比。老凤：喻冬郎之父，畏之员外。

汉南书事·李商隐

西师万众几时回，哀痛天书近已裁。
文吏何曾重刀笔，将军犹自舞轮台。
几时拓土成王道，从古穷兵是祸胎。
陛下好生千万寿，玉楼长御白云杯。

【注释】汉南：汉水以南的荆襄地区。书事：纪事。西师：朝廷在西方征讨党项的军队。哀痛天书：汉武帝时长期出兵西域，国库空虚，士卒散亡。晚年有悔意，曾下哀痛之诏书。近已裁：指唐宣宗有意下诏对党项抚和。刀笔：官府文牍。意思是无人执掌法纪。轮台：新疆界。指武将只顾在边庭寻欢作乐。好生：爱护生灵百姓。千万寿：千秋万岁。玉楼：皇宫。长御：长用。祝愿之词。

花下醉·李商隐

寻芳不觉醉流霞，倚树沉眠日已斜。
客散酒醒深夜后，更持红烛赏残花。

【注释】流霞：神话传说中的神仙饮料，指美酒。

寄令狐郎中·李商隐

嵩云秦树久离居，双鲤迢迢一纸书。
休问梁园旧宾客，茂陵秋雨病相如。

【注释】令（líng）狐郎中：令狐楚之子令狐绹（táo），时任右司郎中。李商隐早年在河南见知于天平军节度使令狐楚，曾与令狐绹交好，后因令狐绹推荐得中进士。令狐楚死后，李商隐入泾原节度使王茂元幕府，娶其女为妻。当时正是宦官专权，朝廷的官员中反对宦官的大都遭到排挤打击。依附宦官的又分为两派，以牛僧孺为首领的“牛党”和以李德裕为首领的“李党”，这两派官员互相倾轧，争吵不休。从唐宪宗时期开始，到唐宣宗时期才结束，闹了将近四十年，历史上把这次朋党之争称为“牛李党争”。令狐父子属牛党，王茂元属李党，因此令狐绹及其牛党中人指责李商隐“背恩”，对他排斥打击。后李商隐卧病洛阳，令狐绹寄信问候，李作此诗答之。嵩云：李商隐居洛阳，故曰“嵩”。秦树：令狐绹居陕西长安，故曰“秦”。离居：分别。双鲤：书信。古乐府《饮马长城窟行》：“客从远方来，遗我双鲤鱼。呼童烹鲤鱼，中有尺素书。”迢迢：遥远。梁园：西汉梁孝王刘武的园林（河南商丘）。当时文士司马相如、邹阳、枚乘等都曾做客其中。此指令狐家族。旧宾客：指自己当年为令狐家族抬爱。茂陵秋雨：《史记·司马相如列传》：“相如既病免，家居茂陵。”司马相如患糖尿病，被免去孝文园令，住在茂陵。茂陵，汉武帝陵墓，陕西兴平。病相如：作者卧病洛阳，故以病相如自比。

贾生·李商隐

宣室求贤访逐臣，贾生才调更无伦。
可怜夜半虚前席，不问苍生问鬼神。

【注释】宣室：汉未央宫前殿正室，指汉文帝。逐臣：被贬谪的臣子。贾生：贾谊，被贬长沙。才调：才气。无伦：无与之伦比。可怜：可叹。虚前席：汉文帝听入迷了，身体前倾，把座位闲出了一半。不问苍生问鬼神：指汉文帝向贾谊请教鬼神之事，而不问百姓生死。

锦瑟·李商隐

锦瑟无端五十弦，一弦一柱思华年。
庄生晓梦迷蝴蝶，望帝春心托杜鹃。
沧海月明珠有泪，蓝田日暖玉生烟。
此情可待成追忆，只是当时已惘然。

【注释】锦瑟：绘有彩饰的古弦乐器。《史记·封禅书》："太帝（黄帝）使素女鼓五十弦瑟，悲，帝禁不止，故破其瑟为二十五弦。"无端：无故，无端的，不知是出于什么考虑。柱：调整音高的立柱，即品位。胶柱鼓瑟，是把品位粘死，不能变化。一弦一柱即一音一节。思（sì）：追忆。律诗中不许有一连三个平声的出现。华年：美好年华。庄生晓梦迷蝴蝶：庄子梦为蝴蝶，醒后茫然，不知是自己梦为蝴蝶，还是蝴蝶梦为自己。迷，读作 mì 音。指自己从前曾经迷失过。其实，按佛家讲，人在觉悟成佛之前都是迷失的。望帝春心托杜鹃：传说蜀国皇帝杜宇，死后魂魄化为杜鹃，春天悲啼不已。春心：伤春之心。借指我的远大抱负之心要托于何物？其实是寄托于朝廷。珠有泪：珍珠埋于蚌中，对月流泪，既已长成无人知晓。想离开蚌，无人知。指自己才华被埋没。玉生烟：宝玉被日照可生出烟气。指自己如生烟的宝玉，只是无人赏识，皆言不得意。此情可待成追忆，只是当时已惘然：为倒装：只是当时已惘然，此情可待成追忆。年少之时只是抱怨自己不被重用，怅然若失。但这些怅然之情其实都是可以留待将来作为美好回忆的素材。意指今天回想起来都是美好的回忆，只是当时掉到了事件之中，只顾着惘然，而没有珍惜。比如毕业多年后回忆大学四年，尽管有诸多不如意，但都是最美好的回忆。但大学之时，忙于学习、恋爱、找工作等，把这段人生最美好的时光忽略了，并没感觉有多么宝贵，如苏轼的"不识庐山真面目，只缘身在此山中"。韶华逝去，追忆起来才更有情趣，哪怕是失意、困苦都是难以忘怀的。该诗的大意是：锦瑟有五十弦，每个音节都是对逝去的年华的追思。我也曾像庄子一样迷失过自己，也曾像杜宇托心给杜鹃一样，把心托给朝廷。我的才华如明珠、如宝玉，苦叹无人赏识。年轻时把这些看做不幸，只是抱怨惆怅，但今天追思起来，其实这些不顺都是美好的回忆。

来是空言·李商隐

来是空言去绝踪，月斜楼上五更钟。
梦为远别啼难唤，书被催成墨未浓。
蜡照半笼金翡翠，麝熏微度绣芙蓉。
刘郎已恨蓬山远，更隔蓬山一万重。

【注释】诗本无题，由于李商隐的无题诗较多，为不混淆，编者特选首句四字为题。来是空言去绝踪：说来没来，一走就没了音信。啼难唤：梦中见你远别，哭唤你也不回来，哭醒了，已经是五更天了。书被催成：内容想好了。墨未浓：嫌墨不够浓。睡不着想给你写信，但真要写时，往往不知从何写起。比如：感慨先成墨未浓，说的就是此景。半笼：帷幕的一半，因另一半已掀起。金翡翠：帷幕上绣的雌雄翡翠鸟的图案。麝熏：麝香的气味。微度：轻轻散发在绣着芙蓉的被褥之间。陈设依旧，情郎不归，更添恨也。刘郎：东汉刘晨入山遇仙女，接回家成亲。半年后仙女不见了，再入山寻找，已找不到了。此指思念郎归的女子，怨恨情郎离得太远、音信皆无。

凉思·李商隐

客去波平槛，蝉休露满枝。
永怀当此节，倚立自移时。
北斗兼春远，南陵寓使迟。
天涯占梦数，疑误有新知。

【注释】槛（jiàn）：水边亭榭的栏杆。永怀：长久地思念。当此节：每到秋天这个时候（就特别想家）。倚立：斜倚在亭榭中。自移时：任时光流去。打发时间。北斗兼春远，南陵寓使迟：春天已经远去北方了，可是到南陵召我回去的信使却迟迟不到。北斗，指长安。兼，和、并。天涯：遥远的妻子多次找人占梦，怀疑我是不是因为有了新欢而迟迟不回家。占梦：解梦。数（shuò）：多次。疑误：被怀疑，被误解。

临发崇让宅紫薇·李商隐

一树浓姿独看来，秋庭暮雨类轻埃。
不先摇落应为有，已欲别离休更开。
桃绶含情依露井，柳绵相忆隔章台。
天涯地角同荣谢，岂要移根上苑栽。

【注释】临发：出发之前。崇让宅：作者的岳父王茂元在洛阳崇让坊的住宅。轻埃：濛濛细雨。摇落：凋谢。应为有：应该是有所期待。已欲别离：我这个赏花人就要走了。休更开：不要再开放了。桃绶（shòu）：桃花。依露井：在庭院中互相依偎着。柳绵：柳絮。章台：汉代长安街道。韩翃有《章台柳》诗，流行一时，后把柳树与章台联系一起，此指妻子家人对自己远离的惦念。天涯地角同荣谢：无论花开在天涯海角，同样有荣有谢。岂要移根上苑栽：何必非要移植到皇家林苑呢？上苑：上林苑，秦汉时皇家林苑，在西安附近，此指朝廷。

流莺·李商隐

流莺飘荡复参差，渡陌临流不自持。
巧啭岂能无本意，良辰未必有佳期。
风朝露夜阴晴里，万户千门开闭时。
曾苦伤春不忍听，凤城何处有花枝。

【注释】流莺：叫声婉转的黄莺。飘荡：无所栖止。参差（cēn cī）：不齐的意思。意指艰难。渡陌：飞越田间小路。不自持：无法自我把握。巧啭：叫声宛转。本意：本来的用意。这里指鸟也有自己的思想。良辰未必有佳期：别人的良辰未必是我的佳期。凤城：京城的别称。花枝：指流莺的栖身之所。

落花·李商隐

高阁客竟去，小园花乱飞。
参差连曲陌，迢递送斜晖。
肠断未忍扫，眼穿仍欲归。
芳心向春尽，所得是沾衣。

【注释】参差：凌乱。迢递：飘向远处。肠断：伤心。眼穿：望眼欲穿。芳心向春尽，所得是沾衣：春尽了芳心还不断，自然是失望流泪。自己空有热情是不够的，朝廷如无情飞去的春天，一定会使你失望。

二月二日·李商隐

二月二日江上行，东风日暖闻吹笙。
花须柳眼各无赖，紫蝶黄蜂俱有情。
万里忆归元亮井，三年从事亚夫营。
新滩莫悟游人意，更作风檐夜雨声。

【注释】二月二日：蜀地风俗，二月二日为踏青节。花须：花蕊，细长如须。柳眼：杨柳初生的叶芽，如刚睁开的睡眼。无赖：没有情意。元亮井：指故里。元亮，东晋诗人陶渊明的字。他的《归田园居》有“井灶有遗处，桑竹残朽株。”亚夫营：军营。亚夫指周亚夫，汉代将军，曾屯兵陕西咸阳西南的细柳，以军纪严明著称。新滩：二月的江畔。风檐夜雨：风雨吹打屋檐之声。

附：《周亚夫军细柳》 司马迁

文帝之后六年，匈奴大入边。乃以宗正刘礼为将军，军霸上；祝兹侯徐厉为将军，军棘门；以河内守亚夫为将军，军细柳，以备胡。

上自劳军。至霸上及棘门军，直驰入，将以下骑送迎。已而之细柳军，军士吏被甲，锐兵刃，彀弓弩，持满。天子先驱至，不得入。先驱曰：“天子且至!”军门都尉曰：“将军令曰：‘军中闻将军令，不闻天子之诏。’”居无何，上至，又不得入。于是上乃使使持节诏将军：“吾欲入劳军。”亚夫乃传言开壁门。壁门士吏谓从属车骑曰：“将军约，军中不得驱驰。”于是天子乃按辔徐行。至营，将军亚夫持兵揖曰：“介胄之士不拜，请以军礼见。”天子为动，改容式车。使人称谢：“皇帝敬劳将军。”成礼而去。

既出军门，群臣皆惊。文帝曰：“嗟乎，此真将军矣！曩者霸上、棘门军，若儿戏耳，其将固可袭而虏也。至于亚夫，可得而犯邪!”称善者久之。

孝文帝且崩时，戒太子曰：“极有缓急，周亚夫真可任将兵。”文帝崩，拜亚夫为车骑将军。

飒飒东风·李商隐

飒飒东风细雨来，芙蓉塘外有轻雷。
金蟾啮锁烧香入，玉虎牵丝汲井回。
贾氏窥帘韩掾少，宓妃留枕魏王才。
春心莫共花争发，一寸相思一寸灰。

【注释】诗本无题，由于李商隐的无题诗较多，为不混淆，编者特选首句四字为题。飒飒（sà）：风声。金蟾啮（niè）锁：香炉上金蟾口叼着环锁。烧香入：往香炉中放入香料，使之燃烧释放香味。玉虎：饰有玉虎的辘轳。牵丝：牵动井绳。汲井回：汲水回到房间。贾氏：西晋司空贾充之女隔着门帘偷看到来访的掾吏韩寿，见其年少英俊遂生情，后嫁之。掾（yuàn），属吏。宓（fú）妃：伏羲之女宓妃，溺死于洛水，遂为洛神。此指曹丕之妻甄氏的典故。曹植与甄氏相爱，曹操却把甄氏嫁给了曹丕。甄氏死后，曹丕把甄氏遗物玉镂金带枕送给曹植。后曹植经洛水，梦见甄氏，甄氏告诉他，这个枕头是出嫁时带来的，一直为他保留，今天把它送给曹植。曹植有感而作《感甄赋》，又称《洛神赋》。留枕魏王才：甄氏留着玉枕是因为仰慕曹植的才华。此四句是：女子填完香料，从外边打水回来（因为要下雨，故事先打水），来到外屋，希望透过门帘能看到自己心爱的人在屋里（但是没有）。到了晚上，把爱人平时枕的枕头拿出来摆好，希望他能回来共眠，但还是没有回来。故此怨恨、灰心、失望。春心：双关语，一是花儿的恋春之心；二是女子思念夫君的萌动之心。花儿恋春，长得茂盛，但春天没了，花儿凋谢成泥、成灰。女子的思念之情再强烈也不要像花一样，否则也会如花之凋落成泥、成灰。意指浓烈的希望之后，往往是极大的失意、灰心。莫共：不要同。争发：竞相开放。由强烈的思念到极度的灰心、怪嗔，形成强烈的对比，由此可了解女子的心境有多么痛苦、矛盾。

霜月·李商隐

初闻征雁已无蝉，百尺楼台水接天。
青女素娥俱耐冷，月中霜里斗婵娟。

【注释】征雁：南飞的雁。青女：掌管霜雪的女神。素娥：嫦娥。俱耐冷：都不怕冷。斗婵娟：比试美好的姿容。

宿骆氏亭寄怀崔雍崔兖·李商隐

竹坞无尘水槛清，相思迢递隔重城。
秋阴不散霜飞晚，留得枯荷听雨声。

【注释】崔雍（yōng）、崔衮（gǔn）：作者的友人。竹坞：竹下船坞。水槛（jiàn）：水边栏杆，此指骆氏亭。迢（tiáo）递：遥远。重（chóng）城：座座城池。秋阴：秋末阴云密布。留得：剩下的。听雨声：听到雨打荷叶的声音。

隋宫·李商隐

乘兴南游不戒严，九重谁省谏书函。
春风举国裁宫锦，半作障泥半作帆。

【注释】隋宫：隋炀帝杨广在江都（扬州）所建的行宫。乘兴：兴致勃勃。南游：隋炀帝乘船南下扬州。九重：朝廷，指隋炀帝。谁省（xǐng）：谁还有兴趣查阅。谏书函：大臣上奏的谏书。宫锦：朝廷需要的锦缎。障泥：垫在马鞍下垂在马背两边用以遮挡泥土的马鞯。

隋宫·李商隐

紫泉宫殿锁烟霞，欲取芜城作帝家。
玉玺不缘归日角，锦帆应是到天涯。
于今腐草无萤火，终古垂杨有暮鸦。
地下若逢陈后主，岂宜重问后庭花。

【注释】紫泉：紫渊，长安北河名，为避讳李渊而称。指隋朝皇宫。锁烟霞：被祥云瑞霭笼罩。芜城：江都，扬州。隋大运河终点。帝家：皇宫。玉玺：皇帝印章。不缘：不是由于。日角：额头突出的人，指李渊，灭隋建唐。锦帆：隋炀帝南游的船队。于今：到今天。萤火：隋炀帝曾在洛阳征得数斛萤火虫，照亮夜游。腐草在，虫不在了。终古：从古到今。垂杨：隋炀帝开凿京杭大运河，命两岸植柳，即“隋堤柳”。暮鸦：乌鸦，传说不吉祥。树在，人不在，只有乌鸦在树上聒噪。陈后主：南朝陈最后一帝陈叔宝，荒淫亡国，曾作《玉树后庭花》舞曲。岂宜：怎么适合，还适合。《隋遗录》载，隋灭陈时，隋炀帝曾批判陈后主荒淫无度。后隋炀帝游江都时，梦见陈后主，并邀陈后主的宠妃张丽华为之舞《玉树后庭花》。意指你今天同陈后主一样，如果再遇见，还好意思批评人家吗？

为有·李商隐

为有云屏无限娇，凤城寒尽怕春宵。
无端嫁得金龟婿，辜负香衾事早朝。

【注释】为有：拥有。云屏：云母屏风。意指家境豪奢。娇：指女主人无限娇媚温柔。凤城：京城。怕春宵：春天属生发的季节，人们显得困倦，喜欢睡早觉。怕的原因是女子贪睡之时却没人相陪，夫婿早早地就得上朝侍君。无端：没料想。金龟婿：做高官的丈夫。武则天时，三品以上官员佩戴金饰龟袋。衾（qīn）：被子。指女人的温暖。

行次昭应县道上送户部李郎中充昭义攻讨·李商隐

将军大旆扫狂童，诏选名贤赞武功。
暂逐虎牙临故绛，远含鸡舌过新丰。
鱼游沸鼎知无日，鸟覆危巢岂待风。
早勒勋庸燕石上，伫光纶綍汉廷中。

【注释】次：途中留宿。昭应县：今天陕西临潼县。户部李郎中：指李丕。充：临时担任，另有本职。昭义攻讨：指讨伐昭义镇叛军的军事行营的攻讨使、攻讨副使一类职衔。昭义镇：辖泽、潞等州，在今天山西西南部。将军：指石雄为西面招讨使主将。旆(pèi)：军中大旗。狂童：狂妄无知的小子，指叛军刘稹。名贤：指李丕。赞武功：赞助军事。逐：追随。虎牙：汉代有虎牙将军官衔。这里代指行营主将。故绛（jiàng）：春秋时晋国的旧部，名绛，迁都后称“绛”，唐朝时为翼城县（今天山西绛县）。讨伐刘稹的军事行营就设在这里。鸡舌：香名，即丁香。汉代尚书郎朝奏时须口含鸡舌香。李丕以尚书省户部郎中之身份远赴行营，故说“含鸡舌”。新丰：指昭应县。昭应县由新丰、万年二县分出，这里不称昭应而言新丰，是为了对仗、押韵的需要。鱼游鼎沸：《后汉书·张纲传》“鱼游釜中，喘息须臾间耳。”比喻叛军刘稹像开水锅中的游鱼，挣扎不了多久。鸟覆危巢：指鸟在微弱的树枝上筑巢，很快就要倾覆。比喻刘稹。岂待风：还用等待风吹吗？意即无风危巢也必倾覆。勒：刻。勋庸：功勋。《周礼·夏官》：“王功曰勋，民功曰庸。”燕石：燕然山的石头。在今天蒙古国杭爱山。东汉窦宪抗击匈奴，燕然勒石记功凯旋。伫：期待。光：荣耀。纶綍（guān fú）：同绋，帝王诏书。此处指皇帝封赏功臣的诏令。汉廷：借指唐朝廷。

相见时难·李商隐

相见时难别亦难，东风无力百花残。
春蚕到死丝方尽，蜡炬成灰泪始干。
晓镜但愁云鬓改，夜吟应觉月光寒。
蓬山此去无多路，青鸟殷勤为探看。

【注释】诗本无题，由于李商隐的无题诗较多，为不混淆，编者特选首句四字为题。东风无力：春风已弱，春末时节。丝：相思。泪：相思之泪。但愁：只愁。云鬓改：头发变白了。夜吟：晚上我吟诵你留给我的诗。应觉：更觉。月光寒：月光格外的清冷。蓬山此去：此去蓬山，蓬莱仙山，指遥远之地。无多路：几多路，路有多远。青鸟：信使。殷勤：辛苦、劳驾。为探看（kān）：替我探望。

附：白头吟·陈湛元

岁在春时尚飞雪，人于年少鬓霜鲜。
若非肾虚华在发，应是重担常压肩。
偶见一丝拔有趣，及至满头无暇怜。
一根一件成熟事，一片阅人如阅川。
文君立下白头誓，苏子霜鬓酒胆酣。
子胥丹阳箫声咽，宾王幽狱空咏蝉。

天长白发黑头上，日久身上黑白衫。
人在青春发如雪，晓镜长作暮时叹。
染成秀发装年少，露出繁霜道岁寒。
人道等闲白了头，寸阴不废亦苍然。
持谢少年莫笑看，他日岂免叹镜前。

晚晴·李商隐

深居俯夹城，春去夏犹清。
天意怜幽草，人间重晚晴。
并添高阁迥，微注小窗明。
越鸟巢干后，归飞体更轻。

【注释】俯夹城：俯看夹城。夹城，古代城门外层的曲城，用以增强城池的防御能力。清：不太炎热。怜：爱。晚晴：傍晚的新晴。现代常用作“晚情”，即年老之情。并添：好似增加了。高阁迥：高阁的远度。微注：夕阳的余辉照在小窗上。越鸟：南方的鸟。

瑶池·李商隐

瑶池阿母绮窗开，黄竹歌声动地哀。
八骏日行三万里，穆王何事不重来。

【注释】瑶池：西王母居所。阿母：西王母。绮（qǐ）窗：华丽的门窗。黄竹：周穆王游猎到黄竹路上，遇到风雪，见有受冻之人，乃作《黄竹歌》三章以哀民。动地哀：歌声悲壮感天动地。八骏：周穆王的八匹宝马。不重来：周穆王与西王母分别时，西王母作歌相送，希望他长生不死。周穆王作歌回答，并约定三年后再来。本诗暗讽当时朝野追求长生而炼丹求仙之风。

夜雨寄北·李商隐

君问归期未有期，巴山夜雨涨秋池。
何当共剪西窗烛，却话巴山夜雨时。

【注释】君：指妻子王氏。未有期：时间不确定。巴山：巴蜀之地，作者奉职于此。夜雨涨秋池：向妻子介绍这里的天气已是深秋，但仍是雨季，住处附近的水塘都被雨水注满了。何当：何时。共剪西窗烛：在家里与妻子在灯前说话。剪烛，剪掉灯花使灯更亮。却话：描述。巴山夜雨时：今夜下雨的情景和心情。

咏史·李商隐

历览前贤国与家，成由勤俭败由奢。
何须琥珀方为枕，岂得真珠始是车。
运去不逢青海马，力穷难拔蜀山蛇。
几人曾预南薰曲，终古苍梧哭翠华。

【注释】琥珀枕：南朝宋武帝刘裕时，宁州（云南曲靖）献琥珀枕。当时出兵北伐，为准备金疮药须用琥珀，刘裕命人将琥珀枕捣碎制药。琥珀（hǔ pò）：松或柏树脂的化石，非常名贵，可入药，制枕可治失眠等症。真珠：战国时，魏惠王和齐威王会晤。惠王夸耀自己有直径一寸的巨大珍珠十粒，每粒的光辉可以照亮前后十二辆车子。威王答："我的宝贝是贤臣，他们能照千里，岂止是十二辆车子？"青海马：一种产于青海的杂交马，力大善跑，据说可日行千里。以青海马喻可担当军国大事的英才。蜀山蛇：传说战国时秦王送五美女给蜀王，蜀王派五壮士迎娶，回来时路过梓潼，见一大蛇钻入山洞，五壮士共拔蛇尾，结果山崩坍，五壮士被压死，化为石。这里以蜀山蛇比喻根深蒂固、盘根错节、难以铲除的宦官势力。曾预：曾听过。南薰曲：即《南风歌》，传说古代舜帝曾弹五弦琴，唱南薰曲，"南风之薰兮，可以解吾民之愠兮；南风之时兮，可以阜吾民之财兮"，天下大治。终古：自古以来。苍梧哭翠华：人们对着苍梧山哭悼舜帝。虽没听过曲子，但其德威自传于后。

昨夜星辰·李商隐

昨夜星辰昨夜风，画楼西畔桂堂东。
身无彩凤双飞翼，心有灵犀一点通。
隔座送钩春酒暖，分曹射覆蜡灯红。
嗟余听鼓应官去，走马兰台类转蓬。

【注释】诗本无题，由于李商隐的无题诗较多，为不混淆，编者特选首句四字为题。身无彩凤双飞翼：没有彩凤的翅膀可与你翩翩双飞。一点通：心照不宣，一点就明。灵犀：犀牛角中有一条天然的角质白线，贯通两端，人以为灵异。隔座送钩：古代饮酒游戏。传钩于人，猜不中钩在谁手则被罚酒。分曹：分队。射覆：饮酒游戏。藏物于巾下，猜不中者被罚酒。皆为作者于酒宴上与心怡之人等玩的游戏。听鼓应官：听到更鼓，马上去上班。玩得很晚，余兴未尽。兰台：作者奉职的秘书省。类转蓬：像风中蓬草，指像飞一样快。

登山·李涉

终日昏昏醉梦间，忽闻春尽强登山。
因过竹院逢僧话，又得浮生半日闲。

【注释】浮生：尘世。

井栏砂宿遇夜客·李涉

暮雨潇潇江上村，绿林豪客夜知闻。
他时不用逃名姓，世上如今半是君。

【注释】井栏砂：安徽安庆皖口。夜客：指盗匪。江上村：即诗人夜宿的皖口小村井栏砂。绿（lù）林：占山为王的土匪。知闻：即“久闻诗名”。《唐诗纪事》记载：“涉尝过九江，至皖口，遇盗，问：‘何人?’从者曰：‘李博士（涉曾任太学博士）也。’其豪酋曰：‘若是李涉博士，不用剽夺，久闻诗名，愿题一篇足矣。’涉赠一绝云。”他时：以后。逃名姓：即指盗匪们不用隐姓埋名。因为当今一半人都是盗匪之类的人。另解为以后我不用隐瞒名姓，因为有一半人像那个盗匪一样知道我的诗作，了解我本人。

牧童词·李涉

朝牧牛，牧牛下江曲。
夜牧牛，牧牛度村谷。
荷蓑出林春雨细，芦管卧吹沙草绿。
乱插蓬蒿箭满腰，不怕猛虎欺黄犊。

【注释】蓑：蓑衣。芦管：用芦苇杆做的简单乐器。卧吹：趴在牛背上吹。蓬蒿：草本植物的杆，当箭，童趣也。

润州听暮角·李涉

江城吹角水茫茫，曲引边声怨思长。
惊起暮天沙上雁，海门斜去两三行。

【注释】诗题一作《晚泊润州闻角》。江城：临江之城，即润州，今江苏省镇江。曲引：曲中夹杂着。边声：边地乐调。海门：长江入海口，指天边。

古风·李绅

锄禾日当午，汗滴禾下土。
谁知盘中餐，粒粒皆辛苦。

【注释】又作《悯农》。绅，音申。

古风·李绅

春种一粒粟，秋收万颗子。
四海无闲田，农夫犹饿死。

【注释】粟（sù）：谷子。犹饿死：暗讽税赋太重。

附：《陶者》梅尧臣

陶尽门前土，屋上无片瓦。
十指不沾泥，鳞鳞居大厦。

罢相作·李适之

避贤初罢相，乐圣且衔杯。
为问门前客，今朝几个来。

【注释】避贤：避位让贤，辞去相位给贤者担任。李适之天宝元年任左相，后遭李林甫算计，失去相位。乐圣：古人有以清酒为圣人，以浊酒为贤人的说法。此处指爱好喝酒。衔杯：喝酒。为问：请问。门前客：自己在位时，经常来访的所谓朋友。

汴河曲·李益

汴水东流无限春，隋家宫阙已成尘。
行人莫上长堤望，风起杨花愁杀人。

【**注释**】隋家宫阙：特指汴水边的隋炀帝行宫。汴河：唐人习指隋炀帝所开的通济渠的东段，即运河从板渚（今河南荥阳北）到盱眙入淮的一段。

从军北征·李益

天山雪后海风寒，横笛遍吹行路难。
碛里征人三十万，一时回首月中看。

【**注释**】遍吹：多人在吹，此吹彼和。行路难：是一个声情哀怨的笛曲，据《乐府解题》载，它的内容兼及“离别悲伤之意”。碛（qì）里：沙石滩上。月中看（kān）：看月，想家之意。意境同《夜上受降城闻笛》中的“不知何处吹芦管，一夜征人尽望乡。”

宫怨·李益

露湿晴花春殿香，月明歌吹在昭阳。
似将海水添宫漏，共滴长门一夜长。

【**注释**】昭阳：昭阳殿，汉成帝宠妃赵飞燕的寝宫。此借指杨贵妃住过的宫殿。大抵代指古代妃子居住的后宫。白居易有“昭阳殿里恩爱绝，蓬莱宫中日月长”之句。似将海水添宫漏：好像把海水都添加到计时的宫漏当中了，所以滴不完，表示恨夜太长。长门：长门宫，汉宫名。原是馆陶长（zhǎng）公主刘嫖（陈阿娇的母亲）所有的私家园林，以长公主情夫董偃的名义献给汉武帝改建成的，用作皇帝去往祭祀先祖时休息的地方。后来刘嫖的女儿陈皇后被废，迁居长门宫。相传皇后陈阿娇不甘心被废，千金买赋，得司马相如所做《长门赋》，以期君王回心转意。此赋使长门之名千古流传。长门宫亦成为冷宫的代名词。自汉以来古典诗歌中，常以“长门怨”为题抒发失宠宫妃的哀怨之情。见李白的《妾薄命》。

江南曲·李益

嫁得瞿塘贾，朝朝误妾期。
早知潮有信，嫁与弄潮儿。

【**注释**】嫁得：嫁给。瞿塘贾（gǔ）：瞿塘商人。期：约定的日期。潮有信：潮水涨落有固定的日期。弄潮儿：涨潮时人们在浪头玩耍冲浪谓之弄潮。儿，读 ní 音。

洛桥·李益

金谷园中柳，春来似舞腰。
那堪好风景，独上洛阳桥。

【注释】洛桥：一作“上洛桥”，即天津桥，在唐代河南府河南县（今河南洛阳市）。大唐盛世之时，每逢阳春时节，这里是贵达士女云集游春的繁华胜地。但在安史之乱后，已无往日盛景。金谷园：即西晋豪富石崇的金谷园，在洛桥北。舞腰：苗条的伎女在翩翩起舞。那堪：往事不堪回首。独上：没有其他游人，表示衰败了。

喜见外弟又言别·李益

十年离乱后，长大一相逢。
问姓惊初见，称名忆旧容。
别来沧海事，语罢暮天钟。
明日巴陵道，秋山又几重。

【注释】外弟：姑表弟。长大一相逢：长大以后（十年了）头一次见面。问姓惊初见：初见惊问姓。称名忆旧容：外弟说出名字后开始回忆小时候的长相。别来：别后。沧海事：经历很多变化。暮天钟：天快黑了。巴陵道：外弟又要登程去巴陵。又几重：不知又有多少山水相隔了。

夜上受降城闻笛·李益

回乐烽前沙似雪，受降城外月如霜。
不知何处吹芦管，一夜征人尽望乡。

【注释】受降城：唐贞观二十年（646 年），唐太宗曾亲临灵州（宁夏灵武西南）接受突厥一部的投降，故称灵州为受降城。回乐：灵州大都护府辖内的回乐县。烽：回乐县的百尺烽火台。芦管：竹笛之类的少数民族管乐器。望乡：想家。

南池·李郢

小男供饵妇搓丝，溢榼香醪倒接䍦。
日出两竿鱼正食，一家欢笑在南池。

【注释】供饵：准备鱼饵。搓丝：搓钓鱼的丝线。溢榼（kē）：古代盛酒的器具。香醪（láo）：浊酒。倒接篱（lí）：反戴头巾。篱，古代的一种头巾。

观祈雨·李约

桑条无叶土生烟，箫管迎龙水庙前。
朱门几处看歌舞，犹恐春阴咽管弦。

【注释】祈雨：举办祭祀活动以求雨。箫管：竹乐器，指演出活动。迎龙：迎请龙王爷。水庙：龙王庙。朱门：富贵人家。几处：几家。看歌舞：为庆祝喜事而在家里举办演出。春阴咽管弦：天气潮湿而使竹管乐器和弦乐器发不出声。穷人希望下雨，富人不希望下雨。

渔父·李中

偶向芦花深处行，溪光山色晚来晴。
渔家开户相迎接，稚子争窥犬吠声。

【注释】渔父（fǔ）：老渔翁。相迎接：互相走动串门。稚子争窥犬吠声：小孩听到狗叫都争着去看是谁来了。

思君恩·令狐楚

小苑莺歌歇，长门蝶舞多。
眼看春又去，翠辇不曾过。

【注释】令（líng）狐：复姓。令狐楚，令狐郎中之父。小苑莺歌歇，长门蝶舞多：小苑，小园。长门，相传汉武帝时陈皇后失宠，被贬长门宫居住，后用以代指失宠宫妃居住的内宫。翠辇（niǎn）：饰有翠羽的帝王车驾。过：音 guō，到来。

少年行·令狐楚

弓背霞明剑照霜，秋风走马出咸阳。
未收天子河湟地，不拟回头望故乡。

【注释】少年行：古代歌曲名。霞明：明如彩霞。照霜：像霜雪一样放寒光。咸阳：指京城长安。河湟：指青海湟水流域和黄河西部，当时为异族所占，此指边疆失地。不拟：不想。望故乡：指回家。

啰唝曲·刘采春

不喜秦淮水，生憎江上船。
载儿夫婿去，经岁又经年。

【注释】啰唝（luó hǒng）曲：词牌名。单调二十字，四句两平韵。唐范摅《云溪友议》云："金陵有啰唝楼，乃陈后主所建。"啰唝曲，刘采春所唱，皆当代才子所作五六七言绝句。一名《望夫歌》。元稹诗所谓"更有恼人肠断处，选词能唱望夫歌"也。又经年：一年又一年。

啰唝曲·刘采春

借问东园柳，枯来得几年。
自无枝叶分，莫恐太阳偏。

【注释】得几年：已经多年。分：长出。莫恐：不怕。偏：偏心，双关语。

啰唝曲·刘采春

莫作商人妇，金钗当卜钱。
朝朝江口望，错认几人船。

【注释】金钗当卜钱：拿金钗充当算卦的费用。几人：很多。

啰唝曲·刘采春

那年离别日，只道住桐庐。
桐庐人不见，今得广州书。

【注释】桐庐：位于中国浙江省西北部，地处钱塘江中游。今得：今天收到。

啰唝曲・刘采春

昨日胜今日，今年老去年。
黄河清有日，白发黑无缘。

【注释】黄河清有日：浑浊的黄河据说三千年还可以清一次。白发黑无缘：黑发等到白发也无缘再见面了。也可理解为，没办法让白发变黑了。

啰唝曲・刘采春

昨日北风寒，牵船浦里安。
潮来打缆断，摇橹始知难。

【注释】牵船：停船。浦里：水边。缆断：拉纤用的绳子断了。摇橹：没有拉纤的，靠摇橹前进非常困难。

爱碣石山・刘叉

碣石何青青，挽我双眼睛。
爱尔多古峭，不到人间行。

【注释】碣石山：位于河北昌黎县城北，距北戴河约 30 公里。魏武帝曹操在 207 年征伐乌桓于柳城（今朝阳）回军途中，东临碣石，写下诗篇《观沧海》："东临碣石，以观沧海。水何澹澹，山岛竦峙。树木丛生，百草丰茂。秋风萧瑟，洪波涌起。日月之行，若出其中。星汉灿烂，若出其里。幸甚事哉，歌以咏志。"挽：挽留，锁定。不到人间行：指远离人间。

从军行・刘叉

海畔风吹冻泥裂，枯桐叶落枝梢折。
横笛闻声不见人，红旗直上天山雪。

【注释】海：古代西域地区的湖泊。冻泥裂：北方冬天大地被冻出裂痕，南方冬天不会出现这种情况。不见人：人在山坳里行进，故看不到，但能看到雪中高高举起的战旗。

偶书·刘叉

日出扶桑一丈高，人间万事细如毛。
野夫怒见不平事，磨损胸中万古刀。

【注释】扶桑：神话传说东海有神树叫扶桑，太阳就是从这棵树上升起。细如毛：形容琐碎事太多。野夫：粗鲁人，指侠客。磨损胸中万古刀：磨损，消磨掉。拔刀相助的豪气被消耗掉了。不平之事太多了，管不过来，只有愤怒。

长沙过贾谊宅·刘长卿

三年谪宦此栖迟，万古惟留楚客悲。
秋草独寻人去后，寒林空见日斜时。
汉文有道恩犹薄，湘水无情吊岂知。
寂寂江山摇落处，怜君何事到天涯。

【注释】三年谪宦：贾谊被贬长沙三年。此栖迟：贾谊在此谪居的时间太长了。楚客悲：贾谊的悲愤。贾谊被贬后抑郁而死，故留悲万古。秋草独寻人去后：我在秋草中寻觅，但贾谊的身影已不见了。寒林空见日斜时：我在寒林中寻找，但只有西沉的阳光照进树林。汉文：汉文帝。有道：英明。恩犹薄：指对贾谊太苛刻。湘水无情吊岂知：贾谊曾作《吊屈原赋》，你面对湘水吊唁屈原，但湘水怎么会理解呢？今天我来凭吊你，你怎么能知道呢？寂寂江山摇落处：江山寂寥，花草凋谢的时节。怜君何事到天涯：可叹你我为什么要来到这偏远之地呢？怜君实为自怜也。

逢雪宿芙蓉山主人·刘长卿

日暮苍山远，天寒白屋贫。
柴门闻犬吠，风雪夜归人。

【注释】芙蓉山：山东界。苍山：灰白色的山。白屋：用白色茅草苫盖的草屋。贫：没有更多的家什。夜归人：指主人回来了。夜归人不是指作者，根据屋内环境的介绍可知，作者已在屋内。前两句写己，后两句写主人。否则题目中的主人就显多余，就应为“逢雪宿芙蓉山房”。诗人惜字如金，不可能使“主人”二字变得多余。

饯别王十一南游·刘长卿

望君烟水阔，挥手泪沾巾。
飞鸟没何处，青山空向人。
长江一帆远，落日五湖春。
谁见汀洲上，相思愁白蘋。

【注释】饯别：设宴送别。王十一：此人在家族中排行十一，唐人对好友经常用排行代名。望君烟水阔：远望你乘船离去，消失在遥远的烟雾之中。飞鸟没何处：看不到你远去的身影，只看到飞鸟在远飞直至消失。没，消失，此指栖落。青山：只有青山静静地矗立在那，默默地看着我。如杜甫的“青山空复情”。长江一帆远，落日五湖春：你孤独地在江上远行，但有各处春天的美景在夕阳中与你相伴随。暗指前途充满希望。谁见汀洲上：梁朝柳恽（yùn）《江南曲》：“汀洲采白蘋，落日江南春。”谁见，你能看到吗？愁白蘋（pín）：白蘋，一种水生植物（水草）。看到漂浮的白蘋更增添了我的愁绪。

江州重别薛六柳八二员外·刘长卿

生涯岂料承优诏，世事空知学醉歌。
江上月明胡雁过，淮南木落楚山多。
寄身且喜沧洲近，顾影无如白发何。
今日龙钟人共老，愧君犹遣慎风波。

【注释】生涯：指官宦历程。岂料：没想到。承优诏：得到优厚的待遇。实为被贬广东，此为反义，不敢明说。世事空知：空知世事，虽知世事但由于不谙世故而被贬，犹不知也。学醉歌：只好效仿醉汉喝多了就大声唱。胡雁过：北雁南飞。淮南木落：淮南树木落叶。楚山多：到了楚界，这里树叶落得更多。走到哪里都是肃杀的秋天景象，故情绪哀苦。寄身：飘泊在外。且喜：幸好。沧洲近：被贬的广东南巴快要到了。沧洲非北方的沧州。他是从九江往南走。顾影：照镜子。无如白发何：面对白发而无可奈何。龙钟：龙钟树不停地抖动，比喻老态。人共老：我和薛六、柳八都老去了。愧：惭愧、感谢。君：指薛六、柳八。犹遣：还在嘱咐我。慎风波：当心风浪，指政治环境险恶。

秋日登吴公台上寺远眺·刘长卿

古台摇落后，秋入望乡心。
野寺来人少，云峰隔水深。
夕阳依旧垒，寒磬满空林。
惆怅南朝事，长江独至今。

【注释】吴公台：位于江苏扬州北，南朝宋沈庆之所筑之弩台，后陈国吴公（吴明彻）增筑，故称。摇落：草木凋零，此指颓败。后：已经。秋入：秋日登上。野寺：吴公台后面山中之古寺。云峰：古寺所在的山。隔水：山下是长江。从空间分布来看是长江、吴公台、野寺、山峰。故曰“隔水深”。野寺与吴公台不是一回事。作者登上吴公台，之后沿山又登入高处的古寺，然后远望长江有感而发。依旧垒：斜照古台。寒：肃杀之秋故曰寒。满空林：由于古寺在山中，故磬声在山林中回响。惆怅：失意、有感。南朝：古台建于南朝时期，人去台空，感慨颇多。长江独至今：只有不尽的长江至今还在流淌。有类于苏轼的《赤壁怀古》的心境。

秋云岭·刘长卿

山色无定姿，如烟复如黛。
孤峰夕阳后，翠岭秋天外。
云起遥蔽亏，江回频向背。
不知今远近，到处犹相对。

【注释】无定姿：颜色不固定。秋天外：直插云天之外。蔽亏：因遮蔽而半隐半现。孟郊《梦泽行》：“楚山争蔽亏，日月无全辉。”向背：面对着和背对着。因江水婉转而成。清赵执信《彭蠡湖》诗：“山移舟向背，目荡心飘摇。”今远近：现在走到哪里了。到处犹相对：所到之处还能与秋云岭相对，即还能看见，说明其高。

送灵澈·刘长卿

苍苍竹林寺，杳杳钟声晚。
荷笠带斜阳，青山独归远。

【注释】灵澈（chè）：中唐著名诗僧。苍苍：清脆茂密。杳杳（yǎo）：深远，指钟声。带：遮蔽，指在夕阳之中。温庭筠有“澹然空水带斜晖”之句。远：深远，指坐落于密林之中的寺院。

送上人·刘长卿

孤云将野鹤，岂向人间住。
莫买沃洲山，时人已知处。

【注释】上人：指灵澈。将：和、与。沃洲山：浙江新昌县东，与天姥山相连。晋代高僧支遁在此建寺。杜甫有“借问苦心爱者谁，后有韦讽前支遁”之句。

送李判官之润州行营·刘长卿

万里辞家事鼓鼙，金陵驿路楚云西。
江春不肯留归客，草色青青送马蹄。

【注释】润州：州名，在今江苏镇江市。行营：主将出征驻扎之地。事鼓鼙（pí）：从事军务。鼓鼙，军用乐器。金陵：一般指今江苏省南京市，但唐时把润州也称为金陵，这里即指润州。驿路：驿站之间的道路。楚：古代楚国，现在的湖北一带。李判官离开楚地向东走，故曰“楚云西”。江春不肯留归客：江畔迷人的春色留不住你。归客，去客。草色青青送马蹄：青青的芳草也好像在送你骑马远行。

送李中丞归汉阳别业·刘长卿

流落征南将，曾驱十万师。
罢归无旧业，老去恋明时。
独立三边静，轻生一剑知。
茫茫江汉上，日暮欲何之？

【注释】中丞：御使中丞，官名。汉阳：湖北。别业：郊外别墅。流落：飘泊流浪。旧业：家业、产业。明时：政治清明之时，或自己春风得意被重用之时。独立三边静：因为有了他的存在，边境外敌就不敢犯，如廉颇、蔺相如的威力一样。轻生：为国不顾生死。一剑知：剑随其身，故知。一是剑的功不可没，二是别人忘却了老将的功绩，但只有随身宝剑没忘，所以才有“流落”“恋明时”之语。欲何之：打算往哪去呢？本是归汉阳，又言何去，说明官场失意、前途迷茫，不知何时再被启用。

弹琴·刘长卿

泠泠七弦上，静听松风寒。
古调虽自爱，今人多不弹。

【注释】泠泠（líng）：如水的琴声。松风寒：弹奏古琴曲《风入松》而发出的寒风吹松林之声。

新年作·刘长卿

乡心新岁切，天畔独潸然。
老至居人下，春归在客先。
岭猿同旦暮，江柳共风烟。
已似长沙傅，从今又几年？

【注释】潸（shān）然：流泪状。春归：春归我未归。共风烟：共同度过岁月。孤独寂寞，只有岭猿、江柳相伴。长沙傅：指汉贾谊被贬长沙。又几年：还得多少年（才能被诏回）？

附：新年作·陈湛元

徒闻年龄长，不见绩业功。
天天冀来年，年年都相同。

寻南溪常道士·刘长卿

一路经行处，莓苔见屐痕。
白云依静渚，芳草闭闲门。
过雨看松色，随山到水源。
溪花与禅意，相对亦忘言。

【注释】屐痕：木屐痕迹。白云依静渚：云雾低依弥漫在你所住的绿洲上。芳草闭闲门：芳草掩蔽着你家的柴门。过雨：雨过之后。随山：沿着山路。松色、水源，有声有色，动静结合。溪花与禅意：净空的溪水和草中的鲜花与禅境是相同的。相对亦忘言：一路的所见所闻已使我开悟，此时即使见到了常道士，我也不知该请教什么了。与邱为的《寻西山隐者不遇》："草色新雨中，松声晚窗里""虽无宾主意，颇得清净理"有类也。忘言并不是对着溪花，而是假设遇见了道士而忘言，即不需要请教了。

余干旅舍·刘长卿

摇落暮天迥，丹枫霜叶稀。
孤城向水闭，独鸟背人飞。
渡口月初上，邻家渔未归。
乡心正欲绝，何处捣寒衣？

【注释】摇落：零落。《楚辞·九辩》："悲哉秋之为气也，萧瑟兮草木摇落而变衰。"迥（jiǒng）：高远貌。丹枫：枫叶经霜已经变红，故称。背人飞：离人而去（飞）。捣寒衣：指旧时缝制寒衣，用捶棒捣平皱折时传出的砧声。砧声最容易触发羁旅之愁和思亲之念。

自夏口至鹦鹉洲望岳阳寄元中丞·刘长卿

汀洲无浪复无烟，楚客相思益渺然。
汉口夕阳斜渡鸟，洞庭秋水远连天。
孤城背岭寒吹角，独戍临江夜泊船。
贾谊上书忧汉室，长沙谪去古今怜。

【注释】夏口：今汉口。古地名，位于汉水下游入长江处，由于汉水自沔阳以下古称夏水，故名。夏口在江北，三国吴置夏口督屯于江南，北筑城于武汉市黄鹄山上，与夏口隔江相对。鹦鹉洲：原在武汉市武昌城外江中，相传由东汉末年祢衡在黄祖的长子黄射大会宾客时，即席挥笔写就一篇"锵锵戛金玉，句句欲飞鸣"的《鹦鹉赋》而得名。后祢衡被黄祖杀害，葬于洲上而得名。岳阳：湖南岳阳市。汀洲：即鹦鹉洲。楚客：指作者。渺然：遥远。斜渡鸟：鸟儿从江面斜飞向天。寒吹角：鼓角声在寒风中飘荡。独戍：而非"独树"。孤城对仗独戍。城与树不对仗。夜泊船：夜里把船停在临近戍楼的江岸边。借贾谊以自比、自怜。

采莲曲·刘方平

落日清江里，荆歌艳楚腰。
采莲从小惯，十五即乘潮。

【注释】荆歌：荆楚之地的民歌。艳楚腰：细腰，指采莲女。从小惯：从小就常做。乘潮：驾驭潮水，指弄船。

春怨·刘方平

纱窗日落渐黄昏，金屋无人见泪痕。
寂寞空庭春欲晚，梨花满地不开门。

【注释】无人：没有别人。见泪痕：只看到一人在默默流泪。不是无人看见。春欲晚：春天快要结束了。不开门：女子没心情出来打扫落花。如李白的“苔深不能扫”。

月夜·刘方平

更深月色半人家，北斗阑干南斗斜。
今夜偏知春气暖，虫声新透绿窗纱。

【注释】半人家：照亮人家房屋的一半，另一半隐藏在黑暗里，表月亮西斜之时。阑干：横斜的样子。偏知：才知。新透：初透。一般指光透过，这里用声音透过纱窗，立意新颖。

阙题·刘昚虚

道由白云尽，春与清溪长。
时有落花至，远随流水香。
闲门向山路，深柳读书堂。
幽映每白日，清辉照衣裳。

【注释】阙题：即缺题。原题缺失，后人补之。昚：音 shèn。道由白云尽：道路延伸到白云里。春：春色。闲门：院门。深柳读书堂：读书堂在密林中。幽映每白日，清辉照衣裳：常常有阳光透过幽荫的密林照在我身上。幽映，阳光映照下的浓荫。衣裳（cháng）：指身上。

代悲白头翁·刘希夷

洛阳城东桃李花，飞来飞去落谁家。
洛阳儿女惜颜色，行逢落花长叹息。
今年花落颜色改，明年花开复谁在。
已见松柏摧为薪，更闻桑田变成海。
古人无复洛城东，今人还对落花风。
年年岁岁花相似，岁岁年年人不同。
寄言全盛红颜子，应怜半死白头翁。
此翁白头真可怜，伊昔红颜美少年。
公子王孙芳树下，清歌妙舞落花前。
光禄池台文锦绣，将军楼阁画神仙。
一朝卧病无相识，三春行乐在谁边。
宛转蛾眉能几时，须臾鹤发乱如丝。
但看古来歌舞地，惟有黄昏鸟雀悲。

【注释】白头翁：白发老人。这是一首拟古乐府诗。《白头吟》是汉乐府《相和歌·楚调曲》的旧题。松柏摧为薪：松柏被砍伐作柴薪。《古诗十九首》："古墓犁为田，松柏摧为薪。"桑田变成海：《神仙传》有"麻姑谓王方平曰：'接待以来，已见东海三为桑田。'"古人无复洛城东，今人还对落花风：作古的人不能再回到洛阳东郊了，活着的人还在对摧花的风叹息。公子王孙芳树下，清歌妙舞落花前：白头翁年轻时曾和公子王孙在树下花前共赏清歌妙舞。光禄：光禄勋。用东汉马援之子马防的典故。《后汉书·马援传》（附马防传）载，马防在汉章帝时拜光禄勋，生活很奢侈。文锦绣：指以锦绣装饰池台中物。文，装饰。将军：指东汉贵戚梁冀，他曾为大将军。《后汉书·梁冀传》载，梁冀大兴土木，建造府宅。宛转蛾眉：本为年轻女子的面部画妆，此代指青春年华。须臾：一会儿。鹤发：白发。

《唐才子传》载，刘希夷是上元二年（公元675年）的进士，是宋之问的外甥。但宋之问也是上元二年进士及第的，可知甥舅年龄差不多。刘希夷作《代悲白头翁》，宋之问看到"年年岁岁花相似，岁岁年年人不同"一联，极其喜爱，知道这首诗还没有流传出去，就向刘要这一联，用入他自己的诗中。刘希夷当时答应了，但后来又反悔，因而泄漏了这件秘密，使宋之问出丑。宋之问大怒，叫人用土袋压死刘希夷，当时刘还不到三十岁。这是唐人小说中所记的一段文艺轶事，未必可信，但由此可知这首诗是很著名的。当时及后世，都有人摹仿，甚至剽窃。例如，《才调集》选录贾曾的一首《有所思》云："洛阳城东桃李花，飞来飞去落谁家。幽闺女儿爱颜色，坐见落花长叹息。

今岁花开君不待，明年花开复谁在。故人不共洛阳东，今来空对落花风。年年岁岁花相似，岁岁年年人不同。”

酬乐天咏老见示·刘禹锡

人谁不顾老，老去有谁怜。
身瘦带频减，发稀冠自偏。
废书缘惜眼，多炙为随年。
经事还谙事，阅人如阅川。
细思皆幸矣，下此便翛然。
莫道桑榆晚，为霞尚满天。

【注释】酬乐天咏老见示：回赠白居易的《咏老赠梦得》。顾：在乎。怜：爱。带频减：腰带频繁缩减。废书：放下书不看。缘惜眼：因为爱惜眼睛。多炙：肉切碎了吃，便于消化。谙（ān）：精通。如阅川：如同看过的江水一样多。下此：除了这。翛（xiāo）然：无拘无束。桑榆：太阳的余辉照在桑榆树梢上，指晚景，此处借指暮年。《后汉书·冯异传》：“失之东隅，收之桑榆。”为霞：晚霞。如李商隐的“夕阳无限好”之意。

酬乐天扬州初逢席上见赠·刘禹锡

巴山楚水凄凉地，二十三年弃置身。
怀旧空吟闻笛赋，到乡翻似烂柯人。
沉舟侧畔千帆过，病树前头万木春。
今日听君歌一曲，暂凭杯酒长精神。

【注释】酬：以诗词作答。乐天：白居易。见赠：相赠。巴山楚水：指作者被贬之地。二十三年：指被贬时间。弃置：被贬。闻笛赋：西晋向秀跟嵇康是好友，嵇康因不满司马氏集团而被杀，向秀经过嵇康故居时，听见有人吹笛，不禁悲从中来，于是作《思旧赋》。到乡翻似：回到家乡好似百年长梦一般。烂柯人：晋代王质上山砍柴，看见两个童子下棋，就停下观看。等棋局终了，手中的斧把已经朽烂。回到村里，才知道已经过去一百年了。沉舟侧畔千帆过，病树前头万木春：祸福相依，不要悲观，希望长在。歌一曲：指白居易写的《醉赠刘二十八使君》。

春词·刘禹锡

新妆宜面下朱楼，深锁春光一院愁。
行到中庭数花朵，蜻蜓飞上玉搔头。

【注释】新妆：刚画完妆。宜面：脂粉浓淡得体。深锁春光：春光深锁，双关语。指女子不出大门，把自己封闭在庭院之内。愁：庭院深深，孤独一人，春愁即人愁。玉搔头：玉簪。

堤上行·刘禹锡

酒旗相望大堤头，堤下连樯堤上楼。
日暮行人争渡急，桨声幽轧满中流。

【注释】堤下连樯：堤下船只密集，樯橹相连。幽轧（yà）：象声词。曹植《孟冬篇》："乘舆启行，鸾鸣幽轧。"

堤上行·刘禹锡

江南江北望烟波，入夜行人相应歌。
桃叶传情竹枝怨，水流无限月明多。

【注释】桃叶、竹枝：都是巴山楚水人民爱唱的民歌。

堤上行·刘禹锡

春堤缭绕水徘徊，酒舍旗亭次第开。
日晚上楼招估客，轲峨大艑落帆来。

【注释】缭绕：曲折围绕。《宋书·谢灵运传》："复有水迳，缭绕回圆。"次第开：接连打开。估客：商人。轲峨（kē é）：高车。大艑（biàn）：大船。

九华山歌·刘禹锡

奇峰一见惊魂魄，意想洪炉始开辟。
疑是九龙夭矫欲攀天，忽逢霹雳一声化为石。
不然何至今，悠悠亿万年，气势不死如腾仚。
云含幽兮月添冷，月凝晖兮江漾影。
结根不得要路津，迥秀长在无人境。
轩皇封禅登云亭，大禹会计临东溟。
乘樏不来广乐绝，独与猿鸟愁青荧。
君不见敬亭之山黄索漠，兀如断岸无棱角。
宣城谢守一首诗，遂使声名齐五岳。
九华山，九华山，自是造化一尤物，焉能籍甚乎人间？

【注释】九华山：旧名九子山，在安徽青阳西南。因有九座山峰依次排列而得名。李白把九座山峰比作莲花，因而改名九华（huā）山。洪炉：比喻天地。晋代葛洪《抱朴子·勖学》："鼓九阳之洪炉，运大钧乎皇极。"始开辟：开天辟地之宇宙初形成之时。夭矫：矫健腾跃。腾仚（xiān）：腾飞飘举。仚，通仙。结根：山根。不得：不能、不在。要路津：重要的道路渡口，指没有交通要道可抵达。迥秀：奇秀。轩皇：黄帝。封禅（shàn）：封为"祭天"，禅为"祭地"，是指中国古代帝王在太平盛世或天降祥瑞之时的祭祀天地的大型典礼。大禹会计：《史记》中记载，大禹晚年在浙江省绍兴县大会诸侯，进行"会计"工作，后因过度劳累而死。大禹所莅临的这座山因而被称为"会计山"，即"会稽山"。这里的"会计"并不是今天的财务工作，而是针对两大重点，对诸侯进行绩效评估即爵有德，对成绩突出的臣子予以封爵；封有功，对治水努力且能创造显著功劳的臣子予以封地。东溟：东海。指黄帝和禹帝都未到过九华山。乘樏（léi）：据《吕氏春秋通诠·慎势》载，樏是古代走山路时乘坐的器具，亦称"山轿子"，此指大禹。广乐（yuè）：钧天之乐，钧天在古代神话传说中是指天的中央。指天上的音乐，仙乐。《异闻录·韦安道》："行百许步，复有大殿，上陈广筵重乐，罗列樽俎，九奏万舞，若钧天之乐。"这里指黄帝。青荧：青光闪映貌。《文选·扬雄·羽猎赋》："玉石嶜崟，眩耀青荧。"李善注："青荧，光明貌。"敬亭之山：敬亭山，原名昭亭山，晋初为避晋文帝司马昭名讳，改称敬亭山，属黄山支脉，东西绵亘百余里，大小山峰60座，主峰名一峰。南齐诗人谢朓《游敬亭山》诗有"兹山亘百里，合杳与云齐。隐沦既已托，灵异居然栖"的描绘；李白先后七次登临此地，且留有"相看两不厌，只有敬亭山"的诗句。索漠：荒凉萧索貌。兀如：高而上平，形容秃山。断岸：断崖。无棱角（音 jué）：显得没了棱角。宣城谢守：安徽宣州太守谢朓。造化：天地间。尤物：优异的人或物品（多指美女），此指九华山。籍甚：盛大，即盛名远扬。慨叹这样一座造化之尤物如何才能在人间声名大震呢？隐指作者以谢朓自居，只有靠这首诗才能使其名声大振。

浪淘沙·刘禹锡

莫道谗言如浪深，莫言迁客似沙沉。
千淘万漉虽辛苦，吹尽狂沙始到金。

【注释】 浪淘沙：唐代曲名，来自民间。与后来的词牌“浪淘沙”不同。迁客：遭贬谪的人。似沙沉：像沙子一样沉入江底，永无见天之日。漉（lù）：过滤。吹尽狂沙始到金：即使像金子一样埋入沙底，也有见天之时。

浪淘沙·刘禹锡

九曲黄河万里沙，浪淘风簸自天涯。
如今直上银河去，同到牵牛织女家。

【注释】 九曲：黄河有“九曲”之称。形容河流转弯很多。九，在古代表示多数。浪淘风簸（bǒ）：大风荡起波浪，大浪冲走泥沙，形容风大浪大。自天涯：向天边流去。如王之涣的“黄河远上白云间”。牵牛织女：神话中的牛郎、织女。

浪淘沙·刘禹锡

日照澄洲江雾开，淘金女伴满江隈。
美人首饰侯王印，尽是沙中浪底来。

【注释】 澄（chéng）洲：清亮、洁净的水洲。江隈（wēi）：江岸弯曲处。

附：《蚕妇》张俞

昨日入城市，归来泪满巾。
遍身罗绮者，不是养蚕人。

乐天见示·刘禹锡

乐天见示伤微之、敦诗、晦叔三君子，皆有深分，因成是诗以寄。

吟君叹逝双绝句，使我伤怀奏短歌。
世上空惊故人少，集中惟觉祭文多。
芳林新叶催陈叶，流水前波让后波。
万古到今同此恨，闻琴泪尽欲如何。

【注释】乐天：白居易。见示：给我看。微之：元稹。官终武昌军节度使。敦诗：崔群。官终吏部尚书。晦叔：崔玄亮。官终虢州刺史。深分：深厚的感情。双绝句：指白居易的《微之、敦诗、晦叔相次长逝，岿然自伤，因成二绝》："并失鹓鸾侣，空留麋鹿身。只应嵩洛下，长作独游人。""长夜君先去，残年我几何？秋风满衫袖，泉下故人多。"集中：文集。闻琴：指钟子期听俞伯牙弹琴之事。

萋兮吟·刘禹锡

天涯浮云生，争蔽日月光。
穷巷秋风起，先摧兰蕙芳。
万货列旗亭，恣心注明珰。
名高毁所集，言巧智难防。
勿谓行大道，斯须成太行。
莫吟萋兮什，徒使君子伤。

【注释】萋兮：有文采的样子，形容诽谤者把谣言编造得巧妙。《诗经·小雅·巷伯》："萋兮斐兮，成是贝锦；彼谮人者，亦已大甚!"萋斐，文章相错也。贝锦，锦文也。喻谗人集作已过以成于罪，犹如女工之集彩色以成锦文。谮（zèn），诬陷。浮云生：专权宦官和没有操守的佞臣。兰蕙：兰花、蕙草。万货：各种商品。旗亭：酒楼，此指市场。恣心：贪婪之心。明珰：明月珰，贵重的耳饰。言巧：花言巧语。智难防：智者难分辨。斯须：瞬间。成太行：变成险仄的太行山小道。萋兮什：《诗经》第十篇《巷伯》："萋兮斐兮，成是贝锦。彼谮人者，亦已大甚！哆（chǐ）兮侈兮，成是南箕。彼谮人者，谁适与谋。缉缉翩翩，谋欲谮人。慎尔言也，谓尔不信。捷捷幡幡，谋欲谮言。岂不尔受？既其女迁。骄人好好，劳人草草。苍天苍天，视彼骄人。矜此劳人。彼谮人者，谁适与谋？取彼谮人，投畀（bì）豺虎。豺虎不食，投畀有北。有北不受，投畀有昊！杨园之道，猗于亩丘。寺人孟子，作为此诗。凡百君子，敬而听之。"

秋词·刘禹锡

自古逢秋悲寂寥，我言秋日胜春朝。
晴空一鹤排云上，便引诗情到碧霄。

【注释】寂寥：寂寞孤独。春朝（zhāo）：春天的早晨。排云上：凌云直上。碧霄：天空。

秋词·刘禹锡

山明水净夜来霜，数树深红出浅黄。
试上高楼清入骨，岂如春色嗾人狂。

【注释】深红：红花。浅黄：黄叶。试上：登上。清入骨：凉风入骨。岂如：哪如。嗾（sǒu）人狂：教唆、撩拨得使人轻狂。还是喜欢秋风，不喜欢春风。

秋风引·刘禹锡

何处秋风至？萧萧送雁群。
朝来入庭树，孤客最先闻。

【注释】何处秋风至：秋风从何处来。萧萧：风声。最先闻：最先听到（风声）。

石头城·刘禹锡

山围故国周遭在，潮打空城寂寞回。
淮水东边旧时月，夜深还过女墙来。

【注释】石头城：位于江苏南京西。曾经是战国时代楚国的金陵城，三国时孙权改名为石头城，并在此修筑宫殿。经过六代豪奢，至唐初废弃，二百年来久已成为一座“空城”。周遭：四周。山依然围绕在故国的四周。寂寞回：潮水也觉得没意思悻悻而回。淮水：秦淮河。女墙：城垛。月光爬过城垛照映空城。好不凄凉也。

蜀先主庙·刘禹锡

天地英雄气，千秋尚凛然。
势分三足鼎，业复五铢钱。
得相能开国，生男不像贤。
凄凉蜀故伎，来舞魏宫前。

【注释】蜀先主：指刘备。凛然：肃然起敬。三足鼎：魏、蜀、吴三足鼎立。业复：恢复汉业。五铢钱：汉武帝时的钱币，刘备为汉室后裔，指汉业。得相：指诸葛亮。生男：刘备儿子阿斗刘禅（shàn），最后降魏。凄凉：可悲。司马昭与刘禅饮，蜀故伎堂前表演，旁人为之感怆，而禅嬉笑自若。

踏歌行·杂曲歌辞·刘禹锡

春江月出大堤平，堤上女郎连袂行。
唱尽新词欢不见，红霞映树鹧鸪鸣。

【注释】大堤平：江水涨满堤坝。连袂行：一同出行。欢不见：对歌的小伙子们没有出现。欢，情人。

踏歌行·杂曲歌辞·刘禹锡

桃蹊柳陌好经过，灯下妆成月下歌。
为是襄王故宫地，至今犹自细腰多。

【注释】桃蹊：桃林间小道。经过（guō）：路过欣赏。为是：应是，由于。襄王：楚襄王，实为楚灵王，喜欢细腰女人。犹自：仍然。细腰多：据史料记载，灵王喜好细腰的女子，就在楚国各地挑选数千名细腰女子送到章华台，供灵王享乐。时间稍久，那些女子害怕自己的腰变粗，失宠于灵王，有的干脆勒紧裤带不吃不喝，竟然饿死。即“楚王好细腰，宫女多饿死。”唐彦谦有“楚王江畔无端种，饿损纤腰学不成”的诗句。

踏歌行·杂曲歌辞·刘禹锡

新词宛转递相传，振袖倾鬟风露前。
月落乌啼云雨散，游童陌上拾花钿。

【注释】宛转：婉转，曲折。递相传：互相对歌。振袖倾鬟：舞袖摇头。拾花钿：拣拾女子们忘情表演而丢掉的首饰。

踏歌行·杂曲歌辞·刘禹锡

日暮江头闻竹枝，南人行乐北人悲。
自从雪里唱新曲，直至三春花尽时。

【注释】竹枝：古曲。南人行乐北人悲：形容苦乐不均。自从雪里唱新曲，直至三春花尽时：从初冬唱到春末。北方雪天冷冻难耐，南方却赏雪意浓，新曲不断。

望洞庭·刘禹锡

湖光秋月两相和，潭面无风镜未磨。
遥望洞庭山水翠，白银盘里一青螺。

【注释】相和：照应。镜未磨：古代用铜镜，未磨指新镜，上面凸凹不平。青螺：洞庭湖中的君山。雍陶有“疑是水仙梳洗处，一螺青黛镜中心”语。

乌衣巷·刘禹锡

朱雀桥边野草花，乌衣巷口夕阳斜。
旧时王谢堂前燕，飞入寻常百姓家。

【注释】乌衣巷：位于南京东南。三国时吴在此设乌衣营，兵士皆着乌衣故得名。朱雀桥：乌衣巷口的一座浮桥，东晋时所修。斜（xiá）：斜照。王谢：东晋宰相王导和谢安两大家族。

巫山神女庙·刘禹锡

巫山十二郁苍苍，片石亭亭号女郎。
晓雾乍开疑卷幔，山花欲谢似残妆。
星河好夜闻清佩，云雨归时带异香。
何事神仙九天上，人间来就楚襄王。

【注释】巫山：在今四川、湖北两省边境，东北、西南走向，高 1000 余米。神女庙：巫山上有神女峰，峰下有神女庙。神女：中国古代神话中的巫山女神，也称巫山之女。传说为天帝之女，一说为炎帝（赤帝）之女，本名瑶姬（也写作姚姬），未嫁而死，葬于巫山之阳，因而为神。战国时楚怀王游高唐，梦与女神相遇，女神自荐枕席，后宋玉陪侍襄王游云梦时，作《高唐赋》与《神女赋》追述其事。神女为“旦为朝云、暮为行雨”的美貌仙女。此后，“巫山神女”常用以比喻美女，“巫山云雨”“阳台梦”遂成为男女欢好之典。巫山十二：巫山十二座峰。郁苍苍：郁郁葱葱。片石：偏偏就那么一片石头。亭亭：亭亭玉立。号女郎：被人称为神女。疑卷幔：好像神女在闺中拉开了透明的罗帐。似残妆：似乎是神女卸下的残妆。好夜：月光皎洁。闻清佩：清楚地听见神女出行时环佩之响。云雨归时：风雨过后。带异香：闻见神女通体发出的扑鼻异香。何事神仙九天上，人间来就楚襄王：何事，为什么。神女为什么要从九天之上来到人间，来与楚襄王约会呢？在《神女赋》中，楚襄王梦里向神女求爱遭拒，襄王“惆怅垂涕，求之至曙。”女神没有与襄王欢会，此所谓“襄王有梦，神女无心。”

附：巫山神女·陈湛元

王母女儿客高唐，楚王巫山游梦乡。
斩龙除孽绝水患，疏川助禹开峡长。
身化俊峰随望守，意作彩凤伴鸾翔。
暮闻泣雨瑶姬泪，朝见飞云神女裳。

西塞山怀古·刘禹锡

王浚楼船下益州，金陵王气黯然收。
千寻铁锁沉江底，一片降幡出石头。
人世几回伤往事，山形依旧枕寒流。
今逢四海为家日，故垒萧萧芦荻秋。

【注释】西塞（sài）山：位于湖北黄石东。王浚（jùn）：西晋武帝时，王浚率水师沿江直下伐吴。楼船：巨大的战船。下益州：从益州沿江而下。时王浚为益州刺史。金陵：南京，吴都。王气：霸气。黯然收：黯然失色。千寻：古代八尺为一寻。铁锁沉江底：吴国为阻止王浚兵东下，以铁锁链拦江。王用火攻，铁锁沉于江底，战船直抵金陵。一片降幡：一面降旗。指吴王孙皓降晋。出石头：在石头城上举起。石头城即金陵。曹雪芹的《石头记》即《红楼梦》描写的就是金陵十二钗之事。几回：几兴、几废多少轮回。伤往事：往事使人伤感。山形依旧：西塞山的形势却没变。枕寒流：倚靠着长江。四海为家：天下太平。故垒萧萧芦荻秋：古时要塞长满的芦荻，在秋风中沙沙作响。《唐诗纪事》：“长庆中，元微之（元稹）、梦得（刘禹锡）、韦楚客同会乐天（白居易）舍。论南朝兴废，各赋《金陵怀古诗》。刘满饮一杯，饮已即成（《西塞山怀古》)。白公览诗曰:‘四人探骊龙,子先获珠,所余鳞爪何用耶!’于是罢唱。”

元和十年自朗州承召至京戏赠看花诸君子·刘禹锡

紫陌红尘拂面来,无人不道看花回。
玄都观里桃千树,尽是刘郎去后栽。

【注释】刘郎:刘禹锡,作者自指。紫陌红尘:指京城大道。玄都观(guàn):唐朝长安城里的玄都观,而不是衡山的玄都观。

再游玄都观·刘禹锡

百亩庭中半是苔,桃花净尽菜花开。
种桃道士归何处?前度刘郎今又来。

【注释】庭中:玄都观的庭院。苔:苔藓,说明没有人游玩。菜花:野菜花。刘郎:刘禹锡,作者自指。

竹枝词·刘禹锡

杨柳青青江水平,闻郎江上唱歌声。
东边日出西边雨,道是无晴却有晴。

【注释】晴:指“情”。双关语,用得最妙。

竹枝词·刘禹锡

山桃红花满上头,蜀江春水拍山流。
花红易衰似郎意,水流无限似侬愁。

【注释】上头:枝头。

竹枝词·刘禹锡

瞿塘嘈嘈十二滩,此中道路古来难。
长恨人心不如水,等闲平地起波澜。

【注释】嘈嘈：湍急的水声。十二滩：瞿塘峡中十二处险滩。等闲：没事的时候。指无缘无故。起波澜：指生出是非。

竹枝词·刘禹锡

山上层层桃李花，云间烟火是人家。
银钏金钗来负水，长刀短笠去烧畲。

【注释】银钏金钗：指女子。长刀短笠：指男子。烧畲（shē）：烧荒种地。畲，此处读 shā 音

旅次朔方（渡桑乾）·刘皂

客舍并州已十霜，归心日夜忆咸阳。
无端更渡桑乾水，却望并州是故乡。

【注释】同一内容在不同的版本中出现两个题目及两个作者。《渡桑乾》作者贾岛；《旅次朔方》作者刘皂。第一，贾岛是河北道幽州范阳县（今河北省涿州市）人，而刘皂是咸阳（今陕西咸阳县附近）人，“归心日夜忆咸阳”一句中的“咸阳”是他的故乡，与他的生平联系得上。第二，贾岛没有在并州十年的经历。第三，《全唐诗》存刘皂五首诗，诗的语言和风格皆与《渡桑乾》诗相似。第四，在《全唐诗》中，《渡桑乾》诗名为《旅次朔方》，作者为刘皂。故此该诗作者就是刘皂。旅次朔方：外出到北方。客舍：在外客居。并州：山西太原。十霜：十年。归心：回家的心愿。咸阳：刘皂的故乡。无端：没来由，无缘无故地。更渡：再渡。桑乾（gān）水：桑干河，现永定河。源出山西，流经河北东流入海。却望：回望。并州是故乡：土居三十载，无有不亲人。在并州十年，一旦离开也有藕断丝连的感觉，故曰“是故乡”，实为似故乡一样有亲切感。

夜渡江·柳中庸

夜渚带浮烟，苍茫晦远天。
舟轻不觉动，缆急始知牵。
听笛遥寻岸，闻香暗识莲。
惟看孤帆影，常似客心悬。

【注释】渚：江中小洲。带：遮蔽、笼罩。苍茫：没有边际。晦（huì）：暗。不觉动：没有参照物，故“不觉动”。缆急：纤夫拉的缆绳绷得紧。遥寻岸：用目向岸上寻找吹笛者。暗识：在黑暗中判断出。客心悬：游子思乡之心高悬着。

征人怨·柳中庸

岁岁金河复玉关，朝朝马策与刀环。
三春白雪归青冢，万里黄河绕黑山。

【注释】金河：今内蒙古地区古要塞。玉关：甘肃省云门关要塞。复：和。马策：马鞭，指战马。刀环：指战刀。与：和。归：落。青冢：指昭君墓。黑山：位于内蒙古呼和浩特市东南。年年守关，天天戎装。征战到昭君墓一带，又转战到黑山。故题目曰“怨”。

别舍弟宗一·柳宗元

零落残魂倍黯然，双垂别泪越江边。
一身去国六千里，万死投荒十二年。
桂岭瘴来云似墨，洞庭春尽水如天。
欲知此后相思梦，长在荆门郢树烟。

【注释】韩醇《诂训柳集》卷四十二：“‘万死投荒十二年’，自永贞元年（805年）乙酉至元和十一年（816年）丙申也。诗是年春作。”宗一：宗元从弟，事不详。零落残魂倍黯然：江淹《别赋》：“黯然销魂者，唯别而已矣。”越江：唐汝询《唐诗解》卷四十四：“越江，未详所指，疑即柳州诸江也。按柳州乃百越地。”六千里：《通典·州郡十四》：“（柳州）去西京五千二百七十里”。投荒：抛弃于荒野。此喻被贬谪。桂岭：五岭之一，山多桂树，故名。柳州在桂岭南。《元和郡县志》卷三十七《岭南道贺州》载有桂岭县：“桂岭在县东十五里”。荆、郢：古楚都，今湖北江陵西北。《百家注柳集》引孙汝听曰：“荆、郢，宗一将游之处。”何焯《义门读书记》曰：“《韩非子》：张敏与高惠二人为友，每相思不得相见，敏便于梦中往寻。但行至半路即迷。落句正用其意。”

晨诣超师院读禅经·柳宗元

汲井漱寒齿，清心拂尘服。
闲持贝叶书，步出东斋读。
真源了无取，妄迹世所逐。

遗言冀可冥，缮性何由熟。
道人庭宇静，苔色连深竹。
日出雾露余，青松如膏沐。
澹然离言说，悟悦心自足。

【注释】诣（yì）：造访。贝叶书：佛书。真源：真谛。了无取：一无所取。妄迹：违背根本的世情。遗言：佛教的精髓。冀可冥：希望可以领悟。缮性：俗心。何由熟：怎么能参透。道人：非指道士，此指禅师。雾露余：雾露尚未消散。膏沐：新涂的膏脂。澹然：悟禅之后的空寂状态。离：难以。悟悦：开悟的乐趣。

酬曹侍御过象县见寄·柳宗元

破额山前碧玉流，骚人遥驻木兰舟。
春风无限潇湘意，欲采蘋花不自由。

【注释】酬：接受别人寄赠作品后，以作品答谢之。侍御：侍御史。象县：唐代属岭南道，即今广西象州。碧玉流：形容江水澄明深湛，如碧玉之色。骚人：不得志之人，一般指文人墨客。此指曹侍御。木兰：木兰属落叶乔木，古人以之为美木，文人常在文学作品中以之比喻美好的人或事物。这里称朋友所乘之船为木兰舟，是赞美之意。潇湘：湖南境内二水名。柳宗元《愚溪诗序》云："余以愚触罪，谪潇水上。"这句是说：我在春风中感怀骚人，有无限潇湘之意。"潇湘意"应该说既有怀友之意，也有迁谪之意。采蘋：南朝柳恽《江南曲》："汀洲采白蘋，日暮江南春。洞庭有归客，潇湘逢故人。"《清一统志湖南永州府》："白蘋洲，在零陵西潇水中，洲长数十丈，水横流如峡，旧产白蘋最盛。"此句言欲采蘋花赠给曹侍御，但却无此自由。这是在感慨自己谪居的处境险恶，连采花赠友的自由都没有。

登柳州城楼寄漳汀封连四州刺史·柳宗元

城上高楼接大荒，海天愁思正茫茫。
惊风乱飐芙蓉水，密雨斜侵薜荔墙。
岭树重遮千里目，江流曲似九回肠。
共来百越文身地，犹自音书滞一乡。

【注释】柳州：湖南郴州地区，公元815年作者被贬于此。漳汀封连四州刺史：福建漳州刺史韩泰、福建汀洲刺史韩晔（yè）、广东封州刺史陈谏、广东连州刺史刘禹锡。城上高楼：登上柳州城楼。接大荒：极目远望。接，极目。海天愁思正茫茫：远处海天相连，我的愁思无限。乱飐（zhǎn）：吹乱了。芙蓉：荷花。斜侵：倾斜浇打。薜荔（bì lì）墙：爬满薜荔的围墙。重遮：重重遮蔽。千里目：远望的视线。九回肠：郁结的愁肠。百越：五岭以南的少数民族地区，指广东、福建贬谪之地。文身：纹身。庄子说："越人断发文身"。犹自：仍然是。音书滞一乡：音信阻滞，各在一方。虽然同到南方，但彼此联系还是不方便。

江雪·柳宗元

千山鸟飞绝，万径人踪灭。
孤舟蓑笠翁，独钓寒江雪。

【注释】 蓑笠（suō lì）：防雨雪用的草衣、草帽。独钓寒江雪：雪天独钓于寒江之上。这里是指江淮一带。

柳州二月榕叶落尽偶题·柳宗元

宦情羁思共凄凄，春半如秋意转迷。
山城过雨百花尽，榕叶满庭莺乱啼。

【注释】 柳州：湖南郴州地区，公元815年作者被贬于此，《捕蛇者说》即作于此。宦情羁思：贬官客居他乡的思绪。凄凄：凄惨。转迷：心绪烦乱。

溪居·柳宗元

久为簪组束，幸此南夷谪。
闲依农圃邻，偶似山林客。
晓耕翻露草，夜榜响溪石。
往来不逢人，长歌楚天碧。

【注释】 簪组束：指做官不自由。谪（zhé）：降职、贬官。耕：种地。榜：指打渔。不逢人：指孤寂。长歌：长歌以抒发郁结之情，更显孤独。

渔翁·柳宗元

渔翁夜傍西岩宿，晓汲清湘燃楚竹。
烟销日出不见人，欸乃一声山水绿。
回看天际下中流，岩上无心云相逐。

【注释】傍：在某某之旁。欸（ǎi）乃：摇橹声。绿：读 lù 音。中流：江心。后两句去掉更为经典。

与浩初上人同看山寄京华亲故·柳宗元

海畔尖山似剑铓，秋来处处割愁肠。
若为化作身千亿，散上峰头望故乡。

【注释】浩初上人：潭州（今湖南长沙）人，龙安海禅师的弟子，作者的朋友。时从临贺到柳州会见诗人。剑铓：剑锋。苏轼有“割愁还有剑铓山”。若为：若能。身千亿：把身体分成无数份，像孙悟空一样会七十二变就好了。

逢病军人·卢纶

行多有病住无粮，万里还乡未到乡。
蓬鬓哀吟长城下，不堪秋气入金疮。

【注释】逢病军人：遇见从军的伤病员。蓬鬓：散乱的头发。长城：秦始皇修筑的古代军事工程，用来防止匈奴入侵，后来历朝多次翻修。不堪：不可忍受。秋气：寒气。金疮：指病军人所受的刀箭之伤 。

塞下曲·卢纶

鹫翎金仆姑，燕尾绣蝥弧。
独立扬新令，千营共一呼。

【注释】鹫（jiù）翎：鹫鸟尾巴上的羽毛，可做箭羽。金仆姑：箭名。此句指箭。蝥（máo）弧：大旗，旗上绣着燕尾形的图案。独立：列队站立。扬新令：发布新的军令。共一呼：一齐呼喊。

塞下曲·卢纶

林暗草惊风，将军夜引弓。
平明寻白羽，没在石棱中。

【注释】草惊风：草被风吹动。引弓：拉弓。平明：凌晨。白羽：箭。没：陷入。石棱：石缝。《汉书·李广传》："广出猎，见草中石以为虎而射之，中石。没镞。视之，石也。"

塞下曲·卢纶

月黑雁飞高，单于夜遁逃。
欲将轻骑逐，大雪满弓刀。

【注释】月黑：没有月亮。将：率领。骑：音 jì。大雪：由于雪大而找不到遁逃的踪迹了。

塞下曲·卢纶

野幕敞琼筵，羌戎贺劳旋。
醉和金甲舞，雷鼓动山川。

【注释】野幕：野外搭起的帐篷。敞：摆设。琼筵：高档酒宴。羌戎：西北地区少数民族，指征战之地。贺劳旋：祝贺慰劳凯旋。和（hè）：和着，伴着。指穿戴着。雷鼓：鼓声如雷。

送李端·卢纶

故关衰草遍，离别正堪悲。
路出寒云外，人归暮雪时。
少孤为客早，多难识君迟。
掩泣空相向，风尘何所期。

【注释】故关：指离别之地。正堪悲：更可悲。路出：道路延伸。寒云外：形容路远。如刘昚虚的"道由白云尽"。为客：在外飘泊。风尘：时局动乱。何所期：何时再相聚。

晚次鄂州·卢纶

云开远见汉阳城，犹是孤帆一日程。
估客昼眠知浪静，舟人夜语觉潮生。
三湘愁鬓逢秋色，万里归心对月明。
旧业已随征战尽，更堪江上鼓鼙声。

【注释】次：到。鄂州：武汉武昌地区。犹是：还需要。估客：商人、乘客。舟人：船工。潮生：涨潮了。三湘：鄂州上游的三湘水，作者飘泊之地。愁鬓逢秋色：愁上加愁。对月明：看着明月思念着家人。旧业：家产。已随征战尽：已经由于战乱而散失干净。更堪江上鼓鼙声：更何况江上鼓鼙声还没有停止呢？

走笔谢孟谏议寄新茶·卢仝

日高丈五睡正浓，军将打门惊周公。
口云谏议送书信，白绢斜封三道印。
开缄宛见谏议面，手阅月团三百片。
闻道新年入山里，蛰虫惊动春风起。
天子须尝阳羡茶，百草不敢先开花。
仁风暗结珠琲瓃，先春抽出黄金芽。
摘鲜焙芳旋封裹，至精至好且不奢。
至尊之余合王公，何事便到山人家。
柴门反关无俗客，纱帽笼头自煎吃。
碧云引风吹不断，白花浮光凝碗面。
一碗喉吻润，两碗破孤闷。
三碗搜枯肠，惟有文字五千卷。
四碗发轻汗，平生不平事，尽向毛孔散。
五碗肌骨清，六碗通仙灵。
七碗吃不得也，惟觉两腋习习清风生。
蓬莱山，在何处？
玉川子，乘此清风欲归去。
山上群仙司下土，地位清高隔风雨。
安得知百万亿苍生命，堕在巅崖受辛苦！
便为谏议问苍生，到头还得苏息否？

【注释】仝，音 tóng。走笔：谓挥毫疾书。孟谏议：即孟简，生平不详。谏议，朝廷言官名。打门：叩门。周公，指睡梦。《论语·述而》："子曰：甚矣吾衰也，久矣，吾不复梦周公!"后即把梦周公作为睡梦的代称。白绢斜封三道印：言军将带来一包白绢密封并加了三道泥印的新茶。开缄：打开信。宛见：如见。月团：指茶饼。茶饼为圆状，故称。闻道新年入山里，蛰虫惊动春风起：言采茶人的辛苦。蛰虫，蛰伏之虫，如冬眠的蛇之类。阳羡：地名，古属今江苏常州。北宋沈括《梦溪笔谈》："古人论茶，唯言阳羡、顾渚、天柱、蒙顶之类。"《茶事拾遗》："（张芸叟）云：有唐茶品，以阳羡为上。"仁风暗结珠琲瓃，先春抽出黄金芽：意谓天子的"仁德"之风，使茶树先萌珠芽，抢在春天之前就抽出了金色的嫩蕊。琲瓃（bèi léi），蓓蕾。花蕾，含苞未放的花。至尊之余合王公，何事便到山人家：意谓这样的珍品茶，本应是天子王公大人享受的，现在竟到了我这样的山野人家来了。纱帽笼头：纱帽于隋唐以前为贵胄官吏所用，隋唐时则为一般士大夫的普通服饰。有时亦指普通人的纱巾之类。葛长庚《茶歌》："文正范公对茶笑，纱帽笼头煎石铫。"明文徵明《煎茶》："山人纱帽笼头处，禅榻风花绕鬓飞。"碧云：指茶的色泽。风，指煎茶时的滚沸声。白花：指煎茶时浮起的泡沫。吻：唇。蓬莱山：神话传说中的仙山。司：统率。苏息：休养生息。

和李秀才边庭四时怨·卢汝弼

春风昨夜到榆关，故国烟花想已残。
少妇不知归不得，朝朝应上望夫山。

【注释】边庭：边疆。四时怨：描写四季戍边心情的诗。榆关：即榆关镇，位于河北省东端，秦皇岛附近，与辽宁接壤，东南临渤海。隋唐时期，是防御辽东高丽入侵的重要的军事重地。烟花：花卉。想已残：应该开始凋谢了。北方初春，南方已是春暮。归不得：不能归。望夫山：即望夫石的典故，此指登高远望，盼望丈夫归来。此为春怨。

和李秀才边庭四时怨·卢汝弼

卢龙塞外草初肥，雁乳平芜晓不飞。
乡国近来音信断，至今犹自著寒衣。

【注释】卢龙塞：即今河北喜峰口。卢龙塞位于徐无山麓的最东面，坐落于两山之间。左侧是梅山，右侧是云山。雁乳：乳雁。平芜：茂密的草丛。犹自：还在。著（zhuó）寒衣：夏天还穿着冬天的衣服。此为夏怨。

和李秀才边庭四时怨·卢汝弼

八月霜飞柳半黄，蓬根吹断雁南翔。
陇头流水关山月，泣上龙堆望故乡。

【注释】陇头：陇，甘肃地区，借指边塞。龙堆：白龙堆的略称。古西域沙丘名。此为秋怨。

和李秀才边庭四时怨·卢汝弼

朔风吹雪透刀瘢，饮马长城窟更寒。
半夜火来知有敌，一时齐保贺兰山。

【注释】朔风：北风。刀瘢：刀痕，即身上的刀伤。长城窟：长城附近的泉眼。郦道元《水经注》说"余至长城，其下有泉窟，可饮马。"魏晋诗人陈琳有《饮马长城窟行》。贺兰山：贺兰山脉，位于宁夏回族自治区与内蒙古自治区交界处，蒙古语称骏马为"贺兰"，故名贺兰山。此为冬怨。

长安古意·卢照邻

长安大道连狭斜，青牛白马七香车。
玉辇纵横过主第，金鞭络绎向侯家。
龙衔宝盖承朝日，凤吐流苏带晚霞。
百尺游丝争绕树，一群娇鸟共啼花。
游蜂戏蝶千门侧，碧树银台万种色。
复道交窗作合欢，双阙连甍垂凤翼。
梁家画阁中天起，汉帝金茎云外直。
楼前相望不相知，陌上相逢讵相识？
借问吹箫向紫烟，曾经学舞度芳年。
得成比目何辞死，愿作鸳鸯不羡仙。
比目鸳鸯真可羡，双去双来君不见？
生憎帐额绣孤鸾，好取门帘帖双燕。
双燕双飞绕画梁，罗帷翠被郁金香。

片片行云着蝉翼，纤纤初月上鸦黄。
鸦黄粉白车中出，含娇含态情非一。
娇童宝马铁连钱，娼妇盘龙金屈膝。
御史府中乌夜啼，廷尉门前雀欲栖。
隐隐朱城临玉道，遥遥翠幰没金堤。
挟弹飞鹰杜陵北，探丸借客渭桥西。
俱邀侠客芙蓉剑，共宿娼家桃李蹊。
娼家日暮紫罗裙，清歌一啭口氛氲。
北堂夜夜人如月，南陌朝朝骑似云。
南陌北堂连北里，五剧三条控三市。
弱柳青槐拂地垂，佳气红尘暗天起。
汉代金吾千骑来，翡翠屠苏鹦鹉杯。
罗襦宝带为君解，燕歌赵舞为君开。
别有豪华称将相，转日回天不相让。
意气由来排灌夫，专权判不容萧相。
专权意气本豪雄，青虬紫燕坐春风。
自言歌舞长千载，自谓骄奢凌五公。
节物风光不相待，桑田碧海须臾改。
昔时金阶白玉堂，即今惟见青松在。
寂寂寥寥扬子居，年年岁岁一床书。
独有南山桂花发，飞来飞去袭人裾。

【注释】古意：是六朝以来诗歌中常见的标题，表示这是拟古之作。狭斜：指小巷。七香车：用多种香木制成的华美小车。玉辇：本指皇帝所乘的车，这里泛指一般豪门贵族的车。主第：公主府第。帝王赐给臣下房屋有甲乙次第，故房屋称“第”。络绎：往来不绝，前后相接。侯家：封建王侯之家。龙衔宝盖：车上张着华美的伞状车盖，支柱上端雕作龙形，如衔车盖于口。宝盖，即华盖。古时车上张有圆形伞盖，用以遮阳避雨。凤吐流苏：车盖上的立凤嘴端挂着流苏。流苏，以五彩羽毛或丝线制成的穗子。游丝：春天虫类所吐的飘扬于空中的丝。千门：指宫门。复道：又称阁道，宫苑中用木材架设在空中的通道。交窗：花格图案的木窗。合欢：夜合花。这里指复道、交窗上的合欢花形图案。阙：宫门前的望楼。甍：屋脊。垂凤翼：双阙上饰有金凤，作垂翅状。《太平御览》卷一七九引《阙中记》：“建章宫圆阙临北道，凤在上，故号曰凤阙也。”梁家：指东汉外戚梁冀家。梁冀为汉顺帝梁皇后兄，以豪奢著名，曾在洛阳大兴土木，建造第宅。金茎：铜柱。汉武帝刘彻于建章宫内立铜柱，高二十丈，上置铜盘，名仙人掌，以承露水。楼前相望不相知，陌上相逢讵相识：写侍女如云，难以辨识。讵，同“岂”。吹箫：用春秋时萧史吹箫的故事。《列仙传》：“萧史善吹箫，秦穆公以女弄玉妻之，一旦图随凤凰飞去。”向紫烟：指飞入天空。紫烟，指云气。比目：鱼名。《尔雅·释地》：“东方有比目鱼焉，不比不行，其名谓之鲽。”故古人用比目鱼、鸳鸯鸟比喻男女相伴相爱。生憎：最恨。帐额：帐子前的横幅。孤鸾：象征独居。鸾，传说中凤凰一类的神鸟。好取：愿将。双燕：象征自由幸福的爱情。翠被：翡翠颜色的被子，或指以翡翠鸟羽毛为饰的被子。郁金香：这里指一种名贵的香料，传说产自大秦国（中国古代对罗马帝国的称呼）。这里是指罗帐和被子都用郁金香熏过。行云：形容发型蓬松美丽。蝉翼：古代妇女的一种发式，类似蝉翼的式样。初月上鸦黄：额上用黄色涂成弯弯的月牙形，是当时女性面部化妆的一种样式。鸦黄，嫩黄色。娇童：泛指浮华轻薄子弟。铁连钱：指马的毛色青而斑驳，有连环的钱状花纹。娼妇：这里指上文所说的“鸦黄粉白”的豪贵之家的歌儿舞女。盘龙：钗名。崔豹《古今注》：“蟠龙钗，梁冀妻所制。”此指金屈膝上的雕纹。屈膝：铰链。用于屏风、窗、门、橱柜等物，这里是指车门上的铰链。御史府中乌夜啼，廷尉门前雀欲栖：写权贵骄纵恣肆，御史、廷尉都无权约束他们。御史，官名，司弹劾。“乌夜啼”与下句“雀欲栖”均暗示执法官门庭冷落。廷尉，官名，掌刑法。朱城：宫城。玉道：指修筑得讲究漂亮的道路。翠幰（xiǎn）：车上的帷幔。妇女车上镶有翡翠的帷幕。金堤：坚固的河堤。挟弹飞鹰：指打猎的场面。杜陵：在长安东南，汉宣帝陵墓所在地。探丸借客：指行侠杀吏，助人报仇等蔑视法律的行为。《汉书·尹赏传》：“长安闾里少年，群辈杀吏，受贿报仇，相与探丸为弹，得赤丸者斫武吏，黑丸者斫文吏，白者主治丧。”又《汉书·朱云传》有“借客报仇”之语。借客，指助人。渭桥：在长安西北，秦始皇时所建，横跨渭水，故名。芙蓉剑：古剑名，春秋时越国所铸。这里泛指宝剑。娼家：妓女。桃李蹊：指娼家的住处。语出《史记·李将军列传》：“桃李不言，下自成蹊。”此借用，一则桃李可喻美色，二则暗示这里是吸引游客纷至沓来的地方。蹊，小径。啭：宛转歌唱。氛氲：香气浓郁。北堂：指娼家。人如月：形容妓女的美貌。南陌：指妓院门外。骑似云：形容骑马的来客云集。北里：即唐代长安平康里，是妓女聚居之处，因在城北，故称北里。五剧三条控三市：长安街道纵横交错，四通八达，与市场相连接。五剧，交错的路。三条，通达的道路。控，引，连接。三市，许多市场。“五剧”、三条”、“三市”都是用前人成语，其中数字均非实指。佳气红尘：指车马杂沓的热闹景象。金吾：即执金吾，汉代禁卫军官衔。唐代设左、右金吾卫，有金吾大将军。此泛指禁军军官。翡翠屠苏鹦鹉杯：写禁军军官在娼家饮酒。翡翠本为碧绿透明的美玉，这里形容美酒的颜色。屠苏，美酒名。鹦鹉杯，即海螺盏，用南洋出产的一种状如鹦鹉的海螺加工制成的酒杯。罗襦：丝绸短衣。燕歌赵舞：战国时燕、赵二国以“多佳人”著称，歌舞最盛。此借指美妙的歌舞。转日回天：极言权势之大，可以左右皇帝的意志。“天”喻皇帝。灌夫：字仲孺，汉武帝时期的一位将军，勇猛任侠，好使酒骂座，交结魏其侯窦婴，与丞相武安侯田蚡不和，终被田蚡陷害，诛族，见《史记·魏其武安侯列传》。萧相：指萧望之，字长倩，汉宣帝朝为御史大夫、太子太傅。汉元帝即位，辅政，官至前将军，他曾自谓“备位将相”。后被排挤，饮鸩自尽。青虬、紫燕：均指好马。屈原《九章·涉江》：“驾青虬兮骖白螭。”虬，本指无角龙，这里借指良马。紫燕，骏马名。坐春风：在春风中骑马飞驰，极其得意。凌：超过。五公：张汤、杜周、萧望之、冯奉世、史丹。皆汉代著名权贵。节物风光：指节令、时序。桑田碧海：即沧海桑田。喻指世事变化很大。《神仙传》卷五：麻姑对王方平说：“接待以来，见东海三为桑田。”金阶白玉堂：形容豪华宅第。古乐府《相逢行》：“黄金为君门，白玉为君堂。”扬子：汉代扬雄，字子云，在长安时仕宦不得意，曾闭门著《太玄》、《法言》。左思《咏史》诗：“寂寂扬子宅，门无卿相与。寥寥空宇中，所讲在玄虚。”一床书：指以诗书自娱的隐居生活。庾信《寒园即目》有“隐士一床书”之句。淮南小山《招隐士》：“桂树丛生兮山之幽，偃蹇连蜷兮枝相缭”，言避世隐居之意。裾：衣襟。

惊雪·陆畅

怪得北风急，前庭如月晖。
天人宁许巧，剪水作花飞。

【注释】惊雪：惊奇于雪。怪得：奇怪于。前庭：前院。如月晖：白雪满地泛出清晖。天人：天上的人。宁许巧：怎么能这样灵巧。剪水作花飞：把水裁剪成一瓣一瓣的雪花在空中飞舞。

别离·陆龟蒙

丈夫非无泪，不洒离别间。
杖剑对尊酒，耻为游子颜。
蝮蛇一螫手，壮士即解腕。
所志在功名，离别何足叹。

【注释】杖剑：把剑。耻为游子颜：面对朋友饯行之酒，作为游子没有博取功名而觉得羞愧。蝮蛇：一种毒蛇。螫（shì）：蜇（zhē）咬。解腕：毒蛇咬手后，为了不让蛇毒攻心而致死，壮士不惜把自己的手腕斩断，以除去毒患，保全生命。

怀宛陵旧游·陆龟蒙

陵阳佳地昔年游，谢朓青山李白楼。
惟有日斜溪上思，酒旗风影落春流。

【注释】宛陵：安徽宣城县（宣州）。旧游：曾游。陵阳：陵阳山，在宛陵县境内，黄山的支脉。这里代指宛陵。谢朓青山李白楼：这里有谢朓陶醉的青山，还有李白喜爱的谢朓楼等名胜古迹。谢朓（tiǎo），南朝齐著名诗人，精于声律，曾作宛陵太守，在凌阳山上建楼，后人称“谢公楼”。李白曾在此地游览，并非常怀念谢朓。曾在此楼饯别叔叔李云，写了《宣州谢朓楼饯别校书叔云》的诗篇。惟有日斜溪上思，酒旗风影落春流：今天回想起来，物是人非，斯人已去，只有在夕阳西下的时候，独自坐在溪边，看酒旗倒映水中，随水波晃动。

离骚·陆龟蒙

天问复招魂，无因彻帝阍。
岂知千丽句，不敌一谗言。

【注释】离骚：战国时期著名诗人屈原的代表作，是中国古代诗歌史上最长的一首浪漫主义的政治抒情诗。诗人从自叙身世、品德、理想写起，抒发了自己遭谗被害的苦闷与矛盾，斥责了楚王昏庸、群小猖獗与朝政日非的现象。表现了诗人坚持“美政”的理想，抨击黑暗现实，不与邪恶势力同流合污的斗争精神和至死不渝的爱国热情。离，即罹，遭遇、遭受。骚，忧郁不得志。骚人即不得志之人。《天问》《招魂》：屈原作品。无因：没有办法。彻：叫彻、叫通，没有办法叫通进入天国的守门者。帝阍：天国的守门者，此指朝廷。《楚辞·离骚》：“吾令帝阍开关兮，倚阊阖（chāng hé）而望予。”千丽句：无数佳句。谗言：屈原虽忠侍楚怀王，却屡遭排挤，怀王死后又因楚襄王听信谗言而被流放，最终投汨罗江而死。

新沙·陆龟蒙

渤澥声中涨小堤，官家知后海鸥知。
蓬莱有路教人到，亦应年年税紫芝。

【注释】新沙：海边新形成的沙地。渤澥（bó xiè）：古代东海的一部分，即渤海。《初学记》卷六：“东海之别有渤澥，故东海共称渤海，又通谓之沧海。”声中：潮起潮落之声。小堤：新形成的小沙堤。官家知后海鸥知：官府比海鸥知道得还早，为了收税无孔不入。蓬莱有路教人到：如果蓬莱仙岛有路能使人到达的话。紫芝：灵芝中的上上品，也叫仙草。传说白娘子为救许仙到昆仑山去盗灵芝仙草，据说可以起死回生。此指奇珍异宝。

蜂·罗隐

无论平地与山尖，无限风光尽被占。
采得百花成蜜后，为谁辛苦为谁甜。

【注释】占：音 zhān，拥有，意思是都领略过了。采花成蜜，自己得不到，为谁忙活？

感弄猴人赐朱绂·罗隐

十二三年就试期，五湖烟月奈相违。
何如学取孙供奉，一笑君王便著绯。

【注释】弄猴人：耍猴人。朱绂（fú）：系印章的红丝绳，指得到官位。十二三年就试期：指科考十几年也没考就。罗隐于公元 859 年底至京师，应进士试，历七年不第。后来又断断续续考了几年，总共考了十多次，自称“十二三年就试期”，最终还是铩羽而归，史称“十上不第”。就试期，参加科举考试。五湖烟月：四处美景。奈相违：无奈久违了，没时间游赏。何如：哪如。学取：向某人学习。孙供奉：指耍猴人。著绯（zhuó fēi）：穿上大红的官服，指当官。

黄河·罗隐

莫把阿胶向此倾，此中天意固难明。
解通银汉应须曲，才出昆仑便不清。
高祖誓功衣带小，仙人占斗客槎轻。
三千年后知谁在，何必劳君报太平。

【注释】罗隐“十上不第”，自称“十二三年就试期”，故对昏暗的科举制度进行抨击。阿（ē）胶：即阿邑（阿地）之胶，东阿之胶。胶是古代先民在狩猎与劳动中，熬制动物角与皮时发现的具有较强黏合力，并可食用，且能治疗某些疾病的稠状物。阿胶与人参、鹿茸并称“滋补三大宝”，滋阴补血，延年益寿。天意：双关语，暗指朝廷。解通银汉：能通到天上。应须曲：应该学会曲折。九曲黄河，暗指趋炎附势就能得到重用，正直的人行不通。昆仑：古人误以为黄河发源于昆仑山。不清：开始变得浑浊，即杜甫的“在山泉水清，出山泉水浊。”高祖誓功：汉高祖在平定天下、大封功臣时的誓词里说：“使河如带，泰山若砺。”即要到黄河像衣带那么狭窄，泰山像磨刀石那样平坦，你们的爵位才会失去，意思就是永不失去。指一些人即使不用通过科考也不变地世袭着爵位。仙人占斗：汉代张骞奉命探寻黄河源头。据说他坐着一只木筏，溯河直上，不知不觉到了一个地方，看见有个女子正在织布，旁边又有个放牛的男子。张骞后来回到西蜀，请教擅于占卜的严君平。君平说，你已经到了牛郎织女两座星宿的所在了。槎（chá）：升天坐的竹筏。指能飞及牛女星是因为有神奇的客槎。暗指一些人虽不才，但会利用皇帝身边的资源，也得到重用。三千年：传说"黄河千年一清，至圣之君以为大瑞"，三千年谁还能够等得到呢？报太平：报告黄河已清澈。

雪·罗隐

尽道丰年瑞，丰年事若何？
长安有贫者，为瑞不宜多。

【注释】丰年瑞：瑞雪兆丰年。事若何：事情又会怎样？为瑞：下雪。不宜多：不要太多，因为长安还有缺少冬衣的穷人呢。

鹦鹉·罗隐

莫恨雕笼翠羽残，江南地暖陇西寒。
劝君不用分明语，语得分明出转难。

【注释】莫恨、劝君：都是安慰鹦鹉。翠羽残：羽毛被剪掉，关在笼子里。陇西：指陇山，六盘山南段别称，延伸于陕西、甘肃边境以西，旧传为鹦鹉产地，故鹦鹉亦称"陇客"。江南比你的老家温暖。分明语：像鹦鹉那样能把话说得太明白。出转难：表达出来很难。《韩非子》载，昔者郑武公欲伐胡，故先以其女妻胡君以娱其意。因问于群臣，"吾欲用兵，谁可伐者？"大夫关其思对曰："胡可伐"。武公怒而戮之，曰："胡，兄弟之国也。子言伐之，何也？"胡君闻之，以郑为亲己，遂不备郑。郑人袭胡，取之。非知之难也，处知则难也。有些事情越能说明白，越不好说。说得越明白对自己就越不利。

自遣·罗隐

得即高歌失即休，多愁多恨亦悠悠。
今朝有酒今朝醉，明日愁来明日愁。

【注释】悠悠：长远，没有尽头。明日愁来明日愁：明天的烦恼来了留待明天去解决。

咏鹅·骆宾王

鹅，鹅，鹅，曲项向天歌。
白毛浮绿水，红掌拨清波。

【注释】项：脖子。拨：拍打、划动。

易水送人·骆宾王

此地别燕丹，壮士发冲冠。
昔时人已没，今日水犹寒。

【注释】易水：在河北省西部。源出易县境，入南拒马河。荆轲（jīng kē）入秦行刺秦王，燕太子丹饯别于此。燕丹：燕太子丹，姬姓，名丹，又称燕丹，战国末年燕王喜的太子。秦灭韩前夕，被送至秦国当人质，受辱后回到燕国。因秦军逼境，兵临易水，太子丹找人行刺秦王嬴政，最先找到田光，田光说自己年高，不能成大事，于是推荐了荆轲。太子丹遂派荆轲与秦舞阳入秦，交验樊於期头颅，献督亢（今河北涿县、易县、固安一带）之地图，图穷而匕见，荆轲刺秦王不中，被肢解而死。秦王大怒，派将军王翦进攻燕国。公元前226年，秦军攻破蓟（今北京），燕王喜及太子丹逃奔辽东，匿于衍水（今辽阳太子河），燕王喜依计将太子斩首以献秦国。壮士：荆轲。没（mò）：消失。水犹寒：易水还在。《史记》载，太子及宾客知其事者，皆白衣冠以送之。至易水之上，祭祖，取道，高渐离击筑，荆轲和而歌，为变徵之声，士皆垂泪涕泣。又前而为歌曰："风萧萧兮易水寒，壮士一去兮不复还！"复为羽声慷慨，士皆瞋目，发尽上指冠。于是荆轲就车而去，终已不顾。

在狱咏蝉（并序）·骆宾王

余禁所禁垣西，是法厅事也，有古槐数株焉。虽生意可知，同殷仲文之古树；而听讼斯在，即周召伯之甘棠，每至夕照低阴，秋蝉疏引，发声幽息，有切尝闻，岂人心异于曩时，将虫响悲于前听？嗟乎，声以动容，德以象贤。故洁其身也，禀君子达人之高行；蜕其皮也，有仙都羽化之灵姿。候时而来，顺阴阳之数；应节为变，审藏用之机。有目斯开，不以道昏而昧其视；有翼自薄，不以俗厚而易其真。吟乔树之微风，韵姿天纵；饮高秋之坠露，清畏人知。仆失路艰虞，遭时徽纆。不哀伤而自怨，未摇落而先衰。闻蟪蛄之流声，悟平反之已奏；见螳螂之抱影，怯危机之未安。感而缀诗，贻诸知己。庶情沿物应，哀弱羽之飘零；道寄人知，悯余声之寂寞。非谓文墨，取代幽忧云尔。

西陆蝉声唱，南冠客思深。
不堪玄鬓影，来对白头吟。
露重飞难进，风多响易沉。
无人信高洁，谁为表予心。

【注释】该诗是骆宾王身陷囹圄（líng yǔ）之作。公元678年（唐高宗仪凤三年），屈居下僚十八年，刚升为侍御史的骆宾王被捕入狱。其罪因，一说是上疏论事触忤（wǔ）了武则天，一说是“坐赃”。这两种说法，后者无甚根据，前者也觉偏颇。但这次入狱不是与徐敬业合伙造反，撰写檄文的罪过，那是公元684年的事，事败之后一说入狱被杀，一说下落不明，还有说出家藏于寺庙。闻一多先生说，骆宾王“天生一副侠骨，专喜欢管闲事，打抱不平、杀人报仇、革命、帮痴心女子打负心汉”（《宫体诗的自赎》）。这几句话，道出了骆宾王下狱的根本原因。他敢抗上司、敢动刀笔，被抨击者当然要以“贪赃”“触忤武后”将他收系了。禁所：囚禁之地。禁垣（yuán）：宫墙。是法厅事也：法官审案的公堂。生意句：东晋殷仲文，见大司马桓温府中老槐树，叹曰：“此树婆娑，无复生意。”借此自叹其不得志。这里即用其事。听讼：传说周召公为西伯（文王）听讼，不烦扰百姓，即在甘棠树下断案。低阴：树影垂地。疏引：稀疏地鸣叫（不似夏天的喧噪）。发声幽息：发出幽怨凄凉的叫声。有切尝闻：此时比以往听到的更加悲切。曩（nǎng）时：以往。难道是由于心情不好的原因，感觉现在的叫声不同于以前，显得特别悲凉吗？声以动容：蝉声使人伤感。德以象贤：蝉的操行更像贤人。禀（bǐng）：奉行。羽化：道家语，指成仙。藏用：冬眠和蛰出。斯开：睁大眼睛。昧其视：闭上眼睛。俗厚：流行厚重的。天纵：老天赐予。清畏人知：不让人知道自己的清廉淡泊。仆失路艰虞：我迷失了道路，前途难以预料。徽纆（mò）：捆绑犯人的绳索，此指被囚。摇落先衰：宋玉《九辩》有“悲哉，秋之为气也，萧瑟兮草木摇落而变衰。”蟪蛄（huì gū）：蝉、知了。抱影：藏起身子。庶：庶乎，希望。情沿物应：情为物役。弱羽：蝉。道寄人知：寄人知道。悯（mǐn）：可怜。非谓文墨：不是什么好文笔。取代幽忧云尔：排解被囚之忧烦而已。西陆：秋天。南冠：囚犯。不堪：不可忍受。玄鬓：蝉。白头：作者自己。露重飞难进：露重难飞进。风多响易沉：风大压住了叫声。谁为表予心：谁为予表心。该诗同王勃的《滕王阁诗序》一样，诗不如序也。

附：《讨□檄文》骆宾王

伪临朝武氏者，人非温顺，地实寒微。昔充太宗下陈，曾以更衣入侍。洎（jì）乎晚节，秽乱春宫。潜隐先帝之私，阴图后房之嬖。入门见嫉，蛾眉不肯让人；掩袖工谗，狐媚偏能惑主。践元后于翚（huī）翟，陷吾君于聚麀（yōu）。加以虺蜴为心，豺狼成性。近狎邪僻，残害忠良；杀姊屠兄，弑君鸩母。人神之所共嫉，天地之所不容。犹复包藏祸心，窥窃神器。君之爱子，幽之于别宫；贼之宗盟，委之以重任。鸣呼！霍子孟之不作，朱虚侯之已亡。燕啄皇孙，知汉祚之将尽。龙漦（chí）帝后，识夏庭之遽衰。

敬业皇唐旧臣，公侯冢子。奉先帝之成业，荷本朝之厚恩。宋微子之兴悲，良有以也；袁君山之流涕，岂徒然哉！是用气愤风云，志安社稷。因天下之失望，顺宇内之推心，爰举义旗，以清妖孽。南连百越，北尽三河，铁骑成群，玉轴相接。海陵红粟，仓储之积靡穷；江浦黄旗，匡复之功何远。班声动而北风起，剑气冲而南斗平。喑呜则山岳崩颓，叱咤则风云变色。以此制敌，何敌不摧！以此图功，何功不克！

公等或居汉地，或叶（xié）周亲，或膺重寄于话言，或受顾命于宣室。言犹在耳，忠岂忘心！一抔之土未干，六尺之孤何托？倘能转祸为福，送往事居，共立勤王之勋，无废大君之命，凡诸爵赏，同指山河。若其眷恋穷城，徘徊歧路，坐昧先几之兆，必贻后至之诛。请看今日之域中，竟是谁家之天下！

贞元十四年旱甚见权门移芍药花·吕温

绿原青垄渐成尘，汲井开园日日新。
四月带花移芍药，不知忧国是何人。

【注释】渐成尘：即旱甚，土地龟裂，禾苗枯焦，黄尘四起。汲井开园：指权门贵族在特大干旱面前，汲井水抗旱保花，而且不停地扩建新园。日日新：园中花卉在“辛勤”的浇灌下长势日好。带花移芍药：芍药带花移植本不易成活，但为了增添园中美景还是辛勤而为。忧国：忧民，无人体恤旱甚下百姓的死活。

灞上秋居·马戴

灞原风雨定，晚见雁行频。
落叶他乡树，寒灯独夜人。
空园白露滴，孤壁野僧邻。
寄卧郊扉久，何年致此身。

【注释】灞上：陕西西安东南。灞原：灞上。雁行：雁群飞过。频：不断。他乡树：客居他乡，所以看到的是他乡的树在落叶。寒灯独夜人：夜里一人对孤灯。空园：满园。不是空旷的园子。孤壁：孤单的住处。寄卧：寄居。野僧：隐居的和尚。郊扉：郊外茅舍。致此身：委此身。把身体交给别人，指被重用出去做官。

楚江怀古·马戴

露气寒光集，微阳下楚丘。
猿啼洞庭树，人在木兰舟。
广泽生明月，苍山夹乱流。
云中君不见，竟夕自悲秋。

【注释】楚江：此指湘江。露气：雾气。寒光：指泛着寒光的江面。不是露气的光。此为江面景色描写。集：聚拢。微阳：残阳。下：落、消失在。楚丘：楚地山峦。雾气在泛着寒光的水面上聚集，夕阳西下，消失在楚山的后面。已是薄暮冥冥，故有下句的猿啼。猿啼洞庭树：岸上。人在木兰舟：江上。广泽：洞庭湖。苍山夹乱流：乱流，波涛汹涌的江水。江水从苍山之间流过。两面是山，故曰“夹”。即“天门中断楚江开”之意境。云中君：云神。屈原被流放沅、湘地区时作《云中君》，故此指屈原。怀古怀的就是屈原。竟夕：整夜。自悲秋：自己在秋夜中悲叹。

过野叟居·马戴

野人闲种树，树老野人前。
居止白云内，渔樵沧海边。
呼儿采山药，放犊饮溪泉。
自著养生论，无烦忧暮年。

【注释】野叟：即野人，居住在山林中的老人。闲：没事的时候。树老：老树，长成材的大树。野人前：隐居者房前。居止：居住。白云内：山上云雾之中。渔樵：捕鱼打柴，这里偏指捕鱼。自著养生论：自己心里有一套养生的方法。无烦：不须。

春晓·孟浩然

春眠不觉晓，处处闻啼鸟。
夜来风雨声，花落知多少。

【注释】啼鸟：鸟啼。来：袭来。知多少：不知多少。

渡浙江问舟中人·孟浩然

潮落江平未有风，扁舟共济与君同。
时时引领望天末，何处青山是越中？

【注释】与君同：与君同舟共济。时时：经常。天末：天边。杜甫有“凉风起天末，君子意如何”的诗句。越中：浙江绍兴地区，因该地为古越国的核心地带，故名。

过故人庄·孟浩然

故人具鸡黍，邀我至田家。
绿树村边合，青山郭外斜。
开轩面场圃，把酒话桑麻。
待到重阳日，还来就菊花。

【注释】黍（shǔ）：黄米饭。合：合拢。斜（xiá）：矗立。轩：窗。场圃：打谷场、菜园。桑麻：农事。就菊花：九月九日有品尝菊花酒之习俗。作者羡慕这种恬淡的生活。

临洞庭上张丞相·孟浩然

八月湖水平，涵虚混太清。
气蒸云梦泽，波撼岳阳城。
欲济无舟楫，端居耻圣明。
坐观垂钓者，徒有羡鱼情。

【注释】临：望。上：上呈。张丞相：张九龄。希望得到赏识提携的干谒诗。涵虚：湖水。混：交融。太清：天空。水天相连之景象。气蒸：雾气蒸腾。云梦泽：洞庭湖的云泽和梦泽，指洞庭湖。波撼：波涛摇动着岳阳古城。与王维的“郡邑浮前浦，波澜动远空”意境有类。欲济无舟楫：想渡水没有船只，指没有引荐之人。端居耻圣明：不渡水而闲居，又有辱于康明盛世。徒有：空有。有了钓鱼的想法，没有工具。还是想出来为官，苦于没有举荐者，暗示张九龄。

留别王维·孟浩然

寂寂竟何待，朝朝空自归。
欲寻芳草去，惜与故人违。
当路谁相假，知音世所稀。
只应守寂寞，还掩故园扉。

【注释】留别：离别。寂寂：我孤独寂寞。竟何待：竟待何。最终要等到什么时候（才能被重用）？朝朝空自归：天天出去寻求仕途之路，结果总是无功而返。于是决定离开京城，回去隐居，但又舍不得王维。当路：有权势的人。谁相假：谁可借力？（《临洞庭上张水部》就是出于借力之想法）稀：知音太少。知音：俞伯牙与钟子期的故事。守寂寞：安心隐居。还掩故园扉：归去，把敝庐的柴门关好。彻底失望了。

附：知音行·陈湛元

伯牙奉命楚修聘，夜雨风棹汉水滨。
云开月朗山崖下，焚香捧琴遣郁心。
一曲未终轸弦断，疑有贼盗候柳阴。
未及查找人开口，不卑不亢发楚音：
门内缘有君子在，门外方致君子临。
野渡既有抚琴客，荒山岂无听琴人？
问之子期樵客见，箬笠芒鞋草披身。
唤至船头问由来，宠辱不惊分主宾。
试问琴理识出处，犹疑浅学出记问。
伏羲斫桐浸瑶池，三取其中琢为琴。
金童玉女仙人背，外按五行内五音。
吊子伐纣各续弦，始称文武七弦琴。
六忌八绝七不弹，子忖度之我有心。
试之高山与流水，山高水长俱识音。
石中美玉今方信，惊嗟非同寻常人。
祭酒拜月金兰好，明年是日期水滨。
有情今日重相访，不见去年知音人。

晨昏耕读不废歇，怯病心废早弃身。
来欢去苦对抔土，死别生离向愁云。
历尽天涯无足语，摔碎瑶琴谢知音。

洛中访袁拾遗不遇·孟浩然

洛阳访才子，江岭作流人。
闻说梅花早，何如此地春。

【注释】洛中：指洛阳。拾遗：古代官职的名称。才子：指袁拾遗。江岭：江南岭外之地。岭，这里指大庾岭。唐代时期的罪人常被流放到岭外。流人：被流放的人，这里指袁拾遗。梅花早：梅花早开。宋之问有“明朝望乡处，应见陇头梅”的诗句。

秦中寄远上人·孟浩然

一丘常欲卧，三径苦无资。
北土非吾愿，东林怀我师。
黄金燃桂尽，壮志逐年衰。
日夕凉风至，闻蝉但益悲。

【注释】秦中：关中，指京城长安。远上人：和尚。一丘、三径：栖隐处。资：生活费用。北土：与江南比，陕西长安算北方。东林：江西东林寺。我师：指远上人。如果换一种环境，“东林怀我师”就可理解为怀念东林的自己的部队。黄金燃桂尽：桂燃尽黄金。桂，指高昂的物价。《战国策·楚策》：“楚国之食贵于玉，薪贵于桂，臣今食玉炊桂。”衰（cuī）：减少、衰退。凉风：秋风。闻蝉但益悲：但，且、更。听到秋风中稀疏悲凉的蝉声，更增加了我内心的凄楚苦闷。

秋登兰山寄张五·孟浩然

北山白云里，隐者自怡悦。
相望试登高，心随雁飞灭。
愁因薄暮起，兴是清秋发。
时见归村人，沙行渡头歇。
天边树若荠，江畔洲如月。
何当载酒来，共醉重阳节。

【注释】自怡悦：南朝陶弘景诗："山中何所有，岭上多白云。只可自怡悦，不堪持赠君。"荠（jì）：植物。何当：何时。

宿建德江·孟浩然

移舟泊烟渚，日暮客愁新。
野旷天低树，江清月近人。

【注释】建德江：新安江在浙江建德市梅城镇的一段江面。烟渚：烟雾笼罩的江洲。愁新：增添新愁。天低树：星月的天空跟树一样高。月近人：水中之月显得离人特别近。

宿桐庐江寄广陵旧游·孟浩然

山暝听猿愁，沧江急夜流。
风鸣两岸叶，月照一孤舟。
建德非吾土，维扬忆旧游。
还将两行泪，遥寄海西头。

【注释】桐庐江：指浙江桐江。广陵：江苏扬州。李白有《送孟浩然之广陵》诗。暝：黑暗。猿愁：猿啼。沧江：桐江。急夜流：听夜里急流声。风鸣两岸叶：风吹动两岸树叶发出声响。有猿声、水声、风叶声，不得人睡，故而成思；或曰思之不眠，声之益喧也。建德：浙江建德市。土：故土。维扬忆旧游：忆维扬之旧游。维扬，扬州。海西头：指东海之滨的扬州故人。

宿业师山房待丁大不至·孟浩然

夕阳度西岭，群壑倏已暝。
松月生夜凉，风泉满清听。
樵人归欲尽，烟鸟栖初定。
之子期宿来，孤琴候萝径。

【注释】度：慢慢落下，显示出等待的急迫心情。倏（shū）：忽然。表示山房位于群山之中，日刚落即天黑。暝（míng）：昏暗。之子期：与你约定。天黑了，人未到，焦急恐惧孤独之情尽显。

岁暮归南山·孟浩然

北阙休上书，南山归敝庐。
不才明主弃，多病故人疏。
白发催年老，青阳逼岁除。
永怀愁不寐，松月夜窗虚。

【注释】岁暮：年末。南山：指岘（xiàn）山。北阙休上书：不再向朝廷上奏谏书。敝庐：破旧之住所。不才明主弃：《新唐书·孟浩然传》载，王维曾邀浩然入内署，遇玄宗。玄宗问其诗，浩然自咏此作。至“不才明主弃”句，玄宗不悦：“卿不求仕而朕未尝弃卿，奈何诬我。”故放其归。白发催年老：白发催使人老去。青阳逼岁除：新一年的春光，逼迫着今年的结束。永怀愁：长怀愁绪。不寐：睡不着觉。松月夜窗虚：月光射入窗内，更觉寂寞空虚。如苏轼的“转朱阁，低绮户，照无眠。”既已归去，仍放不下朝廷，故而抱怨愁苦也。

送朱大入秦·孟浩然

游人五陵去，宝剑值千金。
分手脱相赠，平生一片心。

【注释】五陵：地处关中平原中部偏北的咸阳原上，以西汉王朝在这里设立的五个陵邑而得名。此指关中，即秦地。脱：解下。

题义公禅房·孟浩然

义公习禅寂，结宇依空林。
户外一峰秀，阶前众壑深。
夕阳连雨足，空翠落庭阴。
看取莲花净，方知不染心。

【注释】义公：指诗中提到的唐代高僧。习禅寂：习惯于禅房的寂静。结宇：造房子。空翠：树木的阴影。莲花：指《莲花经》。不染心：心无杂念。

夏日南亭怀辛大·孟浩然

山光忽西落，池月渐东上。
散发乘夕凉，开轩卧闲敞。
荷风送香气，竹露滴清响。
欲取鸣琴弹，恨无知音赏。
感此怀故人，中宵劳梦想。

【注释】轩：窗。闲敞：阔大空旷。中宵：中夜，半夜。荷风、竹露显出幽深、静谧，“欲取鸣琴弹，恨无知音赏”，恰恰破坏了静思的意境，实有画蛇之嫌，去掉此二句更佳。

宴梅道士山房·孟浩然

林卧愁春尽，搴帷览物华。
忽逢青鸟使，邀入赤松家。
金灶初开火，仙桃正发花。
童颜若可驻，何惜醉流霞。

【注释】梅道士：汉代安徽人，曾任南昌尉，晚年在普陀山炼丹求仙。林卧：隐居山林。愁春尽：伤感于春天将尽（时属清明时节）。搴（qiān）帷：拉开门帘。览物华：来到户外欣赏暮春的美景。青鸟使：据《汉武帝故事》载，西王母欲见武帝，先有青鸟使者飞来。赤松：赤松子，仙人。金灶：炼丹的炉灶。初开火：刚开始烧炼。仙桃：西王母的蟠桃，“此桃三千岁一实，非下土所植也”。童颜若可驻，何惜醉流霞：流霞，仙酒，“流霞一杯，饮之辄不饥渴。”如果真能返老还童，即使喝醉也不足惜。

夜归鹿门歌·孟浩然

山寺钟鸣昼已昏，渔梁渡头争渡喧。
人随沙岸向江村，余亦乘舟归鹿门。
鹿门月照开烟树，忽到庞公栖隐处。
岩扉松径长寂寥，惟有幽人自来去。

【注释】昼已昏：黄昏来临。渔梁：即湖北襄樊的渔梁渡。随：沿着。鹿门：襄樊的鹿门山，作者隐居之所。开：消散、分明。庞公：曾在此隐居的汉代庞德公。岩扉：山洞的石头门。寂寥（liáo）：空静。幽人：隐居者，指作者。如李白描述的“红颜弃轩冕，白首卧松云”，隐逸自得。

与诸子登岘山·孟浩然

人事有代谢，往来成古今。
江山留胜迹，我辈复登临。
水落鱼梁浅，天寒梦泽深。
羊公碑尚在，读罢泪沾襟。

【注释】岘（xiàn）山：位于湖北襄樊南。代谢：更迭。往来：岁月推移。鱼梁：沔（miǎn）水中的鱼梁洲。浅：浅显，水浅而显露。梦泽：云梦泽。羊公碑：西晋名将羊祜（hù）镇守襄阳时，轻裘缓带，身不披甲，以德服人，使敌国统帅陆抗折服。羊祜常登山饮酒吟诗，曾感叹：“自有宇宙，便有此山，由来贤达胜士登此远望如我与卿者多矣，皆湮（yān）灭无闻，使人悲伤。如百岁后有知，魂魄犹应登此也。”羊祜死后，襄阳百姓在岘山为他建庙立碑，见碑者无不下泪，因称之为“堕泪碑”。

附：赠孟浩然·陈湛元

羊公岘山迹无寻，孟子叹古余悲音。
胜士贤达皆湮灭，犹有后者空怀今。

早寒有怀·孟浩然

木落雁南渡，北风江上寒。
我家襄水曲，遥隔楚云端。
乡泪客中尽，孤帆天际看。
迷津欲有问，平海夕漫漫。

【注释】早寒：秋末。有怀：有感。木落：落木，落叶。襄水曲：襄水边。楚云端：楚天边。客中：飘泊途中。天际看（kān）：遥望天边。迷津：迷路。欲有问：想要打听路在何方。平海：茫茫大海。漫漫：无边无际。屈原：“路漫漫其修远兮，吾将上下而求索。”指前途渺茫。

登科后·孟郊

昔日龌龊不足夸，今朝放荡思无涯。
春风得意马蹄疾，一日看尽长安花。

【注释】登科：科考及第，考中进士。龌龊（wò chuò）：穷愁潦倒，拘于小节。不足夸：不值得称道。放荡：行为不受约束。思无涯：心潮起伏，想入非非。马蹄疾：马跑得特别快。长安花：长安的名胜风光。

古别离·孟郊。

欲别牵郎衣，郎今到何处？
不恨归来迟，莫向临邛去。

【注释】临邛（qióng）：四川界。汉司马相如客居临邛，与卓文君相爱，后卓文君与之私奔。指多情之地，怕郎君像司马相如一样有了别心而抛弃自己。不怕归来晚，就怕你变心。

古怨别·孟郊

飒飒秋风生，愁人怨离别。
含情两相向，欲语气先咽。
心曲千万端，悲来却难说。
别后惟所思，天涯共明月。

【注释】飒飒（sà）：风声。心曲：心里话。惟所思：只剩下相思。

烈女操·孟郊

梧桐相待老，鸳鸯会双死。
贞妇贵殉夫，舍生亦如此。
波澜誓不起，妾心古井水。

【注释】梧桐、鸳鸯：梧、鸳为雄性，桐、鸯为雌性，同生死。古井：枯井。枯井之水本就枯涸，更不会起波澜，意指忠贞不为所动。

附：烈女操·陈湛元

一句古井誓，胜似山海盟。
贞洁烈女子，无故得相迎。

洛桥晚望·孟郊

天津桥下冰初结，洛阳陌上人行绝。
榆柳萧疏楼阁闲，月明直见嵩山雪。

【注释】洛桥：古代洛水上的一座浮桥，即天津桥。陌上：田间小路。萧疏：稀稀落落。闲：闲静。直见：直接映入眼帘。嵩山：地处河南登封，五岳之中岳。

巫山曲·孟郊

巴江上峡重复重，阳台碧峭十二峰。
荆王猎时逢暮雨，夜卧高丘梦神女。
轻红流烟湿艳姿，行云飞去明星稀。
目极魂断望不见，猿啼三声泪滴衣。

【注释】巴江上峡重复重，阳台碧峭十二峰：沿巴江上溯，入峡后山重水复，屡经曲折，于是目击了著名的巫山十二峰。巴江，古水名，在四川境内。阳台，战国楚宋玉《高唐赋》序：昔者先王尝游高唐，怠而昼寝，梦见一妇人，曰："妾巫山之女也，为高唐之客，闻君游高唐，愿荐枕席。"王因幸之。去而辞曰："妾在巫山之阳，高丘之阻，旦为朝云，暮为行雨，朝朝暮暮，阳台之下。"后遂以"阳台"指男女欢会之所。荆王猎时逢暮雨，夜卧高丘梦神女：在宋玉赋中，楚王是游云梦、宿高唐（在湖南云梦泽一带）而梦遇神女的。而"高丘"是神女居处在巫山之阳，高丘之阻。作者凭借想象把楚王出猎地点移到巫山附近，梦遇之处由高唐换成神女居处的高丘。轻红流烟湿艳姿，行云飞去明星稀：神女旦为朝云，暮为行雨，所以暮来湿艳姿，朝来明星稀。目极魂断望不见：浪漫的一幕在诗人眼前慢慢消散了，于是有一种惆怅若失之感。猿啼三声泪滴衣：古谚"巴东三峡巫峡长，猿鸣三声泪沾裳。"

游子吟·孟郊

慈母手中线，游子身上衣。
临行密密缝，意恐迟迟归。
谁言寸草心，报得三春晖？

【注释】春晖：春阳，春光。报得：能报答。子女无论多么孝顺，也报答不了父母的恩情。试论天下无孝子，星光点点报乾坤。

附：庆团圆·陈湛元

事业重如山，亲情细如绵。
母在人不归，母去人团圆。

游终南山·孟郊

南山塞天地，日月石上生。
高峰夜留景，深谷昼未明。
山中人自正，路险心亦平。
长风驱松柏，声拂万壑清。
即此悔读书，朝朝近浮名。

【注释】终南山：在西安市长安区城南15公里处，它东起盛产美玉的蓝田山，西至秦岭主峰太白山，横跨蓝田、长安、户县、周至等县，绵延200余里。南山：即终南山。塞（sè）：填满。天地：天地之间。日月石上生：日月星辰都似乎是从终南山的崖石上生出。高峰夜留景：虽然天黑了，但那高耸入云的山顶雪峰还能看到夕阳的余辉。深谷昼未明：山谷之中虽是白天却好像天没亮一样。山中人：身处山中的人。自正：心地变得平和淳止，即心为物役。清：清远。悔读书；书读得太多了。近浮名：追求虚名，即应远离名利到山中隐居。

游石龙涡·孟郊

石龙不见形，石雨如散星。
山下晴皎皎，山中阴泠泠。
水飞林木杪，珠缀莓苔屏。
畜异物皆别，当晨景欲暝。
泉芳春气碧，松月寒色青。
险力此独壮，猛兽亦不停。
日暮且回去，浮心恨未宁。

【注释】石龙涡（wō）：唐代汝州的山水名胜，故址在今河南临汝。涡，水流旋转形成中间低洼的地方。不见形：慕石龙之名而来却未见石龙之形。石雨如散星：石上流泉如飞雨洒落，似天星散落。山下：山外。晴皎皎：清空万里。阴泠泠（líng）：阴凉清冷。水飞：山顶喷射而下的瀑布飞过。林木杪（miǎo）：树梢。珠缀（zhuì）莓苔：水珠缀满石壁上的莓苔。屏：好似一道珠玉屏风。畜（chù）异：这里的禽兽与别处的不一样。物皆别：这里的景物也与别处不同。当晨：正值旭日东升的早晨。景欲暝：这里好像要黑天了。泉芳春气碧：泉水碧绿，弥漫着春天的清新之气。松月寒色青：山间新月，掩映在苍松翠柏间，似乎凝聚着逼人的寒气。险力此独壮：这里山势峻险，非常奇特。亦不停：不敢停留。浮心：追求名利的浮躁之心。恨未宁：悔恨没有宁静下来。即非常想隐居于此。

赠别崔纯亮·孟郊

食荠肠亦苦，强歌声无欢。
出门即有碍，谁谓天地宽。
有碍非遐方，长安大道旁。
小人智虑险，平地生太行。
镜破不改光，兰死不改香。
始知君子心，交久道益彰。
君心与我怀，离别俱回遑。
譬如浸蘖泉，流苦已日长。
忍泣目易衰，忍忧形易伤。
项籍岂不壮，贾生岂不良。
当其失意时，涕泗各沾裳。
古人劝加餐，此餐难自强。
一饭九祝噎，一嗟十断肠。
况是儿女怨，怨气凌彼苍。
彼苍若有知，白日下清霜。
今朝始惊叹，碧落空茫茫。

【注释】荠（jì）：荠菜，一年生或多年生草本植物，味苦。强歌：勉强唱歌。非遐（xiá）方：不能到达遥远的地方。长安大道旁：（更到不了）长安大道，指仕途。智虑险：智谋凶险。平地生太行：指无事生非。道益彰：德行越发显现出来。彰，明显。回遑（huáng）：徘徊疑惑。浸蘖（niè）泉：浸润黄蘖的泉水。黄蘖又名黄柏、蘖木，性寒气苦。孟郊的家乡湖州武康（今浙江德清）出产此树。流苦：传说泉水长时间浸润黄蘖以后会变得味苦。忍泣目易衰：强忍不哭时间久了会导致视力下降。忍忧形易伤：长期隐忍忧伤而得不到宣泄会伤害身体。项籍：秦末起义军领袖、西楚霸王项羽。岂不壮：难道不是壮士。贾生：贾谊，西汉初年著名的政论家、文学家。18 岁即有才名，23 岁时，因遭群臣忌恨，被贬为长沙太傅。后被召回长安，为梁怀王太傅。梁怀王坠马而死，贾谊深自歉疚，33 岁即忧伤而死。岂不良：难道不是良才。涕泗（tìsì）：眼泪和鼻涕。劝加餐：慰劝之辞。谓多进饮食，保重身体。《后汉书·桓荣传》："愿君慎疾加餐，重爱玉体。"难自强：难以使身体强壮。一饭九祝噎："祝哽祝噎"之省，祝，祷祝。哽、噎，食物堵住食道。古代帝王请年老致仕者饮酒吃饭，设置专人祷祝他们不哽不噎。此指吃一顿饭要被噎九次，暗指诸事不顺。一嗟十断肠：嗟叹一声，肠子能断十节。况是：全是。儿女：青年男女，作者自指。凌彼苍：上冲苍天。清霜：指晴天下雪。碧落：苍天。空茫茫：只是茫茫一片并没有下雪，说明苍天无知、苍天无眼，乃抱怨之词。

织妇辞·孟郊

夫是田中郎，妾是田中女。
当年嫁得君，为君秉机杼。
筋力日已疲，不息窗下机。
如何织纨素，自著蓝缕衣。
官家榜村路，更索栽桑树。

【注释】田中郎：种地的人。秉：持。机杼（zhù）：织布梭子。筋力：力量。不息：不停。如何：为何。纨素：白绢。榜：贴出告示。更索栽桑树：更，再次。索，征收。要求再多种桑树，以便养蚕。说明官家的丝绸还不够用。

赋新月·缪氏子

初月如弓未上弦，分明挂在碧霄边。
时人莫道蛾眉小，三五团圆照满天。

【注释】缪：音 miào。分明：清晰地。碧霄：夜空。峨眉小：像眉毛一样看似很小，指月牙儿。三五：阴历十五那天。

公子家·聂夷中

种花满西园，花发青楼道。
花下一禾生，去之为恶草。

【注释】青楼道：豪华楼房的道路两旁。禾：农作物的秧苗。为：当做。寓意深刻。

咏田家·聂夷中

二月卖新丝，五月粜新谷。
医得眼前疮，剜却心头肉。
我愿君王心，化作光明烛。
不照绮罗筵，只照逃亡屋。

【注释】田家：农民。二月卖新丝：二月里蚕还没有吐丝就已经把新丝抵押出去了。五月粜新谷：五月里新米还没下来，就把它先抵押出去了。今天来看玩的是期货买卖，但当时是一种透支行为，实为生活所迫。粜（tiào），卖。医得眼前疮，剜却心头肉：救了眼前危机却断送了活命的生计。绮罗筵：宫廷豪华的宴会。逃亡屋：人活不下去而走死逃亡留下的空屋子。

华子岗·裴迪

日落松风起，还家草露晞。
云光侵履迹，山翠拂人衣。

【注释】晞（xī）：干；干燥。云光：指落日的余晖。侵：写夕阳余晖逐渐消退的过程。拂：运用拟人手法，增强了动感。

送崔九·裴迪

归山深浅去，须尽丘壑美。
莫学武陵人，暂游桃源里。

【注释】崔九：崔兴宗，行九，王维的妻弟，曾任右补阙，官终饶州长史。与杜甫的“崔九堂前几度闻”所言不是一人。深浅：深一脚、浅一脚，指山路不好走。尽：尽享。武陵人：陶渊明《桃花源记》中的渔人。暂游桃源里：渔人进入世外桃源，没几天就回去了，再想找到桃花源，却找不到了。

汴河怀古·皮日休

尽道隋亡为此河，至今千里赖通波。
若无水殿龙舟事，共禹论功不较多。

【注释】汴河：即通济渠。隋炀帝时，发河南淮北诸郡民众，开凿了名叫通济渠的大运河。自洛阳西苑引谷水、洛水入黄河，经黄河入汴水，再循春秋时吴王夫差所开的运河故道引汴水入泗水以达淮水，故运河主干在汴水一段，习惯称之为汴河。赖通波：依赖它而通航。水殿：隋炀帝为南游建造了三层高的楼船九艘，称为“水殿”。龙舟：建造四层高的楼船叫“龙舟”。共禹论功：与治水的大禹来比功劳。不较多：差不多。

春夕酒醒·皮日休

四弦才罢醉蛮奴，酃醁馀香在翠炉。
夜半醒来红蜡短，一枝寒泪作珊瑚。

【注释】蛮奴：蛮奴指舞姬、婢仆。唐罗邺《自遣》诗：“春巷摘桑喧姹女，江船吹笛舞蛮奴。”酃醁（líng lù）：美酒名。晋曹摅《赠石崇》诗：“饮必酃绿，肴则时鲜。”一枝寒泪作珊瑚：蜡脂融化着，点点滴滴，像凄凉的眼泪，不停地流，凝聚起来，化作了美丽多姿的珊瑚模样。

钓侣·皮日休

趁眠无事避风涛，一斗霜鳞换浊醪。
惊怪儿童呼不得，尽冲烟雨漉车螯。

【注释】钓侣：垂钓之友。趁眠：抓紧休息。避风涛：指风浪大的时候不去钓鱼。霜鳞：指白鱼。浊醪（láo）：浊酒。惊怪：惊奇。呼不得：不能呼，因为儿童正在专注地忙活。漉（lù）车螯（áo）：清洗车螯肉。车螯，水产软体动物文蛤的肉。

钓侣·皮日休

严陵滩势似云崩，钓具归来放石层。
烟浪溅篷寒不睡，更将枯蚌点渔灯。

【注释】严陵滩：在今浙江桐庐县南，相传后汉严子陵隐耕于富春山，后人称其钓处为严陵滩。云崩：形容滩势的奇崛。石层：石面上。篷：船。枯蚌：蚌壳。点渔灯：当作渔灯点燃。

橡媪叹·皮日休

秋深橡子熟，散落榛芜冈。
伛偻黄发媪，拾之践晨霜。
移时始盈掬，尽日方满筐。
几曝复几蒸，用作三冬粮。
山前有熟稻，紫穗袭人香。
细获又精舂，粒粒如玉珰。
持之纳于官，私室无仓箱。
如何一石余，只作五斗量！
狡吏不畏刑，贪官不避赃。
农时作私债，农毕归官仓。
自冬及于春，橡实诳饥肠。
吾闻田成子，诈仁犹自王。
吁嗟逢橡媪，不觉泪沾裳。

【注释】橡媪（ǎo）：捡拾橡树籽的老婆婆。榛芜（zhēn wú）冈：草木丛生的山冈上。伛偻（yǔ lǚ）：驼背。韩愈有“伛偻荐脯酒”句。移时：一个多时辰，两个多小时。盈掬：满一捧。几曝（pù）：晒几天。三冬：冬天。细获：仔细收割。精舂（chōng）：精心脱壳。玉珰（dāng）：玉坠首饰。形容米粒之珍贵。作私债：抵押给别人借现钱过日子。归官仓：秋收时赎回来交公粮。诳（kuáng）：骗。唬弄填饱肚皮就行。田成子：战国时齐国宰相。他为了收买人心，故意用大斗借出，小斗收回。后来，他的子孙也做了齐王。诈仁：假装仁慈。犹自王：还能成为齐王侯。吁（xū）嗟：慨叹。

送兄·七岁女

别路云初起，离亭叶正稀。
所嗟人异雁，不作一行飞。

【注释】云初起：秋云密集低垂。离亭：送别的亭台。叶正稀：树叶在（秋风中）飘落。所嗟：可叹的是。不作：不能做到。一行（háng）飞：一同飞。

春泛若耶溪·綦毋潜

幽意无断绝，此去随所偶。
晚风吹行舟，花路入溪口。
际夜转西壑，隔山望南斗。
潭烟飞溶溶，林月低向后。
生事且弥漫，愿为持竿叟。

【注释】泛：驾船游览。若耶溪：浙江绍兴南若耶山下，北流入镜湖。相传西施在此浣纱，又名“浣纱溪”。綦毋（qí wú）：复姓。王维有《送綦毋潜落第还乡》诗作。幽意：隐居的想法。随所偶：随所遇，随便走，走到哪就算哪。花路：鲜花夹岸。入溪口：来到了一条小溪上。际夜：到了晚上。转西壑：小船转到西侧山谷里。潭烟：溪水上弥漫着烟雾。溶溶：浓密、弥漫。林月：树上的月亮。低向后：向西低沉下去。生事：仕途之事。且弥漫：已经渺茫没有希望，形容落第之后的心情。持竿叟：渔翁，指隐居。

过融上人兰若·綦毋潜

山头禅室挂僧衣，窗外无人溪鸟飞。
黄昏半在下山路，却听钟声连翠微。

【注释】过：访问之意。融：是诗人所要寻访的和尚的名字。上人：对和尚的尊称。兰若（rě）：梵语“阿兰若”的简称，指和尚的住所。无人：指过访而不遇。半在下山路：半在，一半的时间。把时间消耗在下山的路上了。说明山路景色令人流连。却：停下脚步。连：融为一体。即钟声和山林的翠绿融为一体。实际是钟声从密林深处传出。

宿龙兴寺·綦毋潜

香刹夜忘归，松清古殿扉。
灯明方丈室，珠系比丘衣。
白日传心净，青莲喻法微。
天花落不尽，处处鸟衔飞。

【注释】龙兴寺：寺庙名，位于新绛县城北街顶端的高崖上。始建于唐，因其中供有碧落天尊像，故名碧落观。唐高宗咸亨元年（公元670年）改称龙兴寺。松清：古松清晰的影子。比丘：梵语，和尚。方丈的禅室里灯火通明，几个晚课的僧人正在拨动着念珠诵经。传：布道。青莲：形容讲解佛法如口吐莲花。法微：将佛法的精神解释得高深广大。天花落不尽，处处鸟衔飞：典出佛经中有名的故事，维摩诘居士佛法湛深，为诸菩萨及弟子说法时，天女以鲜花散在众人身上，菩萨已悟，便不受外物影响，花朵自然坠落，而心有执着的弟子，用手拂拭，却哪里挥得去？天女散花，落之不尽，便引来雀鸟相衔。

逢侠者·钱起

燕赵悲歌士，相逢剧孟家。
寸心言不尽，前路日将斜。

【注释】侠者：行侠仗义之士。燕赵：河北一带。古时燕、赵两国出了许多勇士，因此后人就用燕赵人士代指侠士。悲歌：可歌可泣的悲壮之士。剧孟：汉代著名的侠士，洛阳人，素有“豪侠”的名声。杜甫有诗句“剧孟七国畏，马卿四赋良”，说的就是剧孟武艺的高强。这里代指相逢在洛阳。寸心：心中的不平事。将斜（xiá）：将要落山（只好各奔前程了）。

谷口书斋寄杨补阙·钱起

泉壑带茅茨，云霞生薜帷。
竹怜新雨后，山爱夕阳时。
闲鹭栖常早，秋花落更迟。
家僮扫萝径，昨与故人期。

【注释】谷口：即辋谷口，陕西蓝田县南。带：遮挡、环绕。茅茨在泉边谷中。茅茨：茅屋。薜帷：长满薜荔藤，如帷幕的院墙。怜：越发可爱。竹怜新雨后，山爱夕阳时：新雨后怜竹，夕阳时爱山。句法如王维的“空山新雨后，天气晚来秋。”闲鹭：悠闲的鹭鸶（lù sī）鸟。期：相约。通篇为自己居住环境的描写，如仙境一般。

归雁·钱起

潇湘何事等闲回，水碧沙明两岸苔。
二十五弦弹夜月，不胜清怨却飞来。

【注释】潇湘：湖南衡阳有回雁峰，据说北雁至此不再南飞。等闲：很随便地。两岸苔：两岸葱绿。二十五弦：指古乐器，瑟。潇湘女神在月下弹奏哀怨的古瑟。不胜清怨却飞来：忍受不了凄怨才飞回来。

暮春归故山草堂·钱起

谷口春残黄鸟稀，辛夷花尽杏花飞。
始怜幽竹山窗下，不改清阴待我归。

【注释】谷口：即辋谷口，陕西蓝田县南。黄鸟：即黄莺（一说黄雀），叫声婉转悦耳。辛夷：木兰树的花，比杏花开得早。飞：凋落。始怜：才爱惜。因为木兰和杏花都不等我回来就落了，只有翠竹等我，所以叫“始怜”。幽竹：青翠茂密的竹林。清阴：绿荫。

省试湘灵鼓瑟·钱起

善鼓云和瑟，常闻帝子灵。
冯夷空自舞，楚客不堪听。
苦调凄金石，清音入杳冥。
苍梧来怨慕，白芷动芳馨。
流水传湘浦，悲风过洞庭。
曲终人不见，江上数峰青。

【注释】省试：唐时各州县贡士到京师由尚书省的礼部主试，通称省试。云和瑟：云和，古山名。《周礼·春官大司乐》：“云和之琴瑟”。帝子：屈原《九歌》有“帝子降兮北渚。”注者多认为帝子是尧女，即舜妻。冯（píng）夷：传说中的河神名。见《后汉书·张衡传》注。楚客：指屈原，一说指远游的旅人。金：指钟类乐器。石：指磬类乐器。杳冥：遥远的地方。苍梧：山名，今湖南宁远县境，又称九嶷，传说舜帝南巡，崩于苍梧，此代指舜帝之灵。白芷：伞形科草本植物，高四尺余，夏日开小白花。人不见：点灵字。江上数峰青：点湘字。

送僧归日本·钱起

上国随缘住，来途若梦行。
浮天沧海远，去世法舟轻。
水月通禅寂，鱼龙听梵声。
惟怜一灯影，万里眼中明。

【注释】上国：指大唐。住、行：动词。浮天：海天相连。去世：离开大唐这样的尘世。法舟：僧船。水月通禅寂：水月，水中月，意指空，水月静空好似通禅理。鱼龙听梵声：鱼龙好像也通禅理，在听你诵经。一灯影：日本僧人好似一盏佛灯，有了它照明，无论何时何地都不会迷失。多用双关语，名俗实禅也。

赠阙下裴舍人·钱起

二月黄鹂飞上林，春城紫禁晓阴阴。
长乐钟声花外尽，龙池柳色雨中深。
阳和不散穷途恨，霄汉常悬捧日心。
献赋十年犹未遇，羞将白发对华簪。

【注释】阙下：天子脚下。上林：指上林苑，不是飞上了树林。紫禁：皇宫。晓阴阴：天亮了但不是晴天，故有下面的“雨中深”。长乐：汉长乐宫，指皇宫。钟声花外尽：用得最妙，钟声尽于花外，传得遥远。龙池：兴庆宫内池塘。杜甫有“龙池十日飞霹雳”的诗句。阳和：和煦的春天。不散：驱不散。穷途：仕途上无路可走。霄汉：面对着苍天，指朝廷。捧日心：侍奉皇帝的心愿。献赋：西汉时司马相如向汉武帝献赋而被重用。十年犹未遇：言长时间没得到皇帝的青睐。白发：指作者。华簪：指裴舍人。惭愧您举荐我。

江行无题·钱珝

翳日多乔木，维舟取束薪。
静听江叟语，尽是厌兵人。

【注释】翳（yì）：遮蔽。乔木：高树，矮树为灌木。维舟：拴住船。束薪：柴草。江叟：渔翁。厌兵：讨厌战争。

贫女·秦韬玉

蓬门未识绮罗香，拟托良媒亦自伤。
谁爱风流高格调，共怜时世俭梳妆。
敢将十指夸针巧，不把双眉斗画长。
苦恨年年压金线，为他人作嫁衣裳。

【注释】韬：音（tāo）。蓬门：穷人家。绮（qǐ）罗：绫罗绸缎。风流：风范。高格调：高品位、高情调。共怜：都爱。时世：流行的时世妆。白居易《新乐府·时世妆》："时世妆，时世妆，出自城中传四方。时世流行无远近，腮不施朱面无粉。乌膏注唇唇似泥，双眉画作八字低。妍媸（yán chī）黑白失本态，妆成尽似含悲啼。圆鬟无鬓堆髻样，斜红不晕赭（zhě）面状。昔闻被发伊川中，辛有见之知有戎。元和妆梳君记取，髻堆面赭非华风。"俭梳妆：即险妆。由于当时"妇人高髻险妆，去眉开额，甚乖风俗，破坏常仪，费用金银，过为首饰"，所以唐文宗曾下诏禁止"高髻俭妆，去眉开额。"针巧：精巧于女工。斗：比、炫耀。当时流行把眉毛剃掉，而用眉笔之类的东西把双眉画长。压：刺绣的一种针法。他人：即"她人"。裳，音（cháng）。

题农庐舍·邱为

东风何时至？已绿湖上山。
湖上春既早，田家日不闲。
沟塍流水处，耒耜平芜间。
薄暮饭牛罢，归来还闭关。

【注释】塍（chéng）：田间的土埂子，田埂。耒耜（lěi sì）：古代耕地翻土的农具，这里泛指农具。平芜：荒草。饭牛：给牛喂食饮水。闭关：关上柴门。王维有"迢递嵩高下，归来且闭关"的诗句。

寻西山隐者不遇·邱为

绝顶一茅茨，直上三十里。
叩关无僮仆，窥室惟案几。
若非巾柴车，应是钓秋水。
差池不相见，黾勉空仰止。
草色新雨中，松声晚窗里。
及兹契幽绝，自足荡心耳。
虽无宾主意，颇得清净理。
兴尽方下山，何必待之子。

【注释】巾柴车：隐士之车。差（chā）池：错误；意外之事，也作"差迟"。本句指错过了相见的机会。黾（mǐn）勉：殷勤。契（qì）：惬意。荡：洗涤。兴尽：王徽之"吾本乘兴而行，兴尽而还，何必见戴（逵）"之典故。之子：你。虽没见到隐者，但见悟其境，已领略了幽隐之妙。未见如晤也。

左掖梨花·邱为

冷艳全欺雪，余香乍入衣。
春风且莫定，吹向玉阶飞。

【注释】左掖：指门下省。唐代的门下省和中书省，分别设在宫禁（帝后所居之处）左右两侧。掖（yè），旁边。冷艳：形容梨花洁白如雪，冰冷艳丽。欺：胜过。乍：突然。入衣：指香气浸透衣服。莫定：不要静止。玉阶：宫殿前光洁似玉的石阶。

岭上逢久别者又别·权德舆

十年曾一别，征路此相逢。
马首向何处？夕阳千万峰。

【注释】征途：征战途中。千万峰：指去打仗的方向。谓前路遥远艰险。

玉台体·权德舆

昨夜裙带解，今朝蟢子飞。
铅华不可弃，莫是藁砧归。

【注释】玉台体：南朝陈徐陵编选梁以前艳情诗编为《玉台新咏》，后人称艳情诗为玉台体。解：自己松开了。蟢（xǐ）子：小蜘蛛。民谚说蜘蛛“早报喜，晚报财。”铅华：脂粉。脂粉能增白是因为内含铅汞等重金属，古代人不懂这些。莫是：莫不是，可能是。藁砧（gǎo zhēn）：六朝人指称丈夫的隐语。

塞下曲·戎昱

惨惨寒日没，北风卷蓬根。
将军领疲兵，却入古塞门。
回头指阴山，杀气成黄云。

【注释】惨惨：惨淡、阴暗。却入：退守。指：看。王勃“望长安于日下，指吴会于云间。”黄云：尘土飞扬。指阴山下撕杀尚未停息。

塞下曲·戎昱

上山望胡兵，胡马驰骤速。
黄河冰已合，意又向南牧。
嫖姚夜出军，霜雪割人肉。

【注释】胡兵：北方敌兵。合：聚拢，封冻。向南牧：向南入侵。嫖姚（piāo yáo）：汉将霍去病 。李白“功成画麟阁，独有霍嫖姚。”杜甫“借问大将谁？恐是霍嫖姚。”此指唐军将领。

塞下曲·戎昱

塞北无草木，乌鸢巢僵尸。
泱漭沙漠空，终日胡风吹。
战卒多苦辛，苦辛无四时。

【注释】乌鸢（yuān）：乌鸦和老鹰。巢僵尸：以僵尸为巢穴。泱漭（yāng bèn）沙漠空：广袤的沙漠像水一样奔流。泱，水深广。漭，入水貌。空，广阔。无四时：不分季节。

塞下曲·戎昱

晚渡西海西，向东看日没。
傍岸砂砾堆，半和战兵骨。
单于竟未灭，阴气常勃勃。

【注释】西海：唐代指青海湖。傍岸：岸边。砂砾（lì）：沙子和碎石。和：掺和。阴气：死人形成的气息。勃勃：旺盛。

塞下曲·戎昱

城上画角哀，即知兵心苦。
试问左右人，无言泪如雨。
何意休明时，终年事鼙鼓。

【注释】画角：号角。何意：本当。明时：和平时期。鼙鼓：战鼓。事鼙鼓，指却从军打仗。

塞下曲·戎昱

北风凋白草，胡马日骎骎。
夜后戍楼月，秋来边将心。
铁衣霜露重，战马岁年深。
自有卢龙塞，烟尘飞至今。

【注释】白草：边草。岑参“北风卷地白草折”。胡马：北方少数民族的战马。骎骎（qīn）：马走得很快的样子。岁年：年岁，指年龄大。卢龙塞：古地名，三国魏称卢龙郡，在今河北迁安县西。此地形势险要，为兵家必争之地。唐置卢龙节度使，以抵御突厥、契丹、回纥（hé）的入侵，战火始终未断。

塞下曲·戎昱

汉将归来虏塞空，旌旗初下玉关东。
高蹄战马三千匹，落日平原秋草中。

【注释】汉将：戎昱（yù）所率的唐军。虏塞空：边塞安静了。玉关：甘肃玉门关。班师还朝。

移家别湖上亭·戎昱

好是春风湖上亭，柳条藤蔓系离情。
黄莺久住浑相识，欲别频啼四五声。

【注释】移家：搬家。好是：美好。系：动词，维系。浑（hún）：全。频啼：连续鸣叫。

寻陆鸿渐不遇·僧皎然

移家虽带郭，野径入桑麻。
近种篱边菊，秋来未著花。
扣门无犬吠，欲去问西家。
报道山中去，归来每日斜。

【注释】陆鸿渐：隐居苕溪，著有《茶经》，被誉为“茶神”。僧皎然：皎然和尚。带：连接。野径：山间小道。入：延伸。桑麻：指自己耕种的菜园子。近种：新近、不久前刚种的。未著（zhuó）花：没开花。由于是刚种不久。每：经常。日斜：太阳西下的时候。

独不见·沈佺期

卢家少妇郁金堂，海燕双栖玳瑁梁。
九月寒砧催木叶，十年征戍忆辽阳。
白狼河北音书断，丹凤城南秋夜长。
谁为含愁独不见，更教明月照流黄。

【注释】卢家少妇郁金堂：梁武帝萧衍《河中之水歌》有“河中之水向东流，洛阳女儿名莫愁。莫愁十三能织绮，十四采桑南陌头。十五嫁为卢家妇，十六生儿字阿侯。卢家兰室桂为梁，中有郁金苏和香。”海燕：燕子。玳瑁梁：用玳瑁（dài mào）装饰的屋梁。催木叶：催使树木落叶。忆辽阳：思念在辽阳戍边的丈夫。白狼河：辽宁大凌河，戍边之处。丹凤城：京城长安，少妇居处。谁为：为谁，为你之意。独不见：伤思而不得见。更教：还是让。流黄：室内帷幕。为你含愁又不得相见，还是让月光照进帷幕来陪伴我吧。

杂诗·沈佺期

闻道黄龙戍，频年不解兵。
可怜闺里月，长在汉家营。
少妇今春意，良人昨夜情。
谁能将旗鼓，一为取龙城。

【注释】杂诗：杂者，不拘流例，遇物即言，故云杂也。闻道：听说。黄龙戍：位于辽宁开原西北。频年：连年。不解（xiè）兵：不停止战争。可怜：可叹。闺里月：少妇在闺中看到的明月。汉家营：指唐军营。共看同一明月，寄托同一心情。今春意：今天思念丈夫。昨夜情：昨夜思念妻子。其实是同时，只是为了对仗而作今、昨之别。将（jiàng）旗鼓：统帅军队。一为（wèi）：一举。

瀑布·施肩吾

豁开青冥颠，写出万丈泉。
如裁一条素，白日悬秋天。

【注释】豁（huō）：裂开。青冥：青天。颠：顶部。写出：泻出。写通泻。素：未染色的丝绸。

诮山中叟·施肩吾

老人今年八十岁，口中零落残牙齿。
天阴伛偻带嗽行，犹向岩前种松子。

【注释】诮（qiào）：责备。零落：稀少。伛偻（yǔ lǚ）：腰背弯曲。韩愈有“升阶伛偻荐脯酒”之句。嗽（sòu）：咳嗽。

幼女词·施肩吾

幼女才六岁，未知巧与拙。
向夜在堂前，学人拜新月。

【注释】巧、拙：对错。巧亦暗指“乞巧”。乞巧节，旧时风俗，农历七月七日夜（或七月六日夜），穿着新衣的少女们在庭院向织女星乞求智巧，称为“乞巧”。乞巧的方式大多是姑娘们穿针引线验巧，做些小物品赛巧，摆上些瓜果乞巧，各个地区的乞巧方式不尽相同，各有趣味。向夜：夜里。向，将近。李商隐有“向晚意不适”之句。拜新月：即乞巧节的情景。林杰《乞巧》：“七夕今宵看碧霄，牵牛织女渡河桥。家家乞巧望秋月，穿尽红丝几万条。”

圣果寺·释处默

路自中峰上，盘回出薜萝。
到江吴地尽，隔岸越山多。
古木丛青蔼，遥天浸白波。
下方城郭近，钟磬杂笙歌。

【注释】释处默：唐末诗僧，曾居住庐山，经常与贯休、罗隐等人交往。圣果寺：佛寺名，在杭州城南凤凰山上。盘回：盘旋曲折。薜萝：薜荔及女萝，两种攀缘植物。《楚辞·九歌·山鬼》：“若有人兮山之阿，被薜荔兮带女萝。”江：指钱塘江。青霭：形容浓密的绿色。

独望·司空图

绿树连村暗，黄花出陌稀。
远陂春草绿，犹有水禽飞。

【注释】连：连延包围。黄花：油菜花。出：蔓延。陌：田间小路。稀：黄花漫延到路边，显得稀少，而远处正茂。陂（bēi）：水边，岸边。

别卢秦卿·司空曙

知有前期在，难分此夜中。
无将故人酒，不及石尤风。

【注释】知有：尽管知道。前期：约好再见面的日期。难分此夜中：明知道下次见面不会太久，但此夜分别还是舍不得。无将：你不要把。故人酒：指我这个老朋友的酒。不及石尤风：反不及一阵打头的逆风。意思是留你的情谊比石尤风还重，你不要不珍惜，非走不可。石尤风，也叫“打头风”。《江湖纪闻》记载：“石尤风者，传闻石氏女嫁为尤郎妇，情好甚笃。为商远行，妻阻之不从。尤出不归，妻忆之病亡。临亡叹曰：‘吾恨不能阻其行以至于此，今凡有商旅远行，吾当作大风，为天下妇人阻之’。自后商旅发船值打头逆风，则曰此石尤风也，遂止不行。妇人以夫为姓，故曰石尤。”

江村即事·司空曙

钓罢归来不系船，江村月落正堪眠。
纵然一夜风吹去，只在芦花浅水边。

【注释】堪：可以。

喜外弟卢纶见宿·司空曙

静夜四无邻，荒居旧业贫。
雨中黄叶树，灯下白头人。
以我独沉久，愧君相见频。
平生自有分，况是霍家亲。

【注释】见宿：同宿。旧业贫：家业贫寒。黄叶：风雨吹打着秋叶。灯下白头人：平日里只有孤灯陪伴着我这个白发人。以我独沉久：因为我孤独沉沦已久。愧君相见频：所以你经常来看望我，我心里很是惭愧。平生自有分，况是霍家亲：你我平生就关系很好，更何况还是姑表亲。霍家亲：西汉霍去病是卫青姐姐的儿子，两家是姑舅亲。

云阳馆与韩绅宿别·司空曙

故人江海别，几度隔山川。
乍见翻疑梦，相悲各问年。
孤灯寒照雨，深竹暗浮烟。
更有明朝恨，离杯惜共传。

【注释】宿别：同住一夜又分别。故人江海别，几度隔山川：与故人相别，不知远隔多少山水。几度：多少。翻疑：翻似，好像。刘禹锡有“到乡翻似烂柯人”之句。相悲：彼此都很激动、感伤。各问年：互问年纪多大了。孤灯寒照雨：孤灯照寒雨。深竹暗浮烟：茂密的竹林里烟雾弥漫。此为窗外环境的描写，秋雨、烟雾更增添了几分悲凉。室内二人在孤灯下对饮叙旧。明朝恨：更怕天亮后的分别。离杯惜共传：珍惜短暂的相聚，彼此频频举杯。如戴叔伦的“相留畏晓钟”。

贼平后送人北归·司空曙

世乱同南去，时清独北还。
他乡生白发，旧国见青山。
晓月过残垒，繁星宿故关。
寒禽与衰草，处处伴愁颜。

【注释】贼：指安史之乱。时清：时局稳定。旧国：指故乡。晓月：天没亮时。过残垒：路过残垣废垒。繁星：晚上。宿故关：在破旧的关隘住宿。寒禽与衰草，处处伴愁颜：处处是寒鸦衰草，使你愁颜不展。满眼凄凉衰败之战后景象。

扈从登封途中作·宋之问

帐殿郁崔嵬，仙游实壮哉。
晓云连幕卷，夜火杂星回。
谷暗千旗出，山鸣万乘来。
扈从良可赋，终乏掞天才。

【注释】本诗为宋之问随武则天登嵩山祭天时所作。扈（hù）：随从。登封：在今河南郑州登封市，位于嵩山之南。帐殿：皇帝出巡时休息的帐幕。郁：积聚。崔嵬：高峻的样子。仙游：皇帝出游的场面。夜火杂星回：夜间灯火夹杂着星光，缭绕回旋。山鸣：据《汉书·武帝纪》，汉武帝祭嵩山，随从者听见山神恭呼万岁。万乘：指天子。周制，天子有地方千里，兵车万辆。乘，古代计算兵车的单位，四马并驾一车，称为一乘。良：确实。赋：写作。掞（shàn）天：光芒照天。掞，舒张，指照耀。

灵隐寺·宋之问

鹫岭郁岧峣，龙宫锁寂寥。
楼观沧海日，门对浙江潮。
桂子月中落，天香云外飘。
扪萝登塔远，刳木取泉遥。
霜薄花更发，冰轻叶未凋。
夙龄尚遐异，搜对涤烦嚣。
待入天台路，看余度石桥。

【注释】灵隐寺：在杭州西湖西北武林山下，始建于东晋。《淳佑临安志》载，在东晋咸和元年，印度僧人慧理看到这座山，惊叹“此天竺国灵鹫山之小岭，不知何年一飞来，佛在世日，多为仙灵所隐”，于是筹建了灵隐寺。鹫（jiù）岭：印度灵鹫山，这里借指飞来峰。郁：葱翠。岧峣（tiáo yáo）：高峻。曹植《九愁赋》：“践蹊隧之危阻，登岧峣之高岑。”崔颢《行经华阴》“岧峣太华俯咸京，大外三峰削不成。”龙宫：相传龙王曾请佛祖讲经说法，这里借指灵隐寺。寂寥：清静、空寂。月中落：传说在灵隐寺每到秋爽时刻，常有似豆的颗粒从天空飘落，传说那是月宫中的桂花籽。天香云外飘：天香，异香。礼佛烧香之香味飘到云外。扪（mén）萝登塔远：攀住藤萝爬上高塔望远。刳（kū）木：挖空木头做水瓢。冰轻：轻霜。夙龄：年少，从小就。尚遐异：喜欢去远方搜索奇异之景。搜对：有机会面对。涤烦嚣：洗涤心中尘世的烦恼。天台：天台山，是佛教天台宗的发源地，座落在浙江天台县。指皈依隐居。石桥：天台山下蛸溪上的石桥，下临陡峭山涧。度石桥，亦指走上佛路，即隐居皈依。

渡汉江·宋之问

岭外音书断，经冬复历春。
近乡情更怯，不敢问来人。

【注释】关于本诗作者有两种说法，一是李频，二是宋之问。我认为是宋之问。第一，从诗的内容看，符合宋的处境和心理。上元二年（675 年）宋之问进士及第。历洛州参军、尚方监丞、左奉宸内供奉。因谄事张易之兄弟，曾贬泷州（广东省界）参军，期间逃回并藏匿于张仲之家，后令侄子告发张仲之欲谋杀武三思的事件，被擢为鸿胪主簿，再转考功员外郎，又谄事太平公主。以知贡举时贪贿，贬越州长史。睿宗即位，流钦州，玄宗时被赐死。这首诗就是宋之问从泷州贬所经过汉江，（湖北襄阳附近的一段汉水）逃回家乡时所做。泷州位于广东，正是岭外，即大庾岭南。他的《题大庾岭北驿》就是这时写的。“近乡”，离家近了。宋有偷跑回家的事情。“情更怯”，一是由于家信中断，不知家人如何而紧张，二是有偷跑回来无法言说的矛盾和恐惧，这是非常符合他当时的心理的。第二，从其家乡和生平履历看也与宋吻合。宋是汾州（今山西汾阳）人，一说虢州弘农（今河南灵宝）人。在岭外工作过，从广东回河南或山西要经过汉水。而李频家在浙江建德，大中八年（854 年）中进士，曾在安徽省芜湖市南陵县任南陵县主簿，又在关中平原西部的武功县任武功县令。唐懿宗奖以绯衣、银鱼，调京任侍御史，后升任都官员外郎。不久到福建建瓯任建州刺史，并死于建州任内。首先从其任所来看，从安徽到浙江老家，从陕西到浙江老家均不需渡汉江。其次，从福建回浙江也不需经过汉江，更重要的是，他中途没有回老家就死于福建任内。所以，这首诗与李频无关。汉江：汉水。岭外：大庾岭南，指广东泷州。音书断：家中音信中断。不是“音书绝”，“绝”与“春”同为平音，不对仗，“断”为仄音，正好对仗。经冬复历春：一年又一年。经、历为同意，不是二十四节气的立春。怯（qiè）：害怕。作者在《述怀》一诗中写道：“自寄一封书，今已十月后。反畏消息来，寸心亦何有!”不敢问：一是从任上偷跑回家的矛盾与恐惧；二是生怕家里有什么不幸的事。这种心情就好像有的人不敢去医院体检，生怕查出病来，自己经受不住打击一样，是一种自欺欺人的矛盾心理。

题大庾岭北驿·宋之问

阳月南飞雁，传闻至此回。
我行殊未已，何日复归来。
江静潮初落，林昏瘴不开。
明朝望乡处，应见陇头梅。

【注释】题：描写。大庾（yǔ）岭：江西大庾县南。北驿：岭北驿站。驿站，古代供传递政府文书的人中途更换马匹或休息、住宿的地方。这首诗是宋之问到广东泷州赴任，经过大庾岭时创作的。阳月：阴历十月，秋末冬初，故而大雁南飞。至此回：大雁到此就停止南飞，明年春再从此往北飞。我行：我的行踪。殊未已：犹未停止。何日复归来（léi）：大雁都有回归的终点，而我却没有，不知飘泊到哪算一站。江静潮初落：潮初落而江静。林昏瘴不开（kēi）：瘴气不散而林昏暗。瘴（zhàng）气，热带或亚热带山林中的湿热空气，从前认为是瘴疠的病原。陇头梅：大庾岭上十月梅花即开，故又称“梅岭”。

汾上惊秋·苏颋

北风吹白云，万里渡河汾。
心绪逢摇落，秋声不可闻。

【注释】颋（tǐng）：是正直、直的意思。汾上：汾水上。汾水为黄河第二大支流。摇落：树叶凋零。

正月十五夜·苏味道

火树银花合，星桥铁锁开。
暗尘随马去，明月逐人来。
游妓皆秾李，行歌尽落梅。
金吾不禁夜，玉漏莫相催。

【注释】火树银花合：指正月十五灯会。花灯悬挂照映使树如火、花如银。合，合拢、聚集、交融在一起。星桥：护城河上的吊桥。铁锁开：打开铁锁放下吊桥。暗尘随马去：骑马的人在长安街头缓行，所以是暗尘，轻微的灰尘，而不是疾驰而尘土飞扬。明月逐人来：明月驱使人们在街上游赏徜徉。游妓：游玩的女人。秾李：《诗经·何彼秾矣》有“何彼秾矣，花如桃李。”用桃李花的秾艳形容女人容颜服饰之美。行歌：边走边唱。落梅：古曲调名。汉乐府《横吹曲辞》有《梅花落》。金吾：京城里的禁卫军。不禁夜：夜里不戒严。玉漏：报时的更漏。莫相催：没有欣赏尽兴，不想回家睡觉。

观永乐公主入番·孙逖

边地莺花少，年来未觉新。
美人天上落，龙塞始应春。

【注释】逖：音（tì）。入番：指嫁到少数民族地区。龙塞：边塞龙廷，指契丹王居住之地。美人如花降落人间，于是边塞就有了春色。

宿云门寺阁·孙逖

香阁东山下，烟花象外幽。
悬灯千嶂夕，卷幔五湖秋。
画壁余鸿雁，纱窗宿斗牛。
更疑天路近，梦与白云游。

【注释】云门寺阁：指云门寺内的阁楼。云门寺在浙江省会稽县南云门山（又名东山），此寺是当时的一个有名的隐居之地。香阁：指香烟缭绕的寺中阁楼，即诗人夜宿之处。东山：云门山的别名。烟花象外幽：繁花盛开如烟如雾，但却有一种超凡脱俗的幽静。悬灯千嶂夕：到了晚上，悬挂的灯火照映着群山。卷幔五湖秋：玉湖，太湖的别名。卷起窗帘，映入眼帘的是太湖的秋色。余：留存。宿：停留。斗牛：泛指天空中的星群。斗是斗宿，牛是牛宿。天路：到达天庭的路。

秋宿湘江遇雨·谭用之

江上阴云锁梦魂，江边深夜舞刘琨。
秋风万里芙蓉国，暮雨千家薜荔村。
乡思不堪悲橘柚，旅游谁肯重王孙。
渔人相见不相问，长笛一声归岛门。

【注释】锁梦魂：面对乌云而愁闷入梦。舞刘琨：刘琨舞。晋代将领，与祖逖（tì）是好友。两人一起做司州主簿时，每天闻鸡起舞，准备北上抗金，报效国家。指作者学习他们，闻鸡起舞，准备为国效力。芙蓉国：到处开满了荷花。薜荔（bì lì）村：薜荔爬满农家的围墙。柳宗元有“密雨斜侵薜荔墙”之句。形容景色之盛美。不堪：不可忍受。悲橘柚（yòu）：屈原被放逐，写出了《橘颂》来表达不屈的爱国之情。我本来就想家，到了屈原流放的地方就更加无法控制这种悲伤。重王孙：西汉初年，年轻时的韩信在河边流浪，浣纱的老婆婆敬重他，给他饭吃。我流浪在外，谁能像那个老婆婆一样有眼光来敬重我，给我一顿饱饭呢？不相问：视而不见。岛门：渔岛入口，即回家了。渔人没有像当年劝勉屈原那样与我相问，而是吹着竹笛回家了。

答人·太上隐者

偶来松树下，高枕石头眠。
山中无历日，寒尽不知年。

【注释】太上隐者：唐代的隐士，隐居于终南山，自称太上隐者，生平不详。答人：这是太上隐者回答人家问话的诗。据《古今诗话》记载："太上隐者，人莫知其本末，好事者从问其姓名，不答，留诗一绝云。"偶：偶然。高枕：两种解释，一作枕着高的枕头解，一作比喻安卧无事解。历日：指日历，记载岁时节令的书。寒：指寒冷的冬天。

题龙阳县青草湖·唐温如

西风吹老洞庭波，一夜湘君白发多。
醉后不知天在水，满船清梦压星河。

【注释】湘君：尧的女儿，舜的妃子，死后化为湘水女神。天在水：天上的银河映在水中。

经鲁祭孔子而叹之·唐玄宗

夫子何为者，栖栖一代中。
地犹鄹氏邑，宅即鲁王宫。
叹凤嗟身否，伤麟怨道穷。
今看两楹奠，当与梦时同。

【注释】本诗为玄宗十三年封禅泰山时途径孔子家乡曲阜而作。何为者：是什么样的人呢？栖栖（xī）：忙碌不安。一代中：一生中。邹氏邑：孔子为春秋鲁国邹邑人。犹：仍然是。宅即：住宅却是。实际为差一点成为鲁王宫。昔鲁恭王欲坏孔子旧宅，以广其居，升堂闻金石丝竹之声，乃不坏宅，所以说旧宅险些成为鲁王宫。叹凤：传说凤凰至，河图出，是盛世之瑞兆。然凤鸟不至，则圣王不见，孔子之道亦无所用，故嗟叹自己遭遇的不幸。否（pǐ）：不幸，否极泰来。伤麟：鲁哀公十四年，有人猎得麒麟（qí lín）（神兽），孔子往观，泣曰："麟出而死，吾道穷矣。"从此绝笔不再写《春秋》。两楹奠：孔子对子贡说："余畴昔之夜，梦坐于两楹之间，夫明王不兴，而天下其孰能宗余，余殆将死也。"盖寝疾七日而殁（mò）。畴昔：从前。楹：厅堂门柱。当与梦时同：今天的布置与孔子梦见的应当一样。

幸蜀回至剑门 · 唐玄宗

剑阁横云峻，銮舆出狩回。
翠屏千仞合，丹嶂五丁开。
灌木萦旗转，仙云拂马来。
乘时方在德，嗟尔勒铭才。

【注释】幸：旧称皇帝亲临。剑门：四川北部的剑门山，山势险峻，七十二峰，峰峰似剑，大小剑山交叉成门。剑阁：在四川省剑阁县北，大剑山、小剑山之间架木而成的栈道，又称剑道。相传为诸葛亮所修筑，是川、陕间的主要通道。阁，阁道，栈道。峻：高。銮舆：皇帝座车。銮，銮铃，装饰帝王车驾的小铃铛，系于马络头两侧，声如鸾鸟和鸣。舆，车。狩：巡狩，皇帝到各地巡视考察。翠屏：翠绿如屏风壁立的青山。仞：八尺为一仞。丹嶂：红色屏风般连绵的山峦。五丁：指战国时代五个打通蜀道的大力士。丁，壮丁。灌木：矮小而丛生的树。萦：围绕。拂：轻轻掠过。乘时方在德：乘时，造就时势。治理国家应该顺应时势，施行仁德之政。嗟尔勒铭才：勒铭才，建功立业的才能。西晋张载作《剑阁铭》，晋世祖司马炎派人刻于石上。铭中有“兴时在德，险亦难恃”之语。意思是说，各位大臣，你们平定叛乱，建功立业，是国家的栋梁之材。

垂柳 · 唐彦谦

绊惹春风别有情，世间谁敢斗轻盈？
楚王江畔无端种，饿损纤腰学不成。

【注释】绊惹：撩逗。别有情：别有一番柔情。斗：比。轻盈：体态苗条，指赵飞燕。楚王：楚灵王。“楚王爱细腰，宫女多饿死”。无端：无心、不经意。饿损：饿坏了身体或饿死。纤腰学不成：学不成这种杨柳细腰。

春草 · 唐彦谦

天北天南绕路边，托根无处不延绵。
萋萋总是无情物，吹绿东风又一年。

【注释】绕路边：在路边生长。托根：依赖根系。萋萋总是无情物，吹绿东风又一年：萋萋，茂盛的春草。春草在哪都生长，四海为家，有了春风，它就发芽长绿，不知忧愁。而我却不能四海为家，不管在哪，我想念的就是家乡。转眼又是一年，我还不能回家。人有情，草无情。

山中·王勃

长江悲已滞，万里念将归。
况属高风晚，山山黄叶飞。

【注释】悲：抱怨、怨恨。已滞：江水不流动、太慢。属（zhǔ）：正当某某时节。高风：秋风。见落叶更想家。

送杜少府之任蜀州·王勃

城阙辅三秦，风烟望五津。
与君离别意，同是宦游人。
海内存知己，天涯若比邻。
无为在歧路，儿女共沾巾。

【注释】杜少府：杜甫的爷爷杜审言，作品《和晋陵陆丞早春游望》。之任蜀州：去蜀州上任。城阙（què）：宫门两边的望楼，此指长安京城。辅：护卫。三秦：项羽灭秦后，将关中分为雍、塞、翟三个王国，故称“三秦”，此指陕西关中地区。风烟望：云雾笼罩。五津：长江流经蜀地共有五个渡口即白华津、（皂）里津、江首津、沙头津、江南津，此指蜀地四川。离别意：充满离别之情。宦游：在官场飘荡，外出做官。比邻：近邻。无为：不要。歧路：岔路口，指分别的路上。儿女共沾巾：像小儿女一样彼此哭哭啼啼的。巾：不能用“襟”，虽然音同，但按诗词格律要求不属一韵。巾，为“上平十一真”韵；襟为“下平十二侵”韵。

滕王阁诗序·王勃

南昌故郡，洪都新府。星分翼轸，地接衡庐。襟三江而带五湖，控蛮荆而引瓯越。物华天宝，龙光射牛斗之墟；人杰地灵，徐孺下陈蕃之榻。

雄州雾列，俊彩星驰。台隍枕夷夏之交，宾主尽东南之美。都督阎公之雅望，棨戟遥临；宇文新州之懿范，襜帷暂驻。十旬休暇，胜友如云；千里逢迎，高朋满座。腾蛟起凤，孟学士之词宗；紫电青霜，王将军之武库。家君作宰，路出名区。童子何知，躬逢胜饯。

时维九月，序属三秋。潦水尽而寒潭清，烟光凝而暮山紫。俨骖騑于上路，访风景于崇阿。临帝子之长洲，得仙人之旧馆。

层台耸翠，上出重霄。飞阁流丹，下临无地。鹤汀凫渚，穷岛屿之萦回；桂殿兰宫，列冈峦之体势。

披绣闼，俯雕甍。山原旷其盈视，川泽盱其骇瞩。闾阎扑地，钟鸣鼎食之家；舸舰弥津，青雀黄龙之轴。云销雨霁，彩彻云衢。落霞与孤鹜齐飞，秋水共长天一色。渔舟唱晚，响穷彭蠡之滨；雁阵惊寒，声断衡阳之浦。

遥吟俯畅，逸兴遄飞。爽籁发而清风生，纤歌凝而白云遏。睢园绿竹，气凌彭泽之樽；邺水朱华，光照临川之笔。四美俱，二难并。穷睇眄于中天，极娱游于暇日。天高地迥，觉宇宙之无穷；兴尽悲来，识盈虚之有数。望长安于日下，指吴会于云间。地势极而南溟深，天柱高而北辰远。关山难越，谁悲失路之人？萍水相逢，尽是他乡之客。怀帝阍而不见，奉宣室以何年？

呜呼！时运不齐，命途多舛。冯唐易老，李广难封。屈贾谊于长沙，非无圣主；窜梁鸿于海曲，岂乏明时？所赖君子安贫，达人知命。老当益壮，宁移白首之心？穷且益坚，不坠青云之志。酌贪泉而觉爽，处涸辙以犹欢。北海虽赊，扶摇可接。东隅已逝，桑榆非晚。孟尝高洁，空怀报国之心；阮籍猖狂，岂效穷途之哭！

勃，三尺微命，一介书生。无路请缨，等终军之弱冠；有怀投笔，慕宗悫之长风。舍簪笏于百龄，奉晨昏于万里；非谢家之宝树，接孟氏之芳邻。他日趋庭，叨陪鲤对；今晨捧袂，喜托龙门。杨意不逢，抚凌云而自惜；钟期既遇，奏流水以何惭？

呜呼！胜地不常，盛筵难再。兰亭已矣，梓泽丘墟。临别赠言，幸承恩于伟饯；登高作赋，是所望于群公。敢竭鄙诚，恭疏短引。一言均赋，四韵俱成。请洒潘江，各倾陆海云尔。

滕王高阁临江渚，佩玉鸣鸾罢歌舞。
画栋朝飞南浦云，珠帘暮卷西山雨。
闲云潭影日悠悠，物换星移几度秋。
阁中帝子今何在？槛外长江空自流。

【注释】滕王阁旧址在江西南昌市，面临赣江。是唐高祖之子滕王李元婴作洪州都督时所建。王勃在唐高宗上元二年（公元675年）往交趾（越南北部）省父，路过南昌，赴阎都督九月九日在滕王阁安排的宴会，在宴会上赋诗，并写了这篇序。

王勃的祖父是有名的学者王通，在隋朝时期著书讲学，死后门人谥为“文中子”。王勃六岁即善写文章。不到二十岁，对策，取在高等，授朝散郎。沛王李贤听到他的名声，请他作王府修撰。诸王斗鸡，互有胜负，王勃戏为《檄英王斗鸡文》触怒唐高宗，被逐出府。后又因杀官奴得罪，他的父亲（名福畤）受连累被贬为交趾令。王勃于675年往交趾省父，渡海溺水，惊悸而死，时年25岁。王勃与当时的杨炯、卢照邻、骆宾王齐名，被称作“初唐四杰”。

当时宾客齐聚，都督阎公欲作序，勃虽在座，而阎公意属子婿孟学士者为之，已宿构矣。及以纸笔巡让宾客，勃不辞让。公大怒，拂衣而起，专令人伺其下笔。第一报云“南昌故郡，洪都新府”，公曰：“是亦老生常谈”。又报云“星分翼轸，地接衡庐”，公闻之沉吟不言。又云“落霞与孤鹜齐飞，秋水共长天一色”，公矍然而起，曰：“此真天才，当垂不朽矣！”遂亟请宴所，极欢而罢。

《滕王阁序》是很有名的一篇骈文。韩愈在他的《新修滕王阁记》中说：“江南多临观之美，而滕王阁独为第一。及得三王所为序、赋、记等，壮其文辞。太原王公为御史中丞，以书命愈记之，窃喜载名其上，词列三王之次，有荣耀焉。”（三王：王勃的序、王绪的赋、王仲舒的修阁记。太原王公即王仲舒，他任江西观察使时重修滕王阁。）

南昌故郡，洪都新府：

滕王阁在今江西省南昌市。南昌，为汉豫章郡治。唐代宗当政之后，为了避讳唐代宗的名（李豫），豫章故郡被改为“南昌故郡”。所以现在滕王阁内的石碑以及苏轼的手书都作“南昌故郡”。故：以前的。洪都：南昌的别称，唐初为洪州治所，故称洪都新府。

星分翼轸（zhěn），地接衡庐：

古人把星空分为二十八个区域，每区一个星座，称二十八星宿（xiù），以天上星宿与地上区域对应，称为“某地在某星之分野”。《越绝书》载，翼、轸在南郡、南阳、汝南、淮阳、六安、九江、庐江、豫章、长沙的分野。衡：衡山，此代指衡州（治所在今湖南省衡阳市）。庐：庐山，此代指江州（治所在今江西省九江市）。

襟三江而带五湖，控蛮荆而引瓯（ōu）越：

襟：以……为襟。因南昌在三江上游，如衣之襟，故称。三江：太湖的支流松江、娄江、东江，泛指长江中下游的江河。带：以……为带。五湖在南昌周围，如衣束身，故称。五湖：菱湖、游湖、莫湖、贡湖、胥湖，皆在鄱阳湖周围，与鄱阳湖相连。以此借为南方大湖的总称。蛮荆：古楚地，今湖北、湖南一带。控、引：连接，引远使近。瓯越：古越地，即今浙江地区。古东越王建都于东瓯（今浙江省永嘉县），境内有瓯江。

物华天宝，龙光射牛斗之墟：

这一区域物有光华，天有珍宝。二者是并列关系。与人也杰、地也灵相对应。龙光，指宝剑的光辉。牛、斗，星宿名。墟，域，所在之处。据《晋书·张华传》载，晋初，牛、斗二星之间常有紫气照射。张华请教精通天象的雷焕，雷焕称这是宝剑之精，上彻于天。张华命雷焕为丰城令寻剑，果然在丰城（今江西省丰城市，古属豫章郡）牢狱的地下，掘地四丈，得一石匣，内有龙泉、太阿二剑。后这对宝剑入水化为双龙。宝剑挖出后，天上的紫气即消失了。

人杰地灵，徐孺下陈蕃（fān）之榻：

这一区域人是俊杰，地有灵气。徐孺：徐孺子的省称。徐孺子名稚，东汉豫章南昌人，家贫，常自耕稼，德行为人所景仰。当时陈蕃为豫章太守，不接待宾客，只特设一榻接待徐稚，徐稚来了就把榻放下来，走了就把榻挂起来。陈蕃，字仲举，东汉人，少有大志，常称：大丈夫当为国家扫平天下。桓灵之世历任尚书仆射、太傅等职。性刚直方峻。灵帝时因与大将军窦武合谋诛杀宦官，事泄被杀。

雄州雾列，俊采星驰：

雄州：洪州。雾列：像雾繁盛。俊采：人才。星驰：像繁星闪耀。

台隍（huáng）枕夷夏之交，宾主尽东南之美：

台隍：城池位于荆楚与扬州接壤之处。台，城楼。隍，城池。有水为池，无水为隍。枕：占据，地处。东南之美：泛指各地的英雄才俊。《诗经·尔雅·释地》："东南之美，有会稽之竹箭；西南之美，有华山之金石。"

都督阎公之雅望，棨（qǐ）戟（jǐ）遥临：

都督：掌管督察诸州军事的官员，唐代分上、中、下三等。阎公：阎伯屿，时任洪州都督。雅望：崇高声望。棨戟：外有赤黑色缯作套的木戟，古代大官出行时用。这里代指仪仗。遥临：远道来临。

宇文新州之懿（yì）范，襜（chān）帷（wéi）暂驻：

宇文新州：复姓宇文的新州刺史（在今广东境内）。懿范：美好的气质风度。襜帷：车上的帷幕，这里代指车马。暂驻：暂时停留。

十旬休假，胜友如云；千里逢迎，高朋满座：

十旬休假：唐制，十日为一旬，遇旬日则官员休沐，称为"旬休"。胜友：高层次的友人。逢迎：相聚。

腾蛟起凤，孟学士之词宗：

腾蛟起凤：宛如蛟龙腾跃、凤凰起舞，形容文章风格。《西京杂记》："董仲舒梦蛟龙入怀，乃作《春秋繁露》。"又："扬雄著《太玄经》，梦吐凤凰集于经上，顷而灭。"学士是朝廷掌管文学撰著的官员。词宗：文辞。

紫电清霜，王将军之武库：

紫电清霜：《古今注》有"吴大皇帝（孙权）有宝剑六，二曰紫电。"《西京杂记》："高祖（刘邦）斩白蛇，剑刃上常带霜雪。"武库：兵器库。

家君作宰，路出名区；童子何知，躬逢胜饯：

家君作宰：王勃之父担任交趾县（越南界）的县令。路出名区：（自己因探望父亲）路过这个有名的地方（指洪州）。童子何知，躬逢胜饯：年幼无知，（却有幸）参加这场盛大的宴会。

时维九月，序属三秋：

维：系，在。序属（zhǔ）：时序正当三秋。古人称七、八、九月为孟秋、仲秋、季秋，三秋即季秋，九月。实际为九月九日。

潦（lǎo）水尽而寒潭清，烟光凝而暮山紫：

潦水：雨后的积水。尽：蒸发掉了。寒潭：江水。烟光凝：云雾在夕阳下积聚。

俨（yǎn）骖骓（cān fēi）于上路，访风景于崇阿（ē）：

俨：整齐的样子。骖骓：驾车的马匹，左骖右骓。指乘坐马车。上路：山路。访：看。崇阿：高大的山陵之间。

临帝子之长洲，得仙人之旧馆：

临、得：到。帝子、仙人：都指滕王李元婴。长洲：滕王阁前赣江中的沙洲。旧馆：指滕王阁。

层台耸翠，上出重霄。飞阁流丹，下临无地：

层台：重楼。翠，翠色的瓦顶高耸。飞阁流丹：漆红的楼阁。流：形容彩画鲜艳欲滴。临：接近水面。

鹤汀（tīng）凫（fú）渚（zhǔ），穷岛屿之萦（yíng）回；桂殿兰宫，列冈峦之体势：

汀：水边平地。凫：野鸭。渚：水中小洲。穷：尽头，汀、洲的边缘。岛屿：即汀洲。萦回：曲折。桂殿兰宫：滕王阁的宫殿建筑。列冈峦之体势：依着附近山峦的形势而高低起伏。

披绣闼（tà），俯雕甍（méng）。山原旷其盈视，川泽盱其骇瞩：

披绣闼：推开滕王阁的门来到高层。俯雕甍：俯看周围房舍的屋脊。旷：辽阔。盈视：满眼。山原尽收眼底。盱（xū）：睁大眼睛看。骇（hài）瞩：对所见的川泽感到惊异。

闾阎（lǘ yán）扑地，钟鸣鼎食之家；舸（gě）舰弥津，青雀黄龙之轴（zhú）：

闾：泛指门户、人家。阎：指里巷的门。泛指平民老百姓。这里代指房屋。扑地：遍布。钟鸣鼎食：古代贵族鸣钟列鼎而食，所以用钟鸣鼎食指代名门望族。舸舰弥津：船舶停满渡口。青雀黄龙：船的装饰形状，船头作鸟头型，龙头型。轴：舳，船尾把舵处，这里代指上面所说的船舶。

云销雨霁（jì），彩彻云衢：

云销雨霁：乌云消散，雨过天晴。不是虹销，雨霁才会有彩虹。霁：雨过天晴。彩彻云衢：实为彩云彻衢，彩云铺满天空。衢：大路，天上的大路即指天空。

落霞与孤鹜（wù）齐飞，秋水共长天一色：

化用庾信《马射赋》："落花与芝盖同飞，杨柳共春旗一色。"鹜：水鸭子。一色：水天相连，浑然一体。

渔舟唱晚，响穷彭蠡（lǐ）之滨；雁阵惊寒，声断衡阳之浦：

穷：穷尽，引申为"直到"。彭蠡：古代大泽，即今鄱阳湖。衡阳：今属湖南省，境内有回雁峰，相传秋雁到此就不再南飞，待春而返。断：止。浦：水边、岸边。

遥吟俯畅，逸兴遄（chuán）飞：

遥吟：高、远处的景物令人赞叹。俯畅：低、近处的景物令人舒畅。逸兴：雅兴，兴致。遄飞：急速驰骋。

爽籁发而清风生，纤歌凝而白云遏（è）：

爽籁：清亮的排箫音乐。发：发出声。清风生：使清风飘动。纤歌凝：轻细的歌声聚集。白云遏：使白云停止脚步。遏：阻止。《列子·汤问》："薛谭学讴于秦青，未穷青之技，自谓尽之，遂辞归。秦青弗止，饯于郊衢。抚节悲歌，声振林木，响遏行云。"

睢（suī）园绿竹，气凌彭泽之樽；邺（yè）水朱华，光照临川之笔：

睢园：即汉梁孝王刘武的花园，梁孝王曾在园中聚集文人饮酒赋诗。李商隐有"休问梁园旧宾客"句。《水经注》："睢水又东南流，历于竹圃……世人言梁王竹园也。"凌：超过。彭泽：县名，在今江西湖口县东，此代指陶渊明，曾官彭泽县令，世称陶彭泽。樽：酒器。陶渊明《归去来兮辞》有"有酒盈樽"之句。邺水：在邺下

（今河北省临漳县）。邺下是曹魏兴起的地方，三曹常在此雅集作诗。曹植在此作《公宴诗》。朱华：荷花。曹植《公宴诗》："秋兰被长坂，朱华冒绿池。"临川之笔：临川，郡名，治所在今江西省抚州市，代指谢灵运。谢灵运曾任临川内史，《宋书》本传称他"文章之美，江左莫逮。"

四美具，二难并：

四美：指良辰、美景、赏心、乐事。二难：指贤主、嘉宾难得。

穷睇眄（dì miǎn）于中天，极娱游于暇日：

睇眄：斜看。尽情欣赏天地间的美景。中天：天地之间。娱游：游乐。暇：假日（旬假），在假日里尽情地游乐。穷、极，皆指程度，尽情地。

天高地迥（jiǒng），觉宇宙之无穷。兴尽悲来，识盈虚之有数：

天高地迥：天高地远。盈虚：消长得失福祸等相互转化。有数：有定数，即有规律。

望长安于日下，指吴会（kuài）于云间：

长安日下：《世说新语·夙惠》记载，晋明帝数岁，坐元帝膝上。有人从长安来，元帝因问明帝："汝意谓长安何如日远?"答曰："日远，不闻人从日边来，居然可知"。元帝异之。明日集群臣宴会，告以此意，更重问之，乃答曰："日近"。元帝失色曰："尔何故异昨日之言邪?"答曰："举目见日，不见长安。"吴会：古代绍兴的别称，绍兴古称吴会、会稽，是三吴之首（吴会、吴郡、吴兴），唐代绍兴是国际大都市，与长安齐名。同时期的诗人宋之问也有意思相近的一首诗："薄游京都日，遥羡稽山名"。望、指，皆指看。西望长安于日下，东望吴会在云里。由南方而想到大海，由北辰而想到天柱。

地势极而南溟（míng）深，天柱高而北辰远：

极：低。南溟：南方的大海。天柱：《神异经》有"昆仑之山，有铜柱焉。其高入天，所谓天柱也。"北辰：北极星。

关山难越，谁悲失路之人；萍水相逢，尽是他乡之客：

关山：险关和高山。悲：同情。失路：迷路。萍水相逢：浮萍随水漂泊，聚散不定。比喻向来不认识的人偶然相遇。

怀帝阍（hūn）而不见，奉宣室以何年：

帝阍：天帝的守门人。屈原《离骚》："吾令帝阍开关兮，倚阊阖而望予。"此处借指皇帝的宫门 。奉：奉诏入宫。宣室，代指入朝做官。贾谊迁谪长沙四年后，汉文帝复召他回长安，于宣室中问鬼神之事。宣室，汉未央宫正殿，为皇帝召见大臣议事之处。

时运不齐，命途多舛（chuǎn）；冯唐易老，李广难封：

时运不齐（qí）：古代讲究时、运、命。不齐：不同步，有时无运或有运无时，都不顺。时运不齐与命途多舛，从骈体文的要求来讲正好平仄相对，如果读作"济"则平仄不相对仗了。就是现代的"时运不济"的意思。命途：命运 。多舛：差错、不顺利。冯唐：冯唐在汉文帝、汉景帝时不被重用，汉武帝时被举荐，已是九十多岁了。《史记·冯唐列传》："唐以孝著，为中郎署长，事文帝……拜唐为车骑都尉，主中尉及郡国车士。七年，景帝立，以唐为楚相，免。武帝立，求贤良，举冯唐。唐时年九十余，不能复为官。”李广难封：李广，汉武帝时名将，多次与匈奴作战，军功卓著，却始终未获封爵。

屈贾谊于长沙，非无圣主；窜梁鸿于海曲，岂乏明时：

贾谊在汉文帝时被贬为长沙王太傅。圣主：指汉文帝，泛指圣明的君主。屈：贬谪。梁鸿：东汉人，作《五噫歌》讽刺朝廷，因此得罪汉章帝，后改名避居齐鲁。明时：指汉章帝时代，泛指圣明的时代。窜：藏匿。

所赖君子安贫，达人知命：

所赖：聊以慰藉（jiè）的是。安贫：安于贫苦，即孔子的“食无求饱，居无求安。”知命：知天命，即参透宇宙间的一切事理。君子、达人，皆指通明之人。

老当益壮，宁移白首之心；穷且益坚，不坠青云之志：

老当益壮：年纪虽大，但志气更旺盛，干劲更足。宁移：怎能改变。穷且益坚：人穷但意志应更加坚定，即人穷志不短。不坠：不降低。青云之志：高远的志向。《续逸民传》：“嵇康早有青云之志”。《后汉书·马援传》：“丈夫为志，穷当益坚，老当益壮。”

酌贪泉而觉爽，处涸辙（hé zhé）以犹欢：

贪泉，在广州附近的石门，传说饮此水会贪得无厌。据《晋书·吴隐之传》，廉官吴隐之赴广州刺史任，饮贪泉之水，并作诗说：“古人云此水，一歃怀千金。试使夷齐饮，终当不易心。”涸辙：干涸的车辙，比喻困厄的处境。《庄子·外物》，庄周家贫，故往贷粟于监河侯。监河侯曰：“诺！我将得邑金，将贷子三百金，可乎？”庄子忿然作色曰：“周昨来，有中道而呼者，周顾视车辙中，有鲋鱼焉。周问之曰：‘鲋鱼来，子何为者耶？’对曰：‘我东海之波臣也，君岂有斗升之水，而活我哉？’周曰：‘诺！我且南游吴越之王，激西江之水而迎子，可乎？’鲋鱼忿然作色曰：‘吾失我常与，我无所处，吾得斗升之水然活耳，君乃言此，曾不如早索我于枯鱼之肆？’”

北海虽赊（shē），扶摇可接；东隅（yú）已逝，桑榆非晚：

赊：远。扶摇：乘风可到。东隅：日出处。桑榆，日落处。早年的时光消逝，晚年发愤并不晚。《后汉书·冯异传》：“失之东隅，收之桑榆。”

孟尝高洁，空怀报国之心；阮籍猖狂，岂效穷途之哭：

孟尝：据《后汉书·孟尝传》，孟尝字伯周，东汉会稽上虞人。曾任合浦太守，以廉洁奉公著称，有政绩而不得重用，后辞官隐居。桓帝时，虽有人屡次荐举，终不见用。阮籍：字嗣宗，晋代名士，不满世事，佯装狂放，常驾车出游，路不通时就痛哭而返。《晋书·阮籍传》：（籍）“时率意独驾，不由径路。车迹所穷，辄恸哭而反。”

三尺微命，一介书生：

三尺：衣带下垂的长度，指幼小。古时服饰制度规定束在腰间的绅的长度，因地位不同而有所区别，士规定为三尺。古人称成人为“七尺之躯”，称不大懂事的小孩儿为“三尺童儿”。微命：即“一命”，周朝官阶制度是从一命到九命，一命是最低级的官职。一介：一个。

无路请缨，等终军之弱冠；有怀投笔，慕宗悫（què）之长风：

终军：据《汉书·终军传》，终军字子云，汉代济南人。武帝时出使南越，自请

“愿受长缨，必羁南越王而致之阙下”，时仅二十余岁 。等：相同，用作动词。弱冠，古人二十岁行冠礼，表示成年，称“弱冠”。投笔：事见《后汉书·班超传》，“大丈夫无他志略，犹当效傅介子，张骞立功异域，以取封侯，安能久事笔砚间乎？”即投笔从戎的故事。宗悫：据《宋书·宗悫传》，宗悫字元干，南朝宋南阳人，年少时向叔父自述志向，云“愿乘长风破万里浪”。后因战功受封。

舍簪笏（zān hù）于百龄，奉晨昏于万里：

簪笏：冠簪、手板。官吏用物，这里代指官职地位。百龄：百年，犹“一生”。奉晨昏：侍奉父母。《礼记·曲礼上》：“凡为人子之礼……昏定而晨省。”万里：王父在越南交趾。

非谢家之宝树，接孟氏之芳邻：

谢家宝树：指谢玄，比喻好子弟。《世说新语·言语》：“谢太傅（安）问诸子侄‘子弟亦何预人事，而正欲使其佳？’诸人莫有言者。车骑（谢玄）答曰：‘譬如芝兰玉树，欲使其生于庭阶耳。’”接孟氏之芳邻：接，临近。刘向《列女传·母仪篇》载，孟轲的母亲为教育儿子而三迁择邻，最后定居于学宫附近。

他日趋庭，叨（tāo）陪鲤对；今晨捧袂（mèi），喜托龙门：

过几天到父亲那里聆听教诲。《论语·季氏》：“（孔子）尝独立，（孔）鲤趋而过庭。（子）曰：‘学诗乎？’对曰：‘未也。’‘不学诗，无以言。’鲤退而学诗。他日，又独立，鲤趋而过庭。（子）曰：‘学礼乎？’对曰：‘未也。’‘不学礼，无以立。’鲤退而学礼。”叨陪：惭愧地面对。捧袂：举起双袖，表示恭敬的姿势。喜托龙门：《后汉书·李膺传》：“膺以声名自高，士有被其容接者，名为登龙门。”指接受各位的抬爱。

杨意不逢，抚凌云而自惜；钟期既遇，奏流水以何惭：

杨意引荐司马相如被汉武帝赏识。《史记·司马相如列传》，司马相如经蜀人杨得意引荐，方能入朝见汉武帝。又云：“相如既奏《大人》之颂，天子大悦，飘飘有凌云之气。”钟期既遇：俞伯牙遇知音钟子期。《列子·汤问》：“伯牙善鼓琴，钟子期善听。伯牙鼓琴，志在高山。钟子期曰：‘善哉？峨峨兮若泰山！’志在流水，钟子期曰：‘善哉，洋洋兮若江河！’伯牙所念，钟子期必得之。”

兰亭已矣，梓（zǐ）泽丘墟：

兰亭：位于绍兴。晋穆帝永和九年（353 年）三月三日上巳节，王羲之与群贤宴集于此，行修禊礼，祓除不祥。梓泽：即晋石崇的金谷园，故址在今河南省洛阳市西北。已矣：没有了。丘墟：成了废墟。

临别赠言，幸承恩于伟饯；登高作赋，是所望于群公：

承恩：承蒙照顾。所望于：仰仗于。

敢竭鄙诚，恭疏短引；一言均赋，四韵俱成：

鄙诚：拙见。恭疏：恭敬地写下一篇小序，在此指本文。一言均赋：每人都写一首诗。四韵俱成：（我的）四韵一起写好了。四韵，八句四韵诗，指王勃此时写下的《滕王阁诗》。

请洒潘江，各倾陆海云尔：

钟嵘《诗品》：“陆（机）才如海，潘（岳）才如江。”这里指各输文采。

江渚（zhǔ）：江中陆地。佩玉鸣鸾：身上玉佩撞击声与车马挂的鸾铃声混在一起。画栋朝飞南浦云：早晨站在阁楼里欣赏南浦上的浮云。珠帘暮卷西山雨：晚上卷起珠帘，欣赏西山的细雨。闲云潭影日悠悠：浮云和太阳倒映在辽阔的水中。物换星移几度秋：时过境迁过去很多年了。阁中帝子今何在：当初修建阁楼的李元婴今天已经不存在了。槛（jiàn）外长江空自流：只有栏杆外的江水还在默默地流淌。

采莲曲·王昌龄

荷叶罗裙一色裁，芙蓉向脸两边开。
乱入池中看不见，闻歌始觉有人来。

【注释】 两边开：面如荷花，所以面和荷花相对着开放。乱入：混入。有人来：有人存在。

长信怨·王昌龄

奉帚平明金殿开，暂将团扇共徘徊。
玉颜不及寒鸦色，犹带昭阳日影来。

【注释】 长信：汉长信宫。汉成帝的嫔妃班婕妤，贤淑而有文才，受宠。后成帝宠赵飞燕及其妹赵合德。班婕妤为避嫉妒，自请到长信宫侍奉太后，并作《团扇诗》以自伤。“新裂齐纨素，鲜洁如霜雪。裁为合欢扇，团团似明月。出入君怀袖，动摇微风发。常恐秋节至，凉飙夺炎热。弃捐箧笥（qiè sì）中，恩情中道绝。”奉帚：拿着笤帚。平明：清晨。暂将：暂时同、和。共徘徊：一起徘徊。这里的徘徊指团扇摇摆扇风，暗指班婕妤的心情忐忑不安。团扇摇摆，她的心也在摇摆，故用了“将、共”二字。寒鸦：乌鸦。昭阳日影来：昭阳，汉昭阳殿。得到昭阳殿上阳光的照射。指有机会到昭阳殿得到皇帝的恩宠。而我却去不得昭阳殿，更得不到“一缕阳光”的恩宠。

春宫怨·王昌龄

昨夜风开露井桃，未央前殿月轮高。
平阳歌舞新承宠，帘外春寒赐锦袍。

【注释】 风开：春风吹开了桃花。露井桃：天井中的桃树。未央：汉未央宫，指唐宫。平阳歌舞：汉武帝姐姐平阳公主家的歌舞伎卫子夫，得到汉武帝喜爱，后立为皇后。新承宠：刚受宠。春寒赐锦袍：只因早春刚有一点冷，皇帝就赐给她珍贵的锦袍。可见体贴入微。

出塞·王昌龄

秦时明月汉时关，万里长征人未还。
但使龙城飞将在，不教胡马度阴山。

【注释】秦时明月汉时关：诗句主题其实就是“明月映照着关塞”，为什么要用过去时的“秦、汉”来修饰呢？表面是为了对仗，实际是指秦汉时期抗击北方匈奴侵扰的战争，今天还在继续。月和关都是见证者，是一种“蒙太奇”的手法。但使：倘使、假使。龙城飞将：汉代飞将军李广。龙城，古代匈奴祭天的地方。阴山：汉代内蒙北方山脉屏障。

从军行·王昌龄

烽火城西百尺楼，黄昏独坐海风秋。
更吹羌笛关山月，无那金闺万里愁。

【注释】烽火城：烽火台。百尺楼：征人驻守的戍楼。海风秋：青海湖吹来的阵阵秋风。关山月：曲名。无那（nè）：无奈。金闺：家中的妻子。万里愁：在万里之外思念着出征之人。

从军行·王昌龄

青海长云暗雪山，孤城遥望玉门关。
黄沙百战穿金甲，不破楼兰终不还。

【注释】孤城遥望玉门关：遥望孤城玉门关。孤城，玉门关的一座城池。楼兰：新疆界古国。

从军行·王昌龄

大漠风尘日色昏，红旗半卷出辕门。
前军夜战洮河北，已报生擒吐谷浑。

【注释】辕门：军营门。洮河：位于甘肃境内。生擒吐谷浑：吐谷（yù）浑，西北少数民族的一个部落，此指抓住了其首领。

答五陵太守·王昌龄

仗剑行千里，微躯敢一言。
曾为大梁客，不负信陵恩。

【注释】微躯敢一言：虽然身份卑微，但也不能不发一语。大梁客：大梁是魏国的首都。大梁客，指看守城门的老者侯嬴。信陵君：魏国公子魏无忌。信陵君听说侯嬴很有才华，前往拜访，并想馈赠一份厚礼，但侯嬴不肯接受，信陵君于是设筵席大会宾客，等人来齐后，信陵君带着车马和随从，空出车子左边的上座，亲自到夷门去接侯嬴。侯嬴为考验一下信陵君，径直坐上信陵君空出的上座，还让信陵君载他去拜访在街市做屠夫的朋友。信陵君当即驾车来到街市，侯嬴下车前去会见他的朋友朱亥，而信陵君则手执马缰在一边等待。此时，魏国的将军、丞相、宗室以及宾客们都已坐满堂，等信陵君回来开宴，信陵君的随从都在暗骂侯嬴，而信陵君仍然是面色和悦，一直等到侯嬴聊完，才载着侯嬴回去赴宴。经过此事之后，信陵君在魏国的市井大众中得到了一个礼贤下士的好名声。曾为大梁客，不负信陵恩：曾经把我当作大梁客来礼遇，我也会像侯嬴一样，不会辜负信陵君的知遇之恩。

芙蓉楼送辛渐·王昌龄

寒雨连江夜入吴，平明送客楚山孤。
洛阳亲友如相问，一片冰心在玉壶。

【注释】芙蓉楼：在古润州，今江苏镇江界。寒雨连江：寒雨，秋雨。连江，雨水江水相接。夜入吴：我在夜里从外地乘船来到吴地（为了送友人）。不是雨入吴，是我入吴，故有寒、连江之切身体会。平明：黎明。楚山孤：润州古代为吴，现代为楚。用吴楚是为了对仗。孤：人走了，自己有孤单之感。洛阳：友人要去的地方也是作者住过的洛阳。一片冰心在玉壶：我对他们的思念之心是没有改变的。意思是我还是从前的我，没有改变。冰放在玉壶之中，既不融化也不变色，言人之未变也。鲍照《白头吟》："直如朱丝绳，清如玉壶冰。"

闺怨·王昌龄

闺中少妇不知愁，春日凝妆上翠楼。
忽见陌头杨柳色，悔教夫婿觅封侯。

【注释】凝妆：浓妆。陌头：道旁。觅封侯：出去当官（结果从军戍边去了）。

附：闺怨·陈湛元

旧人未辞已纳新，纵有豪宅久不临。
总统套房五万六，春宵一刻值千金。

卢溪别人·王昌龄

武陵溪口驻扁舟，溪水随君向北流。
行到荆门上三峡，莫将孤月对猿愁。

【注释】泸溪：位于湖南省西部。武陵：武陵县，湖南省常德桃花源地区。武陵溪口即卢溪。驻扁舟：小船停泊在渡口。荆门：位于湖北省中部。三峡：万里长江一段山水壮丽的大峡谷，它西起重庆奉节县的白帝城，东至湖北宜昌市的南津关，由瞿塘峡、巫峡、西陵峡组成。此指到达宜昌地区。莫将孤月对猿愁：莫将，莫和。不要同猿一起对着孤月而哀愁。

塞上曲·王昌龄

蝉鸣空桑林，八月萧关道。
出塞复入塞，处处黄芦草。
从来幽并客，皆共尘沙老。
莫学游侠儿，矜夸紫骝好。

【注释】空：蝉鸣声旷远，非指桑叶落而林空。八月关内之桑不可能落叶。出塞复入塞：出了边关又入边塞，出了一关又一关，过了一山又一山。黄芦草：萧条肃杀之貌。与关里蝉声如潮的浓绿形成对比。从来：自古以来。幽并客：自古幽并出侠客。尘沙老：征战沙场。莫学游侠儿：不要模仿那些浮夸自己拥有骏马却放浪的游侠，而不去战场报效国家之类的人。儿：音 ní。紫骝（liú）：古骏马名。

塞下曲·王昌龄

饮马渡秋水，水寒风似刀。
平沙日未没，黯黯见临洮。
昔日长城战，咸言意气高。
黄尘足今古，白骨乱蓬蒿。

【注释】平沙：大沙漠。黯黯：暗暗。日未没（mò），而临洮昏暗、模糊，说明风沙大作，环境恶劣。足：弥漫。乱：杂乱散落。

送柴侍御·王昌龄

沅水通波接武冈，送君不觉有离伤。
青山一道同云雨，明月何曾是两乡。

【注释】诗人贬龙标（今湖南省黔阳县）尉时送别柴侍御前往武冈（今湖南省武冈县）而作。沅水：沅江。源出贵州省云雾山鸡冠岭，流经黔东、湘西，至黔城以下始称沅江，入洞庭湖。不是“流水”从绝句的对仗要求上讲，沅水与武冈均为地理名词，而流水与武冈对仗不上。龙标与武冈恰是一水相通。通波：波路相通。接：连。不觉：没感觉到。青山一道同云雨：一道，一同。面对同一青山，共沐同样风雨，共赏一轮明月。全部用了“共、同”的词汇，表示没有分别，故而不觉离伤。何曾是两乡：哪里是两个地方，分明是在一起，并没有分离。

送郭司仓·王昌龄

映门淮水绿，留骑主人心。
明月随良掾，春潮夜夜深。

【注释】郭司仓：作者的朋友。司仓：管理仓库的小官。淮水：淮河，发源于河南桐柏山，流经安徽、江苏，注入长江。留骑：留客的意思。骑（jì）：坐骑。明月随良掾：我的情如明月与你相伴。掾，古代府、州、县属官的通称。良掾（yuàn）：好官，此指郭司仓。春潮夜夜深：我的思念之情如夜里的潮水愈来愈深。

同从弟南斋玩月忆山阴崔少府·王昌龄

高卧南斋时，开帏月初吐。
清辉澹水木，演漾在窗户。
荏苒几盈虚，澄澄变今古。
美人清江畔，是夜越吟苦。
千里共如何？微风吹兰杜。

【注释】从弟：堂弟、叔伯亲。（外弟：姑舅亲。舍弟：胞弟。）玩月：赏月。澹（dàn）：洗。演漾：荡漾。荏苒（rěn rǎn）：时光慢慢逝去。盈虚：月亮满、缺。澄澄

(chéng)：清亮。越吟：吟唱越歌，指思乡。共如何：共同做什么呢？即共同赏月。兰杜：芳草。指崔少府的文章道德恰如兰杜，芳香四溢。

凉州词·王翰

葡萄美酒夜光杯，欲饮琵琶马上催。
醉卧沙场君莫笑，古来征战几人回。

【注释】 翰：音 hàn。夜光杯：夜间能放光的华贵酒杯。此句指军中举行的一次庆功盛宴。琵琶马上催：马上之人弹琵琶伴奏，催促多喝。西域习惯在马上弹奏琵琶。这个“催”不是催促出征，否则应用鼓角来发出紧急集合出征之令。若是急于出战，就没有醉卧的时间了，否则由于贪酒会贻误战机，这是军中不允许的。

秋夜喜遇王处士·王绩

北场芸藿罢，东皋刈黍归。
相逢秋月满，更值夜萤飞。

【注释】 芸藿：锄豆，芸通耘。东皋：暗用陶渊明的《归去来辞》“登东皋以舒啸”的诗句，点明归隐躬耕的身份。刈黍：收割黍子。相逢秋月满：带着日间田野劳动后轻微疲乏和快意安恬，怀着对归隐田园生活的欣然自适，两位乡居老朋友在宁静美好的秋夜不期而遇了。

野望·王绩

东皋薄暮望，徙倚欲何依。
树树皆秋色，山山惟落晖。
牧人驱犊返，猎马带禽归。
相顾无相识，长歌怀采薇。

【注释】 东皋（gāo）：皋是水边高地。东皋，指诗人家乡绛州龙门的一个地方。诗人归隐后常游北山、东皋，自号“东皋子”。同时亦暗用陶渊明的“登东皋以舒啸”的诗句，表明归隐躬耕的身份。徙倚（xǐ yǐ）：徘徊。欲何依：无所寄托。曹操《短歌行》中“月明星稀，乌鹊南飞。绕树三匝，何枝可依。”采薇：伯夷、叔齐是商末孤竹君的两个儿子。相传其父遗命要立次子叔齐为继承人。孤竹君死后，叔齐让位给伯夷，伯夷不受，叔齐也不愿登位，先后都逃到周。周武王伐纣（zhòu），二人叩马谏阻。武王灭商后，他们耻食周粟，采薇而食，饿死于首阳山。意思是自己在现实中难觅知音孤独无依，只好追怀古代的隐士，与伯夷、叔齐那样的人交朋友了。

宿东溪李十五山亭·王季友

上山下山入山谷，溪中落日留我宿。
松石依依当主人，主人不在意亦足。
名花出地两重阶，绝顶平天一小斋。
本意由来是山水，何用相逢语旧怀。

【注释】上山下山：形容山路崎岖而远。入山谷：进入李十五山亭所在的山谷中。留我宿：迫使自己住下来。依依：留恋的样子。两重阶（音 gāi）：花草茂盛，和石阶连在一起，好象又砌成一道台阶。绝顶平天：山顶上。一小斋：远处山上有一个斋亭。本意：自己的情趣。由来：从来、本来。是山水：在乎山水之间也。语旧怀：叙谈旧情。访友不遇便宿友人山亭，友人不在，陶情于山水，心满意足。如邱为的《寻西山隐者不遇》的意境。

春晴·王驾

雨前初见花间蕊，雨后全无叶底花。
蜂蝶纷纷过墙去，却疑春色在邻家。

【注释】花间蕊：花刚刚吐蕊开放。叶底花：叶里花。指叶下的花全被雨打落了。却疑：怀疑。

社日·王驾

鹅湖山下稻粱肥，豚栅鸡栖半掩扉。
桑柘影斜春社散，家家扶得醉人归。

【注释】社日：古代祭拜土地和五谷神的节日，分春秋两次。祭拜活动上会有演出，曰“社戏”，鲁迅描写过此景。鹅湖山：位于江西铅（yán）山县北。豚（tún）栅：猪圈。鸡栖：鸡架。半掩扉：门没关，说明放松。桑柘影斜：说明是夕阳西下时。家家扶得醉人归句极具妙趣，如在眼前。

海人谣·王建

海人无家海里住，采珠役象为岁赋。
恶波横天山塞路，未央宫中常满库。

【注释】海人：南海边以潜海采集珍珠为业的人。海里住：指作业时间长，经常泡在海里，没时间回家。役象：海南出象，采珠人使象作为前去纳税的交通工具。山塞路：言陆运之苦。未央宫：西汉皇家宫殿，当年位于西汉都城长安城的西南部。因在长乐宫之西，汉时称西宫。为汉高祖七年（公元前200年）在秦章台基础上修建。此指皇宫。

江馆·王建

水面细风生，菱歌慢慢声。
客亭临小市，灯火夜妆明。

【注释】江馆：江边旅馆，即客亭。菱歌：采菱女唱着歌归来。客亭：旅馆。小市：市场。夜妆明：把黑夜打扮得像白天一样。

江陵使至汝州·王建

回看巴路在云间，寒食离家麦熟还。
日暮数峰青似染，商人说是汝州山。

【注释】江陵使至汝州：王建出使江陵，回来的路上行近汝州（今河南临汝县）而作。江陵，又名荆州城，位于湖北省中部偏南，地处长江中游，江汉平原西部，南临长江，北依汉水，西控巴蜀，南通湘粤，古称“七省通衢”。寒食：清明节前一二日，按二十四节气，“清明忙种麦。”商人：同船的商人。王建家居颍川（今河南许昌），离汝州很近，到了汝州，也就差不多到家了。

精卫词·王建

精卫谁教尔填海，海边石子青磊磊。
但得海水作枯池，海中鱼龙何所为。
口穿岂为空衔石，山中草木无全枝。
朝在树头暮海里，飞多羽折时堕水。
高山未尽海未平，愿我身死子还生。

【注释】精卫：神话传说中，精卫是炎帝的小女，淹死在海里，变成鸟。她恐怕别人也被淹死，就整天衔着树枝和石子填海，直至嘴被磨穿血尽而死。磊磊：遍地都是。

但得：一旦使。何所为：还能有什么作为。岂为：哪是因为。空衔石：只衔石。无全枝：枝叶也被拗断衔走了。子还生：还有后代继续填海。如愚公移山，“子子孙孙无穷匮也”。

十五夜望月寄杜郎中·王建

中庭地白树栖鸦，冷露无声湿桂华。
今夜月明人尽望，不知愁思落谁家。

【注释】中庭：院落。地白：月光洒满。桂华：桂花，八月十五桂花正香。落谁家：实指落自己家。

水夫谣·王建

苦哉生长当驿边，官家使我牵驿船。
辛苦日多乐日少，水宿沙行如海鸟。
逆风上水万斛重，前驿迢迢后淼淼。
半夜缘堤雪和雨，受他驱遣还复去。
夜寒衣湿披短蓑，臆穿足裂忍痛何！
到明辛苦无处说，齐声腾踏牵船歌。
一间茅屋何所值，父母之乡去不得。
我愿此水作平田，长使水夫不怨天。

【注释】水夫：纤夫。当驿边：靠近水路驿站旁边。万斛重：斛（hú），旧量器，一斛为十斗，即一石。形容顶风逆水拉船，船太沉重。前驿迢迢后淼淼：前路和退路全都遥远淼茫。缘堤：沿堤。还复去：仍然要继续往前走。臆（yì）穿：前胸被纤绳磨破。忍痛何：如何忍受，即不可忍受。到明：到天亮。腾踏：身体随着腿抬高俯下的拉纤动作。何所值：不值多少钱。父母之乡：故土。去不得：不能离开。茅屋虽不值钱，但故土难离。

望夫石·王建

望夫处，江悠悠。化为石，不回头。
山头日日风复雨，行人归来石应语。

【注释】望夫石：传说古代一妇女在山头上翘望丈夫归来，日子久了便化作了石头。悠悠：悠远无尽头。行人：远行之丈夫。石应语：石头应该激动得开口说话。那也得把行人吓死变作石头。

新嫁娘·王建

三日入厨下，洗手作羹汤。
未谙姑食性，先遣小姑尝。

【注释】新嫁娘：新娘子。谙（ān）：熟悉。姑：婆婆。食性：口味。遣：安排。小姑：丈夫的妹妹。

雨过山村·王建

雨里鸡鸣一两家，竹溪村路板桥斜。
妇姑相唤浴蚕去，闲着中庭栀子花。

【注释】雨里鸡鸣一两家，竹溪村路板桥斜：竹林间有小溪，溪上有一石板桥，一条小路在桥两边延伸，路边有一两户人家。闲着：没人欣赏、采摘。中庭：院中。栀（zhī）子花：栀子开的白花。

园果·王建

雨中梨果病，每树无数个。
小儿出入看，一半鸟啄破。

【注释】梨果：梨子。无数个：没有几个（好的）。一半鸟啄破：仅剩的几个梨子，每个梨子都有一半被鸟啄破了。

咏华清宫·王建

行尽江南数十程，晓风残月入华清。
朝元阁上西风急，都入长杨作雨声。

【注释】朝元阁：在陕西临潼县骊山。唐王朝崇奉道教，玄宗天宝七年，传说玄元皇帝（老子）见于朝元阁，因改名降圣阁。唐李商隐《李义山诗集》卷六《华清宫》："朝元阁迥羽衣新，首按昭阳第一人。"长杨：高密的树林。

次北固山下·王湾

客路青山下，行舟绿水前。
潮平两岸阔，风正一帆悬。
海日生残夜，江春入旧年。
乡书何处达，归雁洛阳边。

【注释】次：到。北固山：在江苏镇江北。客路：远行路过。海日生残夜：残夜生海日。残夜，破晓之前。江春入旧年：旧年江春入。旧历的一年还没结束，阳历的春天已经来到了江上。洛阳边：指家乡。

酬张少府·王维

晚年惟好静，万事不关心。
自顾无长策，空知返旧林。
松风吹解带，山月照弹琴。
君问穷通理，渔歌入浦深。

【注释】酬：以诗词作品赠答对方。自顾无长策：对自己的将来没有长远的打算。松风吹解带：解开衣带、扣子享受习习山风。弹琴：在月下自己抚琴。洒脱、闲然。穷通理：人生顺逆之理。渔歌：听到简朴、悠闲、超然的渔歌自能让你开悟。入浦深：驶向河水深处。浦（pǔ），水边。

奉和圣制从蓬莱向兴庆阁道中留春雨中春望之作应制·王维

渭水自萦秦塞曲，黄山旧绕汉宫斜。
銮舆迥出千门柳，阁道回看上苑花。
云里帝城双凤阙，雨中春树万人家。
为乘阳气行时令，不是宸游玩物华。

【注释】奉和圣制：奉命和皇帝的诗《从蓬莱向兴庆阁道中留春雨中春望》。应制：应帝命而作。秦塞：都城周围的要塞。自：顺其自然地。萦、曲：环绕。黄山：黄麓山。旧绕：依然环抱着。汉宫：汉惠帝时的黄山宫，此指皇宫。斜：黄山矗立。銮舆：

皇帝的车驾。迥：远。千门柳：可看见重重宫门外的垂柳。阁道：楼阁之间的道路。回看：回头可看见。上苑花：上林苑的花草。云里帝城双凤阙：长安城大明宫左右的翔鸾、栖凤两座望楼好似在云雾之中。双凤阙，翔鸾、栖凤二阙。雨中春树万人家：千家万户的房舍和门前的树木都沐浴在春雨之中。为乘：为了趁机。阳气：春气。行时令：施行按季节规定关于农事的政令。立春之日，天子亲率三公、九卿、诸侯、大夫，以迎春于郊，行迎春之礼。宸游：皇帝出游。宸（chén），帝王居所。玩物华：观赏春天美景。皇帝兴师动众不是为了游玩，而是为了百姓之农事。实为官场奉迎之词。

观猎·王维

风劲角弓鸣，将军猎渭城。
草枯鹰眼疾，雪尽马蹄轻。
忽过新丰市，还归细柳营。
回看射雕处，千里暮云平。

【注释】劲（jìng）：强有力。渭城：咸阳古城。疾：快。新丰：陕西临潼东。李商隐有“心断新丰酒”之句。细柳营：长安附近昆明池南有细柳聚生，又名柳市。汉将周亚夫在此驻扎过，故称细柳营。暮云平：晚霞布满天边。

归嵩山作·王维

清川带长薄，车马去闲闲。
流水如有意，暮禽相与还。
荒城临古渡，落日满秋山。
迢递嵩高下，归来且闭关。

【注释】带：遮掩，夹带着。长薄：草木丛生的狭长地带。即指清水在草木中串流。闲闲：悠然自得。如：似乎。水声潺潺相伴，好似有意。相与还：暮禽也陪同我归山。荒城：指隐居处。迢递：辗转。且闭关：暂且关好柴门。不是要关城门了，赶紧出城回家。

过香积寺·王维

不知香积寺，数里入云峰。
古木无人径，深山何处钟。
泉声咽危石，日色冷青松。
薄暮空潭曲，安禅制毒龙。

【注释】不知香积寺，数里入云峰：不知进入云峰几里才到香积寺。香积寺，位于陕西界。古木：原始森林。泉声咽危石：为动、为声。日色冷青松：为静、为色。与“明月松间照，清泉石上流”“声喧乱石中，色静深松里”同一如画之境。薄暮空潭曲：日暮时来到潭边，心境空寂。如常建的“潭影空人心”，同为禅境。安禅制毒龙：禅制毒龙安。通过悟禅，使罪孽的凡欲消失。唐释道世《法苑珠林》：“西方山中有池，毒龙居之。昔五百商人止宿池侧，龙怒沉没商人。槃陀王学婆罗门咒，向池咒龙，龙悔过向王，王乃舍之。”虽未达寺，禅理已明，如邱为的“虽无宾主意，颇得清净理。”

汉江临眺·王维

楚塞三湘接，荆门九派通。
江流天地外，山色有无中。
郡邑浮前浦，波澜动远空。
襄阳好风日，留醉与山翁。

【注释】临眺（tiào）：登高远望。楚塞：楚界。三湘接：与三湘相连。三湘即合漓湘、潇湘、蒸湘，整个湘水的总称。荆门：湖北荆门山。九派通：与九派相接。九派，长江的九条支流。江流天地外：长江一去千里直奔天外。山色有无中：山色似有还无。郡邑浮前浦：远看城郡建筑好像浮在水面上。浦（pǔ），水边。波澜动远空：天空在水中摇动。襄阳：湖北城市。好风日：风景独好。留醉与山翁：山翁即晋代的襄阳镇守使山简，好饮酒。甘愿留在这里与山翁同醉。格局高远，想象瑰奇，大气磅礴如在飞机上鸟瞰一般，有李白之风。

和贾至舍人早朝大明宫之作·王维

绛帻鸡人报晓筹，尚衣方进翠云裘。
九天阊阖开宫殿，万国衣冠拜冕旒。
日色才临仙掌动，香烟欲傍衮龙浮。
朝罢须裁五色诏，佩声归到凤池头。

【注释】和（hè）：即按照作者原来的题材或者体裁来写一首诗，以示自己的意见，韵脚可以相同也可以完全不同。这首诗是和中书舍人贾至的《早朝大明宫呈两省僚友》之作。贾至：洛阳人，曾任中书舍人。绛（jiàng）帻（zé）鸡人：宫中头戴红巾，职掌报晓的人。筹：更筹，夜间计时工具。指早上报时。尚衣：专管皇帝服饰的官。方进：刚刚呈上。翠云裘：绣有翠绿云纹的皮衣。九天：高高在上。阊阖（chāng hé）：宫门。万国衣冠：各国使臣。冕旒（miǎn liú）：皇帝上朝戴的帽子，指皇帝。日色才临：阳光刚照进宫殿。仙掌：皇帝专用的掌扇。动：扇动，为皇帝扇风取凉。香烟：熏炉中冒出的烟。傍：靠近，指香烟向皇帝身上飘浮。衮（gǔn）龙：龙袍。裁：裁剪，指拟作。五色诏：五色诏书。佩声：身上佩玉发出之声。归到凤池头：回到中书省。指贾至接旨回到自己效力的中书省草拟诏书。凤池，凤凰池，唐朝时是中书省所在的地方。唐时门下省、中书省在禁中左右掖。贾至时为中书舍人，在凤凰池的中书省工作。

积雨辋川庄作·王维

积雨空林烟火迟，蒸藜炊黍饷东菑。
漠漠水田飞白鹭，阴阴夏木啭黄鹂。
山中习静观朝槿，松下清斋折露葵。
野老与人争席罢，海鸥何事更相疑。

【注释】积雨：久雨不停。辋川庄：王维隐居的别墅。空林：林中。烟火迟：炊烟缓缓升起。蒸藜炊黍：做菜做饭。饷东菑（zī）：家人到别墅东边的田地里给我送饭（我在那里侍弄园子）。菑，新耕的地。漠漠：辽阔。阴阴：浓密昏暗。习静：静修心性。朝槿（jǐn）：木槿花，夏秋之际开花，朝开暮落。晏殊有“紫薇朱槿花残”，体悟人生短暂。松下：林中。清斋：素食。折露葵：采食带露的葵菜。争席罢：本意是山中老人与人争抢座位，借指争名夺利。罢，放下，不争了。王维隐居即是罢争席之意。海鸥何事更相疑：《列子·黄帝篇》载，海上有人常与海鸥玩耍，海鸥从不避他。后来其父要他捉一只回来，等他再去伴海鸥时，海鸥全都飞跑了。这里指同在朝为官的那些同僚，告诉他们不用互相猜忌怀疑了，我已退出江湖，与世无争了。

九月九日忆山东兄弟·王维

独在异乡为异客，每逢佳节倍思亲。
遥知兄弟登高处，遍插茱萸少一人。

【注释】九月九日：重阳节。古有登高祈福之习俗。山东：华山东，不是太行山东的齐鲁（山东省）。遥知：遥想可知。兄弟：山东的兄弟们。登高处：登高祈福。遍插茱萸（zhū yú）：各个身插茱萸。茱萸，一种有浓香的植物。少一人：却惟独缺少了我。《续齐谐记》载，东汉时，汝南人桓景跟费长房学道。费长房告诉他今年九月九日汝南必有大灾，要让家人做绛囊盛茱萸系在臂上，登高饮菊花酒，即可免灾。桓景遵嘱带家人登高避灾，回家后发现家里的猪羊果然全都暴死了。新解：兄弟，指在山东的一个兄或弟，拢称为兄弟。我遥想兄弟，在九月九日这天，我登高祈福。采来很多茱萸插在地上，但只缺少兄弟你。这样解释的话，登高者和少一人就都变化了。

老将行·王维

少年十五二十时，步行夺得胡马骑。
射杀山中白额虎，肯数邺下黄须儿。
一身转战三千里，一剑曾当百万师。
汉兵奋迅如霹雳，虏骑崩腾畏蒺藜。
卫青不败由天幸，李广无功缘数奇。
自从弃置便衰朽，世事蹉跎成白首。
昔时飞箭无全目，今日垂杨生左肘。
路旁时卖故侯瓜，门前学种先生柳。
苍茫古木连穷巷，寥落寒山对虚牖。
誓令疏勒出飞泉，不似颍川空使酒。
贺兰山下阵如云，羽檄交驰日夕闻。
节使三河募年少，诏书五道出将军。
试拂铁衣如雪色，聊持宝剑动星文。
愿得燕弓射大将，耻令越甲鸣吾君。
莫嫌旧日云中守，犹堪一战立功勋。

【注释】十五二十时：到底是十五还是二十？此指十五到二十岁之间那个时期就有很多奇迹，以下便开始介绍。步行夺得胡马骑：像徒手夺得胡兵战马的李广一样。射杀山中白额虎：像射杀凶猛的白额虎的壮士周处一样。肯数邺下黄须儿：比得上邺下曹操之子曹彰。黄须儿（ní），曹操次子，须黄。当：抵挡。奋迅如霹雳：迅猛如雷电。崩腾：奔腾。蒺藜：铁蒺藜（jí lí），带刺障碍物。天幸：老天保佑。数奇（jī）：命蹇，命不好。弃置：不再被朝廷重用。衰朽：衰迈老弱。蹉跎：虚度。昔时飞箭无全目：箭法精准，可射中燕雀的眼睛。今日垂杨生左肘：闲赋在家，臂肘都生出了杨柳，表示长期寂寞无为（杨柳：指肉瘤子）。故侯瓜：秦东陵侯既废，种瓜于长安城东。先生柳：晋陶渊明归隐后著有《五柳先生传》，自比五柳先生。苍茫古木连穷巷：深巷连着无边的古树林。寥落寒山对虚牖：开着的窗户正对着几座寒山。疏勒出飞泉：《后汉书·耿恭传》载，耿恭统兵驻疏勒（新疆界），匈奴截断水源，汉军于城内掘井，深十五丈，仍不得水。耿恭仰天而叹："昔闻贰师将军拔佩刀刺山，飞泉涌出，今汉德神明，岂有穷哉！"即向井祝祷，水遂涌出。颍川空使酒：《史记·魏其武安侯列传》载，西汉景帝时将军灌夫，颍川人，为人刚直，使酒，不好面谀。后因于武安侯座上借酒使性，大骂临汝侯，被诛杀灭族。贺兰山：宁夏界。阵如云：部队黑压压一片，如乌云一般。羽檄：战书。交驰：传递。节使：朝廷使臣。三河：黄河中下游地区。募年少：招募年轻人从军。诏书：皇帝颁发的文告。五道：多次。出将军：令将军出击。试拂：擦拭。聊持：且拿。动星文：星纹闪耀。越甲鸣吾君：汉刘向《说苑·立节篇》载，越兵攻齐，齐国的雍门子狄说："越甲至，其鸣吾君。"认为越兵惊动了国君是军人的耻辱，遂自刎而死。云中守：汉文帝时，云中太守魏尚极得军心，匈奴不敢犯边。因上报斩获差六个首级，被削职为民。冯唐为之不平，抗颜直谏，文帝遂复其职。犹堪：还可。想像魏尚那样，碰到为其说话的人，进而再次出山为国效力。该诗多处用典，几乎一句一典，更增添了趣味性，然不知典无以通也。

附：老少行·陈湛元

功名迟速皆由天，莫早欢喜莫晚怜。
休将年少而自恃，莫把岁长而自捐。
甘罗十三身便死，十二拜相非少年。
姜尚百二保周室，八十垂钓弱冠悬。
庭李早华亦先萎，涧松迟碧晚翠妍。
田有早谷与晚稻，安知早晚呈丰年？
年少富贵承无暇，年老蹉跎敬无迁。
成败日后道长短，莫看贵贱是眼前。

莲花坞·王维

日日采莲去，洲长多暮归。
弄篙莫溅水，畏湿红莲衣。

【注释】坞（wù）：泛指四面高中央低的处所。莲花坞：长满莲花的地方。洲长：水路很远。篙（gāo）：撑船用的竹竿。红莲衣：绣着莲花的红裙子。

鹿柴·王维

空山不见人，但闻人语响。
返景入深林，复照青苔上。

【注释】鹿柴（zhài）：王维隐居的辋川别墅的一部分。空山：宽阔的山谷。返景：返影。

洛阳女儿行·王维

洛阳女儿对门居，才可容颜十五余。
良人玉勒乘骢马，侍女金盘脍鲤鱼。
画阁朱楼尽相望，红桃绿柳垂檐向。
罗帏送上七香车，宝扇迎归九华帐。
狂夫富贵在青春，意气骄奢剧季伦。
自怜碧玉亲教舞，不惜珊瑚持与人。
春窗曙灭九微火，九微片片飞花琐。
戏罢曾无理曲时，妆成只是熏香坐。
城中相识尽繁华，日夜经过赵李家。
谁怜越女颜如玉，贫贱江头自浣纱。

【注释】此为王维十六岁时的作品。洛阳女儿：梁武帝萧衍的《河中之水歌》："河中之水向东流，洛阳女儿名莫愁。"此为借指。对门居：萧衍的《东飞伯劳歌》："谁家女儿对门居，开颜发艳照里闾。"指对门的富贵家庭的女子。才可：刚好。良人：丈夫。玉勒：玉饰络头。脍（kuài）：切细的肉。垂檐向：向檐垂。罗帏送上七香车：出门的时候，直接从罗帏送上豪车。罗帏，丝织帐幔。宝扇迎归九华帐：回来的时候，有遮阳宝扇迎接，直接接入华丽的帐幔中。狂夫：丈夫。在青春：正当年少气盛。意气：脾气。骄奢：傲慢奢侈大方。剧季伦：超过晋代的石崇。自怜：爱惜。碧玉：指洛阳女儿。不惜珊瑚：出手大方，显富。石崇与王恺（kǎi）斗富，王恺拿出一株二尺高的珊瑚炫耀，石崇把它击碎，搬出六七株三四尺高的珊瑚赔给王恺。曙：天亮了。九微：华丽的灯。花琐：灯捻燃烧后产生的灯花。理曲：练习琴曲。熏香坐：坐熏香。此二句与白居易的"曲罢曾教善才服，妆成每被秋娘妒"句法相同。繁华：富贵名流。赵李家：指豪门贵戚。谁怜越女颜如玉，贫贱江头自浣纱：越女西施贫贱之时，在江边浣纱，默默无闻，有谁爱惜呢？一旦富贵了，就家喻户晓，争相效仿了。与王维在《西施咏》中"贱日岂殊众，贵来方悟稀"描写的意思相近。

鸟鸣涧·王维

人闲桂花落，夜静春山空。
月出惊山鸟，时鸣春涧中。

【注释】鸟鸣涧：该诗是王维题友人皇甫岳所居的云溪别墅所写的组诗之一。鸟鸣涧为云溪别墅的一处景点。闲：安静、悠闲。空：空寂，形容山中寂静无声。惊：惊动，惊扰。月出不会惊动鸟，而是月下人惊动的。时鸣：不时地啼叫。

清溪·王维

言入黄花川，每逐青溪水。
随山将万转，趣途无百里。
声喧乱石中，色静深松里。
漾漾泛菱荇，澄澄映葭苇。
我心素已闲，清川澹如此。
请留盘石上，垂钓将已矣。

【注释】言入：进入。趣：趋。菱荇（líng xìng）：水边植物。葭苇（jiā wěi）：新老芦苇。漾漾（yàng）：水波晃动。澄澄（chéng）：清亮。素：本来。澹（dàn）：安静。声喧乱石中：为声、为动。色静深松里：为色、为静。诗中有画也，与“明月松间照，清泉石上流”“泉声咽危石，日色冷青松”同一佳境。

山居秋暝·王维

空山新雨后，天气晚来秋。
明月松间照，清泉石上流。
竹喧归浣女，莲动下渔舟。
随意春芳歇，王孙自可留。

【注释】秋暝：秋天的傍晚。空山：宽阔的山里。晚来秋：秋天夜晚降临。明月松间照：为静、为色。清泉石上流：为动、为声。如画也。竹喧归浣女：声、动也。莲动下渔舟：动静结合也。下，行驶。随意：尽管。春芳歇：春花凋落。王孙自可留：刘安《楚辞·招隐士》：“王孙兮归来，山中兮不可以久留。”此反用其意。

山中·王维

荆溪白石出，天寒红叶稀。
山路元无雨，空翠湿人衣。

【注释】荆溪：小溪名，源于陕西蓝田。白石：岩石裸露出水面。红叶：枫叶，深秋霜后开始飘落。元无雨：本无雨。空翠：山谷中绿林间的雾水。

山中送别·王维

山中相送罢，日暮掩柴扉。
春草明年绿，王孙归不归？

【注释】明年绿：不是“年年绿”。刚送走朋友，期盼明年春风至而友人归。如果是盼了一年又一年，朋友还无消息，用“年年绿”表达焦急、报怨之意最为恰当，此为期盼而非报怨。

少年行·王维

新丰美酒斗十千，咸阳游侠多少年。
相逢意气为君饮，系马高楼垂柳边。

【注释】新丰美酒斗十千：新丰，古镇名，在长安东北，即今天的陕西新丰镇，古代此地产名酒，曰“新丰酒”。李商隐有“心断新丰酒，消愁又几千”。曹植《名都篇》“归来宴平乐，美酒斗十千。”咸阳：秦的都城，故址在今陕西咸阳市东的渭城故址。此借指唐都长安。游侠：游历四方的侠客。少年：读作少 shào 年。意气为君饮：（少年把马拴好）为了义气哪也不去了，就陪你喝酒。

少年行·王维

一身能擘两雕弧，虏骑千重只似无。
偏坐金鞍调白羽，纷纷射杀五单于。

【注释】擘（bāi）：拉开。两雕弧：两张雕花硬弓。虏骑（jì）：北方少数民族的骑兵。偏坐：侧身准备射箭。调白羽：箭上弦瞄准。纷纷：一连。射杀：射死。五单（chán）于：五个敌兵将领。

使至塞上·王维

单车欲问边，属国过居延。
征蓬出汉塞，归雁入胡天。
大漠孤烟直，长河落日圆。
萧关逢候骑，都护在燕然。

【注释】使至塞上：奉命出使边塞。公元737年（开元二十五年）王维以监察御史的身份赴凉州途中所作。单车：一辆车，车辆少，这里形容轻车简从。问边：到边塞去察看，指慰问守卫边疆的官兵。属国：点明要去的地方。公元737年，河西节度副使崔希逸战胜吐蕃，吐蕃称臣，成为唐附属国。过居延：在居延以北的地方。居延：地名，汉代称居延泽，唐代称居延海，在今内蒙古额济纳旗北境。实为湖，人称海，源自祁连山脉。另一说法认为，属国是古代官名典属国的简称，掌管少数民族事务。汉代称负责外交事务的官员为典属国，这里诗人用来指自己的身份。这一说法非常牵强，作者不必要借用几个朝代以前的官名来说明自己的身份。如果言及当朝皇帝或事情，为了避讳拿汉说事，以古讽今倒是常见的。比如"汉皇""汉家"等。征蓬：随风飘飞的枯蓬，此处为诗人自喻。归雁入胡天：因季节是春天，雁北飞，故称"入胡天"。像一只大雁一样飞入胡人的地区，也是诗人自喻。孤烟：唐代边防使用的平安火。《六典》："唐镇戍烽侯所至，大率相去三十里，每日初夜，放烟一炬，谓之平安火。"当时战事已平息，所以不是指报警的狼烟。直，是因为天气晴好，所以才有长河落日。否则就是"平沙莽莽黄入天"了。长河：黄河。萧关：古关名，故址在今宁夏固原东南。候骑：负责侦察、通讯的骑兵。王维出使河西并不经过萧关，此处是用何逊诗"候骑出萧关，追兵赴马邑"之意，非实写。都护：官名。唐朝在西北置安西、安北等六大都护府，每府派大都护一人，副都护二人，负责辖区一切事务。这里指河西节度副使崔希逸。燕然：古山名，即今蒙古国杭爱山。这里代指前线。《后汉书·窦宪传》：宪率军大破单于军，"遂登燕然山，去塞三千余里，刻石勒功，纪汉威德，令班固作铭。"

送别·王维

下马饮君酒，问君何所之。
君言不得意，归卧南山陲。
但去莫复问，白云无尽时。

【注释】下马：请朋友下马。饮（yìn）君酒：请你喝酒。之：去。但去：且去，尽管去。白云无尽时：有不尽的白云相伴自可怡悦，不会感到寂寞。

送綦毋潜落第还乡·王维

圣代无隐者，英灵尽来归。
遂令东山客，不得顾采薇。
既至金门远，孰云吾道非。
江淮度寒食，京洛缝春衣。
置酒长安道，同心与我违。
行当浮桂棹，未几拂荆扉。
远树带行客，孤城当落晖。
吾谋适不用，勿谓知音稀。

【注释】綦毋（qí wú）：复姓。采薇：伯夷、叔齐隐居不仕，采薇而食。不得顾采薇：放弃隐居而出来做官。金门远：还没被重用。吾道非：我的主张不对。江淮度寒食，京洛缝春衣：寒食节的时候你从江淮来京科考，现在京城又是春季时节你要回去。违：分别。桂棹：船。未几：不用多久。荆扉：自家的柴门。带、当：遮挡。遮挡住了身影。吾谋：同吾道。适不用：虽然正确而暂时不被采用。适，偶然、偶尔。对于落第人的郁郁寡欢，朋友只能劝勉宽慰。如同高适安慰李少府和王少府的“圣代即今多雨露，暂时分手莫踌躇”一样。

送梓州李使君·王维

万壑树参天，千山响杜鹃。
山中一夜雨，树杪百重泉。
汉女输橦布，巴人讼芋田。
文翁翻教授，不敢倚先贤。

【注释】梓州：四川界。树杪（miǎo）：树梢。百重泉：雨水从树梢滑落。输橦（tóng）布：用木棉布纳税。讼芋田：因分割芋田而打官司。这些事都经过李使君。文翁：汉景帝时蜀郡太守。翻教授：反复教化。不敢倚先贤：不敢，不要。不要依赖于先人的政绩而无所作为。此为嘱托之语。也可理解为，通过教化，汉女、巴人没有不依照先贤的规范做人、做事的。此为歌功颂德之语。

桃源行·王维

渔舟逐水爱山春，两岸桃花夹古津。
坐看红树不知远，行尽清溪忽值人。
山口潜行始隈隩，山开旷望旋平陆。
遥看一处攒云树，近入千家散花竹。
樵客初传汉姓名，居人未改秦衣服。
居人共住武陵源，还从物外起田园。
月明松下房栊静，日出云中鸡犬喧。
惊闻俗客争来集，竞引还家问都邑。
平明闾巷扫花开，薄暮渔樵乘水入。
初因避地去人间，更问神仙遂不还。
峡里谁知有人事，世中遥望空云山。
不疑灵境难闻见，尘心未尽思乡县。
出洞无论隔山水，辞家终拟长游衍。
自谓经过旧不迷，安知峰壑今来变。
当时只记入山深，清溪几度到云林。
春来遍是桃花水，不辨仙源何处寻。

【注释】古津：古渡口。忽值人：不见人。忽，疏忽，很少。值，遇见。潜行：俯身前行，或匍匐前行。隈隩（wēi yù）：低矮幽深曲折。山开：出了山洞。旋平陆：变成一马平川。攒（cuán）：聚集。散花竹：花竹繁茂。樵客：武陵人，实为渔客。汉姓名：实为晋代，介绍晋代的事情。居人：桃源人。秦衣服：还是秦代的打扮。“不知有汉，无论魏晋”是也。物外：世外。松下房栊：房舍盖在山上树下。云中鸡犬：鸡犬在山上放养。俗客：指武陵人。争来集：争先恐后地来观看，觉得像天外来客一样新奇。竞引：争着请到家里做客。问都邑：打听从何而来及外面的事。无论：不管，尽管。游衍：游玩。几度：多远。平明：凌晨。闾巷：街巷。扫花开：打扫庭院，开，离开，出去种地、打渔。薄暮渔樵乘水入：傍晚，打渔的、打柴的驾船归来，形容恬淡自由。去人间：离开家乡，逃难到桃花源。更问神仙：不用问神仙是什么样的，自己过得就如同神仙一般。峡里：桃源里。谁知：不知。人事：外面的世界。世中：外面的人。遥望空云山：不知道有桃花源这样的宝地，只是看见云雾飘渺的遥远景象。不疑灵境难闻见：武陵人虽然没有见过仙境是什么样子，但深信这就是人间仙境。尘心：思念家小等的凡心。思乡县：想念家乡。出洞无论隔山水：（自己家）距离山洞（来时进入的山口）尽管有群山重水相隔。无论，尽管。辞家：把家里的事情安排好，然后离开家。终拟：最终决定。长游衍（yǎn）：到那里长期游览。衍：通焉，那里。自谓经过旧不迷：自己认为经过的旧地完全都能记住，不会迷路。安知峰壑今来变：哪里知道现在的环境和标识全都变样了，与上次来时完全不一样了。山深：山很深远。几度：拐几个弯（就能看到云林）。结果遍地是水，更加迷路。

附：《桃花源记》陶渊明

晋太元中，武陵人捕鱼为业。缘溪行，忘路之远近。忽逢桃花林，夹岸数百步，中无杂树。芳草鲜美，落英缤纷。渔人甚异之，复前行，欲穷其林。林尽水源，便得一山。山有小口，仿佛若有光。便舍舟从口入。初极狭，才通人。复行数十步，豁然开朗。土地平旷，屋舍俨然。有良田、美池、桑、竹之属。阡陌交通，鸡犬相闻。其中往来种作，男女衣著，悉如外人。黄发垂髫，并怡然自乐。见渔人，乃大惊，问所从来，具答之。便要还家，设酒杀鸡作食。村中闻有此人，咸来问讯。自云先世避秦时乱，率妻子邑人来此绝境，不复出焉，遂与外人间隔。问今是何世，乃不知有汉，无论魏晋。此人一一为具言所闻，皆叹惋。余人各复延至其家，皆出酒食。停数日，辞去。此中人语云："不足为外人道也。"既出，得其船，便扶向路，处处志之。及郡下，诣太守说如此。太守即遣人随其往。寻向所志，遂迷，不复得路。南阳刘子骥，高尚士也。闻之，欣然欲往。未果，寻病终，后遂无问津者。

田园乐·王维

桃红复含宿雨，柳绿更带朝烟。
花落家童未扫，莺啼山客犹眠。

【注释】宿雨：昨夜的雨水。韩翃"仙台初见五城楼，风物凄清宿雨收。"朝（zhāo）烟：晨雾。山客：隐居山中的人，自指。六绝诗很少见。

辋川闲居赠裴秀才迪·王维

寒山转苍翠，秋水日潺湲。
倚杖柴门外，临风听暮蝉。
渡头余落日，墟里上孤烟。
复值接舆醉，狂歌五柳前。

【注释】辋（wǎng）川：王维别墅在此，陕西蓝田。裴秀才迪：裴迪。转苍翠：变得越发苍翠。日潺湲（chán yuán）：越来越清澈作响。余落日：夕阳渐渐西下。上孤烟：炊烟袅袅升起。与"大漠孤烟直，长河落日圆"意境同。复值接舆醉：复醉值接舆（yú），又醉了是因为碰到了楚狂接舆。指又一次醉酒，并不是真的遇见了接舆。接舆是醉酒的代称。接舆，见李白的《庐山谣寄卢侍御虚舟》。五柳前：自己家门前。用陶渊明的五柳借指自己。五柳，见王维的《老将行》。

渭川田家·王维

斜阳照墟落，穷巷牛羊归。
野老念牧童，倚杖候荆扉。
雉雊麦苗秀，蚕眠桑叶稀。
田夫荷锄至，相见语依依。
即此羡闲逸，怅然吟式微。

【注释】墟落：村庄。穷巷：深巷。雉雊（zhì gòu）：野鸡鸣叫。式微：《诗经》："式微式微，胡不归？"此取"胡不归"之意。触景而产生归隐之意。

渭城曲·王维

渭城朝雨浥轻尘，客舍青青柳色新。
劝君更尽一杯酒，西出阳关无故人。

【注释】渭城：咸阳。浥（yì）：湿、润。客舍：客居之房舍。更尽：再喝干。阳关：甘肃敦煌西南通西域的要道。无故人：再也没有朋友（陪你喝酒）了。

西施咏·王维

艳色天下重，西施宁久微。
朝为越溪女，暮作吴宫妃。
贱日岂殊众，贵来方悟稀。
邀人傅脂粉，不自著罗衣。
君宠益娇态，君怜无是非。
当时浣纱伴，莫得同车归。
持谢邻家子，效颦安可希？

【注释】宁久微：既然天下都看中美色，怎么能长久地低微、被埋没呢？邀人傅脂粉，不自著罗衣：指有专业的化妆师和服装设计师及侍女。傅，附着，使附着。君怜：

皇帝宠爱。持谢：提醒、奉劝。效颦：《庄子》：“西施病心而颦，其里之丑人见而美之，归亦捧心而效其颦，富人见之，闭门而不出，贫人见之，挈妻子而去之，彼知美颦而不知颦之所以美。”安可希：怎么能达到目的呢？

相思·王维

红豆生南国，春来发几枝？
劝君多采撷，此物最相思。

【注释】红豆：相思子。《古今诗话》：“相思子圆而红，昔有人殁（mò）于边，其妻思之，哭于树下而卒，因以名之。”采撷（xié）：采摘。相思：寄托相思。

辛夷坞·王维

木末芙蓉花，山中发红萼。
涧户寂无人，纷纷开且落。

【注释】木末芙蓉花：即指辛夷。辛夷，落叶乔木。即辛夷花开在枝头。萼（è）：花瓣外面的部分。涧户：山溪口。

杂诗·王维

君自故乡来，应知故乡事。
来日绮窗前，寒梅著花未。

【注释】绮（qǐ）窗：镂花的窗户。

赠郭给事·王维

洞门高阁霭余晖，桃李阴阴柳絮飞。
禁里疏钟官舍晚，省中啼鸟吏人稀。
晨摇玉佩趋金殿，夕奉天书拜琐闱。
强欲从君无那老，将因卧病解朝衣。

【注释】赠：酬赠。给事：官名。洞门：重殿之门。霭（ǎi）：烟雾凝聚。余晖：夕阳的光辉。阴阴：浓密昏暗。禁里：宫中。疏钟：报暮的钟声。官舍：宫中官人办公的地方。省中：左省、门下省。奉：捧。天书：诏书。拜：辞拜、离开。琐闱（suǒ wéi）：宫门。强欲从君：我非常想继续侍奉君主。无那（nè）老：没办法，自己已经老朽了。如杜甫的“无才日衰老”，“移官岂至尊”。无那，无奈。将因卧病解朝衣：因为要回家养病，我马上要脱去官服。王维为自己隐居找个无那老、卧病的借口，告诉老朋友郭给事。

终南别业·王维

中岁颇好道，晚家南山陲。
兴来每独往，胜事空自知。
行到水穷处，坐看云起时。
偶然值林叟，谈笑无还期。

【注释】别业：郊外的别墅。中岁：中年以后。颇好道：悟禅。晚家南山陲：晚年住在南山边。陲（chuí），边。兴来每独往：兴致来了经常独自出游。胜事空自知：那种美妙快意只有自己知道。行到水穷处，坐看云起时：有时沿着河流散步一直走到水的尽头；有时静坐那里看云起云落。偶然值林叟，谈笑无还期：有时遇见山中的老人，只顾与之谈笑而忘了回家。洒脱自由，如野鹤闲云一般。

终南山·王维

太乙近天都，连山到海隅。
白云回望合，青霭入看无。
分野中峰变，阴晴众壑殊。
欲投人处宿，隔水问樵夫。

【注释】终南山：在西安市长安区城南15公里处，它东起盛产美玉的蓝田山，西至秦岭主峰太白山，横跨蓝田、长安、户县、周至等县，绵延200余里。太乙：终南山主峰。终南山高接天宫，远到海边。合：合拢、聚集、缭绕。青霭（ǎi）：雾霭，即白云。远看缭绕弥漫，走近却看不到。实际情况也确实如此。分野：主峰分出东西的分野，星宿名称不同。阴晴：南北气候不同。如杜甫的“阴阳割昏晓”。欲投人处宿：欲投宿人处。

竹里馆·王维

独坐幽篁里，弹琴复长啸。
深林人不知，明月来相照。

【注释】竹里馆：辋（wǎng）川别墅胜景之一。幽篁（huáng）：竹林。长啸：吹口哨。人虽不知，但有明月相伴。

秋夜曲·王涯

桂魄初生秋露微，轻罗已薄未更衣。
银筝夜久殷勤弄，心怯空房不忍归。

【注释】蘅塘退士以本诗为王维诗，维与涯手写相像，实为后人笔误，今是正。桂魄：月亮。殷勤弄：反复弹奏。怯（qiè）：害怕。

塞下曲·王涯

年少辞家从冠军，金妆宝剑去邀勋。
不知马骨伤寒水，惟见龙城起暮云。

【注释】冠（guàn）军：古代将军的名号。金妆宝剑：用黄金装饰剑柄或剑鞘的宝剑。龙城：古匈奴祭天之地，泛指边境地区。起暮云：形容战场厮杀尘烟冲天。不顾天冷只想杀敌。

登鹳雀楼·王之涣

白日依山尽，黄河入海流。
欲穷千里目，更上一层楼。

【注释】鹳（guàn）雀楼：山西永济市蒲州镇。依：傍着。穷：尽头。千里目：看千里之外。目，看。

凉州词·王之涣

黄河远上白云间，一片孤城万仞山。
羌笛何须怨杨柳，春风不度玉门关。

【注释】上：上去，爬上。万仞山：山上是孤城。万仞，形容山之高。何须：有什么必要。怨杨柳：吹着哀怨的江南曲《折杨柳》。春风不度玉门关：春风来不了玉门关，这里的杨柳得不到春风的润泽而生长，那你还吹杨柳曲有什么用。“春风不度”指皇恩不及。“杨柳”指戍边之人想家而不得返。李白有“此夜曲中闻折柳，何人不起故园情”之句。

宴词·王之涣

长堤春水绿悠悠，畎入漳河一道流。
莫听声声催去棹，桃溪浅处不胜舟。

【注释】此为水边为朋友饯行之作。畎（quǎn）：田间小沟，此指田间水渠。漳河：位于湖北省中部，地处荆门、宜昌、襄樊三市交界处，背靠金山，面向江汉平原。催去棹：催人出发的船桨声。桃溪：桃花溪，在今湖南省桃源县西南。不胜舟：载不动船，因为船上装满了我的思念和朋友的离愁。

长安遇冯著·韦应物

客从东方来，衣上灞陵雨。
问客何为来，采山因买斧。
冥冥花正开，飏飏燕新乳。
昨别今已春，鬓丝生几缕？

【注释】冥冥（míng）：细雨濛濛。飏飏（yáng）：飞翔。花正开冥冥，新乳燕飏飏。今已春：指又一年。鬓丝生几缕：我头已白，你也应该增添了白发。

初发扬子寄元大校书·韦应物

凄凄去亲爱，泛泛入烟雾。
归棹洛阳人，残钟广陵树。
今朝此为别，何处还相遇。
世事波上舟，沿洄安得住？

【注释】凄凄：形容寒凉或形容悲伤凄凉。去：离别。泛泛：荡漾的样子。残钟广陵树：越走越远，只能依稀看见岸上的树木和听见越来越弱的钟声。沿洄安得住：人事漂泊不定，怎么能安定呢？

滁州西涧·韦应物

独怜幽草涧边生，上有黄鹂深树鸣。
春潮带雨晚来急，野渡无人舟自横。

【注释】滁（chú）州：安徽滁州。西涧：滁州城西的上马河。独怜：只爱。幽草：小草。涧边生：河边生。上有：河边树上。深树：树叶深处。带雨：夹杂着春雨。野渡：郊外渡口。

答李瀚·韦应物

林中观易罢，溪上对鸥闲。
楚俗饶词客，何人最往还。

【注释】易：《易经》。对：对视。楚俗：楚地的社会风俗。饶词客：饶，很多。有很多文人墨客。往还：适合交往。

东郊·韦应物

吏舍跼终年，出郊旷清曙。
杨柳散和风，青山澹吾虑。
依丛适自憩，缘涧还复去。
微雨霭芳原，春鸠鸣何处。

乐幽心屡止，遵事迹犹遽。
终罢斯结庐，慕陶直可庶。

【注释】跼（jú）：拘束。出郊旷清曙：清曙出郊心旷神怡。散：婆娑舞动。澹：洗涤。适：可以。还：再。霭（ǎi）：迷雾。乐幽心屡止：心屡止于乐幽，但公事繁忙。遽（jù）：匆忙。终罢：把一切尘事全都放下。直可庶：差不多。慕陶：指像陶渊明那样归隐山林。

赋得暮雨送李曹·韦应物

楚江微雨里，建业暮钟时。
漠漠帆来重，冥冥鸟去迟。
海门深不见，浦树远含滋。
相送情无限，沾襟比散丝。

【注释】赋得：分题赋诗称赋得，该诗分题为“暮雨”，送李曹东渡。楚江、建业按今天的行政划分为两地，彼时南京上游江段称楚江。建业：南京。点明送的时间“暮”和环境“微雨”。既下雨又天黑，一般乘船出发当选白天，为何黑天又下雨而东去？实不得已，故心情自然沉重。漠漠：水气弥漫。冥冥：昏暗。重、迟：雨中自然帆重，飞迟。意指人去的心情沉重、依依不舍。海门：长江入海口，此指船消失在天边。“孤帆远影碧空尽”。浦树：岸边树木。远树亦含情也。沾襟：眼泪。比：如。散丝：雨丝。雨水和着泪水流。

观田家·韦应物

微雨众卉新，一雷惊蛰始。
田家几日闲，耕种从此起。
丁壮俱在野，场圃亦就理。
归来景常晏，饮犊西涧水。
饥劬不自苦，膏泽且为喜。
仓廪无宿储，徭役犹未已。
方惭不耕者，禄食出闾里。

【注释】众卉（huì）：所有的花卉。惊蛰：二十四节气之一，到这一天所有冬天蛰伏冬眠的动物都苏醒过来。耕种从此起：南方开始耕种。过半个月就是又一个节气“谷雨”，到了谷雨就开始种大田了。场圃：农家菜园。孟浩然有“开轩面场圃，把酒话桑麻”之句。就理：打理。景常晏：天色很晚。景，日影。晏，晚。元结“日晏犹得眠”。饮（yìn）犊：给牛喂水。劬（qú）：劳苦。不自苦：不觉苦。膏泽：春雨。仓廪（lǐn）：粮仓。管子曰：“仓廪实而知礼节”。宿储：隔夜的储备粮食。方惭：感觉惭愧。不耕者：自己。禄食：古代俸禄用粮食计算。闾（lú）里：乡里。自己的俸禄就出自这里。风格有类于白居易的《观刈麦》。

寒食寄京师诸弟·韦应物

雨中禁火空斋冷，江上流莺独坐听。
把酒看花想诸弟，杜陵寒食草青青。

【注释】禁火：清明前一二日为寒食节，禁火吃凉食。空斋：空宅。杜陵：位于陕西省西安市南郊的杜陵原上，是西汉宣帝刘询的陵墓。此代指京师。草青青：萋萋别情。

淮上即事寄广陵亲故·韦应物

前舟已眇眇，欲渡谁相待。
秋山起暮钟，楚雨连沧海。
风波离思满，宿昔容鬓改。
独鸟下东南，广陵何处在？

【注释】淮上：淮阴，作者傍晚到此。广陵：今扬州，作者告别这里的亲故，沿运河北上，将渡淮西行，到了淮阴停滞不前因作此诗。眇眇（miǎo）：渺小，微小。前船走远了。谁相待：指没有船可渡。暮钟：傍晚寺庙传出的钟声。楚雨：淮阴地属楚州，东滨大海。离思：离别的愁绪。宿昔：过去。容鬓改：指变老了。独鸟：离群的鸟，指作者的心情。下：回归。东南：指广陵。鸟回广陵而作者却离开广陵。鸟归东南，离巢愈近；人往西北，去亲愈远。何处在：我的广陵在哪里呢？

淮上喜会梁州故人·韦应物

江汉曾为客，相逢每醉还。
浮云一别后，流水十年间。
欢笑情如旧，萧疏鬓已斑。
何因不归去，淮上有秋山。

【**注释**】淮上：淮阴。梁州故人：梁州时的老朋友。江汉曾为客：我们过去都在梁州客居。江汉：梁州下游水系。浮云：行踪不定。流水：时光流逝得飞快。如孔子的“逝者如斯夫”。萧疏：稀稀落落。秋山：我贪恋秋山之美景，所以不归。有朋自远方来，如临其境也。

寄李儋元锡·韦应物

去年花里逢君别，今日花开又一年。
世事茫茫难自料，春愁黯黯独成眠。
身多疾病思田里，邑有流亡愧俸钱。
闻道欲来相问讯，西楼望月几回圆。

【**注释**】李儋（dān）：字元锡。逢君别：与君相逢又分别。黯黯（àn）：心情沉重。思田里：归去。邑有流亡：辖区内有流离失所的人。几回圆：何时能圆。何时能团聚。

寄全椒山中道士·韦应物

今朝郡斋冷，忽念山中客。
涧底束荆薪，归来煮白石。
欲持一瓢酒，远慰风雨夕。
落叶满空山，何处寻行迹。

【**注释**】郡斋：指诗人任滁洲刺史时官署中的斋舍。山中客：指全椒县西三十里神山上的道士。荆薪：柴火。煮白石：《神仙传》“常煮白石为粮”之典。空山：空寂的深山。行迹：来去的踪迹。

郡斋雨中与诸文士燕集·韦应物

兵卫森画戟，燕寝凝清香。
海上风雨至，逍遥池阁凉。
烦疴近消散，嘉宾复满堂。
自惭居处崇，未睹斯民康。
理会是非遣，性达形迹忘。

鲜肥属时禁，蔬果幸见尝。
俯饮一杯酒，仰聆金玉章。
神欢体自轻，意欲凌风翔。
吴中盛文史，群彦今汪洋。
方知大藩地，岂曰财赋强。

【注释】燕集：宴会。画戟（jǐ）：兵器。燕寝：居所。烦疴（kē）：扰人的疾病。理会是非遣，性达形迹忘：事理参透了，是是非非就没了；性情旷达了，就达到忘我的境界了。鲜肥属时禁：鲜肉类当时正是禁食之时，只有蔬菜水果可吃。按现在的排场则意思正好相反，桌上的鲜肥是保护动物，一般人是吃不到的，而蔬果也是珍稀难见的，这些东西在本次宴会上应有尽有。表示奢华、有档次。金玉章：好文章。盛文史：文化底蕴积淀得深厚。群彦：群英。汪洋：众多。大藩地：指大郡，大州。财赋：财务丰阜。

秋夜寄邱员外·韦应物

怀君属秋夜，散步咏凉天。
空山松子落，幽人应未眠。

【注释】邱员外：邱丹，邱为的弟弟。属（zhǔ）：正值。空山：满山。幽人：指邱丹。

送杨氏女·韦应物

永日方戚戚，出行复悠悠。
女子今有行，大江溯轻舟。
尔辈苦无恃，抚念益慈柔。
幼为长所育，两别泣不休。
对此结中肠，义往难复留。
自小阙内训，事姑贻我忧。
赖兹托令门，任恤庶无尤。
贫俭诚所尚，资从岂待周。
孝恭遵妇道，容止顺其猷。
别离在今晨，见尔当何秋。
居闲始自遣，临感忽难收。
归来视幼女，零泪缘缨流。

【注释】杨氏女：女儿嫁给老杨家，也称杨门韦氏。永日：整日。戚戚：悲戚、悲伤。有行：出嫁。无恃：年幼丧母，无所依靠。抚念：抚养。益慈柔：母亲不在了，父亲对孩子更加慈爱体贴。结中肠：心中更加难受。义往：《礼记》："女子二十而嫁，义当往也。"指应该出嫁了。阙内训：缺少女儿闺阁中的教育。事姑：侍候公婆。贻我忧：令我担忧。赖：仰仗。任恤：爱惜。庶无尤：基本上不会有过失。诚：确实。资从：陪嫁物品。岂待周：没有那么多。容止：穿着打扮和言行。猷（yóu）：规矩。居闲始自遣：平时自己能调节好心情，但临到孩子真的要离开的时候，自己却控制不住伤感的心情。缨（yīng）：系帽子的丝带。

附：楚王歌·陈湛元

楚庄寝殿宴群臣，美人俱侍纷如云。
偶然风吹烛火灭，人有猥亵断缨巾。
酒后疏狂人常态，岂重女色轻贤臣？
今日饮酒皆乐甚，不绝缨者不饮醇。
比及烛至缨尽解，不辨调戏是何人。
晋楚交战庄王困，猛将重围救危身。
蒙恩隐蔽不加责，绝缨之人报恩亲。
向使私听女人言，春秋五霸少一人。

夕次盱眙县·韦应物

落帆逗淮镇，停舫临孤驿。
浩浩风起波，冥冥日沉夕。
人归山郭暗，雁下芦洲白。
独夜忆秦关，听钟未眠客。

【注释】盱眙（xū yí）：江苏盱眙县，产龙虾。其十三香龙虾、冰镇龙虾鲜美奇绝。逗：短暂停留。冥冥：暝暝，日光昏暗。风起波浩浩，日沉夕暝暝。山郭暗时人归，芦洲白处雁下。独夜忆秦关，听钟客不眠。如张继"夜半钟声到客船"的意境。

登咸阳县楼望雨·韦庄

乱云如兽出山前，细雨和风满渭川。
尽日空濛无所见，雁行斜去字联联。

【注释】乱云如兽：表示要下大雨。细雨和风：最后却下起了绵绵细雨，说明秋雨不同于夏雨。尽日：整日。空蒙：迷茫，广阔而看不清的样子。雁行（háng）：雁阵。字联联：排成“人”字，且接连不断地往南飞去。

古离别·韦庄

晴烟漠漠柳毵毵，不那离情酒半酣。
更把玉鞭云外指，断肠春色在江南。

【注释】漠漠：弥漫。毵毵（sān）：柳枝下垂。不那：无奈，没办法。云外指：要远走天边。断肠：江南的春色更使人悲伤。不愿走。

秦妇吟·韦庄

中和癸卯春三月，洛阳城外花如雪。
东西南北路人绝，绿杨悄悄香尘灭。
路旁忽见如花人，独向绿杨阴下歇。
凤侧鸾欹鬓脚斜，红攒黛敛眉心折。
借问女郎何处来？含颦欲语声先咽。
回头敛袂谢行人，丧乱漂沦何堪说！
三年陷贼留秦地，依稀记得秦中事。
君能为妾解金鞍，妾亦与君停玉趾。

【注释】《秦妇吟》是中国长篇叙事诗，是现存唐诗中最长的一首。作者是唐朝末年的韦庄。《秦妇吟》与汉代的《孔雀东南飞》、北朝的《木兰诗》合称“乐府三绝”。唐僖宗广明元年（880 年）黄巢领导的农民起义军攻占长安时，韦庄因应试正留在城中，三年后（中和三年）他将当时耳闻目睹的种种乱离情形，写成长篇叙事诗《秦妇吟》。这首诗在当时很流行，许多人家都将诗句刺在幛子上，又称他为“《秦妇吟》秀才”。诗中写了黄巢入长安时一般公卿的狼狈以及官军骚扰人民的情状，因王建当时是官军杨复光部的将领之一，所以后来韦庄讳言此诗，竭力设法想使它消灭，在《家诫》内特别嘱咐家人“不许垂《秦妇吟》幛子”（见宋代孙光宪《北梦琐言》）。后来他的弟弟韦蔼为他编辑《浣花集》时也未将此诗收入。直到清光绪末年，英人斯坦因、法人伯希和先后在我国甘肃敦煌县千佛洞盗取古物，才发现了该诗的残抄本。一九二四年王国维据巴黎图书馆所藏天复五年（905 年）张龟写本和伦敦博物馆所藏贞明五年（919 年）安友盛写本，加以校订，恢复了原诗的完整面貌。故而乾隆年间的蘅塘退士不得录入《唐诗三百首》。

中和癸卯春：唐僖宗中和三年（883 年）。凤侧鸾欹：头饰歪斜。凤鸾，首饰。欹（qī），倾斜。红攒黛敛：表情哀苦，眉头紧锁。含颦：皱眉。敛袂（mèi）：提起衣袖。解金鞍：解鞍下马，意思是想听我讲述。停玉趾：停下脚步给你讲述。

黄巢于广明元年（公元 880 年）十二月攻入长安，自称齐帝。唐僖宗仓皇逃难，奔入成都。中和三年三月，李克用击败黄巢兵，收复长安。韦庄正是在长安沦陷三年后，而于癸卯三月离长安到洛阳的。这首诗是作者借用了女郎的遭遇来讲述的。

前年庚子腊月五，正闭金笼教鹦鹉。
斜开鸾镜懒梳头，闲凭雕栏慵不语。
忽看门外起红尘，已见街中擂金鼓。
居人走出半仓惶，朝士归来尚疑误。
是时西面官军入，拟向潼关为警急。
皆言博野自相持，尽道贼军来未及。
须臾主父乘奔至，下马入门痴似醉。
适逢紫盖去蒙尘，已见白旗来匝地。

【注释】前年：广明元年十二月五日，黄巢部队攻入长安。女郎是长安贵人家里的侍女，那天早上，她打开了镜盒，还懒得梳头。独自靠着栏干，正在教鹦鹉说话。居人走出半仓惶：居民们都慌慌张张地走出门来。朝士归来尚疑误：上朝的官员都赶回家来，还怀疑他们所听到的消息不确切。西面：官军从西向东开拔，打算到京城东边的潼关去担任警备。博野：京都禁卫部队。相持：已顶住了敌人，与敌形成对峙局面。来未及：敌人一时不会打进城。须臾：一会儿。主父：我家主人。乘奔至：骑马赶回来。痴似醉：吓得如同痴呆一样。紫盖：皇帝的车马。去蒙尘：皇帝仓皇逃出城。白旗：敌人的白旗已经遍地都是，敌人冲进城来了。匝地：遍地。

扶羸携幼竞相呼，上屋缘墙不知次。
南邻走入北邻藏，东邻走向西邻避。
北邻诸妇咸相凑，户外崩腾如走兽。
轰轰崐崐乾坤动，万马雷声从地涌。
火迸金星上九天，十二官街烟烘炯。
日轮西下寒光白，上帝无言空脉脉。
阴云晕气若重围，宦者流星如血色。
紫气潜随帝座移，妖光暗射台星折。

【注释】羸（léi）：瘦、弱。缘墙：爬墙。不知次：没有次序。相凑：相聚集。崩腾：奔跑、逃避。王维有“虏骑崩腾畏蒺藜”之句。轰轰崐崐（kūn）：大地颤抖发出的巨响声。火迸（bèng）：火光冲天。十二官街：长安城南北七条街，东西五条街，都是政府公署仓库所在之处。烘炯（hōng jiǒng）：火光明亮。寒光：清冷的月光。上帝：苍天。脉脉（mò）：只有眼看着而没有语言。阴云晕气：云气阴暗盛大。晕同氲（yūn），烟气盛大。宦者：朝官。流星：指小人。“其奸谗闪烁”，不过“如流星之炫耀”。如血色：紧张惊惧满脸通红。紫气：帝王之气。皇帝所在之处，天上有一股紫气，皇帝改换居住的地方，紫气也跟着迁移。台星：三台星，共有六个，是三公的天象。拆（chè）：同坼，拆分。杜甫有“吴楚东南坼”之句。台星被敌人的妖光所拆散。比喻朝廷官员都逃散了。

家家流血如泉沸，处处冤声声动地。
舞伎歌姬尽暗捐，婴儿稚女皆生弃。
东邻有女眉新画，倾国倾城不知价。
长戈拥得上戎车，回首香闺泪盈把。
旋抽金线学缝旗，才上雕鞍教走马。
有时马上见良人，不敢回眸空泪下。
西邻有女真仙子，一寸横波剪秋水。
妆成只对镜中看，年幼不知门外事。
一夫跳跃上金阶，斜袒半肩欲相耻。
牵衣不肯出朱门，红粉香脂刀下死。
南邻有女不记姓，昨日良媒新纳聘。
琉璃阶上不闻行，翡翠帘间空见影。
忽看庭际刀刃鸣，身首支离在俄顷。
仰天掩面哭一声，女弟女兄同入井。
北邻少妇行相促，旋解云鬟拭眉绿。
已闻击托坏高门，不觉攀缘上重屋。
须臾四面火光来，欲下回梯梯又摧。
烟中大叫犹求救，梁上悬尸已作灰。
妾身幸得全刀锯，不敢踟蹰久回顾。
旋梳蝉鬓逐军行，强展蛾眉出门去。
旧里从兹不得归，六亲自此无寻处。

【注释】暗捐：悄悄地抛弃。生弃：活生生地丢弃了。自顾逃命。上戎车：掠到叛军的车上。回首香闺：回看自己的闺房。旋抽金线学缝旗：马上为敌军缝制军旗。才上雕鞍教走马：敌军抓到东邻女子教她骑马，跟随队伍前进。良人：丈夫。不敢回眸：不敢相认，装作视而不见，默默流泪。描写东邻女被掠之情形。一寸横波剪秋水：《文选·傅毅〈舞赋〉》："眉连娟以增绕兮，目流睇而横波。"李善注："横波，言目邪视，如水之横流也。"喻指女子情感流动的眼神。秋水：秋波。描写西邻女不肯受辱而被杀之情形。支离：身体残缺。俄顷：瞬间。女弟女兄：姐妹们。写南邻女跳井身亡。行相促：跟着别人疾步逃跑。旋解云鬟拭眉绿：马上散开头发，擦掉浓妆，怕被敌人认出是女人。击托：即敲打。托，同拓。重屋：楼房。写北邻女被烧死梁上。全刀锯：从刀锯之下保全了性命。踌躇（chóu chú）：犹豫。蝉鬓：头发。强展蛾眉：装出笑容。旧里：故里，指家。六亲：所有的亲戚朋友。

一从陷贼经三载，终日惊忧心胆碎。
夜卧千重剑戟围，朝餐一味人肝脍。
鸳帏纵入岂成欢？宝货虽多非所爱。
蓬头垢面犹眉赤，几转横波看不得。
衣裳颠倒言语异，面上夸功雕作字。
柏台多士尽狐精，兰省诸郎皆鼠魅。
还将短发戴华簪，不脱朝衣缠绣被。
翻持象笏作三公，倒佩金鱼为两史。
朝闻奏对入朝堂，暮见喧呼来酒市。

【注释】一从：自从。人肝脍：吃人肉，城中粮食断绝。鸳帏：被敌将掠为妻子。眉赤：西汉末，樊崇起兵反王莽，兵皆画眉作红色，时称"赤眉贼"。这是对被迫嫁给的敌将的描写。几转横波：几次三番地看，总是看他不顺眼。柏台：御史台，御史大夫的公署。多士：那些人。兰省：秘书省，又称兰台、兰省。有校书郎等郎官。短发：敌军留着短发，干脆带不上簪子。象笏：象牙做的朝板。翻持：拿倒了，指不懂得朝廷礼数。三公：大司马、大司徒、大司空。金鱼：三品以上官员佩带金鱼。倒佩：佩戴反了，亦指不懂朝仪。两史：柏台、兰省，合称两史。谓御史大夫与御史中丞。奏对：成双成对地。黄巢攻陷长安后自立新朝为"大齐"，然后效仿唐制加封文武百官，丑态百出。

一朝五鼓人惊起，叫啸喧争如窃语。
夜来探马入皇城，昨日官军收赤水。
赤水去城一百里，朝若来兮暮应至。
凶徒马上暗吞声，女伴闺中潜生喜。
皆言冤愤此时销，必谓妖徒今日死。
逡巡走马传声急，又道官军全阵入。
大彭小彭相顾忧，二郎四郎抱鞍泣。

沉沉数日无消息，必谓军前已衔璧。
簸旗掉剑却来归，又道官军悉败绩。

【注释】如窃语：有人在窃窃私议。逡（qūn）巡：不敢前进。全阵入：唐军全部进城。大彭：敌军首领时溥，小彭：秦彦。二人都是彭城（今徐州）人。二郎、四郎：二郎即黄巢。因为他排行第二。四郎是他的弟弟黄揆（kuí）。必谓：一定是。衔璧：兵败投降，向胜利者衔璧请罪。猜测黄巢军已向官军投降。簸旗掉剑却来归：敌军挥旗舞剑又回来了。败绩：官军被打败了。中和二年二月，泾原大将唐弘夫大败黄巢部将林言于兴平，同时王处存率兵二万人攻入京城，受到百姓的欢迎。黄巢率领部下逃去。岂知王处存军队纪律更坏，军士入城后，大肆奸淫抢劫。黄巢军从灞上分几路反攻。王处存军队仓惶溃乱，迅即败退。黄巢收复长安，恼怒于百姓欢迎王处存，于是把所有的青年壮丁都杀死，街道上流血成渠。

四面从兹多厄束，一斗黄金一斗粟。
尚让厨中食木皮，黄巢机上刲人肉。
东南断绝无粮道，沟壑渐平人渐少。
六军门外倚僵尸，七架营中填饿殍。
长安寂寂今何有？废市荒街麦苗秀。
采樵砍尽杏园花，修寨诛残御沟柳。
华轩绣毂皆销散，甲第朱门无一半。
含元殿上狐兔行，花萼楼前荆棘满。
昔时繁盛皆埋没，举目凄凉无故物。
内库烧为锦绣灰，天街踏尽公卿骨。

【注释】厄（è）束：包围。尚让：是黄巢的宰相。机上：黄巢用机械流水线捣割人肉。刲（kuī）：割。六军：黄巢的各路军马。七架：七寨。黄巢的各个兵寨即兵营。饿殍（piǎo）：饿死的尸体。麦苗秀：指长出了浓密的蒿草。华轩绣毂（gǔ）：豪华的车子。含元殿、花萼楼：均指长安城内的宫殿。内库：内藏库，唐太宗在禁城内置库，后世皇帝以为私有库藏。天街：皇城内的街道。描写城中惨象。

来时晓出城东陌，城外风烟如塞色。
路旁时见游奕军，坡下寂无迎送客。
霸陵东望人烟绝，树锁骊山金翠灭。
大道俱成棘子林，行人夜宿墙匡月。

【注释】来时：女郎逃出长安东门。塞色：像边塞一样萧条。游奕军：巡逻的官兵。霸陵：西安东郊的汉文帝陵寝。骊山：秦岭北侧，唐时为帝王游乐宝地。金翠灭：金碧辉煌的台殿楼阁都消失了。墙匡：即墙框，只有四面墙体而没有房盖的残缺房舍。

明朝晓至三峰路，百万人家无一户。
破落田园但有蒿，摧残竹树皆无主。
路旁试问金天神，金天无语愁于人。
庙前古柏有残枿，殿上金炉生暗尘。
一从狂寇陷中国，天地晦冥风雨黑。
案前神水呪不成，壁上阴兵驱不得。
闲日徒歆奠飨恩，危时不助神通力。
我今愧恧拙为神，且向山中深避匿。
寰中箫管不曾闻，筵上牺牲无处觅。
旋教魇鬼傍乡村，诛剥生灵过朝夕。
妾闻此语愁更愁，天遣时灾非自由。
神在山中犹避难，何须责望东诸侯！

【注释】明朝：第二天早晨。三峰路：三峰，即华山。三峰路，即去往华阴县的大路。金天神：华山神。枿（niè）：古同蘖，树木砍去后又长出的芽子。中国：国中长安城。晦明：黑暗。呪（zhòu）：咒语。阴兵：山神手下阴间的兵。徒歆：歆（xīn），羡慕。白白享受了人们的祭食。神通力：神力。祭飨（xiǎng）：祭祀山神用的酒肉等食物。恧（nǜ）：惭愧。避匿：山神想藏匿到山里。寰中：世间，指山神庙内。牺牲：贡品。魇（yǎn）：魔鬼。傍乡村：到村子外。诛剥生灵：魔鬼抓活人来吃。天遣时灾：天降灾祸。非自由：没有办法。东诸侯：在东边抗敌的官兵。

前年又出杨震关，举头云际见荆山。
如从地府到人间，顿觉时清天地闲。
陕州主帅忠且贞，不动干戈惟守城。
蒲津主帅能戢兵，千里晏然无戈声。
朝携宝货无人问，夜插金钗惟独行。

【注释】前年：前天。杨震关：即潼关。杨震是东汉时一位大学者，华阴县人，被称为“关西孔子”。女郎一出潼关，就望见荆山，进入虢州地界。陕州主帅：指虢陕观察使王重盈。蒲津主帅：指河中节度使留后王重荣。兄弟二人，当黄巢军队攻破潼关时，都只是上一个奏表，报告一点儿军情，自己却不出兵迎击，关起城门自保。“忠且贞”、“能戢兵”皆是反语。

明朝又过新安东，路上乞浆逢一翁。
苍苍面带苔藓色，隐隐身藏蓬荻中。
问翁本是何乡曲，底事寒天霜露宿？
老翁暂起欲陈辞，却坐支颐仰天哭。
乡园本贯东畿县，岁岁耕桑临近甸。
岁种良田二百廛，年输户税三千万。
小姑惯织褐絁袍，中妇能炊红黍饭。
千间仓兮万斯箱，黄巢过后犹残半。
自从洛下屯师旅，日夜巡兵入村坞。
匣中秋水拔青蛇，旗上高风吹白虎。
入门下马若旋风，罄室倾囊如卷土。
家财既尽骨肉离，今日垂年一身苦。
一身苦兮何足嗟，山中更有千万家。
朝饥山上寻蓬子，夜宿霜中卧荻花！

【注释】乡曲：乡。底事：因为何事。却坐：退坐。支颐（yí）：双手托腮。颐，腮。畿（jī）：畿是京都四周的地区。甸：郊外。廛（chán）：一亩半一家之居也。另指城市平民的房地，在里曰廛，在野曰庐。褐絁（hè shī）：粗布衣、粗绸子。千间仓兮万斯箱：千仓万箱。兮、斯虚词，补足音节。洛下：洛阳城里。屯师旅：驻扎官兵。秋水拔青蛇：拔出宝剑。秋水、青蛇指剑。白虎：旗上绣着的白虎图案。罄（qìng）、倾：尽。垂年：残年。

妾闻此老伤心语，竟日阑干泪如雨。
出门惟见乱枭鸣，更欲东奔何处所？
仍闻汴路舟车绝，又道彭门自相杀。
野色徒销战士魂，河津半是冤人血。
适闻有客金陵至，见说江南风景异。
自从大寇犯中原，戎马不曾生四鄙。
诛锄窃盗若神功，惠爱生灵如赤子。
城壕固护教金汤，赋税如云送军垒。
奈何四海尽滔滔，湛然一境平如砥。
避难徒为阙下人，怀安却羡江南鬼。
愿君举棹东复东，咏此长歌献相公。

【注释】阑干：眼泪纵横。枭（xiāo）：鸺鹠（xiū liú）鸟。汴（biàn）路：通往开封的路。彭门：即彭城（徐州）。自相杀：内乱。适闻：刚听说。金陵至：从南京来的。见说：告知。四鄙：四郊。没有战乱。诛锄窃盗若神功，惠爱生灵如赤子：指管理严格有方，爱民如子。教金汤：效金汤。金汤，城池坚固。湛然：清澈，指秩序平静。砥（dǐ）：磨刀石。避难徒为阙下人，怀安却羡江南鬼：遭难的天子脚下的活人还不如和平江南的死人幸福。举棹（zhào）：乘船。东复东：继续往东逃难。周宝驻守润州（镇江），保持了江南的太平。

送日本国僧敬龙归·韦庄

扶桑已在渺茫中，家在扶桑东更东。
此去与师谁共到？一船明月一帆风。

【注释】扶桑：传说东海中的神树，太阳从此升起，又叫“太阳树”。东更东：日本在扶桑的东边。现代往往把扶桑、瀛洲代指日本。此去与师谁共到：此去谁与师共到。共到，同行，陪伴之意。

台城柳·韦庄

江雨霏霏江草齐，六朝如梦鸟空啼。
无情最是台城柳，依旧烟笼十里堤。

【注释】台城柳：又名《金陵图》。霏霏：细雨濛濛。江草齐：江岸上的草很茂密。六朝：指相继在南京建都的吴、东晋、南朝的宋、齐、梁、陈六个朝代，故南京也称“六朝古都”。最是：最属。台城：本为三国吴后苑城，东晋、南朝时为台省和宫殿所在地。烟笼：像绿色的烟雾一样笼罩在十里堤之上。

与小女·韦庄

见人初解语呕哑，不肯归眠恋小车。
一夜娇啼缘底事，为嫌衣少缕金华。

【注释】初解：刚会。语呕哑：咿呀学语。归眠：回屋睡觉。缘底事：因为何事。为嫌：因为是嫌弃。衣少缕金华：衣服上绣的图案太少了。缕（lǚ），刺绣。

章台夜思·韦庄

清瑟怨遥夜，绕弦风雨哀。
孤灯闻楚角，残月下章台。
芳草已云暮，故人殊未来。
乡书不可寄，秋雁又南回。

【注释】章台：章华台，楚代离宫，湖北界。清瑟：鼓瑟。怨：哀怨。绕弦：弹弦。风雨哀：凄凉的风雨声。孤灯：独坐孤灯下。闻楚角：听阵阵鼓角声传来。残月下章台：章台上空的残月渐渐西下。芳草已云暮，故人殊未来：江淹的《休上人怨别》："日暮碧云合，佳人殊未来"诗句的简化。意指日暮时分，碧云凝聚，芳草萋萋，秋雁都回来了，你怎么还不来呢？秋雁：秋雁已经南回，想让它们捎信，但是须等到来年它们北飞的时候了。

过陈琳墓·温庭筠

曾于青史见遗文，今日飘蓬过此坟。
词客有灵应识我，霸才无主独怜君。
石麟埋没藏春草，铜雀荒凉对暮云。
莫怪临风倍惆怅，欲将书剑学从军。

【注释】陈琳：汉末著名的建安七子之一，擅长章表书记。初为大将军何进主簿，曾向何进献计诛灭宦官，不被采纳；后避难冀州，袁绍让他典文章，曾为绍起草讨伐曹操的檄文；袁绍败灭后，归附曹操，操不计前嫌，予以重用，军国书檄，多出其手。陈琳墓：在今江苏邳县。霸才：犹盖世超群之才。石麟埋没藏春草，铜雀荒凉对暮云：年深日久，陈琳墓前的石麟已深埋在萋萋的荒草之中。当年是何等显赫的铜雀台如今也一定是独对黯淡的暮云了。欲将书剑学从军：意谓弃文从武，持剑从军。

经五丈原·温庭筠

铁马云雕共绝尘，柳营高压汉宫春。
天清杀气屯关右，夜半妖星照渭滨。
下国卧龙空寤主，中原得鹿不由人。
象床宝帐无言语，从此谯周是老臣。

【注释】五丈原：在今陕西岐山县南，建兴十二年（234）春，诸葛亮率兵伐魏，在此屯兵，与魏军相持于渭水南岸一百多天，病逝于此。铁马云雕共绝尘：蜀汉雄壮的铁骑，高举着绘有熊虎和鸷鸟的战旗，以排山倒海之势，飞速北进，威震中原。柳营：把诸葛亮比作西汉初年治军有方的周亚夫。高压：大军压境恰似泰山压顶一般。妖星：相传诸葛亮死时，其夜有大星“赤而芒角”，坠落在渭水之南。下国卧龙空寤主，中原得鹿不由人：号称卧龙的一代名相诸葛亮虽然竭智尽忠，也无法使昏庸的后主刘禅醒悟，天下政权不由人愿地旁落在司马氏手中。供奉在祠庙中的诸葛亮已无计可施了。下国，指偏处西南的蜀国。卧龙，指诸葛亮。寤，使人醒悟。主，刘禅。中原得鹿，指司马氏统一中原。《史记·淮阴侯列传》：“秦失其鹿，天下共逐之”，后世就以“得鹿”比喻夺取政权。象床宝帐：祠庙中神龛里陈设，这里指供在嗣庙中的诸葛亮。谯（qiáo）周：诸葛亮死后蜀后主的宠臣，在他的怂恿下，蜀后主降魏。

利州南渡·温庭筠

澹然空水带斜晖，曲岛苍茫接翠微。
波上马嘶看棹去，柳边人歇待船归。
数丛沙草群鸥散，万顷江田一鹭飞。
谁解乘舟寻范蠡，五湖烟水独忘机。

【注释】利州：四川广元，南临嘉陵江。南渡：南渡嘉陵江。筠（yún）：竹子。《红岩》里的江姐原名江竹筠（yún）。澹然：水波动荡的样子。空水：辽阔的江面。带：遮盖、覆盖，被夕阳的光辉覆盖，指洒满斜晖。王维的“远树带行客”，指树木遮挡住了行客的身影。曲岛：水中洲岛。苍茫：烟雾弥漫。接：相连。翠微：山上的绿色。波上：江上。马嘶：人和马都乘船渡江。看棹（zhào）去：看着船离岸远去。柳边：岸上柳树下。人歇：人在树下乘凉待船。沙草：曲岛上的草。群鸥散：群鸥被惊吓而四下飞走。江田：江面。一鹭飞：一只鹭鸟在江面上盘旋。谁解：谁能。寻：追寻、追随，指效仿。范蠡（lǐ）：不读lí音。春秋越过大夫，辅佐勾践灭吴后，携西施隐居江上。他认为与勾践只能共苦，不能同甘。独忘：只忘。机：世俗的奸诈之心计。李白有“我醉君复乐，陶然共忘机”之句。羡慕范蠡的超然潇洒。

商山早行·温庭筠

晨起动征铎，客行悲故乡。
鸡声茅店月，人迹板桥霜。
槲叶落山路，枳花明驿墙。
因思杜陵梦，凫雁满回塘。

【注释】商山：陕西界。征铎（duó）：远行车马所挂的铃。悲：悲思。茅店：茅草店。板桥：木板桥。言早行也。槲（hú）叶：乔木。枳（zhǐ）花：花白灌木。明：使驿墙明艳。不是照驿墙。“落”与“明”属于仄平相对。因思杜陵梦，凫雁满回塘：由此想到了昨夜梦到的故乡的情景：春天来了，故乡杜陵，回塘水暖，凫雁自得其乐；而自己却离家日远，在茅店里歇脚，在山路上奔波。凫（fú）：野鸭。

送人东游·温庭筠

荒戍落黄叶，浩然离故关。
高风汉阳渡，初日郢门山。
江上几人在，天涯孤棹还。
何当重相见，樽酒慰离颜。

【注释】东游：东归。荒戍：荒废的营垒，即故关，离别之地。浩然：正大刚直。高风汉阳渡：秋风送你的船到了汉阳渡。汉阳渡，位于湖北武汉。初日郢门山：日出时又到了郢门山。郢门山，位于湖北宜都。江上几人在，天涯孤棹还：作者担心江面上没有其他船只往来，只有你一只孤船从天边归去，那样你孤舟远行，一定会更加孤独、寂寞。还，归家。天涯孤棹还如同李白的“孤帆远影碧空尽”的意境。何当：何时。樽酒慰离颜：共同举杯，慰藉离别相思之情。慰，慰藉。离颜，离别的愁颜，指愁绪。

苏武庙·温庭筠

苏武魂销汉使前，古祠高树两茫然。
云边雁断胡天月，陇上羊归塞草烟。
回日楼台非甲帐，去时冠剑是丁年。
茂陵不见封侯印，空向秋波哭逝川。

【注释】苏武：西汉人。汉武帝时出使匈奴被拘留，后放逐北海（今俄罗斯境的贝加尔湖），牧羊十九年才被放回。魂销：激动难持。汉使：汉昭帝派去的使者。古祠：苏武庙。茫然：渺茫久远，故有高树。此为今夕对比的手法。云边雁断胡天月：胡天月雁断云边。雁断，大雁消失。陇上羊归塞草烟：塞草烟羊归陇上。塞外草原上做晚饭的炊烟升起的时候，他赶着羊群从丘陇上回来。塞草烟不是草冒烟，草原上不能放荒。回日：回到汉的时候。楼台：宫殿。非甲帐：楼台还在，但已不是武帝的时代了。甲帐：汉武帝以琉璃珠玉、明月夜光，错杂天下珍宝为甲帐，此指武帝时代没有了。如刘禹锡的“业复五铢钱”，借汉武帝时的货币名，代指恢复汉业。此处以甲帐代指汉武帝时代。去时：出使匈奴时。冠剑：戴冠佩剑，指身着公服。丁年：青壮年。《李陵答苏武书》："丁年奉使，皓首而归。"茂陵：汉武帝陵。不见封侯印：武帝已死，苏武回来没有得到封侯。直到宣帝时才被追封为关内侯，食邑三百户。秋波：秋水。哭逝川：感叹时光如流水。《论语·子罕》："子在川上曰：逝者如斯夫，不舍昼夜。"毛泽东诗有"别梦依稀咒逝川"之句。

咸阳值雨·温庭筠

咸阳桥上雨如悬，万点空蒙隔钓船。
还似洞庭春水色，晓云将入岳阳天。

【注释】咸阳：咸阳桥，又名"便桥"，长安北门外渭水之上。值雨：遇雨。雨如悬：雨如帘幕下垂。空蒙隔钓船：透过迷蒙的雨线看到钓鱼船，于是联想到了江南洞庭湖上的景色。晓云将入岳阳天：湿漉漉的晓云好像是驮载着接天的水气飘进了岳阳古城的上空。

瑶瑟怨·温庭筠

冰簟银床梦不成，碧天如水夜云轻。
雁声远过潇湘去，十二楼中月自明。

【注释】瑶瑟怨：《汉书·郊祀志》："泰帝使素女鼓五十弦瑟，悲，帝禁不止，故破其瑟为二十五弦。"在古代诗歌中，它常和别离之悲连结在一起。多描写女子离别之悲怨。冰簟（diàn）：冰凉的竹席。夜云轻：夜空中只有几缕浮云。潇湘：湖南界。去：天凉了，大雁南飞衡阳，希望鸿雁传书，让爱人回来。十二楼：原指神仙居所，此指佳人居处。月自明：独自一人对月不眠。

赠少年·温庭筠

江海相逢客恨多，秋风叶下洞庭波。
酒酣夜别淮阴市，月照高楼一曲歌。

【注释】客：离别家乡之人。叶下：树叶飘落。《九歌·湘夫人》："袅袅兮秋风，洞庭波兮木叶下。"一曲歌：与来送行的年轻朋友们同歌一曲，然后分别。

春残·翁宏

又是春残也，如何出翠帏？
落花人独立，微雨燕双飞。
寓目魂将断，经年梦亦非。
那堪向愁夕，萧飒暮蝉辉。

【注释】如何：不堪，不敢。萧飒（xiāo sà）：萧条冷落。

杂诗·无名氏

近寒食雨草萋萋，著麦苗风柳映堤。
等是有家归未得，杜鹃休向耳边啼。

【注释】近寒食：快到寒食节了。雨草萋萋：雨中春草萋萋。著麦苗风：风著麦苗。著，吹拂。等是：口语，虽然是。归未得：未得归，不能归。杜鹃：布谷鸟，也称“子规”，叫声“布谷，布谷”，好似“不如，不如，不如归去。”

水调歌·无名氏

平沙落日大荒西，陇上明星高复低。
孤山几处看烽火，壮士连营候鼓鼙。

【注释】水调歌：古代乐曲名。水调，商调曲也。它是按照“水调歌”的曲谱填写的歌词。平沙：广阔的沙漠。大荒西：西部大荒原。陇：甘肃。高复低：错落有致。几处：多处。烽火：报警信号。连营：各个营寨。候鼓鼙（pí）：等候军鼓响起。

华清宫·吴融

四郊飞雪暗云端，惟此宫中落旋干。
绿树碧帘相掩映，无人知道外边寒。

【注释】华清宫：中国古代离宫。以温泉汤池著称。在今陕西省西安市临潼区骊山北麓。落旋干：雪花降落马上就融化了，因为有温泉。绿树：华清宫地下温泉喷涌，地上宫殿金碧辉煌，禁墙高筑，能够遮风御寒，因此宫中温度较高，树木常年青绿。

溪边·吴融

溪边花满枝，百鸟带香飞。
下有一白鹭，日斜翘石矶。

【注释】带香飞：鸟儿从花丛间飞过。白鹭：白色的鹭鸶（lù sī）。翘石矶：白鹭在石头上翘望夕阳。

子规·吴融

举国繁华委逝川，羽毛飘荡一年年。
他山叫处花成血，旧苑春来草似烟。
雨暗不离浓绿树，月斜长吊欲明天。
湘江日暮声凄切，愁杀行人归去船。

【注释】子规：杜鹃鸟的别称。古代传说，它的前身是蜀国国王，名杜宇，号望帝，后来失国身死，魂魄化为杜鹃，悲啼不已。委：抛弃，舍弃。逝川：流水。吊：啼叫。

春兴·武元衡

杨柳阴阴细雨晴，残花落尽见流莺。
春风一夜吹乡梦，又逐春风到洛城。

【注释】春兴（xìng）：因春而起兴。阴阴：葱翠。吹乡梦：把我吹进回乡的梦中。又逐：梦里追随着春风回到了洛阳老家。

赠道者·武元衡

麻衣如雪一枝梅，笑掩微妆入梦来。
若到越溪逢越女，红莲池里白莲开。

【注释】麻衣如雪：语出《诗经·曹风·蜉蝣》，此处借用来描绘女子一身如雪的白衣。微妆：淡妆。若到越溪逢越女，红莲池里白莲开：如果这位白衣女子来到越州若耶溪边，置身于一群身穿红色衣裙的美女当中，那情景就好像一片红色的莲花中绽放了一朵亭亭玉立的白莲。越溪：唐越州（今绍兴市越城区）的若耶溪，又名浣沙溪。唐代越州经济发达、美女如云。

哥舒歌·西鄙人

北斗七星高，哥舒夜带刀。
至今窥牧马，不敢过临洮。

【注释】哥舒：哥舒翰，玄宗时将军。西鄙人：不是人名，指西方边地之人。意即民谣。窥牧马：胡人在边境线上只是偷看唐民放牧，就是不敢越过界限。临洮：甘肃岷县北部要塞。

秋日赴阙题潼关驿楼·许浑

红叶晚萧萧，长亭酒一瓢。
残云归太华，疏雨过中条。
树色随关迥，河声入海遥。
帝乡明日到，犹自梦渔樵。

【注释】赴阙：前往京城长安。潼关：陕西潼关。驿楼：驿站。萧萧：秋叶作响。长亭酒一瓢：路上在长亭打尖。太华：华（huà）山。中条：中条山，山西界。沿途景物描写。树色随关迥，河声入海遥：来到了关中地界，树色不像江南那样绿了，黄河涛声也越来越远了，快到京城了。迥，改变。梦渔樵：留恋隐居的生活。快见到皇帝了，心里却留恋隐居，是一种矛盾的心理。

塞下曲·许浑

夜战桑干北，秦兵半不归。
朝来有乡信，犹自寄寒衣。

【注释】桑干：桑干河，为永定河的上游，是海河的重要支流，位于河北省西北部和山西省北部朔州朔城区南河湾一带。相传每年桑椹成熟时河水干涸，故名。乡信：家里来信。犹自：还在。如同陈陶的“可怜无定河边骨，犹是春闺梦里人。”

咸阳城东楼·许浑

一上高城万里愁，蒹葭杨柳似汀洲。
溪云初起日沉阁，山雨欲来风满楼。
鸟下绿芜秦苑夕，蝉鸣黄叶汉宫秋。
行人莫问当年事，故国东来渭水流。

【注释】咸阳城：秦都城。万里愁：登高远望，满眼都是乡思的愁绪。蒹葭（jiān jiā）：芦苇。似汀州：远看好像自己家乡润州丹阳的绿洲。李商隐有“迢递高城百尺楼，绿杨枝外尽汀洲”句。溪云：咸阳城南的磻溪，即乌云起于南。日沉阁：咸阳城西的慈福寺阁，即日落于西。鸟下绿芜秦苑夕：傍晚时，飞鸟落到了秦园的绿草丛里。蝉鸣黄叶汉宫秋：秋末汉代皇宫外的桑叶变黄，蝉儿在叶下鸣叫。意境同韩翃的“山色遥连秦树晚，砧声近报汉宫秋。”东来：东面。渭水流：物是人非，只有渭水还在流淌。

早秋·许浑

遥夜泛清瑟，西风生翠萝。
残萤栖玉露，早雁拂金河。
高树晓还密，远山晴更多。
淮南一叶下，自觉洞庭波。

【注释】遥夜：长夜。泛清瑟：绿色的江水在流动。室内描写。西风：秋天来了故曰西风。翠萝：常青的藤萝植物。户外描写。残萤栖玉露：晚上低处的描写。萤火虫在挂满露水的草丛里栖息。早雁拂金河：早晨高处的描写。早起觅食的大雁，在朦胧的银河下掠过。高树晓还密：近处描写。树木在早晨的时候还显得茂密。远山晴更多：远处描写。秋高气爽，所以晴更多。淮南叶下、洞庭波均指秋之到也。《淮南子·说山》：“见一叶落而知岁之将暮。”屈原《九歌·湘夫人》：“袅袅兮秋风，洞庭波兮木叶下。”由近及远，由低到高，由里到外，立体地描写了早秋的景象。韦庄有“清瑟怨遥夜，绕弦风雨哀”，强调的是瑟音。

忆扬州·徐凝

萧娘脸薄难胜泪，桃叶眉长易觉愁。
天下三分明月夜，二分无赖是扬州。

【注释】萧娘脸薄难胜泪，桃叶眉长易觉愁：扬州的少女们无忧无虑，笑脸迎人，娇美的脸上怎能藏住眼泪，她们可爱的眉梢上所挂的一点忧愁也容易被人察觉。萧娘：南朝以来，诗词中的男子所恋之女子常称萧娘，女子所恋之男子常称萧郎。桃叶：晋代王献之的爱妾。此处亦代指青楼女子。无赖：可爱、可喜意。陆游诗：江水不胜绿，梅花无赖香。

述国亡诗·徐氏

君王城上竖降旗，妾在深宫那得知。
十四万人齐解甲，更无一个是男儿。

【注释】君王：后蜀主孟昶。竖降旗：史载后蜀君臣极为奢侈，荒淫误国，宋军压境时，孟昶一筹莫展，屈辱投降。解（xiè）甲：放下武器。男儿（ní）：男子汉。

宫词·薛逢

十二楼中尽晓妆，望仙楼上望君王。
锁衔金兽连环冷，水滴铜龙昼漏长。
云髻罢梳还对镜，罗衣欲换更添香。
遥窥正殿帘开处，袍袴宫人扫御床。

【注释】十二楼：《史记·封禅记》："黄帝时为五城十二楼，以候神人于执期。"借指宫妃居所，指望仙楼。望仙楼：唐武宗会昌五年所建，即前边的十二楼。锁衔金兽：金兽衔锁。宫门上的兽面，嘴里含着门环，上锁时用，也供来人拍打敲门之用。连环冷：没人拍打铜环故曰冷，冷指门前冷落之意。水滴铜龙：铜龙水滴。龙形滴漏铜壶，以滴水计时。昼漏长：等待君王临幸，苦等不至故觉日长。罢梳：梳罢。还对镜：反复整理。罗衣欲换更添香：想换上薰过香的罗衣，但唯恐香气不浓，还多次往熏炉中加香料，多次薰陶。正殿：皇帝居所。袍袴（kù）宫人：穿着短袍绣裤的宫女。扫御床：给皇帝整理床铺，皇帝要在自己的房间睡觉，不来望仙楼了。宫妃们白打扮、白盼望了。

陈情上韦令公·薛涛

闻道边城苦，今来到始知。
羞将门下曲，唱与陇头儿。

【注释】陈情：下级对上级写的陈述之词。羞将：怕将。门下曲：家乡曲。陇头儿（ní）：戍边的战士。陇：甘肃，指边关。怕战士听了乡音而想家。

陈情上韦令公·薛涛

黠虏犹违命，烽烟直北愁。
却教严谴妾，不敢向松州。

【注释】黠虏（xiá lǔ）：狡猾的敌人。犹违命：不守信誉。唐朝时，吐蕃首领松赞干布派使者前往长安求婚。使者路过松州，被州官扣押，松赞干布大怒，亲率大兵二十万人入侵，唐都督韩咸战败，唐太宗命吏部尚书统军抵达松州，经川主寺一役，唐军大胜。松赞干布返藏后又遣拾使臣送黄金以求通婚和好，太宗晓以大义，将文成公主嫁与松赞干布。后又进犯川界。烽烟直：狼烟燃起，告警有敌来犯。北愁：北部边疆战事又起。却教：回去教育。严谴：严管。妾：指自己的女人。不敢向：不要去。松州：现名松潘，古名松州，四川省历史名城，是历史上有名的边陲重镇，被称作“川西门户”，古为用兵之地。史载古松州“扼岷岭，控江源，左邻河陇，右达康藏”，“屏蔽天府，锁阴陲”，故自汉唐以来，此处均设关尉，屯有重兵。吐蕃军常犯此关。意即女人到了松州容易被吐蕃军抓去成亲。

秋日湖上·薛莹

落日五湖游，烟波处处愁。
浮沉千古事，谁与问东流。

【注释】五湖：指江苏的太湖。浮沉：指国家的兴亡治乱。谁与问：有谁向太湖去问询？

农家·颜仁郁

半夜呼儿趁晓耕，羸牛无力渐艰行。
时人不识农家苦，将谓田中谷自生。

【注释】羸（léi）牛：瘦弱的牛。渐：正。将谓：以为、会说。

丹阳送韦参军·严维

丹阳郭里送行舟，一别心知两地秋。
日晚江南望江北，寒鸦飞尽水悠悠。

【注释】丹阳：江苏丹阳县。郭：内为城，外为郭。韦参军：韦应物，曾任京兆府功曹参军，又因做过苏州刺史，世称“韦苏州”。两地秋：两地愁。望江北：作者在江南遥望江北。水悠悠：只见不尽的江水而不见人。温庭筠有“过尽千帆皆不是，斜晖脉脉水悠悠”句。

军城早秋·严武

咋夜秋风入汉关，朔云边月满西山。
更催飞将追骄虏，莫遣沙场匹马还。

【注释】汉关：唐军要塞。朔（shuò）：北方。更：一再。骄虏：骄横强悍的吐蕃（bō）人。莫遣沙场匹马还：莫遣，不让。指不让吐蕃一兵一卒跑掉。

赠项斯·杨敬之

几度见诗诗总好，及观标格过于诗。
平生不解藏人善，到处逢人说项斯。

【注释】项斯：《唐诗纪事》载：“斯，字子迁，江东人。始，未为闻人。……谒杨敬之，杨苦爱之，赠诗云云。未几，诗达长安，明年擢上第。”标格：风范、品格。指一个人的言语、行动和气度等几方面的综合表现。不解：不会。藏人善：隐瞒别人的优点。

从军行·杨炯

烽火照西京，心中自不平。
牙璋辞凤阙，铁骑绕龙城。
雪暗凋旗画，风多杂鼓声。
宁为百夫长，胜作一书生。

【注释】西京：长安。牙璋（zhāng）：下达军令的兵符，分两半，朝廷一半，主帅一半。此指奉军令出征。凤阙（què）：皇宫。龙城：古匈奴祭天之地，此指当时突厥族的重要城池。凋：模糊不清。旗画：绣有图腾的战旗。风多：风大。杂：掺杂。百夫长：统领百人的小官。

夜送赵纵·杨炯

赵氏连城璧，由来天下传。
送君还旧府，明月满前川。

【注释】赵纵：杨炯之友。赵氏连城璧：战国时，赵国得到一块叫“和氏璧”的美玉，秦王知道后，要用十五座城池交换，故称连城璧。此处用赵氏喻指赵纵，连城璧喻指其才华。旧府：赵国的故地，指赵纵的家乡山西。

城东早春·杨巨源

诗家清景在新春，绿柳才黄半未匀。
若待上林花似锦，出门俱是看花人。

【注释】城东：长安城东。清景：能激发诗人的诗情和灵感的清新景色。绿柳才黄半未匀：春柳只有一半泛黄。上林：即上林苑，故址在今陕西西安市西，建于秦代，汉武帝时加以扩充，为汉宫苑。代指京城长安。

和练秀才杨柳·杨巨源

水边杨柳麴尘丝，立马烦君折一枝。
惟有春风最相惜，殷勤更向手中吹。

【注释】麴（qū）尘：酒曲（qū）上所生的菌，色淡黄。宋代范成大有“麴尘欲暗垂垂柳”句。立马：停马。殷勤：主动地。已经折在手里，春风还主动吹拂，故曰“相惜”。

城西访友人别墅·雍陶

澧水桥西小路斜，日高犹未到君家。
村园门巷多相似，处处春风枳壳花。

【注释】澧（lǐ）水：是中国湖南省四大河流之一，澧水干流分北、中、南三源，于桑植县南岔汇合后东流，至澧县小渡口注入洞庭湖。斜（xiá）：斜穿。村园：村落。枳壳（zhǐ ké）：像枸橘（gōu jú）一样的植物。家家门前都种着，所以很难分辨是谁家。

题君山·雍陶

烟波不动影沉沉，碧色全无翠色深。
疑是水仙梳洗处，一螺青黛镜中心。

【注释】君山：古称洞庭山、湘山、有缘山，是八百里洞庭湖中的一座山岛，与岳阳楼遥遥相对，由大小七十二座山峰组成，被道家列为天下第十一福地。水仙：传说这座洞庭山浮于水上，其下有金堂数百间，玉女居之，四时闻金石丝竹之声，砌于山顶。后因舜帝的两个妃子娥皇、女英葬于此，屈原在《九歌》中称之为湘君和湘夫人，故后人将此山改名为君山。一螺：像青黑色的海螺。刘禹锡有“遥望洞庭山水翠，白银盘里一青螺”之诗句。

柳絮·雍裕之

无风才到地，有风还满空。
缘渠偏似雪，莫近鬓毛生。

【注释】才到地：慢慢落地。满空：满天飞。缘渠：沿着渠塘。偏似：有点像。莫近鬓毛生：不想让它把人打扮成白发之老态。

农家望晴·雍裕之

尝闻秦地西风雨，为问西风早晚回？
白发老农如鹤立，麦场高处望云开。

【注释】尝闻：曾听说。秦地：陕西地界。西风雨：吹起西风就会下雨。为问：敢问、请问。早晚回：啥时回到秦地。鹤立：仰头直立。望云开：眼看着云彩渐渐散开了，而不是聚拢，所以说还是没有雨。

巴女谣·于鹄

巴女骑牛唱竹枝，藕丝菱叶傍江时。
不愁日暮还家错，记得芭蕉出槿篱。

【注释】鹄：音 hú。巴女：巴蜀一带的小女孩。竹枝：民歌。傍江：满江。槿（jǐn）篱：篱笆墙。

江南曲·于鹄

偶向江边采白蘋，还随女伴赛江神。
众中不敢分明语，暗掷金钱卜远人。

【注释】偶向：偶尔去。白蘋：水中蕨类植物。赛江神：旧时江南一种水上竞赛游戏，类似赛龙舟。叫做“迎神赛会”。此句是说同女伴一起去看赛会。分明语：明说。掷金钱：民间用掷铜钱占卜。卜远人：占卜远方的情人何时归来。

题邻居·于鹄

僻巷邻家少，茅檐喜并居。
蒸梨常共灶，浇薤亦同渠。
传屐朝寻药，分灯夜读书。
虽然在城市，还得似樵渔。

【注释】僻（pì）巷：偏僻的小巷。茅檐（yán）：茅草屋。并居：紧挨着居住。蒸梨：指做饭。薤（xiè）：多年生草本植物，可作蔬菜食用，指浇灌蔬菜。屐（jī）：木底鞋。传、分：串换着使用，即你需要时给你用，我需要时给我用。还得：还能像。樵渔：打柴、捕鱼，指在山中隐居。

附：题邻居·陈湛元

东家尽短处，西邻是难逡。
惟有自家子，天下无好人。
无中常生有，有处是非频。
说长擅道短，作酒醋气醇。

初闻语殷切，深谙不良因。
世人皆负我，岂容出吾身。
挑三拣四者，拿五作六人。
欲效其风度，无须劳远亲。
堪叹孟母苦，何处接芳邻？

春山夜月·于良史

春山多胜事，赏玩夜忘归。
掬水月在手，弄花香满衣。
兴来无远近，欲去惜芳菲。
南望鸣钟处，楼台深翠微。

【注释】胜事：美好的景色。无远近：不在乎路的远近。欲去：兴致没了。楼台：古寺的台楼。深翠微：在翠绿的树林里面。

山村叟·于濆

古凿岩居人，一廛称有产。
虽沾巾覆形，不及贵门犬。
驱牛耕白石，课女经黄茧。
岁暮霜霰浓，画楼人饱暖。

【注释】濆（fén）：水边。凿岩居：开凿山洞居住。一廛（chán）：指一夫所居之田宅。沾：受惠，得益。巾覆形：有点布遮住身体。巾，包头或包东西的布。形，身体。白石：原指道家炼丹的石头，此指贫瘠多石的山地。课：教，督促。经：织的意思。黄茧：野蚕的丝。霜霰（xiàn）：霜雪。霰，小冰粒。画楼：富贵人家雕梁画栋的楼舍。

赠卖松人·于武陵

入市虽求利，怜君意独真。
欲将寒涧树，卖与翠楼人。
瘦叶几经雪，淡花应少春。
长安重桃李，徒染六街尘！

【注释】意独真：想法太天真了。翠楼人：指富贵人家。几经雪：经过了多次霜雪的摧残。重桃李：看重桃李，不看好涧松。徒染六街尘：白白地走街串巷了。一是不懂行情，二是讽刺时弊。

蝉·虞世南

垂緌饮清露，流响出疏桐。
居高声自远，非是藉秋风。

【注释】緌（ruí）：是古人结在颌下的帽带下垂部分，指蝉头部伸出的触须。流响：叫声。疏桐：高挺的梧桐。藉（jiè）：凭借。

咏风·虞世南

逐舞飘轻袖，传歌共绕梁。
动枝生乱影，吹花送远香。

【注释】逐、绕、动、吹：风的四个动作。绕梁：《列子·汤问》："昔韩娥东之齐，匮粮，过雍门，鬻歌假食。既去，而馀音绕梁欐，三日不绝。"形容歌声高亢回旋，久久不息。该诗又名《奉和咏风应魏王教》。

江陵愁望寄子安·鱼玄机

枫叶千枝复万枝，江桥掩映暮帆迟。
忆君心似西江水，日夜东流无歇时。

【注释】江陵：指长江南岸之潜江。子安，即李亿，为朝廷补阙。《情书寄子安》题下注云："一本题下有补阙二字"。可知李子安即李亿。掩映：时隐时现，半明半暗。暮帆：晚归的船。忆君心似西江水，日夜东流无歇时：同南唐李煜《虞美人·春花秋月何时了》"问君能有几多愁，恰似一江春水向东流"及北宋欧阳修《踏莎行·候馆梅残》"离愁渐远渐无穷，迢迢不断如春水"表现的手法相似。

石鱼湖上醉歌·元结

漫叟以公田米酿酒，因休暇则载酒于湖上，时取一醉。欢醉中，据湖岸引臂向鱼取酒，使舫载之，遍饮坐者。意疑倚巴丘，酌于君山之上，诸子环洞庭而坐，酒舫泛泛然触波涛而往来者，乃作歌以长之。

石鱼湖，似洞庭，夏水欲满君山青。
山为樽，水为沼，酒徒历历坐洲岛。
长风连日作大浪，不能废人运酒舫。
我持长瓢坐巴丘，酌饮四座以散愁。

【注释】漫叟：指作者。公田：不用纳税的编外土地。酒舫：承载酒的小船模型，好像现在的遥控模型，用于饮酒游戏，有类于“流觞”（shāng），模型漂到谁那，谁就取酒。不是运酒的大船。巴丘、君山，均是洞庭湖的景致，在此为借指。沼：酒池。废：阻止、停止。长瓢：取酒用的长勺子。酌饮（yìn）：给各位倒酒。

贼退示官吏·元结

癸卯岁，西原贼入道州，焚烧杀掠，几尽而去。明年，贼又攻永破邵，不犯此州边鄙而退。岂力能制敌欤？盖蒙其伤怜而已！诸使何为忍苦征敛，故作诗一篇以示官吏。

昔年逢太平，山林二十年。
泉源在庭户，洞壑当门前。
井税有常期，日晏犹得眠。
忽然遭世变，数岁亲戎旃。
今来典斯郡，山夷又纷然。
城小贼不屠，人贫伤可怜。
是以陷邻境，此州独见全。
使臣将王命，岂不如贼焉？
今彼征敛者，迫之如火煎。
谁能绝人命，以作时世贤？
思欲委符节，引竿自刺船。
将家就鱼麦，归老江湖边。

【注释】边鄙：边境。日晏犹得眠：晏（yàn），迟、晚。日上三竿。指安闲。戎旃（zhān）：军营。典：治理。将王命：奉领皇帝的诏令。委符节：推脱、辞掉官职。将家：带领家人。就鱼麦：从事打鱼种地之事。

重赠乐天·元稹

休遣玲珑唱我诗，我诗多是别君词。
明朝又向江头别，月落潮平是去时。

【注释】休遣：不要让。玲珑：指唐代歌妓商玲珑，泛指歌妓。去时：离别之时。

菊花·元稹

秋丛绕舍似陶家，遍绕篱边日渐斜。
不是花中偏爱菊，此花开尽更无花。

【注释】秋丛：菊花丛。陶家：晋代陶渊明爱菊，“采菊东篱下，悠然见南山”。日渐斜（xiá）：太阳西下。更无花：菊花九月开，此时春花夏花均已凋落，如黄巢的“我花开后百花杀”。

离思·元稹

曾经沧海难为水，除却巫山不是云。
取次花丛懒回顾，半缘修道半缘君。

【注释】曾经沧海难为水：《孟子·尽心篇》有“观于海者难为水，游于圣人之门者难为言”两句。除却巫山不是云：宋玉《高唐赋》说巫山女神，朝为云晚行雨。看了巫山的云，别处的云就不值得看了。即朱熹所说的：“所见既大，则其小者不足观也。”取次花丛：从花丛中出来。懒回顾：不愿再回头看，即不再寻花觅柳。丛，双关语，元稹的妻子叫韦惠丛。元稹的《梦游春七十韵》云：“觉来八九年，不向花回顾。”他的好友白居易在《和梦游春诗一百韵》中称赞他：“京洛八九春，未曾花里宿。”为什么学好了呢？一半是因为修道了，一半是因为对你（妻子）的忠诚。其忠诚度在《遣悲怀三首》中可以看出。

遣悲怀·元稹

谢公最小偏怜女，自嫁黔娄百事乖。
顾我无衣搜荩箧，泥他沽酒拔金钗。
野蔬充膳甘长藿，落叶添薪仰古槐。
今日俸钱过十万，与君营奠复营斋。

【注释】谢公最小偏怜女：谢公最偏怜小女。东晋谢安最偏爱侄女谢道韫，此指妻子韦惠丛在家最受宠爱。黔娄：春秋时齐国贫士洁而有节，作者自比。百事乖：诸事不顺。荩箧（jìn qiè）：草编的箱子。泥他：用软语求她。沽酒：买酒。拔金钗：指拔下金钗卖掉换酒。野蔬充膳甘长藿：甘长藿（huò）野蔬充膳，甘于用豆叶野菜当饭。落叶添薪仰古槐：仰古槐落叶添薪，依赖古槐落叶当柴。营奠、营斋：备办祭品，请僧道做法事。

遣悲怀·元稹

昔日戏言身后意，今朝都到眼前来。
衣裳已施行看尽，针线犹存未忍开。
尚想旧情怜婢仆，也曾因梦送钱财。
诚知此恨人人有，贫贱夫妻百事哀。

【注释】身后意：死后的事情。行看尽：眼看着要送完了。针线：指你用过的针线盒。尚想旧情怜婢仆，也曾因梦送钱财：一解，因想着我俩的旧情，所以对侍候你的婢仆格外照顾。也曾因为你给我托梦而为你烧纸送钱。二解，你还想着旧情，关心曾侍候过你的婢仆，也曾因为你给我托梦，我时常去给她们送些钱财。一解表己，二解表妻，二解更为恰当。此恨：死别之恨。贫贱夫妻百事哀：对于贫贱夫妻来讲，事事都觉得悲哀、愧疚。

遣悲怀·元稹

闲坐悲君亦自悲，百年多是几多时。
邓攸无子寻知命，潘岳悼亡犹费词。
同穴窅冥何所望，他生缘会更难期。
惟将终夜常开眼，报答平生未展眉。

【注释】悲君亦自悲：为你悲伤又为自己悲伤。百年多是几多时：就算百年又能有多长时间呢？邓攸无子：西晋河东太守邓攸（yōu）携子、侄逃难，途中舍子保侄，终无子嗣。寻知命：方知道是命里注定的。潘岳悼亡：西晋诗人潘岳为悼亡妻写《悼亡诗》三首。犹费词：还是白费言辞。此二句是指妻子早逝全是命里注定，我写诗悼念也唤不回。同穴：合葬。窅冥（yǎo míng）：深远昏暗，指在阴间相守。何所望：哪有希望。他生缘会：来生有缘相会。更难期：更难指望。惟将：只能。报答平生未展眉：你活着的时候，由于我心绪不佳而很少给你露出笑脸，连累你跟着我不开心，今天我整夜也不闭眼，以此报答和弥补我以前的过失。未展眉，不是说妻子。妻子不展眉，你终夜不闭眼有什么用？这里是检讨自己平日里很少展眉，故长开眼以弥补。

闻乐天授江州司马·元稹

残灯无焰影幢幢，此夕闻君谪九江。
垂死病中惊坐起，暗风吹雨入寒窗。

【注释】乐天：白居易。授：担任。江州司马：九江司马。白居易有“座中泣下谁最多，江州司马青衫湿”句。幢幢（chuáng）：灯影昏暗摇晃。不是憧憧（chōng），意同但不对韵。

行宫·元稹

寥落古行宫，宫花寂寞红。
白头宫女在，闲坐说玄宗。

【注释】寥落：空虚、冷落。行宫：皇帝外出所居宫舍。寂寞：静静的。玄宗：前任皇帝。宫女不知外边的变化，还以为是玄宗时代呢。足见封闭程度。如桃花源人“不知有汉，无论魏晋”。

织妇词·元稹

织妇何太忙，蚕经三卧行欲老。
蚕神女圣早成丝，今年丝税抽征早。
早征非是官人恶，去岁官家事戎索。
征人战苦束刀疮，主将勋高换罗幕。
缫丝织帛犹努力，变缉撩机苦难织。
东家头白双女儿，为解挑纹嫁不得。
檐前袅袅游丝上，上有蜘蛛巧来往。
羡他虫豸解缘天，能向虚空织罗网。

【注释】蚕经三卧：蚕经过三次睡眠。行欲老：就要死掉。蚕神女圣：祈求蚕保佑帮忙。事戎索：进行了军事行动。战苦：受伤。束刀疮：包扎伤口（当时没有纱布）。罗幕：丝织帐幕。皆指丝织品的用途。缫（sāo）丝：煮茧抽丝。犹努力：还算费力。变缉（qī）撩机：在织机上交换经纬线织出花纹。苦难织：就更加辛苦困难。此二句大意是，如果说缫丝织帛仍需要费力的话，那么纵横交错地一根线一根线织成布就更加费力了。相对来讲前一个动作虽难但倒显得容易。为解：因为会、能。挑（tiǎo）纹：在丝织品上挑线成花纹。嫁不得：不能出嫁。一旦出嫁就没人会这门技术了。袅袅

(niǎo)：飘荡。游丝：蜘蛛丝。来往：蜘蛛往来编织。虫豸（zhì）：昆虫，指蜘蛛。解缘天：能凌空织网。能向：能在。虚空：空中，什么也不用。

东都望幸·章碣

懒修珠翠上高台，眉月连娟恨不开。
纵使东巡也无益，君王自领美人来。

【注释】东都：指洛阳。望幸：盼望皇帝临幸。懒（lǎn）修珠翠上高台：懒得打扮，懒得上高台。连娟：弯曲而纤细。恨不开：由于怨恨而紧缩眉头。

焚书坑·章碣

竹帛烟销帝业虚，关河空锁祖龙居。
坑灰未冷山东乱，刘项原来不读书。

【注释】焚书坑：秦始皇焚书坑儒之地。竹帛：指儒家书籍。帝业虚：指秦始皇的万世帝业也灭亡了。关河：坚关险河。空锁：保护不了。祖龙居：秦始皇的宫殿。山东乱：华山以东的陈胜吴广及之后的刘邦项羽起义。刘项原来不读书：刘邦、项羽一个行伍出身，一个在市井厮混，没一个是读书人，结果却推翻了秦王朝的统治。你秦始皇焚书又有何用?

农父·张碧

运锄耕劚侵星起，陇亩丰盈满家喜。
到头禾黍属他人，不知何处抛妻子。

【注释】农父（fǔ）：年老的农民。耕劚（zhǔ）：耕种。侵星起：趁着、顶着星星就起来。到头：最终。抛妻子：抛弃妻和子，指养活不了。

何满子·张祜

故国三千里，深宫二十年。
一声何满子，双泪落君前。

【注释】祜：音hù。故国：家乡。何满子：歌名。双泪：孟才人为唐武宗唱《何满子》，乃歌一声，气亟命殒。

集灵台·张祜

日光斜照集灵台，红树花迎晓露开。
昨夜上皇新授箓，太真含笑入帘来。

【注释】集灵台：玄宗所筑之长生殿。斜照：指初升之阳光。红树：开满红花的树。上皇：指唐玄宗。授箓（lù）：道家用朱笔写在绢上的秘文符箓，授给即将成为道士的人。杨贵妃在册为贵妃之前本是玄宗的儿媳，即寿王李瑁的妃子。因玄宗看中又不好直娶，故先令其入庙为道，道号“太真”，后找借口纳入宫中，之后册封为自己的贵妃。故此用了道家的术语“授箓”，暗指册为贵妃的诏令。

集灵台·张祜

虢国夫人承主恩，平明骑马入宫门。
却嫌脂粉污颜色，淡扫峨眉朝至尊。

【注释】虢（guó）国夫人：杨贵妃的三姐，与堂兄杨国忠私通。承主恩：承蒙皇帝的恩准、特许。实为杨国忠的关照。平明：清晨。骑马入宫门：特许入宫门可以不下马。却嫌：只嫌，只怕。脂粉污颜色：脂粉掩盖自然之美色。今解为：她知道脂粉含铅汞重金属，故不敢用。淡扫峨眉朝至尊：《太真外传》：“月给钱十万，为脂粉之资。然虢国不施脂粉，自炫美艳，常素面朝天。”

附：红颜·陈湛元

自古红颜多薄命，今识铅华生祸悲。
知情最是虢夫人，素面朝天淡蛾眉。

题金陵渡·张祜

金陵津渡小山楼，一宿行人自可愁。
潮落夜江斜月里，两三星火是瓜洲。

【注释】金陵渡：江苏镇江古渡口。当时称镇江也作金陵，不是指南京。津渡：渡口。小山楼：渡口旁小山上的小楼。一宿行人：行人一宿。自可愁：自当愁，自觉愁苦。潮落夜江斜月里：月西沉，江潮初落。两三星火是瓜洲：对岸瓜洲古渡头有几户人家的灯火跟星星一起闪烁。客居在外不得回家，更添乡愁。白居易的《长相思》：“汴水流，泗水流，流到瓜洲古渡头，吴山点点愁。思悠悠，恨悠悠，恨到归时方始休，月明人倚楼。”

题松汀驿·张祜

山色远含空，苍茫泽国东。
海明先见日，江白迥闻风。
鸟道高原去，人烟小径通。
那知旧遗逸，不在五湖中。

【注释】松汀驿：驿站名。在江苏境内太湖的边上。山色远含空：含，包含。空，指天空。山色与天相连。苍茫：形容无边无际的样子。泽国：形容水多的地方。海：内陆之水域大者称海，此处指太湖，又称五湖。江白：江水泛白波。迥：远。鸟道：指仅容飞鸟通过的道路，比喻山路狭窄。李白有“西当太白有鸟道”句。人烟：指有人居住的地方。古人烹饪时都以柴草为燃料，燃烧时会产生浓烟，所以见到炊烟就表示有人居住。旧遗逸：指遗世独立的老朋友。

赠内人·张祜

禁门宫树月痕过，媚眼惟看宿鹭窠。
斜拔玉钗灯影畔，剔开红焰救飞蛾。

【注释】禁门：宫门紧闭。月痕过（guō）：月亮在树梢移动西下。窠（kē）：鹭鸟栖息的窝巢。看窝中双栖的鸟而羡慕。斜拔：不是正常的横着拔下，表情急之下顺手拔下。斜字用得最妙。剔开红焰救飞蛾：飞蛾几乎贴近火苗在飞，在空中保持不动的位置想钻入火焰。宫人眼看着危险，吹不得，怕灯灭；打不得，怕打死。于是用玉钗把灯芯拨偏离，使火苗相对远离飞蛾，再用嘴吹开飞蛾，这样就不会被烧死。如果不是这种情景，灯会越拨越亮，反而会烧死飞蛾，所以对“开”字的理解很重要。

成都曲·张籍

锦江近西烟水绿，新雨山头荔枝熟。
万里桥边多酒家，游人爱向谁家宿？

【注释】锦江：成都。近西：西边。烟水绿（lù）：绿水上弥漫着烟雾。新雨：刚刚下过雨。万里桥：成都南门桥的一座楼。三国时期，吴蜀为联合抗击曹操，诸葛亮派费祎出使东吴，在成都南门楼的锦江边为他饯行。并对他说："千里之行，始于足下。"费祎说："万里之行，始于此桥。"于是人们就把这座桥叫做"万里桥"。宿：类似今天食宿一体的酒店。

节妇吟·张籍

君知妾有夫，赠妾双明珠。
感君缠绵意，系在红罗襦。
妾家高楼连苑起，良人执戟明光里。
知君用心如日月，事夫誓拟同生死。
还君明珠双泪垂，恨不相逢未嫁时。

【注释】节妇：忠贞于丈夫的女人。缠绵意：爱恋不舍之情。罗襦（rú）：丝织短袄。苑：花园。良人：丈夫。戟（jǐ）：兵器名。明光：汉朝的明光殿，指在朝廷供职。恨不相逢未嫁时：虽然没有越轨，但还是动了情的，只是无可奈何。为什么把明珠还给对方至少有几方面原因：一、丈夫家条件太优越了，舍不得丢弃，即高楼连苑起。二、慑于权威而不敢，即持戟明光里。三、坚守誓言，即誓拟同生死。贞节在哪？还是第三点，即坚守誓言，否则算不得贞节。从收下明珠并系在身上，说明此人有血有肉，有感情，真实感人，更令人钦敬。

凉州词·张籍

边城暮雨雁飞低，芦笋初生渐欲齐。
无数铃声遥过碛，应驮白练到安西。

【注释】凉州：古地名，即甘肃省西北部的武威，地处河西走廊东端，是古丝绸之路上的重镇。芦笋初生渐欲齐：河边芦苇发芽似笋，抽枝吐叶，争着向上生长。铃声：指商旅驼队。碛（qì）：碎石滩。白练：白色熟绢。安西：甘肃酒泉。古为丝绸之路。

猛虎行·张籍

南山北山树冥冥，猛虎白日绕村行。
向晚一身当道食，山中麋鹿尽无声。
年年养子在深谷，雌雄上下不相逐。
谷中近窟有山村，长向村家取黄犊。
五陵年少不敢射，空来林下看行迹。

【注释】冥冥：深暗。向晚：傍晚。养子：指生虎崽。不相逐：不一起行动。窟：指虎居的山洞。长向：经常到。取黄犊：猎食小牛犊。五陵：本指汉家五位皇帝的陵寝，在长安城外，现指富贵人家子弟，喜欢骑马打猎。看行迹（jī）：看了虎脚印就吓走了。暗讽时弊，如柳宗元的“苛政猛于虎也”。

没蕃故人·张籍

前年戍月氏，城下没全师。
蕃汉断消息，死生长别离。
无人收废帐，归马识残旗。
欲祭疑君在，天涯哭此时。

【注释】没蕃故人：在与吐蕃（bō）作战中死去的人。吐蕃不是吐蕃（fān）。月氏（ròu zhī）：汉代西域国名。没（mò）全师：全军覆没。天涯：天下。张九龄有“天涯共此时”。一哭、一共，意境截然相反。

秋思·张籍

洛阳城里见秋风，欲作家书意万重。
复恐匆匆说不尽，行人临发又开封。

【注释】开封：打开信封，还想补充几句。

西州·张籍

羌胡据西州，近甸无边城。
山东收税租，养我防塞兵。
胡骑来无时，居人常震惊。
嗟我五陵间，农者罢耘耕。
边头多杀伤，士卒难全形。
郡县发丁役，丈夫各征行。
生男不能养，惧身有姓名。
良马不念秣，烈士不苟营。
所愿除国难，再逢天下平。

【注释】西州：今新疆吐鲁番一带。羌（qiāng）胡：古代汉族人对西北民族的通称。近甸：京城的外围地区。无边城：没有御边的城垒。山东：华山以东地区。防塞兵：驻守边塞的士兵。胡骑：羌胡的马队。无时：不定期。嗟：可叹。五陵：埋葬汉朝五个皇帝的地方，这里泛指京城郊区。罢：停止。边头：边地。杀伤：死伤。难全形：肢体已经残废了。发丁役：征调壮丁服兵役。丈夫：男人。不能养：不能为父母养老送终。有姓名：按姓名征兵，故希望自己没有名。秣（mò）：马吃的草料。苟营：稀里糊涂地活着。

湘江曲·张籍

湘水无潮秋水阔，湘中月落行人发。
送人发，送人归，白蘋茫茫鹧鸪飞。

【注释】茫茫：没有边际。鹧鸪（zhè gū）：鸟名。

野老歌·张籍

老农家贫在山住，耕种山田三四亩。
苗疏税多不得食，输入官仓化为土。
岁暮锄犁傍空室，呼儿登山收橡实。
西江贾客珠百斛，船中养犬长食肉。

【注释】橡实：橡树果。磨粉可食但会导致便秘。斛（hú）：器皿。养犬长食肉：一般的狗是不吃肉的，说明贾客养的不是普通的狗。

阊门即事·张继

耕夫招募逐楼船，春草青青万顷田。
试上吴门窥郡郭，清明几处有新烟？

【注释】阊（chāng）门：宫门。此指苏州的城门楼上。即事：见景生情而信手写就。耕夫：农民。逐：追随，指从军。楼船：战船。春草青青：本是美景，但长在农田里，就是荒芜颓败之景了。试上：请上。吴门：即阊门。窥：望。郡郭：城外为郭，郭外为郡，指郊区。清明几处有新烟：清明前一天为寒食节，家家不许生火做饭，第二天清明可以生火了，但却没有几家生火做饭，说明人都没有了。

枫桥夜泊·张继

月落乌啼霜满天，江枫渔火对愁眠。
姑苏城外寒山寺，夜半钟声到客船。

【注释】枫桥：在江苏苏州南。夜泊（bó）：夜里停船。江枫渔火：看着江岸上的枫林，对着渔船上的灯火。愁眠：抑郁而卧。对：面对，看着。眠：卧而不能入睡。寒山寺：古寺，原名妙利普明塔院，在苏州城外。夜半钟声：半夜报时的钟声。到客船：传到了我住的船上。说明半夜还未入睡，足见“愁绪”几多。

边词·张敬忠

五原春色旧来迟，二月垂杨未挂丝。
即今河畔冰开日，正是长安花落时。

【注释】五原：是中国古代的一个郡名，在内蒙界，汉武帝时始置。南北两地两个节气。

附：立春·陈湛元

春风千树挂梨花，寒气万里路镜华。
花心萝卜啃春色，满意春饼卷绿芽。
江南经年花开累，塞北半载人闲家。

答陆澧·张九龄

松叶堪为酒，春来酿几多。
不辞山路远，踏雪也相过。

【注释】澧：音lǐ。堪：可以。几多：很多。过（guō）：造访。

感遇·张九龄

孤鸿海上来，池潢不敢顾。
侧见双翠鸟，巢在三株树。
矫矫珍木巅，得无金丸惧？
美服患人指，高明逼神恶。
今我游冥冥，弋者何所慕。

【注释】池潢（huáng）：潢池，借指朝廷。三株树：宝树，借指身居高官之位。矫矫：独立高出。得无：能没有吗？冥冥：高远。弋（yì）者：射猎者。不在高位不被人妒，实为作者罢相之后的自我安慰。扬雄《法言·问明》："鸿飞冥冥，弋者何篡焉？"

感遇·张九龄

兰叶春葳蕤，桂华秋皎洁。
欣欣此生意，自尔为佳节。
谁知林栖者，闻风坐相悦。
草木有本心，何求美人折？

【注释】葳蕤（wēi ruí）：草木茂盛倾斜之貌。欣欣：繁茂。生意：生长。自尔：自然。佳节：好时节。坐：而。本心：植物的本性。不被美人看中，我依然芬芳高洁，这是我的本性。实为不被重用的自解和抱怨。"何求"实为"直求"也。

感遇·张九龄

幽人归独卧，滞虑洗孤清。
持此谢高鸟，因之传远情。
日夕怀空意，人谁感至精？
飞沉理自隔，何所慰吾诚？

【注释】幽人：隐居者，自指。滞虑：郁积的一些尘俗杂念。孤清：就像一个孤独清高的隐士。谢：拜托。高鸟：指位高者。日夕：从早到晚。空意：指报国之心。至精：至诚之心。飞沉：官场升降之事。隔：相隔很远。何所慰吾诚：怎能抚慰我那一片思君的忠城呢？滤洗积留的孤远清高，参透了仕途之密奥，又想复出。托鸟儿捎信表白，但无人能懂自己。

感遇·张九龄

江南有丹橘，经冬犹绿林。
岂伊地气暖？自有岁寒心。
可以荐嘉客，奈何阻重深。
运命惟所遇，循环不可寻。
徒言树桃李，此木岂无阴？

【注释】岁寒心：适应寒冷的本性。命运是顺其自然的，任你怎样都摆脱不了命运的安排，如丹橘一样，不被嘉客欣赏，竞争不过桃李，不是本性不好，也不是无阴，全是命运所致。

湖口望庐山瀑布水·张九龄

万丈红泉落，迢迢半紫氛。
奔流下杂树，洒落出重云。
日照虹霓似，天清风雨闻。
灵山多秀色，空水共氤氲。

【注释】湖口：始建于南唐（公元950年），因地处鄱阳湖入长江之口而得名，是“江西水上北大门”，素有“江湖锁钥，三省通衢”之称。东临彭泽，西与庐山区界湖毗邻。红泉：阳光下的瀑布。迢迢：远。紫氛（fēn）：紫气。风雨闻：响若风雨，声威远播。氤氲（yīn yūn）：烟气很盛。《易·系辞》：“天地氤氲，万物化醇。”

望月怀远·张九龄

海上生明月，天涯共此时。
情人怨遥夜，竟夕起相思。
灭烛怜光满，披衣觉露滋。
不堪盈手赠，还寝梦佳期。

【注释】情人：有情之人，指作者。怨遥夜：怨夜长。竟夕：整个夜晚。灭烛：熄灭蜡烛。怜光满：爱惜皎洁的月光。并不是说想要灭掉蜡烛，又舍不得灯火的明亮。觉露滋：感受到露水的湿凉。不堪盈手赠：月光捧不到手里，没办法赠送给想念的人。还寝梦佳期：重新回到床上，希望在梦里与对方相会。

照镜见白发·张九龄

宿昔青云志，蹉跎白发年。
谁知明镜里，形影自相怜。

【注释】宿昔：以前。蹉跎（cuō tuó）：荒废时光。怜：怜惜。

附：白头吟·陈湛元

中道白发重，少年见老成。
恨不生时白，堪得老子声。

寄人·张泌

别梦依依到谢家，小廊回合曲阑斜。
多情只有春庭月，犹为离人照落花。

【注释】依依：依稀，好像，恍惚之中。谢家：东晋谢安、谢道韫的家，与元稹的“谢公最小偏怜女”用法同，指梦中恍恍惚惚来到心爱的女子家。小廊：园中走廊。回合：四面环绕。曲阑斜（xiá）：指栏杆环绕。离人：自指。照落花：月亮也跟着伤情。

书边事·张乔

调角断清秋，征人倚戍楼。
春风对青冢，白日落梁州。
大漠无兵阻，穷边有客游。
蕃情似此水，长愿向南流。

【注释】书边事：书写边疆的事，不是书桌边上的事。调角：军营中的号角。断：穿过、划破。对：吹过。青冢（zhǒng）：王昭君墓，在内蒙呼和浩特西南。梁州：凉州，甘肃界。均指西北吐蕃地区，即“边”。穷边：遥远的边地。蕃（bō）情：吐蕃人愿意向南归顺朝廷。实为溢美之词。此水：指黄河水。柳中庸的“三春白雪归青冢，万里黄河绕黑山”即是描写这里的。黄河虽然东流，但在甘肃、内蒙一带转折向南，所谓“九曲黄河”是也。战后短暂的和平景象。

同王徵君洞庭有怀·张谓

八月洞庭秋，潇湘水北流。
还家万里梦，为客五更愁。
不用开书帙，偏宜上酒楼。
故人京洛满，何日复同游。

【注释】王徵（zhǐ）君：姓王的徵君，名不详。徵君，对不接受朝廷征聘做官的隐士的尊称。北流：向北流入洞庭湖。书帙（zhì）：书卷。《说文》：“帙，书衣也。”指无心看书。偏宜：最宜、特别合适。故人京洛满，何日复同游：朋友都在长安和洛阳，何时能与他们一起畅游？

早梅·张谓

一树寒梅白玉条，迥临村路傍溪桥。
不知近水花先发，疑是经冬雪未销。

【注释】迥：远。傍：挨着。疑：怀疑。“疑是银河落九天”的“疑”，指“好像”。

山中留客·张旭

山光物态弄春晖，莫为轻阴便拟归。
纵使晴明无雨色，入云深处亦沾衣。

【注释】山光：山的晴光。物态：树木的外表。弄春晖：沐浴着春晖，看起来非常晴好。莫为轻阴：不要因为阴天要下雨。便拟归：就打算回去。纵使：即使。晴明无雨色：天气晴好没有下雨的迹象。亦沾衣：走到云雾深处，雾水也会打湿衣衫。如王维的“山路元无雨，空翠湿人衣”。

桃花溪·张旭

隐隐飞桥隔野烟，石矶西畔问渔船。
桃花尽日随流水，洞在清溪何处边。

【注释】隐隐：隐约可见。飞桥：高桥。隔野烟：笼罩在烟雾之中。石矶：水边突出的石头。洞：进入桃花源的山洞。清溪：桃花溪，湖南桃源县西南。

附：桃花源·陈湛元

人间仙境世所慕，武陵归来忘旧路。
惟见桃花水上流，不知桃源在何处。

守睢阳作·张巡

接战春来苦，孤城日渐危。
合围侔月晕，分守若鱼丽。
屡厌黄尘起，时将白羽挥。
裹疮犹出阵，饮血更登陴。
忠信应难敌，坚贞谅不移。
无人报天子，心计欲何施。

【注释】睢（suī）阳：唐王朝运输江淮的通道。公元757年春，安禄山的儿子安庆绪，率所部围攻睢阳，睢阳守将许远急忙向当时屯兵宁陵的张巡告急。张巡闻讯，当即奔赴睢阳，与许远合力御敌。从春天守战到冬天，终因外无援兵，内无粮草，睢阳陷落，张巡也与南霁云等三十六位将领同时殉难。《守睢阳作》是张巡在睢阳的遗作。接战：连续的战斗。合围：指敌兵包围睢阳。侔（móu）：相等。月晕：月亮外的光环，一般次日有风则当晚出现。“日晕三更雨，月晕午时风。”形容敌军包围得紧密。分守：唐军在城头分成小组守候。鱼丽：即古代打仗用的鱼丽阵法，将步卒队形环绕战车进行疏散配置，杀伤力极强。黄尘：指叛乱。白羽：诸葛亮的羽扇，指谋划战事。陴（pī）：女墙，在城墙上筑起的墙垛。谅：料想。心计：报国之志。欲何施：如何施展。

恩赐丽正殿书院赐宴应制得林字·张说

东壁图书府，西园翰墨林。
诵诗闻国政，讲易见天心。
位窃和羹重，恩叨醉酒深。
载歌春兴曲，情竭为知音。

【注释】丽正殿：唐代宫殿名。应制得林字：奉皇帝之命作诗，分得“林”字韵。东壁：星名，二十八宿之一，主管文章。西园：魏武帝建立西园，集文人于此赋诗。这里的东壁与西园，皆代指丽正殿书院。诗：《诗经》。易：《易经》。位窃和羹重：窃，谦词，窃居。我忝为宰相，负有调理政治的重任。恩叨醉酒深：叨（tāo），承受。承蒙皇帝赐宴，不觉喝得酩酊大醉。

送梁六自洞庭山·张说

巴陵一望洞庭秋，日见孤峰水上浮。
闻道神仙不可接，心随湖水共悠悠。

【注释】梁六：梁知微，潭州（今湖南长沙）刺史，时途经岳州入朝。这是作者谪居岳州（即巴陵，今岳阳）的送别之作。洞庭山：即君山，是八百里洞庭湖中的一座山岛，与岳阳楼遥遥相对，由大小七十二座山峰组成，被道家列为天下第十一福地。题目实为：自洞庭山送梁六。洞庭秋：《九歌·湘夫人》有“袅袅兮秋风，洞庭波兮木叶下。”愁肠之景。孤峰：暗指送人者心情孤独。与王昌龄的“平明送客楚山孤”同境。神仙：指此地关于神仙的传说，一说洞庭湖是湘君姊妹游息之所，即水仙梳洗之处；二是说湖下有金堂数百间，玉女居之。不可接：我们碰不到。神仙也指天子远不可及。悠悠：深远。思念无边无际。如李白的“惟见长江天际流”。

蜀道后期·张说

客心争日月，来往预期程。
秋风不相待，先至洛阳城。

【注释】客：飘泊异乡故称“客”，此为诗人自称，当时他奉命出使四川未归。争日月：争取时间。南朝齐诗人谢朓诗：“大江流日夜，客心悲未央。”诗中借那不舍昼夜的大江流水来比喻自己对故都不断的怀念与急切思归的心情。预期程：原先安排好，定下来的归期。

幽州夜歌·张说

凉风吹夜雨，萧瑟动寒林。
正有高堂宴，能忘迟暮心。
军中宜剑舞，塞上重笳音。
不作边城将，谁知恩遇深。

【注释】萧瑟：风吹树木之声。能忘：不忘。迟暮：年老。笳音：军中笳鼓声。恩遇：皇上的赏识。

春江花月夜·张若虚

春江潮水连海平，海上明月共潮生。
滟滟随波千万里，何处春江无月明。
江流宛转绕芳甸，月照花林皆似霰。
空里流霜不觉飞，汀上白沙看不见。
江天一色无纤尘，皎皎空中孤月轮。
江畔何人初见月，江月何年初照人。
人生代代无穷已，江月年年只相似。
不知江月待何人，但见长江送流水。
白云一片去悠悠，青枫浦上不胜愁。
谁家今夜扁舟子，何处相思明月楼。
可怜楼上月徘徊，应照离人妆镜台。
玉户帘中卷不去，捣衣砧上拂还来。
此时相望不相闻，愿逐月华流照君。
鸿雁长飞光不度，鱼龙潜跃水成文。
昨夜闲潭梦落花，可怜春半不还家。
江水流春去欲尽，江潭落月复西斜。
斜月沉沉藏海雾，碣石潇湘无限路。
不知乘月几人归，落月摇情满江树。

【注释】滟（yàn）滟：波光闪动的光彩。芳甸（diàn）：遍生花草的原野。霰（xiàn）：雪珠，小冰粒。流霜：飞霜，古人以为霜和雪一样，是从空中落下来的，所以叫流霜。这里比喻月光皎洁，月色朦胧、流荡，所以不觉得有霜霰飞扬。汀（tīng）：沙滩。纤尘：微细的灰尘。穷已：穷尽。但见：只见、仅见。悠悠：渺茫、深远。青枫浦：今湖南浏阳县境内有青枫浦。这里泛指游子所在的地方。浦，水边。扁（piān）舟：孤舟，小船。明月楼：月夜下的闺楼。这里指闺中的思妇。月徘徊：指月光移动。离人：此处指思妇。妆镜台：梳妆台。玉户：形容楼阁华丽，以玉石镶嵌。捣衣砧（zhēn）：捣衣石、捶布石。闻：听到声音。逐：跟从、跟随。光不度：不度光，飞不出月光。文：同“纹”。闲潭：安静的水潭。西斜（xiá）：西沉。碣石：河北昌黎县碣石山，位于昌黎县城北，距北戴河约30公里。潇湘：湘江与潇水。无限路：言离人相去很远。乘月：趁着月光。摇情：激荡情思，犹言牵情。

渔歌子·张志和

西塞山前白鹭飞，桃花流水鳜鱼肥。
青箬笠，绿蓑衣，斜风细雨不须归。

【注释】西塞山：位于黄石市城区东部长江南岸，古代属于吴头楚尾的古战场和风景名胜。白鹭：鹭鸶鸟。鳜（guì）鱼：我国特产的花鲫鱼。箬（ruò）笠：斗笠。不须归：不思归。

春闺思·张仲素

袅袅城边柳，青青陌上桑。
提笼忘采叶，昨夜梦渔阳。

【注释】袅袅（niǎo）：细长柔软。笼：竹笼。渔阳：蓟县。位于渔山南，故名渔阳。唐为蓟州治所，此指边关。

秋夜曲·张仲素

丁丁漏水夜何长，漫漫轻云露月光。
秋逼暗虫通夕响，征衣未寄莫飞霜。

【注释】丁丁：滴水声。漏水：计时用的夜漏。漫漫：弥漫。暗虫：秋虫，蟋蟀。征衣：征夫穿的棉衣。

长安秋望·赵嘏

云物凄清拂曙流，汉家宫阙动高秋。
残星几点雁横塞，长笛一声人倚楼。
紫艳半开篱菊静，红衣落尽渚莲愁。
鲈鱼正美不归去，空戴南冠学楚囚。

【注释】云物凄清拂曙流，汉家宫阙动高秋：灰蒙蒙的云雾夹带着寒意，天刚刚亮，宫殿四周开始呈现出深秋的景色。残星几点雁横塞，长笛一声人倚楼：稀疏的晨星伴随着从边塞上横空而来的大雁，凭楼眺望忽闻笛声引起无限乡愁。紫艳半开篱菊静，红衣落尽渚莲愁：篱笆旁紫色艳丽的菊花欲开未开，十分静谧，池沼里莲花花瓣已凋谢。鲈鱼正美不归去，空戴南冠学楚囚：故乡鲈鱼正鲜美而我却不归去，又是何苦戴着南方的冠冕学楚囚？鲈鱼正美：典出《晋书·张翰传》，张翰思念故乡的鲈鱼，便辞官回家。南冠、楚囚：典出《左传》，为囚徒的代称。

江楼感旧·赵嘏

独上江楼思渺然，月光如水水如天。
同来望月人何处，风景依稀似去年。

【注释】嘏：音 gǔ。渺然：遥远。依稀：仿佛。

淮上渔者·郑谷

白头波上白头翁，家逐船移江浦风。
一尺鲈鱼新钓得，儿孙吹火荻花中。

【注释】白头波：江上的白浪。钓得：钓到。家逐船移：家在船上，船到哪，家到哪。荻花：像芦苇的草本植物。

淮上与友人别·郑谷

扬子江头杨柳春，杨花愁杀渡江人。
数声风笛离亭晚，君向潇湘我向秦。

【注释】扬子江：从江苏省扬州以下至入海口的长江下游河段的旧称。杨花：杨絮。风笛：开船的笛哨声。离亭：古时人们举行告别宴会的地方或驿站。潇湘：湖南。秦：陕西。

鹭·郑谷

闲立春塘烟淡淡，静眠寒苇雨飕飕。
渔翁归后汀沙晚，飞下滩头更自由。

【注释】鹭（lù）：鸟类的一科，翼大尾短，嘴直而尖，颈和腿很长，常见的有白鹭（亦称鹭鸶）、苍鹭、绿鹭等。淡淡：烟雾稀薄。飕飕（sōu）：风雨声。汀沙：沙洲。滩头：沙滩、沙洲。更自由：滩头无人，故上下翻飞更显自由。

旅寓洛南村社・郑谷

村落清明近，秋千稚女夸。
春阴妨柳絮，月黑见梨花。
白鸟窥鱼网，青帘认酒家。
幽栖虽自适，交友在京华。

【注释】旅寓：客居。洛南：陕西省东南部，属商洛市。清明近：临近清明时节。稚（zhì）女夸：小女孩夸荡秋千的本领。春阴：春天阴湿天气。妨柳絮：使柳絮不能轻便地飘荡。月黑：没有月亮。见梨花：依旧可以看到白色的梨花。白鸟：白鹭，鹭鸶（lù sī），白色羽毛，长腿，喜吃鱼。不是鸬鹚（lú cí）。幽栖：隐居。自适：自由自在。交友在京华：心中仍然时时想念着在京中的至交好友。

题邸间壁・郑谷

酴醾香梦怯春寒，翠掩重门燕子闲。
敲断玉钗红烛冷，计程应说到常山。

【注释】邸：音 dǐ。酴醾（tú mí）：一种花名，蔷薇科。此指家中妻子思念丈夫，罗衾不暖，好梦难成。重门：庭院深深，幽暗静僻，冷清寂寞。燕子闲：鸟儿也呆在巢中。闲：慵懒和留恋。敲断玉钗红烛冷：为了打破孤独冷寂，把玉钗拿在手里轻轻地敲，直到被敲断。计程：计算归程。常山：浙江常山。

温处士能画鹭鹚以四韵换之・郑谷

昔年吟醉绕江蓠，爱把渔竿伴鹭鹚。
闻说小毫能纵逸，敢凭轻素写幽奇。
涓涓浪溅残菱蔓，戛戛风搜折苇枝。
得向晓窗闲挂玩，雪蓑烟艇恨无遗。

【注释】作者用八句诗作交换温处士画的鸬鹚。鹭鹚（lù cí）：即鸬鹚（lú cí），黑色，能游泳、能捕鱼，也叫鱼鹰。吟醉：吟诗、喝酒。绕江蓠：江蓠又名龙须菜、海菜，生于海中沙地。指经常在水边逗留、钓鱼。爱把渔竿：喜欢钓鱼。伴鹭鹚：带着鸬鹚。小毫：毛笔，指温处士的画技。纵逸：随意绘画。敢凭：能用。轻素：水墨画。写幽奇：画出奇特传真的东西。涓涓：细流。菱蔓：菱藕。戛戛（jiá jiá）：象声词，形容风声。苇枝：芦苇。此为画上的景物。得向晓窗闲挂玩：得挂向晓窗闲玩，挂到窗上闲来慢慢欣赏。得，能。雪蓑烟艇：雪天钓鱼。恨无遗：没有遗憾。得到画的假鸬鹚比带着真鸬鹚还高兴。

鹧鸪·郑谷

暖戏烟芜锦翼齐，品流应得近山鸡。
雨昏青草湖边过，花落黄陵庙里啼。
游子乍闻征袖湿，佳人才唱翠眉低。
相呼相应湘江阔，苦竹丛深日向西。

【注释】烟芜：烟雾弥漫的荒地。品流：等级，类别。青草湖：又名巴丘湖，在洞庭湖东南。黄陵庙：祭祀娥皇、女英的庙。游子：离家在外或久居外乡的人。征袖：指游子的衣袖。征，远行。翠眉：古时女子用螺黛（一种青黑色矿物颜料）画的眉。苦竹：竹的一种，笋味苦。

马嵬坡·郑畋

玄宗回马杨妃死，云雨难忘日月新。
终是圣明天子事，景阳宫井又何人。

【注释】畋：音 tián。马嵬（wéi）坡：陕西兴平县西的马嵬驿。公元756年，安禄山叛军攻破临潼，玄宗出逃四川，行至马嵬驿，将士哗变，在此处死了杨国忠和贵妃。回马：指玄宗从四川返回长安之时。杨妃死：贵妃已死。云雨难忘：难忘当初男女欢爱之时光。日月新：指肃宗即位。终是：终究是。景阳宫井：隋军攻入南京，南朝陈后主陈叔宝和宠妃张丽华、孔妃躲在景阳宫旁的枯井中，最后被俘。后两句是说，处死贵妃终究是只有圣明的君主才能做到的事情，藏在景阳宫井的陈后主算什么人呀，干脆不能和我主的圣明相提并论。其实是五十步与百步的讽刺。

附：咏玄宗·陈湛元

艳色天下敢独专，马嵬坡变失环关。
昔夺殿下一美女，今还太子一江山。

富贵曲 · 郑遨

美人梳洗时，满头间珠翠。
岂知两片云，戴却数乡税。

【注释】间（jiàn）：间隔插满。珠翠：名贵首饰。云：云形首饰。戴却：戴去，消耗掉。数乡税：几个乡的赋税。

题竹林寺 · 朱放

岁月人间促，烟霞此地多。
殷勤竹林寺，更得几回过？

【注释】竹林寺：在庐山仙人洞旁。促：短暂。殷勤：亲切的情意。过（guō）：过访。

登玄都阁 · 朱庆馀

野色晴宜上阁看，树阴遥映御沟寒。
豪家旧宅无人住，空见朱门锁牡丹。

【注释】玄都阁：在唐代长安。野色：山野之景色。晴宜：晴好。御沟：流经皇宫的水渠，引终南山水由宫内流过。寒：阴凉。锁牡丹：人去楼空牡丹依旧。

观涛 · 朱庆馀

木落霜飞天地清，空江百里见潮生。
鲜飙出海鱼龙气，晴雪喷山雷鼓声。
云日半阴川渐满，客帆皆过浪难平。
高楼晓望无穷意，丹叶黄花绕郡城。

【注释】涛：指钱塘江大潮。木落：叶落。清：清冷。空江：满江。飙（biāo）：暴风。晴雪喷山：形容巨大的浪花。无穷意：意趣无穷无尽。又有红叶黄花陪衬，八月的杭州城更加令人流连忘返。

附：咏钱塘·陈湛元

钱塘江潮日两番，刻时定信无差班。
古称罗刹由涛险，南北虎豹武林山。
临安邑人名钱宽，生得镣儿美少年。
生时满堂红光现，疑是火发往救燃。
足有青毛长寸余，疑蜥欲溺外母怜。
专私无赖官司紧，避难古寺在径山。
方丈夜闻伽蓝语，钱武肃王见异蛮。
荐诸苏州太守处，都部小职宿马院。
金甲喝退井鬼去，太守款待无相贱。
黄巢贼定董乱平，吴越国王头上冠。
杭州建都国宁静，地狭江阔心不安。
有司金鲤三尺三，体健目炯双闪电。
不忍食之放水去，原为真龙酒作变。
蒙恩达谢梦中有，明珠尺璧遂所受。
告以江患广其土，有借有还百劫后。
钱王铸柱十二只，各长一丈有二尺。
登舟江上鱼虾处，投柱水去沙平陆。
凿石为板罗木贯，垒石为塘其地庞。
海门舟山至富阳，始称之为钱塘江。
高宗南渡建都邑，改名临安称在行。
人烟辏集风俗美，手执旗幡弄潮翔。
万马奔天拥雪山，晴雷吼地排银浪。
时有新人坏性命，长使东坡叹田桑。
八月十八潮生日，千秋万载荡钱塘。

宫中词·朱庆馀

寂寂花时闭院门，美人相并立琼轩。
含情欲说宫中事，鹦鹉前头不敢言。

【注释】琼轩：华美的长廊。鹦鹉：双关语，暗指告密的人。

近试上张水部·朱庆馀

洞房昨夜停红烛，待晓堂前拜舅姑。
妆罢低声问夫婿，画眉深浅入时无？

【注释】近试：临近考试。上：上呈诗文以期得到赏识，属干谒诗。如孟浩然的《临洞庭上张丞相》，白居易的《草》等。张水部：水部员外郎张籍（《没蕃故人》的作者）。舅姑：公婆，借指考官。夫婿：丈夫，借指张籍。入时无：流行否，借指文章如何。张籍看后欣然而和《酬朱庆馀》："越女新妆出镜心，自知明艳更沉吟。齐纨未足人间贵，一曲菱歌敌万金。"

江南旅情·祖咏

楚山不可极，归路但萧条。
海色晴看雨，江声夜听潮。
剑留南斗近，书寄北风遥。
为报空潭橘，无媒寄洛桥。

【注释】楚山：楚地之山。不可极：绵延不断没有尽头。但萧条：如此崎岖萧条。晴看雨：看到东海日出，彩霞缤纷，就知道要下雨了。朝霞不出门，晚霞行千里是也。江声夜听潮：听到大江波涛澎湃的声音，就知道夜潮要来临了。剑留南斗近：我书剑飘零，羁留近于南斗之下。南斗，星名，南斗六星，即斗宿。古人有"南斗在吴"的说法。北风摇：家书难收，南雁北飞非常遥远。为报空潭橘，无媒寄洛桥：吴潭的美橘熟了，想寄一点回家，可惜无人把它带到洛阳。潭橘，吴潭的橘子。洛桥，洛阳天津桥，此代指洛阳。

苏氏别业·祖咏

别业居幽处，到来生隐心。
南山当户牖，沣水映园林。
竹覆经冬雪，庭昏未夕阴。
寥寥人境外，闲坐听春禽。

【注释】幽处：深山幽僻之处。到来：自己一到别墅。隐心：隐居之心。南山：终南山。当：遮挡、连延。牖（yǒu）：窗户。澧（lǐ）水：澧水是中国湖南省四大河流之一，澧水干流分北、中、南三源，以北源为主，北源源于湖南省桑植县杉木界，中源源于桑植县八大公山东麓，南源源于湖南永顺县龙家寨，三源于桑植县南岔汇合后东流。沿途接纳溇水、渫水、道水和涔水等支流，至澧县小渡口注入洞庭湖。竹覆经冬雪：遮掩着别墅的竹林，还覆盖着经久不化的白雪。未夕阴：还未到晚上，就显得阴暗。寥寥人境外，闲坐听春禽：置身在这清幽的深山别墅之中，感觉自己仿佛已脱离了尘世，整个身心融入了空阔的太虚境中，一切烦恼、杂念全都消失了。于是，静静地坐下来，悠闲地聆听深山中春鸟的啼鸣。

望蓟门·祖咏

燕台一去客心惊，笳鼓喧喧汉将营。
万里寒光生积雪，三边曙色动危旌。
沙场烽火侵胡月，海畔云山拥蓟城。
少小虽非投笔吏，论功还欲请长缨。

【注释】蓟（jì）门：北京德胜门外古蓟城。燕台一去：一去燕台。燕台即幽州台，蓟北楼，又叫黄金台。昔燕昭王修高台置黄金于其上，以求天下名士。客：指作者。心惊：心情激动。笳（jiā）鼓：军乐。喧喧：声音震响。汉将营：指唐兵营。万里寒光生积雪：万里积雪生寒光。三边曙色动危旌：三边危旌动曙色。三边的军旗在曙色中高高飘扬。侵胡月：向上弥漫直遮胡月。海畔：渤海边。云山：如峰峦一样的乌云。拥：拥向、压向。如李贺的《雁门太守行》中“黑云压城城欲摧”的情景。投笔吏：《后汉书·班超传》载，班超少时做抄写文字的小吏，一天，他奋然投笔叹曰：“大丈夫无他志略，犹当效傅介子、张骞（qiān）立功异域，以求封侯，安能久事笔砚间乎！”遂弃笔从戎，后立功西域，封定远侯。请长缨：《汉书·终军传》载，汉武帝时，少年终军自请安抚南越：“愿受长缨，必羁南越王而致于阙下。”后终军出使，说服南越王归附。长缨：长绳。

终南望余雪·祖咏

终南阴岭秀，积雪浮云端。
林表明霁色，城中增暮寒。

【注释】终南：终南山，陕西长安县南，上有积雪，经年不化。阴岭：山北坡。林表：林外。明：闪耀。霁（jì）色：雪后晴光。

附：诗题唐三百·陈湛元

蘅塘之录唐诗者，盖三百廿一也。今将其诗题目连缀为七言古诗，以供好此者便览。凡一百六十句，命曰《诗题唐三百》。

感遇四下终南山，（张九龄的感遇四首；李白的下终南山过斛斯山人宿置酒）

月下独酌春思眠。（李白的月下独酌、春思）

醉后望岳赠卫八，（杜甫的望岳、赠卫八处士）

佳人入梦李白难。（杜甫的佳人、梦李白二首）

送别綦毋清溪畔，（王维的送别、送綦毋潜落第还乡、清溪）

西施咏罢至渭川。（王维的西施咏、渭川田家）

夏日南亭怀辛大，（孟浩然的夏日南亭怀辛大）

秋寄张五登兰山。（孟浩然的秋登兰山寄张五）

南斋玩月宿山房。（王昌龄的同从弟南斋玩月忆山阴崔少府；孟浩然的宿业师山房待丁大不至）

隐者不遇若溪泛。（邱为的寻西山隐者不遇；綦毋潜的春泛若耶溪）

昌龄隐居慈恩寺，（常建的宿王昌龄隐居；岑参的与高适薛据登慈恩寺浮图）

郡斋雨中贼示官。（韦应物的郡斋雨中与诸文士燕集、元结的贼退示官吏）

初发扬子寄全椒，（韦应物的初发扬子寄元大校书、寄全椒山中道士）

盱眙冯著遇长安。（韦应物的夕次盱眙县、长安遇冯著）

东郊送女超师院，（韦应物的东郊、送杨氏女；柳宗元的晨诣超师院读禅经）

溪居塞上塞下关。（柳宗元的溪居；王昌龄的塞上曲、塞下曲）

子夜吴歌关山月，（李白的子夜吴歌四首、关山月）

烈女游子行长干。（孟郊的烈女操、游子吟；李白的长干行二首）

幽州台上歌古意，（陈子昂的登幽州台歌；李颀的古意）

章甫琴歌董大弹。（李颀的送陈章甫、琴歌、听董大弹胡笳兼寄语弄房给事）

夜归鹿门安万善，（孟浩然的夜归鹿门；李颀的听安万善吹觱篥歌）

庐山谣寄游梦天。（李白的庐山谣寄卢侍御虚舟、梦游天姥吟留别）

金陵酒肆饯叔云，（李白的金陵酒肆留别、宣州谢朓楼饯别校书叔云）
轮台歌送走马川。（岑参的轮台歌奉送封大夫出师西征、走马川行奉送封大夫出师西征）
韦讽录事丹青引，（杜甫的韦讽录事宅观曹将军画马图、丹青引）
白雪歌送武判官。（岑参的白雪歌送武判官归京）
寄韩谏议古柏行，（杜甫的寄韩谏议注、古柏行）
石鱼湖醉观舞剑。（元结的石鱼湖上醉歌；杜甫的观公孙大娘舞剑器行）
山石夜赠张功曹，（韩愈的山石、八月八日夜赠张功曹）
谒衡岳庙石鼓喧。（韩愈的谒衡岳庙遂宿岳寺题门楼、石鼓歌）
渔翁琵琶长恨歌，（柳宗元的渔翁；白居易的琵琶行、长恨歌）
韩碑书写燕歌篇。（李商隐的韩碑；高适的燕歌行）
洛阳女儿从军行，（王维的洛阳女儿行；李颀的古从军行）
老将行入桃花源。（王维的老将行、桃源行）
长相思怨难蜀道，（李白的长相思二首、蜀道难）
将进酒多行路难。（李白的将进酒、行路难三首）
兵车丽人哀江头，（杜甫的兵车行、丽人行、哀江头）
王孙经鲁祭孔叹。（杜甫的哀王孙；唐玄宗的经鲁祭孔子而叹之）
望月远怀杜少府，（张九龄的望月怀远；王勃的送杜少府之任蜀州）
早春游望狱咏蝉。（杜审言的和晋陵陆丞早春游望；骆宾王的在狱咏蝉）
杂诗题大庾岭驿，（沈佺期的杂诗闻道黄龙戍频年不解兵；宋之问的题大庾岭北驿）
破山寺后北固山。（常建的破山寺后禅院；王湾的次北固山下）
渡荆门别送友人，（李白的渡荆门送别、送友人）
寄左省赠孟浩然。（岑参的寄左省杜拾遗；李白的赠孟浩然）
夜泊牛渚听蜀琴，（李白的夜泊牛渚怀古、听蜀僧浚弹琴）
重送严公归嵩山。（杜甫的奉济驿重送严公四韵；王维的归嵩山作）
月夜春望忆舍弟，（杜甫的月夜、春望、月夜忆舍弟）
春宿李白怀末天。（杜甫的春宿左省、天末怀李白）
旅夜书怀登岳阳，（杜甫的旅夜书怀、登岳阳楼）
辋川闲居终南山。（王维的辋川闲居赠裴秀才迪、终南山）
山居秋别太尉墓，（王维的山居秋暝；杜甫的别房太尉墓）

送李使君别终南。（王维的送梓州李使君、终南别业）
酬张少府香积寺，（王维的酬张少府、过香积寺）
宴梅道士归南山。（孟浩然的宴梅道士山房、岁暮归南山）
汉江临眺故人庄，（王维的汉江临眺；孟浩然的过故人庄）
秦中寄远新年篇。（孟浩然的秦中寄远上人；刘长卿的新年作）
临洞庭上张丞相，（孟浩然的临洞庭上张丞相）
留别王维登岘山。（孟浩然的留别王维、与诸子登岘山）
早寒有怀桐庐宿，（孟浩然的早寒有怀、宿桐庐江寄广陵旧游）
秋日登台寻南溪。（刘长卿的秋日登吴公台上寺远眺、寻南溪常道士）
送李中丞归汉阳，（刘长卿的送李中丞归汉阳别业）
僧归日本王十一。（钱起的送僧归日本；刘长卿的饯别王十一南游）
谷口书斋寄杨补，（钱起的谷口书斋寄杨补阙）
酬程近赋得暮雨。（韩翃的酬程近秋夜即事见赠；韦应物的赋得暮雨送李曹）
淮上喜会梁故人，（韦应物的淮上喜会梁州故人）
早秋落花蝉风雨。（许浑的早秋；李商隐的落花、蝉、风雨）
喜见外弟卢见宿，（李益的喜见外弟又言别；司空曙的喜外弟卢纶见宿）
送人东游灞上居。（温庭筠的送人东游；马戴的灞上秋居）
江乡故人送李端，（戴叔伦的江乡故人偶集客舍；卢纶的送李端）
没蕃故人草阙题。（张籍的没蕃故人；白居易的草；刘眘虚的阙题）
楚江怀古北青萝，（马戴的楚江怀古；李商隐的北青萝）
蜀先主庙南凉思。（刘禹锡的蜀先主庙；李商隐的凉思）
云阳馆别贼平后，（司空曙的云阳馆与韩绅宿别、贼平后送人北归）
旅宿秋日潼关驿。（杜牧的旅宿；许浑的秋日赴阙题潼关驿楼）
除夜有怀书边事，（崔涂的除夜有怀；张乔的书边事）
孤雁春宫章台思。（崔涂的孤雁、春宫怨、章台夜思）
行经华阴望蓟门，（崔颢的行经华阴；祖咏的望蓟门）
黄鹤楼寻渐不遇。（崔颢的黄鹤楼；僧皎然的寻陆鸿渐不遇）
九日登望刘明府，（崔曙的九日登望仙台呈刘明府）
积雨辋川郭给事。（王维的积雨辋川庄作、赠郭给事）
登楼野望凤凰台，（杜甫的登楼、野望；李白的登金陵凤凰台）

蜀相登高怀古迹。(杜甫的蜀相、登高、咏怀古迹五首)
宿府阁夜送魏万，(杜甫的宿府、阁夜；李颀的送魏万之京)
双和贾至过贾谊。(岑参、王维的和贾至舍人《早朝大明宫》之作；刘长卿的长沙过贾谊宅)
峡中贬送李少府，(高适的送李少府贬峡中王少府贬长沙)
江州重别儋元锡。(刘长卿的江州重别薛六柳八二员外；韦应物的寄李儋元锡)
同题仙观遣悲怀，(韩翃的同题仙游观；元稹的遣悲怀)
晚次鄂州有客至。(卢纶的晚次鄂州；杜甫的客至)
夏口鹦鹉裴舍人，(刘长卿的自夏口至鹦鹉洲望岳阳寄元中丞；钱起的赠阙下裴舍人)
河南河北收春思。(杜甫的闻官军收河南河北；皇甫冉的春思)
西塞怀古独不见，(刘禹锡的西塞山怀古；沈佺期的独不见)
凤尾香罗双飞翼。(李商隐的无题凤尾香罗薄几重、身无彩凤双飞翼)
相见时难鼓锦瑟，(李商隐的无题相见时难别亦难、锦瑟)
河南经乱筹笔驿。(白居易的自河南经乱关内饥阻；李商隐的筹笔驿)
重帏深下苏武庙，(李商隐的无题重帏深下莫愁堂；温庭筠的苏武庙)
柳州城楼寄刺史。(柳宗元的登柳州城楼寄漳汀封连四州刺史)
飒飒东风入隋宫，(李商隐的无题飒飒东风细雨来、隋宫)
悠悠南渡飘春雨。(温庭筠的利州南渡；李商隐的春雨)
来是空言竹里馆，(李商隐的无题来是空言去绝踪；王维的竹里馆)
鹿柴贫女唱宫词。(王维的鹿柴；秦韬玉的贫女；薛逢的宫词)
终南余雪送崔九，(祖咏的终南望余雪；裴迪的送崔九)
送别应知故乡事。(王维的送别、杂诗君自故乡来应知故乡事)
送灵澈登鹳雀楼，(刘长卿的送灵澈；王之涣的登鹳雀楼)
建德江宿静夜思。(孟浩然的宿建德江；李白的静夜思)
春怨江雪送上人，(金昌绪的春怨；柳宗元的江雪；刘长卿的送上人)
登乐游园隐不遇。(李商隐的登乐游原；贾岛的寻隐者不遇)
问刘十九渡汉江，(白居易的问刘十九；宋之问的渡汉江)
寄邱员外起相思。(韦应物的秋夜寄邱员外；王维的相思)
春晓怨情新嫁娘，(孟浩然的春晓；李白的怨情；王建的新嫁娘)
弹琴行宫玉台体。(刘长卿的弹琴；元稹的行宫；权德舆的玉台体)

夜雨寄北征人怨，（李商隐的夜雨寄北；柳中庸的征人怨）
滁州西涧何满子。（韦应物的滁州西涧；张祜的何满子）
为有遣怀哥舒歌，（李商隐的为有；杜牧的遣怀；西鄙人的哥舒歌）
月夜听筝凉州词。（刘方平的月夜；李端的听筝；王翰的凉州词）
回乡偶书八阵图，（贺知章的回乡偶书；杜甫的八阵图）
九月九日忆兄弟。（王维的九月九日忆山东兄弟）
枫桥夜泊泊秦淮，（张继的枫桥夜泊；杜牧的泊秦淮）
芙蓉楼送桃花溪。（王昌龄的芙蓉楼送辛渐；张旭的桃花溪）
令狐郎中长干行，（李商隐的寄令狐郎中；崔颢的长干行二首）
上张水部发白帝。（朱庆馀的近试上张水部；李白的早发白帝城）
黄鹤楼送孟浩然，（李白的黄鹤楼送孟浩然之广陵）
受降城上夜闻笛。（李益的夜上受降城闻笛）
多情却似总无情，（杜牧的赠别多情却似总无情）
娉娉袅袅十三余。（杜牧的赠别娉娉袅袅十三余）
贾生出塞长信怨，（李商隐的贾生；王昌龄的出塞、长信怨）
嫦娥瑶池逢京使。（李商隐的嫦娥、瑶池；岑参的逢入京使）
江南龟年清平调，（杜甫的江南逢李龟年；李白的清平调三首）
陇西寄人塞下曲。（陈陶的陇西行；张泌的寄人；卢纶的塞下曲四首）
玉阶怨罢深闺怨，（李白的玉阶怨；王昌龄的闺怨）
金陵渡题宫中词。（张祜的题金陵渡；朱庆馀的宫中词）
将赴吴兴集灵台，（杜牧的将赴吴兴登乐游园；张祜的集灵台二首）
扬州韩绰判官寄。（杜牧的寄扬州韩绰判官）
马嵬坡见金陵图，（郑畋的马嵬坡；韦庄的金陵图）
隋宫瑶瑟怨宫词。（李商隐的隋宫；温庭筠的瑶瑟怨；白居易的宫词）
春宫怨语赠内人，（王昌龄的春宫怨；张祜的赠内人）
金谷宫词渭城曲。（杜牧的金谷园；顾况的宫词；王维的渭城曲）
春词春怨乌衣巷，（刘禹锡的春词；刘方平的春怨；刘禹锡的乌衣巷）
赤壁秋夕秋夜曲。（杜牧的赤壁、秋夕；王涯的秋夜曲）
近寒食雨草已凉，（无名氏的杂诗近寒食雨草萋萋；韩偓的已凉）
寒食出塞金缕衣。（韩翃的寒食；王之涣的出塞；杜秋娘的金缕衣）

诗名索引